Stefanie Hasse

Heliopolis · Die namenlosen Liebenden

Bisher von *Stefanie Hasse* bei Loewe erschienen:

Schicksalsbringer
Schicksalsjäger

Heliopolis · Magie aus ewigem Sand
Heliopolis · *Die namenlosen Liebenden*

Stefanie Hasse

HELIOPOLIS

Die namenlosen Liebenden

Loewe

Für alle, die Opfer bringen
und für ihre Zukunft kämpfen.

FSC
www.fsc.org
MIX
Papier aus verantwortungsvollen Quellen
FSC® C014496

ISBN 978-3-7432-0256-6
1. Auflage 2019

Dieses Werk wurde vermittelt durch
die Michael Meller Literary Agency GmbH, München
Umschlagfoto: InnervisionArt / Shutterstock.com, Seqoya / Shutterstock.com,
Repina Valeriya / Shutterstock.com, joshborup / Shutterstock.com,
MillaF / Shutterstock.com, brovkin / Shutterstock.com
Umschlaggestaltung: Ramona Karl
Printed in EU

www.loewe-verlag.de

Was bisher geschah

Akasha Themis, die Tochter des Herrschers der Letzten Stadt, erhält an ihrem sechzehnten Geburtstag nur ein Leeres Zeichen. Der heilige Kristall Diĝir beschenkt sie, nicht wie erwartet, mit der magischen Gabe eines der acht Häuser von Heliopolis. In ihrem Nacken zeigt sich ein leerer Kreis, weiter nichts.

Als Unbegabte sind nun all ihre Zukunftspläne hinfällig, ihre einzige Hoffnung besteht in der Teilnahme an einer Mission zur Erde, um den Zwilling des Diĝirs aufzuspüren, wie es die Seher des Hauses Nephthys vorhergesehen haben. Ohne den Zwilling wird die Letzte Stadt dem Untergang geweiht sein, denn der Diĝir verliert an Macht, weil Teile von ihm für einen Impfstoff extrahiert werden, der die Magie in der Bevölkerung künstlich aufrechterhält.

Mit an Bord des Schiffes sind Akashas Freunde Yasmeen, Malak und überraschenderweise auch Akashas Verlobter Riaz sowie Dante, Sohn des finsteren Generals Leemal, der die Expedition leitet. Während der Reise finden die Freunde heraus, dass die Ausflüge zur Erde dazu dienen, die Rebellen der Letzten Stadt von Heliopolis zu verstoßen und auf der Erde auszusetzen.

Hailey Johnson hatte in den letzten Wochen immer wieder Blackouts, glaubt, sich an Dinge zu erinnern, die sie nicht wissen kann. In Nicolas, dem Neuen an der Schule, hat sie vielleicht einen Verbündeten, doch er scheint weder ihr noch sich selbst zu trauen. Dennoch kommen sich die beiden näher, und als Hailey eines Abends einen seltsamen leuchtenden Stein berührt, kann sie sich plötzlich wieder an alles erinnern: Seit ihrer Ankunft auf der Erde wurden sie und ihre Freunde getäuscht, haben ein falsches Leben gelebt. Sie ist Akasha, die Prinzessin von Heliopolis, und Nicolas ist Dante, General Leemals Sohn.

Anscheinend kann sich außer Akasha niemand an das Leben in Heliopolis erinnern. Sie weiß nicht, wem sie trauen kann und wem nicht, bis Akashas Mutter Lenora auftaucht. Seit ihrer Flucht von Heliopolis ist sie die Anführerin der Ausgestoßenen. Lenora behauptet, dass die Täuschung durch General Leemal und Akashas Vater Zaahir Teil eines ausgeklügelten Planes sei, damit Akasha den Zwilling aufspürt und an Leemal übergibt. Leemal aber wolle mit der Magie des Kristalls eine Sintflut auslösen und die Erde vernichten.

Lenora verrät noch mehr: Sechzehn Jahre zuvor hatte sie die Geburt ihrer Tochter zunächst nur vorgetäuscht. In Wahrheit vollendete Akasha ihr sechzehntes Lebensjahr erst in dem Moment, als sie auf der Erde den Zwilling berührte. Erst jetzt findet sie Zugang zu ihrer Gabe. Da sie auf der Erde initiiert wurde, ist ihre Magie überwältigend. Sie ist nicht nur auf besondere Weise mit dem Zwilling verbunden, sondern besitzt die Magie aller Häuser, muss jedoch trainieren, um ihre Gabe auch anwenden zu können. Insbesondere ihre widersprüchlichen Gefühle Riaz und Dante gegenüber stehen ihr dabei im Weg.

Letztendlich jedoch besiegen die Freunde Leemal, bringen den Zwilling an sich und kehren in die Siedlung der Ausgestoßenen zurück. Doch Lenora erklärt Akasha, dass die Erde nicht sicher sei, solange ihr Vater weitere Schiffe entsenden kann, um doch noch eine Sintflut auszulösen.

1

Siedlung der Ausgestoßenen – Florida, 30. Juni

Die Bilder von Leemals Tod folgen mir in meine Träume. Wieder und wieder sehe ich vor mir, was ich getan habe, wie die Magie des Zwillings Leemal verschlingt. Weil ich es ihm befohlen habe.

In der ersten Nacht in der Siedlung der Ausgestoßenen bin ich schreiend aufgewacht. Habe um mich geschlagen, während ich versuchte, den grausamen Bildern zu entkommen. Jemand hielt mich fest. Yasmeen hatte Riaz gerufen, weil sie mich nicht aus meinen Albträumen reißen konnte. Er musste am nächsten Morgen zu der Heilerin der Siedlung. Die blauen Male zieren noch immer seinen Rippenbogen.

In der darauffolgenden Nacht hat meine Mutter über mich gewacht und mich wie früher mit Geschichten abgelenkt. Die Nächte danach waren erträglicher. Ich kann mich noch an die Bilder aus den Träumen erinnern, aber die damit einhergehenden Gefühle, die Schuld und die Angst vor dem, wozu ich in der Lage bin, ging nicht mehr so tief. Ich weiß nicht, ob ich das gut oder schlecht finden soll. Erst seit zwei Nächten schlafe ich wieder allein in meiner Lehmhütte.

Das letzte Leuchten meines Traumes verblasst und ich blinzle in die Finsternis um mich herum. Es muss mitten in der Nacht sein. Durch das Fenster kann ich ein paar vereinzelte Sterne funkeln sehen. Nachts, in dieser alles umfassenden Dunkelheit der Everglades, ohne die Lichter der Großstadt Miami, kann ich am besten nachdenken. Nur wenn ich nicht schlafe, habe ich meine Träume so weit im Griff, dass es mir möglich ist, überhaupt zu denken.

Die Sommersonnenwende ist nun über eine Woche her. Anstatt die Hoffnung, die über der gesamten Siedlung hängt, in mich aufzunehmen wie die anderen und zuzulassen, über eine glückliche Zukunft nachzudenken und Pläne zu schmieden, stürze ich mich tagsüber in die Arbeit, suche mir neue Aufgaben und helfe, wo ich nur kann. Meine Magie ist allen hier sehr willkommen, Lenora und Mazen trainieren täglich mit mir, aber wirklich unter Kontrolle habe ich meine Fähigkeiten noch lange nicht.

Sobald das Tagwerk getan ist und alle anderen sich zu ausgelassenen Feiern in der Mitte der Siedlung treffen, verkrieche ich mich hier in der kleinen Lehmhütte, die Lenora mir zugewiesen hat. Ich schaffe es noch nicht, die Dunkelheit in meinem Inneren zu vertreiben, mein Leben wieder aufzunehmen wie die anderen.

Noch vor ein paar Wochen, direkt vor meiner Initiationszeremonie war mein Ziel klar: Ich wollte eine starke Insignie, wollte mich mit Riaz vermählen, damit wir gemeinsam die Letzte Stadt zu einem besseren Ort machen können. Doch was seither geschehen ist, hat mich verändert, meine Ziele sind zerronnen wie der Sand einer Sanduhr. Ich habe keine eigenen Träume mehr, wenn ich an die Zukunft denke. Alles, was ich vor mir sehe, ist undurchdringliches Schwarz. Mit jedem Tag habe ich Riaz, Yasmeen und Malak seltener gesehen. Wir haben uns immer weiter voneinander entfernt.

Riaz ist mit den anderen Formwandlern unserer Expedition unterwegs, Yasmeen und Malak unterstützen Lenora bei neuen Ankömmlingen in der Siedlung. Die beiden haben bereits hier ihr Glück gefunden: Sie brauchen ihre Liebe nicht länger zu verstecken.

Doch ich bin dazu nicht in der Lage, und ich weiß, dass Riaz es spürt. Nach allem, was in Summit geschehen ist, kann ich nicht weitermachen wie zuvor. Was zwischen *Nicolas* und *Hailey* passiert ist, hat mich verwirrt. Wie konnte ich diese heftigen Gefühle entwickeln? War da doch mehr als nur eine Manipulation? Ich fürchte mich vor dem Kribbeln in meinem Inneren, wenn ich an die gemeinsame Zeit mit Dante denke, wie vor dem schleichenden Entfernen von dem, was ich immer für eine niemals endende Liebe zu Riaz gehalten habe. Ich frage mich, was uns wirklich aneinandergebunden hat. Ob es wirklich Liebe war.

Ich habe Riaz immer weiter von mir geschoben. Er hat versucht, mich von diesem zermürbenden Schuldgefühl zu befreien, indem er ebenfalls behauptet hat, dass ich das Richtige getan habe. Aber wenn es richtig war, Leemal zu töten, warum fühlt es sich dann manchmal so falsch an, dass ich mir wünsche, die Zeit zurückdrehen zu können und eine andere Lösung zu finden?

Riaz kann mich nicht verstehen und ich verstehe nicht, wie es so weit kommen konnte. Dass ich mich ausgerechnet immer weiter von dem Menschen distanziere, der mich früher immer ergänzt hat, der Teil eines jeden Gedankens über meine Zukunft war. Nun ist unsere Zukunft ungewiss.

Ich starre zum Fenster hinaus in die Dunkelheit und die funkelnden Sterne über uns. Einer dieser leuchtenden Punkte ist Heliopolis. Meine Heimat.

Schon bald werden wir unsere Mission erfüllen und den Zwilling zurück in die Letzte Stadt bringen. Ich kann meiner Welt die Magie zurückbringen und so unzählige Leben retten. Doch was danach kommt, weiß ich nicht. Ich wende den Blick vom Fenster ab. Bis dahin gibt es noch viel zu tun.

Um die Ausgestoßenen hier in der Siedlung, ihre Familien und die Nachkommen mit ihren besonderen Fähigkeiten nicht schutzlos ohne Magie zurückzulassen, lässt Lenora die letzten Überreste der alten Magie der Erde hier zusammentragen. Seit der Sommersonnenwende gab es auf allen Kontinenten unzählige Diebstähle in Museen und Privatsammlungen. Die Ausgestoßenen und ihre Abkömmlinge haben weltweit dafür gesorgt, dass alle Artefakte, die auch nur einen Funken Magie in sich tragen, hier gesammelt werden, damit sie der Kraft des Zwillings nahekommen. Die Schutzmauer, die sie alle verborgen halten wird, ist nahezu fertiggestellt. Selbst die Magie der alten Bauwerke wurde in einzelne Steine von ihnen geleitet. Die Sonnen- und die Mondpyramide von Teotihuacán, das Mausoleum Qín Shǐhuángdìs, die chinesische Mauer oder Machu Picchu sind nur noch Bauwerke. Ohne die Magie des Hauses Nut, die ihnen nun entzogen wurde, werden sie bald zu dem werden, aus dem sie erschaffen wurden: Sand. Gestein. Erde.

Täglich treffen weitere Reisende hier ein. Die Siedlung hat sich mittlerweile um ein Vielfaches vergrößert. Ich habe nie auch nur zu träumen gewagt, so viele Magiebegabte auf der Erde zu finden, und doch fühlt es sich nicht wie das an, was unsere Ahnen immer erhofft haben.

Wieder und wieder kreisen meine Gedanken um meine Mission. Mein Vater hat mich damit beauftragt, den Zwilling zu finden und die Magie nach Heliopolis zurückzubringen. Aber er hat mir so vieles verheimlicht und noch immer habe ich das Gefühl, nur an der äußeren Hülle des Panzers zu kratzen, der die Wahrheit verborgen hält. Ich habe mit niemandem darüber gesprochen. Niemand würde mich verstehen. Etwas, das ich als Hailey bereits kennengelernt habe.

Ich höre ein leises Rascheln ganz in der Nähe. Mein Puls beschleunigt sich und ich versuche angestrengt, etwas in der Dunkelheit zu erkennen. Leise setze ich mich auf und hebe die Hand, um die Magie von Tefnut aufzurufen. Ich brauche ein Feuer, um die Dunkelheit zu vertreiben.

Nein. Ich werde paranoid. Es muss ein Tier gewesen sein. Wir sind mitten in den Everglades. Die Natur besteht nun einmal aus zahlreichen Geräuschen.

Nach mehreren zitternden Atemzügen sacke ich wieder in mich zusammen. Müdigkeit gewinnt den Kampf über meine düsteren Gedanken, ringt meine Gefühle nieder, macht den Zwiespalt in meinem Herzen erträglicher. Ich kippe vor Erleichterung schier ohnmächtig zur Seite und falle erneut in meinen Albtraum. Nur dass es nun mein Vater ist, der an Leemals Stelle steht. Und ich lächle zutiefst befriedigt, als er endlich sein Leben loslässt.

Meine Mutter befreit mich aus dem Traum. Ich reibe mir den Schlaf aus den Augen und spüre eine Veränderung in der Luft, die nach süßer Minze riecht. Eine strahlende Sonne malt kleine, unförmige Kleckse auf den Boden. Die Lehmhütten für uns wurden noch während der Siegesfeier von Erdelementaren des Hauses Tefnut erschaffen. Sie hatten keinen großen Wert auf Details gelegt und so waren die Fenster weder rund noch eckig, dafür ganz individuell. Ich finde sie genau richtig und setze mich mit einem Lächeln auf den Lippen auf und wende mich Lenora zu.

»Wie geht es dir, *Amira?*« Meine Mutter nennt mich immer noch bei meinem alten Spitznamen. Ein jedes Mal, wenn ihr dieses alte irdische Wort für Prinzessin über die Lippen kommt, verändert sich ihre Stimme, wird sanfter, hüllt mich ein und erweckt damit das Gefühl in mir, wieder klein und gut behütet an ihrer Seite in meinem Zimmer im Palast zu sitzen, wo sie mir Geschichten erzählte. Geschichten von einer kleinen Prinzessin, die am Ende immer siegte – ganz gleich, ob gegen ihre Ängste oder Feinde von außen. Eine schöne Vorstellung.

Weil ich nicht antworte, wiederholt sie ihre Frage. Ich brauche dennoch etwas länger, um in mein Inneres zu blicken. Ich fühle mich … leicht. *Zu leicht.*

»Zu gut«, spreche ich meine Vermutung aus und das Lächeln meiner Mutter verblasst zusammen mit meinem eigenen.

»Ich wollte dir nur helfen«, flüstert sie schnell, ehe sie ein »Martha!« zum Fenster hinausruft. Das beschwingte Gefühl, das mir aufgezwungen wurde, verschwindet sofort und die Dunkelheit kehrt zurück. Selbst über den Sonnenfleck auf dem erdigen Boden der Hütte zieht ein Schatten.

»Das ist keine Hilfe«, sage ich ehrlich und eine leichte Welle von Wut überkommt mich. »Du verabscheust Haus Seth für seine Gabe, aber ziehst selbst Nutzen daraus?« Sofort beiße ich mir auf die Zunge für meine Respektlosigkeit gegenüber Lenora.

Ihr tadelnder Blick ruht auf mir, bis ich meine Lider senke. Das stimmt auch sie milde. »Martha wollte dir nur helfen. Sie kann keine Gefühle manipulieren, sie kann einzig Leichtigkeit verbreiten. Ich wollte dir helfen, *Amira*. Du benötigst all deine Kraft, wenn ihr heute zurückreist.«

Sofort hat sie meine Aufmerksamkeit. »Wir gehen zurück nach Heliopolis?«

Lenora nickt und kommt vom Fenster auf mich zu. »Die letzten alten Artefakte sind in der Nacht eingetroffen. Wir haben hier nun alle Magie dieser Welt versammelt – zusammen mit all jenen, die Magie in ihrem Blut tragen. Wir werden uns schützen können, wenn du nun den Zwilling mitnimmst.«

Ich nicke nur, überwältigt von den Bildern des Albtraums, der mich nun wieder einholt. Ich werde bald meinem Vater gegenüberstehen.

Lenora setzt sich neben mich auf meine Bettstatt, eine erhöhte Erdschicht mit zahlreichen Fellen darauf, und wendet mir ihren Oberkörper zu. »Du weißt, dass all diese Menschen hier Teil unserer Familie geworden sind.«

Ich nicke ein weiteres Mal und meine Hände graben sich in das Fell unter mir.

»Ich muss sie – diese Welt – beschützen.« Mutter sieht auf meine Finger hinab, sie spürt meine Unruhe, dennoch spricht sie weiter. »Wenn Zaahir den Zwilling in die Hände bekommt, könnte Anus Vision sich doch noch erfüllen, auch wenn nicht Leemal es sein wird, der unser Ende einleitet.« Sie schluckt kurz hart und blickt mir dann wieder direkt in die Augen. »Ich möchte, dass du das Volk von Heliopolis beschützt und den Zwilling in die Letzte Stadt zurückbringst, damit er, wie Zaahir gesagt hat, den Diĝir heilen kann. Aber versprich mir, dass du ihn nicht an deinen Vater übergibst. Auch wenn das bedeutet, dass du deine Mission offiziell nicht erfüllt hast.«

Obgleich in ihren Worten ein flehender Ton mitschwingt, sind ihre Augen vollkommen ausdruckslos.

»Mir geht es nicht um die Ehre, den Zwilling zurückzubringen«, antworte ich sofort etwas lauter als beabsichtigt, wütend über das, was sie mir vorwirft: Eitelkeit. »Aber wenn ich Vater den Zwilling nicht aushändige, wird er eine weitere Mission anordnen«, gebe ich nun etwas ruhiger zu bedenken.

Ein sanftes Lächeln umspielt nun Lenoras Lippen und ihre Augen leuchten auf. »Mazen wird dafür sorgen, dass es nicht so weit kommt. Du weißt, dass du deine Mission erfüllt hast. Du stehst kurz davor, Heliopolis zu verändern.« Nun funkelt Stolz in ihren Augen, den ich regelrecht in mich aufsauge.

»Um Mazen seine Aufgabe zu erleichtern, muss Dante euch jedoch begleiten.«

Bei der Erwähnung seines Namens beginnt mein Herz schneller zu schlagen. »Wieso soll er mit uns zurückkehren?«

»Er ist Leemals Nachfolger. Wir können nicht riskieren, sämtliche Familien des Hauses Seth gegen die Rückkehrer aufzubringen. Es wird für Mazen schon schwierig genug, Leemals Tod zu erklären. Wenn auch Dante nicht zurückkommt, würde ein Streit um die Nachfolge entstehen, Chaos.«

Bei dem Gedanken daran, Dante wiederzusehen, dreht sich mein Magen um. Immerhin habe ich seinen Vater umgebracht. Er hat mir in all der Zeit auf der Erde geholfen, hat mich immer verstanden und zu mir gehalten. Er stand bis zuletzt an meiner Seite. Danach ist er verschwunden und seither habe ich ihn nicht mehr gesehen. Ob die Trauer über den Verlust seines Vaters ihn eingeholt hat oder die Schuld, für diesen Tod mitverantwortlich zu sein, ihn ebenso niederringt wie mich?

Ich vermisse ihn. Vermisse die Ungezwungenheit seiner Gegenwart. Er stellt keine Erwartungen an mich. Erwartungen, die ich womöglich nicht erfüllen kann. Für meine Mutter, die Siedler, ja selbst meine Freunde bin ich diejenige, die eine Wendung gebracht hat und die eine neue Ära einleiten wird, wenn ich die Magie zurückbringe. Für Dante bin ich Akasha. Zumindest hoffe ich es.

Langsam schiebe ich meine Beine über die Kante des improvisierten Naturbettes und stehe auf. Lenora reicht mir meine Kleidung und sieht sehr zufrieden aus.

Während sie mich kurz darauf in Richtung Badehaus schiebt, verlangt sie von mir, nach dem Frühstück in die Versammlungshalle zu kommen. Ich nehme ein kurzes, aber erfrischendes Bad, dann hole ich mir nur ein Brötchen und einen Kaffee aus der Gemeinschaftsküche. Die vielen Blicke der Menschen, die sich morgendlich auf dem Platz treffen, lasten wie ein schweres Gewicht auf mir. Ich habe Mühe, die auf mich eindringende Erwartung zurückzuhalten. Trotz des täglichen Trainings mit der Magie des Hauses Seth schaffe ich es nicht, mich abzuschirmen. Während ich mich zwischen den gemischten Gruppen der Neuankömmlinge verschiedenster Erdkulturen hindurchschlängle – alle so unterschiedlich in ihrer Kleidung und dennoch alle gleich –, halte ich Ausschau nach meinen Freunden. Doch sie sind nirgendwo zu sehen. Rund eine halbe Stunde nach Lenoras Aufforderung betrete ich die Versammlungshalle, von der aus wir nach Miami aufgebrochen sind. Es scheint Jahre her zu sein, dass ich zuletzt in dem Raum war, in dem noch immer Leemals Körper liegt, damit wir ihn mit nach Heliopolis nehmen können, wie es nach dem Tod eines Generals erwartet wird. Er sieht aus, als würde er schlafen. Sehr blass, aber nicht seit über eine Woche tot. Mazen muss die Zeit um ihn angehalten haben, um den Verfall seines Körpers aufzuhalten. Früher hat Haus Osiris seine Magie in die Leinenbinden gewirkt, um die Körper der Toten zu erhalten. Später hatten die nicht magischen Nachkommen mit Ölen und Harzen eine Variante der Konservierung geschaffen. Ein weiteres Beispiel dafür, was Menschen ohne Magie zu schaffen imstande sind.

»Wir müssen Dante finden, damit wir zurückkehren können«, sagt Mazen gerade, der mit dem Rücken zu mir neben Lenora steht. Auf einer der Bänke vor ihnen warten Allaz, Riaz, Yasmeen und Malak. Yasmeen lächelt mich vorsichtig an. Riaz entdeckt mich und hält für einen Moment inne, ehe er antwortet: »Wir haben ihn wirklich überall gesucht, haben ganz Miami durchkämmt. Wir haben sogar einen Flieger nach Tucson genommen und in seinem ehemaligen Zuhause in Summit nach ihm gesehen.« Seine Geste schließt Malak und Yasmeen mit ein. »Er könnte überall auf der Welt sein.«

Das erklärt, warum ich seit zwei Tagen gar nichts von ihnen gehört habe. Davor war Riaz mit Zedan und Elizaa unterwegs, um die Magie aus den antiken Bauwerken zu sammeln.

»Diese Frau, die zum Wind sprechen kann, hat uns gesagt, dass er nicht dort ist«, ergänzt Yasmeen. Sie verfolgt jeden meiner Schritte, als ich an ihnen vorbei zu den Bänken gehe. Allaz rückt von Riaz ab, sodass ich mich neben ihn setzen kann. Die wenigen Zentimeter, die uns trennen, könnten genauso gut ein tiefer Graben sein.

»Wir haben Feleez und Sameer wieder hierhergebracht«, erklärt Allaz. »Feleez wollte sich noch ausruhen, aber inzwischen müsste sie wieder so weit bei Kräften sein, um uns weiter bei der Suche zu helfen.« Lenora nickt ihm zu und Allaz erhebt sich von der Bank.

Ein kleiner Teil in meinem Inneren freut sich, dass Dante

ihnen allen so lange entwischen konnte, auch wenn ich mir nicht sicher bin, aus welchem Grund. Aber es fühlt sich einfach richtig an, dass er Zeit für sich bekommt, damit er um seinen Vater trauern kann.

»Du musst Allaz begleiten«, weist mich Lenora an. »Feleez möchte mit dir sprechen.« Ihr Gesichtsausdruck ist nicht zu deuten. Riaz springt auf und reicht mir seine Hand. Ich zögere und bin beinahe erleichtert über Lenoras Ablenkung: »Feleez will sie allein sehen, Riaz. Das müssen wir respektieren.« Ihr freundlicher Plauderton passt nicht zu dem harschen Zug um ihre Lippen. Sie folgt nur widerwillig dem Wunsch der Windseherin. »Unternimm nichts auf eigene Faust.« Sie richtet ihre Worte zwar an mich, aber sieht Allaz dabei an. Er soll dieses Verbot vermutlich durchsetzen.

Riaz setzt sich zwar wieder, aber das Funkeln in seinen Augen ist zurück. Er hatte schon immer ein Problem mit Anordnungen und Regeln. Ich drücke kurz seine Hand. Die Berührung gleicht einem zarten Funkenschlag, so wie es schon oft der Fall war, und doch ist es nicht mehr dasselbe. Aber sie fördert Erinnerungen zutage. Erinnerungen an eine Zeit aus einem anderen Leben. Als ich noch Träume hatte. Der Knoten in meiner Brust lockert sich ein wenig, als er mir schnell einen Kuss auf die Stirn drückt wie früher, wenn sich unsere Wege getrennt haben.

Die Geste fühlt sich so vertraut an, dass ich ein wenig tiefer durchatmen kann, ehe ich mich erhebe und Allaz nach draußen folge, Lenoras letzte Worte schweben zwischen uns: »Ihr müsst bald zurückkehren. Oder alle bisherigen Opfer waren umsonst.«

Wortlos überquere ich mit Allaz den Platz vor der Versammlungshalle, der sich inzwischen geleert hat. Die Siedler gehen nun ihren Aufgaben nach. Ein Großteil von ihnen arbeitet an der Barriere, die die Siedlung verborgen halten soll, wenn der Zwilling die Erde verlässt. Lenoras Worte kreisen wieder und wieder in meinem Kopf. Allaz scheint meine Zweifel nicht zu spüren, vor den besonderen Kräften der Windseherin des Hauses Tefnut jedoch werde ich es nicht verbergen können.

Allaz führt mich an den kleinen Hütten vorbei, die meine Freunde und ich bewohnen, zu einem etwas abgeschiedeneren Platz hinter haushohen Gräsern. Erst beugen sich die Pflanzen, dann streicht mir eine sanfte Brise ums Gesicht. Erneut empfinde ich es als zarte Berührung, Feleez' Berührung, ihre ganz besondere Verbindung zum Element Luft, die ihr Augenlicht ersetzt.

»Akasha«, ruft die alte Frau mit den weißen Augen und tritt aus einem Wohnmobil, wie sie es auch in Summit bewohnt hat, in die strahlende Sonne. Vielleicht wurde es in der letzten Woche hierher transportiert, vielleicht hat sie auch überall so einen Ort, indem sie sich blind orientieren kann. Sameer, ihren Mann, kann ich nirgendwo entdecken. »Wie schön, dich wiederzusehen.« Zahlreiche Falten rahmen das ehrliche Lächeln auf ihren Lippen ein und ihre leeren Augen zwinkern vergnügt über ihren Witz. Diese Frau strahlt so viel Güte aus, dass es mir warm ums Herz wird. »Komm rein, ich habe frischen Tee gekocht.«

Dann wendet sie sich an Allaz und ihr Gesichtsausdruck ist sofort weniger freundlich. »Krieger, du kannst Sameer zur Hand gehen. Er ist hinten auf dem Feld.«

Allaz nickt etwas steif, kommentiert das seltsame Verhalten der alten Frau jedoch nicht, sondern wendet sich ab und geht zwischen den Schilfgräsern davon. Ich sehe ihm noch einen Moment nach, ehe ich Feleez in ihr Wohnmobil folge. Die Einrichtung unterscheidet sich minimal von der in Summit, aber Feleez bewegt sich genauso sicher darin, als könne sie sehen, was ihre Hände tun. Sie stellt zwei Tassen und eine dampfende Teekanne auf den Tisch, setzt sich mir gegenüber und gießt uns Tee ein, ohne einen Tropfen zu verschütten. Sofort steigt ein intensiver Geruch nach Zitronengras mit dem Dampf aus den Tassen auf.

Ich trinke einen Schluck und verbrenne mich fast dabei, während Feleez in meine Richtung blickt, als könne sie mich sehen.

»Du hast uns alle gerettet«, sagt sie, kurz bevor mir ihr *Blick* unangenehm wird.

Ich verziehe den Mund. Erneut stieben meine Gedanken auf wie eine Schar aufgeschreckter Windlinge. Weil ich nichts sage, streicht mir die Luft zart übers Gesicht, tastet in einer einzigen Sekunde jeden Millimeter ab.

»Es ist gut, dass dich die Ereignisse nicht kaltlassen. Du hast einen sehr hohen Preis dafür bezahlt, uns zu beschützen«, fasst Feleez meine Gedanken in Worte. »Wer nicht mehr zur Trauer fähig ist, ist schon längst verloren.«

Ich versuche mich an einem Lächeln, das Feleez nach einem kleinen Windzug erwidert. Doch danach zeichnen sich Furchen in ihr Gesicht, die ich nur als Trauer interpretieren kann. Mit zitternden Atemzügen, die sie plötzlich alt und gebrechlich wirken lassen, sieht sie zur Seite. Einem solchen Moment beizuwohnen, fühlt sich unangenehm an, und ich senke kurz den Blick auf den Dampf, der aus meiner Tasse emporsteigt.

Schwäche, blitzt es in meinen Gedanken auf und, erschrocken über mich selbst, bin ich froh, dass sich Feleez mir wieder zuwendet.

»Ich soll dir helfen, diesen Jungen zu finden«, kommt sie nun aufs Wesentliche. »Möchtest du das denn überhaupt?«

In meinem Kopf ringen plötzlich zwei Stimmen. Die eine, die schreit, Dante in Ruhe zu lassen, weil er Zeit braucht, um zu trauern. Die andere, die ihn unbedingt sehen will, ihm beistehen will, sein Leid teilt.

»Ich weiß es nicht«, antworte ich wahrheitsgemäß.

»Das ist genau, was ich hören wollte.« Auf Feleez' Gesicht liegt nun ein stolzes Lächeln, das sich beinahe noch besser anfühlt als der Stolz in den Augen meiner Mutter. Dann rauscht ein Windstoß draußen vorbei und lässt die offen stehende Tür des Wohnwagens klappern.

»Folge dem Wind, dein Herz wird dir sagen, wenn du dein Ziel erreicht hast.«

Ich sitze noch mehrere Augenblicke da und bin unschlüssig, ob sie es ernst meint. Soll ich Dante tatsächlich zu Fuß finden? Die Everglades sind riesengroß, die vielen schmalen Pfade sind das reinste Labyrinth.

Feleez kommt meinem Einwurf zuvor: »Keine Angst. Der Junge war nie weit weg. Das könnte er gar nicht.«

Während ich noch über die Bedeutung ihrer Worte nachdenke, fordert Feleez mich mit einem Nicken erneut dazu auf loszugehen. Ich stehe auf und werde gleich außerhalb des Wohnwagens von einer weiteren Böe gestreift, die mich bis zu einem Gräsermeer schiebt. Unschlüssig bleibe ich stehen und sehe mich um. Allaz ist in die andere Richtung davongegangen und ich überlege, ob ich nach ihm rufen soll.

Als der Wind eine hüftbreite Schneise in das grüne Meer schneidet, lasse ich die letzten Bedenken ziehen und betrete das brusthohe Grün. Ich sehe Allaz' Abwesenheit als Chance. Mein Wunsch, mit Dante sprechen zu können, wurde erhört.

Hinter mir richten sich die Pflanzen sofort wieder auf und verbergen mich, nehmen mir aber auch die Chance, den Rückweg zu finden, sollten die Gräser höher werden. Ich spüre, wie sich Angst in mir breitmacht und meine Magie schärft. Ich könnte den Wind selbst befehligen, sage ich mir wieder und wieder und folge nun mit größeren Schritten dem Pfad, der in eine Senke hinabführt, sodass sich das Grün nun bis über meinen Kopf erhebt.

Mein Herzschlag wird schneller. Dann mischt sich ein Rascheln in das regelmäßige Knacken der Stängel unter meinen Füßen und Adrenalin rauscht durch meine Adern. Ich reiße meine Augen auf, mein Atem beschleunigt sich, und instinktiv manifestiert sich meine Magie, sodass die Luft vom Duft nach Minze getränkt wird.

Nur einen Schritt weiter verebbt das Gefühl von Gefahr urplötzlich und ich werde von rasender Neugier gepackt.

2

Siedlung der Ausgestoßenen – Florida, 30. Juni

Was willst du hier?« Ich höre Dantes Stimme, kann ihn aber nirgends sehen. Rasch suche ich die Gräser um mich herum ab, will herausfinden, wo er sich versteckt.

»Ich …« Was will ich *wirklich* hier? Ich weiß, dass dies seine Frage war, und sie bringt mich zum Nachdenken. Will ich ihn wirklich dazu überreden, zurück nach Heliopolis zu gehen, oder will ich einfach wissen, ob es ihm gut geht?

Mit einem lauten Rascheln und Knacken teilen sich die hohen Stängel genau an der Stelle, wo ich Dante vermutet habe und der ich meinen Körper zugewandt habe. Mein Blick streift ihn, ich registriere die dunklen Schatten unter seinen Augen, die fahle Haut seines unrasierten Gesichtes und das wirre Haar. Er trägt noch dieselbe Kleidung wie zuletzt im Museum. Er hatte niemanden, der sich um ihn kümmert, der ihn mit Nahrung und neuer Kleidung versorgt. Seine Hände hängen seitlich herab.

Ein seltsames Gefühl überrollt mich. Es ist mir unangenehm, ihm so gegenüberzutreten, und ich zupfe nervös am Saum meiner schlichten Tunika herum. Erst dann bemerke ich es und lasse meine Hand fallen. Es ist nicht *mir* unangenehm. Es ist *ihm* unangenehm.

»Du willst nicht, dass ich dich so sehe«, spreche ich es aus und sofort verschließt er sich.

Dante presst die Lippen zusammen und verschränkt die Arme vor der Brust. Eine Geste, die mir so schmerzhaft vertraut ist. Er hat sich uns – Riaz, Yasmeen, Malak und mir; seinem gesamten Jahrgang – gegenüber immer so verschlossen.

»Was willst du?«, ignoriert er meinen Einwurf.

Weil mich seine distanzierte Haltung ärgert, behalte ich all die Fragen über sein Befinden tief in mir.

»Wir werden heute nach Heliopolis aufbrechen.«

Dante mustert mich so lange, bis ich den Wunsch hege, mich bedecken zu müssen. Sein Gesicht ist absolut reglos, sodass ich meine Gabe einsetze, um zu erspüren, was er wirklich fühlt. Doch ich pralle an einem Schutzschirm ab.

»Dann eine frohe Reise. Möge der Diĝir über euch wachen.« Sein Sarkasmus trifft mich mehr denn je. Denn ich kenne ihn besser. Dante hat in der Letzten Stadt immer nur seine schlechte Seite gezeigt, war der erfolgsverwöhnte Mustersohn, der in seiner Art sehr nach seinem Vater kommt. Der dachte, Anspruch auf einfach alles zu haben – mich eingeschlossen. In Summit jedoch, als unser aller Leben eine Lüge war, durfte ich den echten Dante kennenlernen, der hoffentlich irgendwo hinter den verschränkten Armen zu finden ist.

»Du sollst uns begleiten.« Ich beobachte ihn genau, um seine Reaktion abzuschätzen. Kurz flackert ein Leuchten in seinen Augen auf, der Ansatz eines Lächelns zeigt sich, doch ich vernichte es mit meinen nächsten Worten. »Lenora will …«

»*Lenora* will …?«

Er hat mich durchschaut. Es ist nicht nur der Wunsch meiner Mutter, dass er mit uns kommt, sondern auch meiner. Ich *kann* nicht ohne ihn zurückkehren.

»Schon gut«, erwidere ich geschlagen. »*Ich* möchte, dass du mit uns zurückkommst.«

»Und warum?« Dante macht einen Schritt auf mich zu und nun stehen wir beide in dem Kreis, den der Wind für mich ins grüne Meer gedrückt hat. Die Frequenz meines Herzschlages ändert sich, während die hier so dunkelgrünen Augen immer näher kommen.

Verwirrt, was ich selbst denke und fühle, plappere ich Lenoras Worte nach: »Du bist nun der Wissende von Haus Seth. Du musst die Nachfolge deines Vaters antreten.«

Kurz lässt Dante seine neutrale Miene fallen und Enttäuschung macht sich stattdessen breit.

»Ich will nicht zu den Wissenden gehören.«

Diese Antwort verwundert mich. »Aber du ... Du wolltest immer mehr, deinen Stand erhalten, vielleicht regieren. Nun hast du die Möglichkeit mitzubestimmen.«

Er zieht kurz die Unterlippe zwischen die Zähne, atmet lange aus. »Das war nie mein Wunsch.«

Sofort verstehe ich. Ich habe keine Ahnung, was er wirklich gewollt, wovon er geträumt hat. Sein Vater schien all das für ihn zu wollen, von ihm zu erwarten. Nur deshalb war er immer so ... ein Idiot gewesen.

»Du könntest jetzt alles verändern, Dante.« Mein Ton wird nahezu flehend, weil ich merke, wie sehr ich ihn dabeihaben möchte, wie wichtig es ist, dass er mit uns zurückkehrt und Leemals Stelle einnimmt. Ich rede mir ein, dass dies wirklich der Grund ist, und ignoriere den Teil meines Herzens, den er als Nicolas erobert hat und der lautstark danach ruft, ihn niemals von meiner Seite zu lassen. Den Teil, der überzeugt davon scheint, dass ich Dante brauchen würde. Mehr noch als Riaz.

»Und wie soll es weitergehen?« Er tritt zu den Gräsern und richtet scheinbar all seine Aufmerksamkeit auf eines der weichen Blütenbüschel. Doch seine Bewegungen sind steif, seine Schultern wirken angespannt, als mache er sich für eine Konfrontation bereit. Dann lässt er es heraus: »Wir kehren zurück und tun so, als wäre all das nicht passiert? Als wäre mein Vater wirklich von *Menschen* getötet worden? Ich bin nicht länger bereit, eine Lüge zu leben, und will Lenora nicht das geben, was sie will.« Dann gibt er auf. Er fährt sich mit der Hand durch die schon zerzausten Haare. Eine der halblangen dunkelblonden Strähnen gleitet sofort zurück vor sein Auge und bricht einen Bann. Ich kann irgendwie spüren, dass er nicht länger nur von der gemeinsamen Rückreise spricht, und ich versuche, es in Worte zu fassen, doch er kommt mir zuvor.

»Ihr habt nach eurer Rückkehr von der Expedition das Recht, euch offiziell zu vermählen.« Erneut zupft Dante an dem Grün an seiner Seite herum, damit ich nicht weiter in seinem Gesicht lesen kann. Doch das ist zwecklos, denn ein Teil meines Herzens hat es bereits verstanden. Er hat mir doch schon gesagt, was er für mich empfindet, immer empfunden hat. Nachdem ich ihn als Nicolas kennenlernen durfte, konnte ich ihm sogar glauben.

»Ich …« Was kann ich schon sagen? Genau das war mein Ziel gewesen. Die Mission war eine Hürde, die es zu überwinden galt, um das offizielle Einverständnis des Rates zu erhalten, um Riaz zu heiraten und eine Verbindung aus zwei hohen Häusern zu schaffen, die mit dem Segen des amtierenden Herrschers den Thron für sich beanspruchen kann, wie es schon etliche Generationen vor uns getan haben. Dante hat recht. Und doch schüttle ich den Kopf.

»Ich will nicht zurückkehren, um mich zu vermählen.«

Dantes Kopf schnellt in meine Richtung und eine sanfte Welle von Hoffnung umspült mich. Ich taste kurz meine Gefühle ab und lege sie in meine Worte: »Ich möchte unser Volk retten, die Magie beschützen, Dante. Ich möchte, dass all die Intrigen und die Täuschung ein Ende haben.«

Dante sieht mich lange an. Was er wohl gerade denkt? Sein Gesicht ist eine für mich unlesbare Hieroglyphe.

Es scheinen Stunden zu vergehen, in denen wir beide reglos dastehen, weniger als einen halben Meter voneinander entfernt. Meine Gedanken ziehen umher, halten bei unserem ersten Kuss auf dem Abschiedsball inne. Dem Kuss, den ich glaubte, Riaz zu geben. Ich war wütend gewesen, enttäuscht, beschämt. Als Hailey habe ich Dante freiwillig geküsst und es nicht bereut. Trotz der Schuldgefühle Riaz gegenüber denke ich auch jetzt noch positiv an unsere gemeinsame Zeit zurück. Dante hat mir in jener Zeit gegeben, was ich brauchte: Zuspruch, Unterstützung. Mir kommt erneut in den Sinn, wie ich gedacht habe, dass man *diesen* Dante wirklich lieben und ein gemeinsames Leben aufbauen könnte. Ich spüre die Hitze in meinen Wangen, als Dante scharf einatmet und dabei das zartgelbe Büschel vom Stängel reißt. Dann schließt er die Lücke zwischen uns fast vollständig.

»Du weißt, was ich für dich empfinde, Akasha.«

Ich schlage die Augen nieder. Es tut mir weh, ihm nicht das geben zu können, was er begehrt. Ich will, dass er glücklich ist. Und doch bin ich so egoistisch, ihn zu bitten, mich zu begleiten, um meine Aufgabe zu Ende zu bringen, ohne dass ich eine Entscheidung treffe.

Die Hitze, die Dante ausstrahlt, als er mir näher kommt, mir sein Atem sanft über das Gesicht streicht, befeuert etwas in mir, belebt den Teil meines Herzens, den Hailey Nicolas geschenkt hat.

»Du weißt, dass ich alles für dich tun würde«, flüstert er. »Aber …«

Ich unterbreche ihn, will, nein, *kann* es nicht hören. Daher spreche ich mit fester Stimme aus, was ich bislang niemandem gesagt habe: »Dante, ich weiß, dass du andere Ziele und Wünsche hattest, aber ich *brauche* dich in Heliopolis. Ich spüre es. Wir müssen nicht nur den Zwilling zurückbringen, damit endlich wieder ein Impfstoff hergestellt werden kann und die Krankheit, die Armut ein Ende hat. Ich kann noch immer nicht fassen, was unsere Väter getan haben, kann nicht glauben, dass mein Vater den Tod so vieler – unseren Tod – befohlen haben soll.« Ich hole tief Luft, um meinem Wunsch mehr Nachdruck zu verleihen. »Ich will die Wahrheit herausfinden, muss wissen, wem ich glauben kann. Außer dir, Yasmeen, Malak und Riaz kann ich niemandem vertrauen. Bitte hilf uns. So wie du uns im Museum geholfen hast.«

Ich sehe seine innere Zerrissenheit. Sehe den Schmerz, den ich ihm zufüge, indem ich seine Mithilfe beim Tod seines Vaters erwähne. Er ringt mit sich und ich warte reglos auf das Ende des Kampfes.

»Du hast recht«, sagt er, eine kämpferische Entschlossenheit in den Augen. »Ich muss mich meiner Aufgabe stellen. Ganz gleich, wie schwer sie sein wird.« Er holt tief Luft und sein Gesicht kommt näher. Ich erstarre, obwohl ich Sekunden zuvor nichts als tiefe Erleichterung verspürt habe. Ich weiß, ich sollte zurückweichen, sollte nicht diesen erwartungsvollen Moment genießen, ehe sich unsere Lippen berühren. Sollte nicht die Augen schließen und seine geflüsterten Worte wie eine Liebkosung empfinden. Und dennoch tue ich es. Ich wage es nicht, Luft zu holen, sonne mich in der Hitze seines warmen Atems, der nun über meine Wange streift. Ich sehne mich nach der Berührung seiner Lippen und erfasse die fast lautlosen Worte an meinem Ohr erst, nachdem Dantes Wärme verschwunden ist.

»Wenn es dein Wunsch ist, werde ich so tun, als hätte es die Zeit in Summit nicht gegeben.«

Ich reiße die Augen auf. Er steht nun so weit von mir entfernt, wie es in unserem kleinen Kreis nur möglich ist. Seine Hand streckt sich mir noch entgegen. Als er es bemerkt, lässt er sie fallen.

Dante schluckt die Traurigkeit hinunter und versucht sich an einem Lächeln. Doch in mir zerreißt etwas und eine Träne rollt über meine Wange. Über die Stelle, die Dantes Atem eben noch gewärmt hat.

»Ich habe meine Bestimmung aus den Augen verloren.« Er strafft sich und wirkt wieder wie Dante Letos, der Sohn des mächtigen Generals Leemal. Mein Herz gerät ins Stocken und eine Stimme in mir würde am liebsten »Nein« rufen, will die andere Seite von ihm zurückhaben. Doch das würde ihm noch mehr Schmerzen bereiten, daher presse ich die Worte wieder zurück in mein Herz. Die eisige Maske legt sich endgültig auf sein Gesicht und mit ihr erkaltet mein Inneres.

»Lass uns zurückkehren.« Dante geht mit starrer Miene an mir vorbei, als hätte es die letzten Minuten, Stunden, Tage und Wochen nicht gegeben, schiebt die Gräser auseinander wie zuvor Feleez' Böen, und ich habe Mühe, ihm völlig überrumpelt zu folgen.

3

Siedlung der Ausgestoßenen – Florida, 30. Juni

Am späten Nachmittag begleiten uns die Siedler auf einem verschlungenen Pfad zu dem Platz, an dem unser Schiff liegen soll. Vor uns endet der Pfad urplötzlich an einer sanften Erhebung, wie sie hier in den Glades nicht allzu selten ist. Eine junge Frau tritt neben Lenora und legt die Hand auf den Boden. Der große Stein, den sie in ihrer anderen Hand hält, beginnt zu leuchten. Die Erde zieht sich zurück und unser Schiff kommt zum Vorschein. Voller Ehrfurcht ziehe ich die Luft ein, ein Geräusch lässt mich nach rechts blicken, wo plötzlich Dante neben mir steht. Die Überraschung weicht schnell aus seinen Zügen, und nach einem kurzen Seitenblick zu mir strafft er seine Schultern und trägt die gewohnt finstere Miene zur Schau: arrogant und überheblich.

»Wie ist es hierhergekommen?«, murmle ich mehr zu mir selbst, aber Riaz beugt sich zu mir, in seinen Augen funkelt etwas lange nicht Dagewesenes. »Wir haben es hierhergebracht. Wir sind mit dem Flugzeug nach Summit geflogen, aber zurück sind wir mit ihm hier. Leemal war ohne Formwandler nicht in der Lage, es mit Energie zu versorgen. Wir konnten auf diese Weise aber auch Sameer und Feleez herbringen, die keinen irdischen Pass haben. Zedan, Elizaa und ich haben für genügend Energie gesorgt, die Reise dauerte nur einen Bruchteil von der mit menschlicher Technik.« Er klingt mindestens zehn Jahre jünger und sprüht nahezu Funken vor Aufregung. Sie ist regelrecht ansteckend. »Ich durfte es sogar kurz steuern!« In diesem kurzen Moment sehe ich den alten Riaz wieder –, die unbändige Neugier, stets ein neues Abenteuer erwartend – und wie von selbst spiegle ich sein Lächeln, ehe Mazen meine Aufmerksamkeit auf sich lenkt.

Er berührt das Schiff und ein Teil der Außenhülle beginnt zu schimmern wie eine Wasseroberfläche, die leise Wellen schlägt. Um uns herum versammeln sich immer mehr Siedler, während unser Jahrgang direkt neben Mazen und Lenora steht. In vorderster Reihe stehen die vier Kinder der Siedlung und seitlich die wenigen Teilnehmer der Mission, die vor ein paar Wochen mit uns hierhergereist sind. Sie werden mit uns zurückkehren, um den Schein zu wahren und uns in Heliopolis zu unterstützen. Zedan, der Heiler, und Elizaa, die mich aus meiner Schlafkapsel befreit hat, sind die Einzigen, die ich bereits kenne.

Riaz nimmt beinahe besitzergreifend meine Hand und registriert mit einem kurzen Zucken seiner Mundwinkel, wie Dante auf meiner anderen Seite sofort den Blick abwendet.

»Die Generationen überdauernde Lüge hat bald ein Ende«, beginnt meine Mutter, und um uns herum wird es sofort still. Ich sehe zu Mazen, doch er scheint nichts damit zu tun zu haben. Lenora muss niemanden damit beauftragen, für Stille zu sorgen, um gehört zu werden. Die Menschen hier in der Siedlung, diese Sammlung an Ausgestoßenen und deren Familien hängen an ihren Lippen, als wäre sie die Inkarnation des Diĝirs. Sie ist diejenige, die sie alle gerettet hat – aus ihren falschen Leben.

»Lange mussten wir auf diesen Moment warten, doch nun liegt unser aller Schicksal in den Händen meiner Tochter Akasha und ihres Verlobten Riaz. Sie werden den Zwilling zurück in die alte Heimat bringen, werden die Magie des Diĝirs wiederbeleben und somit der Krankheit ein Ende bereiten, die so viele von euch hierhergebracht hat – als Ausgestoßene der Gesellschaft.«

Während ein kurzer Applaus erklingt, huscht mein Blick neben mich. Riaz lächelt. Es gleicht beinahe dem Strahlen wie am Abend unseres – meines – Abschiedes, als die Augen so vieler Magieloser auf uns gerichtet waren und er um meine Hand angehalten hat. In diesem Moment waren wir glücklich und all unsere Ziele – meine Träume – schienen zum Greifen nah. Riaz sieht ebenfalls zu mir, und ich sehe, dass er dieselben Bilder vor sich hat. Sanft streicht sein Daumen über meinen Handrücken und ich lasse mich von der so gewohnten Geste beruhigen.

»Mögen sie erfolgreich sein und uns endlich alle befreien! Mögen sie dafür sorgen, dass Zaahir keine weitere Expedition entsendet, um uns zu vernichten!« Lenoras Stimme erhebt sich und die darauffolgenden zustimmenden Rufe und der Jubel scheinen endlos.

Doch ich kann ihre Beschuldigung nicht kommentarlos stehen lassen. Ich straffe meine Schultern und blicke in die hoffnungsvollen Augen der Siedler. »Ich bedauere, was ihr erleben musstet, was euch angetan wurde, indem ihr aus eurer Heimat vertrieben und hierhergebracht wurdet.« Ich spüre die Unruhe meiner Mutter direkt neben mir. Sie würde mich am liebsten zurechtweisen und davon abhalten weiterzusprechen. Aber ich muss es aussprechen: »Ich glaube fest an die Unschuld meines Vaters, des großen Herrschers Zaahir.

Und ich verspreche euch beim Diĝir, dass wir die Verantwortlichen finden und zur Rechenschaft ziehen werden. Euch droht nie wieder Gefahr.«

Erst ist die Menge unschlüssig, die Menschen sehen einander an, um zu sehen, wie ihr Gegenüber reagiert, werfen fragende Blicke in die Richtung meiner Mutter, die versucht, ihren Unmut zu verbergen. Dann beginnt jemand zu klatschen und der Rest stimmt mit ein. Ein wirklich berauschendes Gefühl. Yasmeen nickt mir anerkennend zu.

Es bildet sich eine Schlange, und die Siedler treten einzeln oder paarweise vor, um uns für unseren Einsatz Glück zu wünschen. In jedem einzelnen Augenpaar sehe ich die Hoffnung auf ein baldiges Leben ohne Angst. All diese Gesichter machen mir deutlich, dass es nicht weitergehen kann wie bisher. Der letzte Funke, der meinen Entschluss zu einem inneren Feuer werden lässt, kommt von den Kindern. Eins nach dem anderen tritt zu mir.

Egal, wie, ich werde diese Menschen hier beschützen. Ich stehe nicht hinter Lenoras Meinung, dass mein Vater erneut jemanden entsendet, um die Siedlung zu zerstören. Aber sollte es tatsächlich so sein, werde ich es verhindern. Ich werde die Wahrheit herausfinden. Die Letzte, die zu mir tritt, ist die kleine Maya, das Mädchen, das mir als Erstes gezeigt hat, welch wundersame Begabungen außerhalb der Letzten Stadt existieren. Ihre Nasenflügel beben, als sie sich von Riaz ab- und mir zuwendet. Sie reckt die Arme in die Höhe, und ich kann gar nicht anders, als in die Hocke zu gehen und sie an mich zu drücken, obgleich ich sie kaum kenne. Doch anstatt mir wie all die anderen Glück zu wünschen, flüstert sie mir ins Ohr: »Feleez lässt dir etwas ausrichten: *Lass dich nicht von der Vergangenheit täuschen.*«

Ich richte mich verwundert auf, aber ehe ich nachhaken kann, hat sie Dante schon kurz zugenickt, einen Glückwunsch gemurmelt und hopst nun mit einem kindlichen Lächeln im Gesicht davon, sodass ihre roten Locken nur so auf und ab springen.

Mazen stellt sich neben Lenora uns gegenüber auf. Hinter unserem Jahrgang aufgereiht, stehen die fünf erwachsenen Besatzungsmitglieder, die unsere Expedition *überlebt* haben. Fünf! Gemeinsam mit uns und Mazen sind wir elf. Ein kläglicher Rest, verglichen mit den rund vierzig Männern und Frauen, die hierher aufgebrochen sind. Was ist mit ihnen geschehen? Ich habe sie weder in Summit noch in der Siedlung gesehen. Wie konnte ich mir bislang keinerlei Gedanken darüber machen, wie dezimiert wir zurückkehren würden?

Beinahe so wie die früheren Expeditionen, bestätigt meine innere Stimme.

Die Dunkelheit in meinem Inneren hat einfach alles betäubt, sodass ich mir nicht ein einziges Mal Gedanken darüber gemacht habe. Ich will die Frage nach dem Verbleib gerade stellen, da räuspert sich Mazen und klärt uns über unsere Rückkehr in die Letzte Stadt auf: »Da wir nicht mehr so viele Formwandler bei uns haben, werden wir die gesamte Reise in den Schlafkapseln verbringen. Auf Heliopolis angekommen, werden uns weitere Angehörige des Hauses Nut erwarten und dabei helfen, uns wiederzuerwecken.«

Das Wort Schlafkapsel sorgt für Flashbacks und die Bilder greifen mit eiskalter Hand nach mir und ziehen mich zurück zu meinen bisherigen Kontakten mit den Kapseln, die scheinbar überlebenswichtig sind, um die Reise zur Erde zu überleben. Die Enge der geschlossenen Kapsel, als ich an Bord des Schiffes erwacht bin, nachdem ich in meinem Bett, in meinem

Zimmer in Heliopolis eingeschlafen war. Dann zu dem Tag, an dem wir hier ankommen sollten. Wie Riaz von mir weggezerrt wurde, obwohl wir geplant hatten, den Übertritt auf die Erde nicht schlafend zu verbringen. Er wurde von Dante überwältigt, hat er erzählt. Instinktiv taste ich nach Riaz' Hand, aber die Berührung beruhigt mich nicht mehr so sehr wie früher.

»Lasst uns gehen.« Lenora begleitet uns direkt bis zu dem Durchgang. Als ich näher trete, spüre ich das Kribbeln der Magie, die gewirkt wird. Verschwommen sehe ich hinter der äußeren Hülle des Schiffes einen der zahlreichen Flure im Inneren. Binnen Sekunden durchfluten mich die unterschiedlichsten Empfindungen. Freude, Hoffnung, aber auch ... Angst. Nie hätte ich gedacht, dass Nach-Hause-Zurückzukehren beängstigend sein könnte.

Aber Heliopolis wird nie wieder dasselbe für mich sein. Weil ich mittlerweile eine andere bin.

Riaz zieht leicht an meinem Arm, bis ich mich von dem Bild vor mir losreißen kann. Mazen tritt vor die schimmernde Stelle, dreht sich noch einmal kurz zu uns und nickt Lenora ein letztes Mal zu, ehe er durch die wellenschlagende Fläche taucht und das Raumschiff betritt. Danach ist er etwas verschwommen, aber durch den reinen weißen Hintergrund des Schiffes klar zu erkennen.

Die erwachsenen Besatzungsmitglieder folgen einer nach dem anderen, grüßen meine Mutter zum Abschied und gehen an Bord. Mit Verwunderung verfolge ich Malak und Yasmeen, die keinerlei Anzeichen von Nervosität zeigen. Dann fällt mir ein, dass sie ja bereits von Summit hierhergereist sind. Riaz nickt mir aufmunternd zu und gibt mir einen sanften Stoß in Richtung der Öffnung.

Meine Mutter tritt zu mir, als ich direkt vor dem Flimmern stehe, das rundherum die Minze explosionsartig in die Höhe schießen lässt. »*Amira*«, sagt sie mit sanfter Stimme und das Wort umgarnt mich wie immer. »Unser aller Schicksal liegt nun in deiner Hand.« Sie löst einen Beutel von dem Gürtel an ihrer Hüfte. Behutsam, als halte sie ein Windling-Küken, legt sie ihn mir in beide Hände. Sofort fühle ich die pulsierende Magie des Zwillings durch meine Adern rauschen und wundere mich über das samtartige Material des Beutels, der das Supernova-gleiche Leuchten des Zwillings nicht nach außen dringen lässt. Meine Sinne sind geschärft, nahezu überfordert, sodass ich Mühe habe, mich nur auf Lenora zu konzentrieren. »Du bist die Einzige, die es schaffen kann, uns zu befreien. Ich übergebe dir den Zwilling, damit du Heliopolis rettest, dem Volk die Magie zurückbringst, indem der Zwilling in die Stadt zurückkehrt und den Diĝir auflädt. Mazen wird euch dann dabei helfen, den Impfstoff herzustellen.« Sie macht eine kurze Pause, und ich sehe, wie sie mit den nachfolgenden Worten ringt, ehe sie sie herauslässt. »Ich kann dich zu nichts zwingen, kann dir nicht befehlen, den Zwilling nicht an deinen Vater auszuhändigen.« Sie schluckt kurz. »Aber ich kann darauf hoffen, dass du die richtigen Entscheidungen triffst und deinen Gefühlen folgst. Für die Freiheit aller und … um uns hier vor einer erneuten Sintflut zu schützen.«

Sie nimmt mich kurz in den Arm und streicht mir über den Rücken. Dann trete ich schnell durch das Tor. Der Übertritt fühlt sich an wie ein leichter Stromstoß und schon befinde ich mich im künstlich erschaffenen Licht der Schiffsflure. Mazen steht direkt vor dem allumfassenden Weiß.

»Wo sind Malak und Yasmeen?«, frage ich, nachdem ich festgestellt habe, dass außer ihm niemand zu sehen ist.

Mazen deutet auf den Flur hinter sich. »Sie sind bereits im Schlafsaal. Folge ihnen, damit man deine Schlafkapsel vorbereiten kann.«

»Ich warte noch auf Riaz und Dante«, ist meine knappe Antwort, und ich stelle mich neben ihn. Ich höre, wie er schwer einatmet, er gibt jedoch keinen Kommentar dazu ab. Jenseits des Portales zeichnen sich nun zwei dunkle Schemen vor dem blauen Himmel über den Everglades ab. Es dauert entsetzlich lang, bis die beiden endlich nacheinander hindurchtreten. Noch kurz blitzt hinter Dante meine Mutter auf und winkt mir ein letztes Mal zu, dann schließt Mazen den Eingang, der nun nicht mehr von den anderen Wänden des langen weißen Flurs zu unterscheiden ist.

»Folgt mir«, weist Mazen mich an. »Wir müssen alles für unsere Reise vorbereiten.«

Riaz legt mir eine Hand auf den Rücken und schiebt mich zu dem Raum, in dem unsere Schlafkapseln stehen. Er drückt mir einen sanften Kuss auf die Stirn, als ich mich mit Unbehagen auf die Liegefläche setze. Es ist dieselbe Geste wie so viele Male in der Vergangenheit. Und doch fühlt sie sich vollkommen anders an, obwohl ich das Warum nicht genau benennen kann.

Leise wiederholt Riaz noch einmal die Worte von zuvor und reißt mich aus den Gedanken: »Alles wird gut. Wir werden alles verändern, Ash.« Das erste Mal seit Leemals Tod sind unsere Gesichter so nah. Ich sehe, wie er schluckt, als ihm bewusst wird, dass wir dieselbe Luft atmen. Dann schlägt er die Augen nieder. Ich denke an die Zeit zurück, in der jeder Kuss ein gestohlener Moment war, und von Nostalgie überwältigt, bewegen wir uns instinktiv aufeinander zu, mein Herz pocht und meine Lippen sehnen sich nach den seinen.

Kurz vor der Berührung verharrt er, als bitte er um Erlaubnis. Da ich nicht zurückzucke, überwindet er die letzten Millimeter und presst seinen Mund auf meinen. Nur eine flatternde Berührung, mit der er mich sanft niederdrückt, doch sie fühlt sich falsch an. Ebenso falsch wie das gehauchte »Ich liebe dich«, das wie ein Echo aus einer vergangenen Zeit klingt, ehe er die Kapsel schließt und mir die Augen zufallen.

4

Du'uzu 6945 nach Atum

In einem der größten Gemächer des Palastes rennt ein kleines Mädchen im Raum umher, als suche es nach etwas. Die Sonne geht gerade jenseits der Stadtmauer auf und die ersten Strahlen hellen Lichtes brechen durch das Fenstergitter. Das Mädchen ist noch in seine Schlafgewänder gehüllt und flüstert unentwegt ein Wort. Vielleicht einen Namen.

»Taz?« Seine Stimme klingt verängstigt. Die dunklen Augen sind groß, und die ersten Tränen rollen über die Wange, als es sich nun rückwärts unter dem Bett hervorschiebt.

Auf den reich verzierten Neoferrumbalken, die den Betthimmel stützen, ist der Name des Mädchens eingraviert. Ea. Sie ist die Prinzessin von Heliopolis, Tochter des Herrschers José Toras.

»Taz?« Eas Stimme hallt durch den Raum. Von jenseits der Tür erklingt ein Geräusch und Ea verharrt in ihrer Bewegung. Niemand tritt ein. Sie atmet erleichtert aus. Die Sorge in ihrem Gesicht weicht Entschlossenheit, und sie geht auf eines der Regale zu, in denen Sandklötze und Feuerkugeln neben etlichen Wasserpuppen und anderem Spielzeug lieblos aufeinanderliegen.

Ihre kleine Hand tastet den Rand des Regals entlang und

kurz darauf öffnet sich die Wand neben ihr. Einer der Fluchttunnel. Ea schlüpft hinein und rennt auf nackten Füßen durch den von erstarrten Flammen beleuchteten Gang. Dabei sieht sie sich ständig um, bleibt aber erst vor einer Wand stehen und holt dort mehrmals tief Luft, ehe sie den Ausgang über ein Panel öffnet. Sie steckt zuerst den Kopf durch die Öffnung, eilt dann hinaus in die lärmerfüllte Stadt. Sie scheint zu wissen, wo sie hinmuss, verwendet jedoch überwiegend Seitengassen und vermeidet die großen Plätze wie den Basar oder das Heilzentrum. Sie geht zielstrebig auf den westlichen Außenbezirk zu, ihr Schatten eilt ihr voraus und versteckt sich mit ihr, wenn Wachposten ihres Vaters zu sehen sind.

Wenig später passiert sie den Hauptweg der Oase und erreicht die Stallungen. In der westlichen Oase werden einige Tätigkeiten, die sonst durch Magie betrieben würden, durch Tiere erledigt. Eas Haltung ist vollkommen entspannt, als sie nun auch noch den Stall passiert und sich zwischen der Außenmauer des langen Gebäudes und der Stadtmauer hindurchschiebt.

Es ist eng, für einen Erwachsenen wäre es vermutlich unmöglich, ihr zu folgen. Ein leiser Ruf erklingt und Eas Gesicht beginnt regelrecht zu strahlen.

»Taz!«, ruft sie.

Die Erleichterung ist ihr anzumerken. Die Sonne ist noch nicht über die Stallungen geklettert, in dem schmalen Durchgang ist es finster wie in der Dämmerung. Ea jedoch zögert nicht, sondern setzt ihren Weg fort. »Taz, du musst zu mir kommen. Taz!« Ihre Stimme wird lauter und hallt von der Stadtmauer wider. Sie zuckt zusammen, sieht sich mit verängstigtem Gesicht um und reibt sich über die nackten Arme, auf denen sich Gänsehaut abzeichnet.

Dennoch geht sie entschlossen weiter, auf den Laut zu. Sie bleibt kurz an einer Stelle stehen und betrachtet mit gerunzelter Stirn die Stadtmauer. Das dicke Mauerwerk wirkt an dieser Stelle seltsam dunkler, anders und Ea erschaudert. Ein Rascheln in den tiefen Schatten, wo ein weiteres Gebäude auf die Stallung trifft und der Weg endet, lenkt nun ihre Aufmerksamkeit vollkommen auf sich.

Ein kleines vierbeiniges Tier streckt sich und stößt einen weiteren Ruf aus.

»Taz! Da bist du ja endlich!« Ea rennt auf das mit geflecktem Fell bedeckte Etwas zu, nimmt es auf den Arm und drückt es an sich. Es ist eine Katze von der Erde. Eine der Züchtungen zu Beginn der zweiten Ära. In diesem Moment erklingt eine Stimme aus den Schatten.

»Heißt er Taz?«

Ea lässt das Tier beinahe fallen und weicht mehrere Schritte stolpernd zurück. Aus dem finsteren Winkel zwischen Stallung, Stadtmauer und der Fassade des benachbarten Gebäudes tritt ein Mädchen, gekleidet in eine verwaschene graue Tunika. Es lächelt, während es immer näher kommt und die Hand nach Ea ausstreckt. Nein, nach der Katze.

Ea dreht sich leicht zur Seite, beschützt das Fellbündel in ihren Armen.

»Taz ist ein Mädchen«, sagt sie bestimmt, wie es nur Kinder können. »Sie ist meine Freundin.« Eas kleine Hände sind fest im Fell der Katze vergraben.

»Kann sie auch meine Freundin sein?«, fragt das Mädchen. »Ich habe keine Freunde.« Es senkt den Kopf.

Ea antwortet: »Ich habe auch keine Freunde. Können wir Freunde sein?« Das Mädchen hebt den Kopf. Seine Augen leuchten trotz der Dunkelheit.

»Wir können Schwestern sein«, sagt es beim Nähertreten. »Schwestern lassen einander nie allein.«

Ea nickt, als würde sie die Tiefgründigkeit dieser Aussage verstehen.

»Dann lass uns Schwestern sein.«

Das Mädchen lächelt bei einem Nicken.

»Ich heiße Anu, und du?«

5

2. Abu 6996 nach Atum

Ich erwache von mehreren Stimmen, die aufgeregte Anweisungen rufen. Hinter meinen Lidern herrscht gleißende Helligkeit, es ist nicht wie in all den Nächten zuvor. Ich horche in mich, versuche, mich an den Traum zu erinnern, der mich Nacht für Nacht verfolgt hat, doch er ist ausgeblieben. Habe ich etwa die ganze Nacht durchgeschlafen, bin nicht aufgeschreckt wie all die geplagten Nächte zuvor? Ich blinzle und hebe langsam die Lider, um mich an die entsetzliche Helligkeit zu gewöhnen. Erst dann bin ich mit einem Schlag munter. Ich liege in der geöffneten Schlafkapsel und im Hintergrund herrscht geschäftiges Treiben.

Dann verdunkelt ein Gesicht das Licht über mir und Riaz' blaue Augen funkeln mich an. »Willkommen zurück.« Ich spüre seine Hand an meinem Arm entlanggleiten und wie er ihn fest umgreift. Langsam versuche ich, mich zu erheben, Riaz hilft mir dabei, ein ehrliches Lächeln auf den Lippen.

»Ich bin froh, dass du aufgewacht bist, während ich hier warte. Es war nicht einfach, Elizaa zu überreden, mich über dich wachen zu lassen. Willkommen zurück auf Heliopolis.«

»Wir sind ... zurück? Warum wurden wir nicht kurz zuvor geweckt? Meine Mutter meinte, Mazen würde uns instruieren …« Meine Stimme ist rau, als hätte ich sie tagelang nicht benutzt. Wenn Riaz die Wahrheit sagt, *habe* ich sie tagelang nicht benutzt. Wochenlang. Ich stütze mich auf den Unterarmen ab. Sofort passt sich das Formpolster unter mir meiner neuen Lage an.

Riaz legt sanft den Zeigefinger auf meine Lippen.

»Mazen hat sich verschätzt, was den Energiebedarf angeht. Mit den wenigen Formwandlern, die noch an Bord sind, war es … einfacher, alle in den Schlafkapseln zu lassen, um den Energiekreislauf ohne Komplikationen am Laufen zu halten. Mazen wird dich nach dem Empfang in die Pläne deiner Mutter einweihen, wir wurden bereits instruiert.« Ich sehe wieder vor mir, wie ausgezehrt Riaz nach dem Energieausfall auf dem Flug zur Erde ausgesehen hat, und erschaudere kurz. Er setzt sich auf das Formpolster, zieht mich hoch und drückt mich an sich. Während er sanft über meinen Rücken streichelt, registriere ich den weichen Stoff über seiner Brust. Sofort sehe ich an mir hinab.

»Wer hat mich umgezogen?« Ein kleiner Teil von mir verfällt in Panik und ich taste nach dem Zwilling. Erleichterung durchströmt mich, als ich den Beutel an meiner Seite fühle. Der Zwilling reagiert auf meine Stimmung und seine Magie schwappt in hastigen kleinen Wellen auf mich über.

Riaz stößt eine Mischung aus Lachen und Schnauben aus. »Zum Glück warten die Chronisten erst jenseits der Pyramiden auf uns. Das würde sonst einige Fragen aufwerfen.« Seine tiefblauen Augen funkeln amüsiert. Ich kneife meine leicht zusammen, was dafür sorgt, dass er einen weiteren Lachanfall unterdrücken muss, ehe er mir antwortet: »Wir sind Formwandler, Ash. Niemand musste dich umziehen, wir verändern einfach das, was du am Leib trägst. Es gehört zur

Tarnung, hat Mazen gesagt. Er hat auch bereits Kontakt zu deinem Vater aufgenommen und unserer offiziellen Ankunft steht nichts mehr im Wege. Da ich nicht wollte, dass einer der anderen Formwandler in Versuchung gerät, habe ich mich dafür gemeldet, deine Kleidung anzupassen.« Er schürzt die Lippen, ehe er um einiges leiser hinzufügt: »Es bedurfte eines hohen Maßes an Selbstkontrolle …« Das Funkeln in seinen Augen erlischt und weicht etwas ganz anderem, auf das mein Bauch mit einem nervösen Kribbeln reagiert. Hitze steigt in meine Wangen und ich sehe schnell weg. Dabei fällt mir auf, dass die Unterhaltungen mittlerweile verstummt sind. Im Raum ist niemand mehr außer Riaz und mir.

»Sind die anderen schon wach?«, frage ich, während ich mir überlege, ob ich erneut viel länger geschlafen habe als der Rest der Mannschaft. Hat Riaz mich in den Schlaf versetzt? Ich war so entsetzlich müde, nachdem er mich auf die formbare Matratze gelegt hat, dass ich sofort eingeschlafen bin.

»Schon seit gestern, als wir nach unserer Ankunft die Kapseln geöffnet haben. Sie haben alle nicht länger geschlafen als sonst. Aber du scheinst einiges an Schlaf nachholen zu müssen. Mazen hat entschieden, dass wir dich schlafen lassen, damit du fit bist, wenn wir uns deinem Vater stellen.« Er sieht mich aufmerksam an, verfolgt jede Regung meines Gesichtes. Daher bemühe ich mich, möglichst ungerührt auszusehen, und nicke nur langsam.

Mit einem »Danke« lenke ich Riaz so weit ab und sehe zur Seite, dabei kehren all die Bilder aus den Albträumen der letzten Woche gleich einem Sandsturm zurück. Ich spüre, wie mein Puls rast und meine Hände feucht werden. Die Magie des Zwillings dringt nun stärker auf mich ein. Ich entziehe Riaz meine Hand, stütze mich auf das weiche Formpolster unter mir und winkle dabei meine Beine zur Seite hin an, um es wie eine beiläufige Geste wirken zu lassen.

Ich weiß, weshalb wir zurückgekehrt sind. Weshalb meine Mutter und Mazen mich hier haben wollen und mir sogar den Zwilling anvertraut haben, um meinem Volk die Magie zurückzubringen – und das habe ich geschafft. Der Zwilling ist zurück auf Heliopolis, er wird die Magie des Diĝirs aufladen, und niemand muss mehr auf die Impfung verzichten. Aber Lenora und Mazen wollen auch, dass ich den Zwilling für mich behalte, ihn nicht meinem Vater aushändige, ihn verrate. Doch ich kann ihnen nicht blind vertrauen, wie ich mein Leben lang meinem Vater vertraut habe, der mich – ja uns alle! – belogen hat. Während der Reise wollte ich mir meiner Entscheidung sicher werden. Ich wollte das Für und Wider abwägen, mir darüber klar werden, wem außer meinen Freunden ich wirklich vertrauen kann. Doch die Bedenkzeit wurde mir genommen. Ich glaube daher noch immer an die Unschuld meines Vaters. Unterstelle ihm nicht, den Befehl dazu gegeben zu haben, seine eigene Tochter ermorden zu lassen. Ich muss zuerst Sicherheit haben, dass er wirklich hinter dem stand, was Leemal getan hat, und ich hoffe inständig, dass ich genug Zeit dafür bekommen werde. Dass Mazens Pläne längerfristig angelegt sind.

Mit einem Blick in Riaz' Gesicht, in diese leuchtenden blauen Augen, wird mir klar, dass ich ihm nichts davon erzählen kann, so schwer es mir auch fällt. Er vertraut Mazen genau so, wie Yasmeen und Malak es tun. Sie alle haben etwas, wofür sie kämpfen. Lenora hat all ihre verbotenen Wünsche und Träume in Worte gefasst und ihnen die Möglichkeit gegeben, sie wahr werden zu lassen. Malak und Yasmeen werden dank meiner Mutter den Impfstoff für ihre

Familien bekommen, Riaz wird der Wunsch nach Veränderung erfüllt. Wann habe ich begonnen, für etwas anderes einzustehen, mich einer anderen Richtung zuzuwenden? Schnell entziehe ich mich dem Bann seiner wundervollen Augen, ehe ich darin ertrinke und mich vergesse.

»Wo sind die anderen?«, frage ich zur Ablenkung.

»Sie warten im Aufenthaltsraum«, antwortet er mit einem kurzen Aufflackern von Misstrauen, tritt jedoch einen Schritt zurück, damit ich aufstehen kann.

»Dann los«, sage ich bemüht locker, springe von der Schlafkapsel und gehe in Richtung Tür. Nach nur wenigen Schritten ist Riaz an meiner Seite. Ohne ihn würde ich den schwebenden Raum – Hailey würde ihn Fahrstuhl nennen – nicht steuern können. Riaz' Magie schafft uns nach oben und binnen kürzester Zeit treffen wir auf den kläglichen Rest der Mission.

Schon als die Tür zum Aufenthaltsraum zur Seite gleitet, richten sich alle Blicke auf uns.

»Na endlich!«, ruft Yasmeen so laut, dass ich zusammenzucke, und winkt uns von unserem alten Tisch in der Ecke aus zu, an dem sie mit Malak sitzt. Mein Blick gleitet durch den Raum. Ich suche nach Dante, kann ihn jedoch nicht entdecken.

»Er ... Dante ist in seinem ehemaligen Zimmer hier«, presst Riaz hervor, als könne er meine Gedanken lesen. Für den Bruchteil einer Sekunde lässt er es zu, dass ich seinen Ärger darüber in seinem Gesicht lesen kann, dann hat er sich wieder unter Kontrolle. Doch allein dieser kurze Moment tut mir im Herzen weh.

»Er hat seinen Vater verloren, Riaz«, beginne ich noch einmal die Diskussion, die wir nach Leemals Tod mehrmals begonnen und nie zu einem zufriedenstellenden Ende gebracht haben.

»Ist es nur das?«, rutscht es Riaz so schnell heraus, dass er direkt daraufhin die Lippen fest zusammenpresst. Es geht nicht um Leemal und die Schuldgefühle, die ich habe. Bisher hat Riaz immer vermieden, über mich und Dante zu sprechen.

Die Tür schließt sich mit einem leisen Zischen wieder vor uns und schirmt uns so vor den anderen ab.

»Es tut mir leid, ich wollte nicht ...« Riaz streicht sich mit der Hand durch die kurzen Haare. »Wenn ich gewusst hätte, dass dein Vater auf der Erde ebenfalls eine Möglichkeit hat, dich in seine Arme zu treiben, hätte ich dich niemals von hier fortgelassen.« Sein erhitztes Gemüt, seine Eifersucht und sein Zorn treffen mich mit voller Härte, obwohl er sich abwendet, als müsse er sich für seine Gefühle schämen. Er atmet mehrmals tief durch, ehe er sich wieder zu mir umdreht. »Ich hätte dem niemals zugestimmt. Wir gehören zusammen, Ash.« Er greift nach meiner Hand und drückt sie fest an die Stelle über seiner Brust, wo wieder unser Zeichen, die Tätowierung des Dreiecks mit dem Ankh, prangt. »Wir haben so lange für unsere Zukunft gekämpft und Dante ... er ... Du gehörst an meine Seite. Ich liebe dich, Ash. Ich brauche dich. Wir können alles verändern!«

Seine Worte dringen in mich ein und wecken meine Erinnerungen an unser Leben hier. Wir haben immer Seite an Seite gekämpft – nicht mit Waffen, nicht gegen Krieger, aber für unsere Überzeugung, Heliopolis zu einem besseren Ort zu machen. Unsere Finger verschränken sich, mein Körper strebt seinem immer weiter zu, angezogen von der Hitze, die seine Worte und sein Blick in mir auslösen. Ehe ich es begreife, liegen unsere Lippen aufeinander, und ich ertrinke in dem

Kuss, der mich zurück auf die Mauern rund um die Letzte Stadt bringt. Dorthin, wo es immer nur uns beide gab.

»Seid ihr dann auch endlich so weit?«, reißt mich Yasmeens Stimme irgendwann in die Realität zurück, und Riaz rückt ein wenig von mir ab, sodass ich direkt in Mazens Gesicht blicke, der sich anscheinend ein Grinsen kaum verkneifen kann.

»Wir sind so weit«, antworte ich bemüht ernst, und Yasmeen prustet los.

»Dann lasst uns in die Stadt zurückkehren.« Mazen versichert sich mit einem kurzen Rundumblick unserer Zustimmung und geht dann voran den Flur entlang. Alle folgen ihm, Riaz und ich ganz am Ende. Er lässt meine Hand in keinem Moment los, nicht einmal, als er kurz an eine der zahlreichen Türen klopft, die wir passieren. Ich höre, wie sie hinter uns geöffnet wird und Schritte uns folgen, doch ich sehe nicht zurück zu Dante. Ich möchte Riaz nicht noch einmal so verletzen, möchte ihm nicht mehr wehtun, nur weil irgendein Teil von mir in Haileys und Nicolas' Beziehung mehr gesehen hat als eine kurze Romanze unter Teenagern. Riaz hat mir wieder die Akasha vor Augen geführt, die ich einmal gewesen bin. Doch ich weiß nicht, ob ich diese Person noch sein kann, noch sein *will*.

Wie von einer tonnenschweren Last erdrückt, folge ich Riaz durch den langen weißen Flur, passiere an seiner Seite eine verborgene Tür, ehe sich der Raum dahinter mit jedem Schritt weiter verändert und wir uns plötzlich im Inneren eines riesengroßen quadratischen Raumes mit schrägen Wänden befinden.

Riaz neben mir scheint nicht so sehr beeindruckt wie ich, obwohl wir nun endlich dort stehen, wo wir immer sein wollten. Selbst am Tage meiner Initiation hat der magische

Spiegel mir gezeigt, wie wichtig dieser Traum von mir und Riaz ist, eines Tages das Geheimnis jenseits der Stadtmauern zu ergründen. Und doch ist Riaz nicht annähernd von derselben Ehrfurcht gepackt wie ich, wo wir endlich inmitten unseres Geheimnisses stehen: dem Inneren einer der Pyramiden.

Ich bin nicht die Einzige, die abrupt stehen bleibt. Yasmeen und Malak tuscheln bereits aufgeregt, während Yasmeen wild gestikuliert. Sie sprüht geradezu vor Energie und ihre nun wieder weißblonden Haare wirbeln wie ein Nebelschleier um sie herum. Auch Malak sieht sich mit großen Augen in dem gigantischen Bauwerk um. Ich komme mir vor wie in einer der überdimensionalen Grabkammern am Ende vieler verzweigter Gänge, die auf diejenigen warten, die riskieren, den Fluch des jeweiligen Pharao auf sich zu ziehen. Ob sie schon immer für die Unterbringung der Schiffe verwendet wurden?

Die nach innen zulaufenden Außenmauern enden weit über dem großen Transferschiff an einer Art Zwischendecke. Der einzige Weg nach draußen scheint über den schwebenden Raum in der Mitte der Pyramide zu führen, der diese steinerne Decke über uns durchbricht. Derartige Dimensionen hätte ich nie erwartet und ich gehe nun davon aus, dass wir uns weit unter der Erde befinden und dass lediglich die Spitze der Pyramide von außen sichtbar ist.

Mazen steht direkt vor dem Fahrstuhl und unterhält sich mit Zedan, Elizaa und den drei anderen Männern, die ich nicht kenne. Vermutlich gehen sie noch einmal im Detail unsere »Ankunft« durch. Er winkt uns zu sich, und während wir seiner Aufforderung nachkommen, folge ich seinem Blick, der an einem Punkt hinter mir hängen bleibt.

Dante steht da, den Kopf in den Nacken gelegt, und bestaunt mit ebenso viel Ehrfurcht wie ich das uralte Bauwerk, dessen Geheimnis nun gelüftet ist. Er schüttelt immer wieder den Kopf und murmelt etwas vor sich hin, was ich aus der Entfernung nicht hören kann. Zwei Frauen, die ich nicht kenne, treten gerade aus dem Schiff. Sie tragen Uniformen mit grünen Abzeichen des Hauses Schu. Soldatinnen, die vermutlich das Schiff überprüfen. Mazen geht mit einem Nicken zum Gruß an ihnen vorbei zu Dante und redet mit dem Rücken zu mir auf ihn ein. Eine der Soldatinnen mustert Dante und Mazen so hoch konzentriert, dass sich ein ungutes Gefühl in meinem Bauch regt. Ein paar Augenblicke später treten die beiden dann zu uns und ich entspanne mich wieder.

Für einen kurzen Moment begegnen sich Dantes und mein Blick, bevor er sich kopfschüttelnd abwendet und von da an bemüht an mir vorbeisieht, während er sich mit Mazen und den anderen Erwachsenen unterhält.

Eine ungeahnte Sturheit erfasst mich, und ein einziger Gedanke beherrscht mich: *Wenn er mich ignorieren will, dann soll er das tun.* Doch ein zweiter folgt promt: *Das ist es, was du wolltest.* Die Erkenntnis rauscht durch mich hindurch wie eine kräftige Böe und mir wird kalt.

Riaz und ich betreten als Letzte den Fahrstuhl und Mazen bittet einen der mir fremden Formwandler um Aktivierung. Begleitet vom statischen Kribbeln der Magie und dem Geruch nach Minze, steigt der Raum so schnell nach oben, wie ich es nur aus den Palasttürmen kenne, und binnen Sekunden erscheint ein völlig anderes Bild vor uns. Wir befinden uns in einem Labyrinth aus Kisten, Tonnen, Paketen. Eine gigantische Lagerhalle, die wir nun durchqueren.

»Hierhin bin ich Dante gefolgt«, sagt Riaz so dicht neben meinem Ohr, dass niemand anderes mithören kann. Ich versuche, mir seine Erzählung der Geschehnisse erneut ins Gedächtnis zu rufen. Am Abend der Abschiedszeremonie hat mein Vater mich getäuscht, und ich habe mitten auf dem Ball zu Ehren der Mission Dante geküsst, weil ich glaubte, Riaz vor mir zu haben. Danach ist er davongestürmt, ich bin voller Scham auf mein Zimmer gegangen. Riaz ist Dante gefolgt, wie er mir später berichtet hat, und über einen versteckten Gang in der Pyramide gelandet, von wo aus er sich dann an Bord des Schiffes geschlichen hat – wo ihn letztendlich Mazen mit dem Nötigsten versorgt hat.

In regelmäßigen Abständen beleuchten von Haus Tefnut entzündete Fackeln den langen Gang, den wir nun entlanggehen. Die starren Flammen verströmen einen leichten Minzgeruch, der immer stärker wird, je näher wir der Letzten Stadt kommen. Ich habe die allgegenwärtigen Vibrationen, die Magie, die schwer in der Luft hängt, nie zuvor bemerkt. Jetzt jedoch, als wir dem Ende des langen Tunnels näher kommen, spüre ich den Unterschied zur Erde. Hinter der hohen Mauer der Letzten Stadt ist die Magie überall. Jedes Gebäude, jeder Stein, ja, selbst die Luft ist überschwemmt davon. Nur mit Mühe kann ich mich ihrem Druck widersetzen.

Riaz sieht mich besorgt an. Ich versuche mich an einem Lächeln, das ihn sofort noch besorgter werden lässt. Doch er kommt nicht dazu, mich zu fragen, was in mir vorgeht, denn in diesem Moment ertönt ein Gongschlag und Haus Osiris trägt die Schallwellen bis in die letzten Winkel der Stadt, so auch in diesen Tunnel.

Mazen aktiviert ein Display an der Wand, das nach einem kurzen Druck einen Ausgang freigibt, der mir vorher nicht aufgefallen wäre. Wir befinden uns in der Gasse seitlich des Tempels, die zu einem der Zugänge des Amphitheaters führt, von wo aus uns Spannung und Aufregung entgegenschlagen. Doch unter diesen positiven Gefühlen liegen andere, stärkere. Tief und mächtig. Angst, Hass, Zorn. Die Macht über die Begabung des Hauses Seth muss mich hier auf Heliopolis empfänglicher für die kleinsten unterdrückten Gefühle machen. Ich versuche, mich vor allem Fremden zu verschließen.

Mazen nickt uns noch einmal kurz zu und schreitet dann an Dantes Seite vorweg. Wir folgen ihm in Zweiergruppen.

Jubel brandet auf, als die Bevölkerung die ersten Rückkehrer erblickt. Riaz und ich betreten die Arena zuletzt und die Rufe werden noch lauter. Riaz schenkt allen ein strahlendes Lächeln. Er sieht so überglücklich aus, wie er unsere verschränkten Hände nach oben hält, dass ich ein schlechtes Gewissen bekomme, weil ich nicht so überschwänglich empfinde. Ich bin froh, zu Hause zu sein, jedoch bedeutet dies auch, dass ich mich nun meinem Vater stellen muss, dem Herrscher der Letzten Stadt, der mir nun von seinem Herrscherthron in der Mitte des Amphitheaters aus entgegenblickt.

6

Tašritu 6957 nach Atum

Das kannst du nicht machen! Ich bin fast volljährig!« Die junge Frau, Ea, vielleicht vierzehn oder fünfzehn Umläufe alt, schreit so laut, dass ihre Stimme im Sprechzimmer des Herrschers widerhallt und vermutlich im gesamten Flügel der Zitadelle zu hören ist.

José Toras bleibt ruhig, wartet geduldig, bis sich seine Tochter beruhigt hat, und gießt sich Tee ein. Dampf steigt aus der Tasse auf.

»Es ist zu deinem Besten«, sagt er nur und blickt auf die schwimmenden Minzblätter in dem Kelch hinab. Seine Lieblingssorte, marokkanische Minze, ursprünglich gewachsen in einer der alten Siedlungen auf der Erde. Ihr Duft soll dem reiner Magie ähneln.

Die Prinzessin schüttelt stur den Kopf. »Ich lasse mich nicht einsperren.«

Sie wendet sich ab. Die Luft scheint mit einem Mal zu flimmern, als sie für einen kurzen Moment innehält. Ihr Blick wird trüb, dann schüttelt sie den Kopf und aktiviert den Sensor der Tür.

Ihr Vater lässt den Kelch mit dem dampfenden Tee fallen. Feuchte Minzblätter verteilen sich auf dem Boden. Das reine

Entsetzen steht in seinen Augen, während die Prinzessin auf den Flur tritt und hastig die Zitadelle verlässt.

Der Basar ist gut besucht. Ea ignoriert die Zurufe, all die Angebote, und geht zielstrebig zum Palast. Ihre Wachen haben sichtlich Mühe, ihr zu folgen. Sie lässt sie vor verschlossener Tür im Flur vor ihren Gemächern zurück und sperrt den Zugang.

»Du bist aufgebracht.« Anu hebt den Blick von ihrem Buch. Sie sitzt auf dem Polster in der Fensternische und lehnt sich gegen die dicke Mauer aus Sandstein. Direkt neben ihr sitzt Taz.

»Vater verbietet es mir, mich von den Wissenden unterrichten zu lassen. Ich soll warten, bis der Diĝir mir meine Gabe verleiht.« Ihre zarten Hände, an deren Mittelfingern die weit geschnittenen Ärmel ihres roten Kleides befestigt sind, ballen sich wieder und wieder zu Fäusten. Sie wirkt angespannt, verärgert.

Anu sieht sie lange an, ehe sie antwortet. »Es gibt da …« Sie schüttelt hastig den Kopf und wendet sich wieder ihrer Lektüre zu, streichelt nebenbei sanft über Taz' Rücken.

»Es gibt was?« Ea durchquert den Raum, ihr transparentes Überkleid flattert hinter ihr her.

Anu kaut auf der Unterlippe, hebt den Blick nicht von ihrem Buch. Die Prinzessin kniet vor der Fensternische nieder und legt ihre Hand auf das Knie ihrer Freundin. Ihre Stimme klingt flehend, dann beinahe verzweifelt: »Wir sind Schwestern, Anu. Wenn du etwas weißt … wenn du mir sagen kannst, wie ich mich gegen die anderen behaupten kann … Du musst es mir sagen. Bitte.« Das letzte Wort ist kaum zu hören.

Anu schlägt ihr Buch zu und lehnt es an das Fenstergitter.

Taz wird von dem plötzlichen Geräusch aufgeschreckt und huscht davon. »Es könnte gefährlich sein«, setzt sie an, doch Ea hat sich entschieden, ehe Anu mehr davon berichtet. Sie scheint nicht einmal mehr zuzuhören, wie Anu erklärt, welche Macht laut Legenden jenseits der Stadtmauern schlummert, und fragt am Ende nur: »Warst du schon einmal dort draußen?«

Anu nickt langsam.

»Dann lass es uns tun. Gemeinsam. Lass uns nach der Magie suchen, Schwester.«

Die beiden benutzen denselben Tunnel wie immer. Dieselben Schleichwege, die sie zu jenem Ort führen, an dem sie sich in jungen Jahren kennengelernt haben. Die Lücke zwischen der Stadtmauer und der Außenwand der Stallungen ist nicht schmaler geworden, aber die beiden Mädchen sind gewachsen. Eas Ärmel bleiben immer wieder hängen, während sie sich Anu hinterher in die Enge schiebt.

»Ich sollte aufhören zu essen, sonst werde ich bald nicht mehr hier durchpassen«, sagt die Prinzessin und sieht zu Anu, die sich mit ihrem zarten Körper problemlos bewegen kann. Eas Blick ist voller Neid. Ihre Brauen rücken näher und näher zusammen, bis sie von Anu aus ihren Gedanken gerissen wird. Direkt an der Stelle, an der sie, als kleines Mädchen nach Taz suchend, die Hand auf die Mauer gelegt hat, berührt nun Anu die Mauer. Der massive Sandstein verschwimmt.

»Du gehörst dem Haus Nut an?« Ea klingt entsetzt. In ihren Augen ist deutlich die Missgunst zu lesen. Sie strafft ihren Körper, richtet sich auf, so gut es in der Enge geht, und sieht Anu von oben herab an.

»Nicht nur«, antwortet Anu geheimnisvoll, ohne auf die

missgünstigen Blicke der Prinzessin einzugehen. »Ich kann dir die wahre Magie zeigen und du brauchst dich nie wieder unzulänglich zu fühlen.«

Die Augen der Prinzessin beginnen zu strahlen. Doch es ist nicht der Glanz von Freude, sondern etwas ganz anderes. Etwas Bedrohliches ruht in ihrem Blick. Etwas, das besser verborgen bleiben sollte.

7

2. Abu 6996 nach Atum

Gerufene Glückwünsche und Segnungen, Lobpreisungen des Diĝirs und Applaus begleiten uns bis zur Tribüne, auf der mein Vater auf dem Herrscherthron sitzt. Ich sehe mich kein einziges Mal um, während ich einen Fuß vor den anderen setze und die Geräusche in den Hintergrund rücken. Die Stelle neben Zaahir gleicht einem schwarzen Loch, das unentwegt meinen Blick anzieht. Leemals Platz ist verwaist und ich schlucke die sofort wieder gegenwärtigen Schuldgefühle hinab. Riaz drückt meine Hand und lindert den Kloß in meinem Hals ein wenig, doch ich bin froh, dass Mazen das Wort ergreift und ich vorerst nicht sprechen muss.

Mein Onkel begrüßt den Herrscher der Stadt gemäß den Statuten. Er verbeugt sich dabei tief vor meinem Vater, tippt sich an die Stirn und anschließend an beide Seiten der Brust. Das heilige Dreieck. Vater erwidert die Geste bei ihm und den anderen, die Mazens Beispiel folgen. Ein Zeichen der Anerkennung und des Respektes vor unserer Leistung: die Reise überlebt zu haben. Die über Generationen andauernde Lüge gegenüber dem Volk – über den Impfstoff und den wahren Grund für das Schwinden der Magie – ist ihm nicht anzumerken, und Wut darüber flutet meinen Körper. Mutters letzte Bitte kommt mir wieder in den Sinn: ihm den Zwilling nicht zu übergeben, und ein Teil ihrer Beweggründe erschließt sich mir. Nichts würde sich ändern. Alles wäre wie früher – ehe Lenora den Zwilling gestohlen und den Ausgleich der Magie beendet hat. Ich sehe zu meinem Onkel. Er wird uns helfen, den Impfstoff herzustellen, und damit die Veränderung vorantreiben. Meine Magie prickelt schmerzhaft in meinen Adern. Bis ich als Letzte an der Reihe bin und mich ebenfalls verbeuge, habe ich meine Gefühle wieder einigermaßen im Griff, die Magie des Zwillings an meiner Seite hat sich ebenfalls beruhigt und ich schaffe es, die neutrale Maske mit leichtem Lächeln zur Schau zu stellen, die sich Zaahir früher so oft von mir erhofft hat.

Entgegen all meinen Erwartungen – und jeglichen Konventionen – steht der Herrscher auf und umarmt mich so fest, dass mir die Luft wegbleibt. Ob vor Schreck oder seinem festen Griff, kann ich nicht sagen. Ein Blick in seine Augen lässt mich für einen Moment schweben. Seine Erleichterung überflutet mich nahezu und sein Lächeln ist so ehrlich, dass ich es nur erwidern kann. Jetzt zweifle ich. Wie kann meine Mutter nur glauben, dass dieser Mann von Leemals Plänen wusste? Mit heftigem Blinzeln gelingt es mir, die Tränen zurückzuhalten.

Dann ist der Moment des Vaters vorbei, und der Herrscher Zaahir tritt an seine Stelle und mir wird wieder bewusst, warum Haus Geb diese Welt seit etlichen Zeiten anführt. Auch ohne Magie zu nutzen, schaffen es die Träger des geöffneten Auges, alle zu täuschen. Die Blicke des Volkes sind auf ihn gerichtet und im Amphitheater wird es totenstill, als er sich den Rängen zuwendet. Ich folge seinem Beispiel und stelle fest, dass die vielen Plätze nicht annähernd besetzt sind, wie es bei einem solchen Großereignis – der Rückkehr einer Expedition – zu erwarten gewesen wäre. Die Anzahl unserer Zuschauer gleicht eher dem eines schlechten Schauspieles zur Unterhaltung. Was ist in den Monaten unserer Abwesenheit geschehen? Bei unserer Abschiedszeremonie hat sich die ganze Stadt ins Amphitheater gedrängt. Mein Blick gleitet über die recht gut besetzten oberen Reihen. Weiter unten sitzen nur wenige Zuschauer und so sticht ein heller Punkt zwischen den blassen Farben der Magielosen regelrecht ins Auge.

Elif Valhar aus dem Hause Nephthys mit ihrem funkelnden weißen Kleid, der Farbe ihres Hauses, hat eine ganze Bank für sich allein in der ersten Reihe und verfolgt mit besorgter Miene das Geschehen auf der Bühne. Sofort denke ich an die Zeit vor meiner Abreise zurück, als ihr die Vermählung mit Riaz versprochen wurde. Erkennt sie in diesem Moment, dass eine Vermählung mit Riaz nun weiter entfernt ist als je zuvor? Ich würde gerne nach ihren Emotionen tasten, doch das Bild vor mir wird unscharf.

Zum ersten Mal sehe ich, wie Haus Osiris die Schallwellen manipuliert. Ich erkenne die weißen Schlieren, die zwischen uns und der Bevölkerung wabern. Die von Magie erstarrten Schallwellen. Es ist faszinierend und beängstigend zugleich. Diese Art Nebel sorgt für eine leicht trübe Sicht und erweckt den Anschein, als wären die in den Farben der Häuser dekorierten oberen Ränge des Theaters weit entfernt, während die unteren Ränge der Magielosen zu einem farblosen Nichts verschwimmen, in dem ein weißes Licht schimmert. Elif.

»Wir heißen die Entsandten willkommen!«, zischt nun Zaahirs Stimme wie ein transparenter Pfeil durch den Nebel. »Es ist Tradition, dass zunächst die Toten geehrt und gesegnet werden.« Wäre es nicht so absolut still, könnte ich hören, wie sich die Menschen, begleitet von einem Rascheln, erheben, wie sie ihre Daumen und die übrigen Finger zusammenlegen und so das heilige Dreieck vor der Brust formen. Wir auf der Bühne tun es ihnen gleich, während mein Vater eine wahre Lobeshymne singt. Auf die Helden der Mission, die zum Wohle der Letzten Stadt ihr Leben geopfert haben. Zahlreiche mutige Frauen und Männer, Träger von Insignien, aber auch jene, denen das Leere Zeichen im Nacken sitzt. Sie alle sind durch diesen Einsatz gleichgestellt worden, und ihnen wurde die höchste Ehre zuteil: dass die Worte des Herrschers selbst ihre Seelen zum Ursprung geleiten.

Der Nebel verblasst. Die Beeinflussung des Schalles ist nicht länger notwendig, denn im Amphitheater herrscht Totenstille zu Ehren derer, die nun zum Ursprung zurückgekehrt sind. Zaahir lässt das von seinen Händen geformte Dreieck nach oben gleiten, alle folgen seinem Beispiel, ehe wir die Arme in großem Bogen nach unten führen. Begleitet von den letzten Worten, die den Kreislauf der Magie beschreiben: »Wir übergeben ihre Seelen dem Diĝir, der sie eines Tages zurückkehren lassen wird. In eine bessere Welt.«

Wut überkommt mich. Wut auf all die Lügen, die überhaupt erst all diese Opfer gefordert haben: die Krankheit, die vor allem die einfache Bevölkerung dezimiert, wie an den unteren Rängen deutlich zu erkennen ist. Der Impfstoff muss so schnell wie möglich hergestellt werden – ohne als Druckmittel für politische Interessen eingesetzt zu werden. Auch wenn ich nach wie vor nicht glaube, dass mein Vater in Leemals Pläne eingeweiht war, bin ich der Überzeugung, dass er den Impfstoff dazu nutzen würde, seine Stellung zu festigen und das Lügenkonstrukt darum aufrechtzuerhalten. Vereinzeltes

Schluchzen dringt bis zu mir, der Schmerz des Verlustes so vieler Familien erdrückt mich beinahe. Ich muss mich konzentrieren, mich gegen die allgegenwärtigen Emotionen abschirmen, doch es erfordert ein hohes Maß an Konzentration und mir wird schwindelig, sodass ich erst durch den entsetzten Gesichtsausdruck Yasmeens auf die Worte meines Vaters aufmerksam werde. »Es sind nicht nur Verluste, sondern ungewohnt hohe Verluste. Nicht nur sind zahlreiche Träger des Leeren Zeichens getötet worden, sondern auch mein Sekundant, der Befehlshaber unserer Soldaten, ist unter den Opfern. Der Mann, der im Ring nicht ein einziges Mal besiegt wurde.« Zaahir ringt um Fassung. Seine Trauer um Leemal ist echt. »Der Rat der Wissenden ist zu dem Entschluss gekommen, dass diese Mission genauestens untersucht werden muss. Bis zu einer Übereinkunft werdet ihr in Gewahrsam genommen.«

Die Leibwache des Herrschers tritt von den Seiten der Bühne auf uns zu. Ich sehe mich panisch um, will erfahren, nein, kann nicht glauben, was hier geschieht. Jeweils zwei Wachen treten neben Mazen, Elizaa und die anderen Erwachsenen. In Mazens Augen funkelt regelrechte Mordlust, als er gemeinsam mit Zedan, Elizaa und den anderen drei Erwachsenen von Zaahirs Wachen abgeführt wird. Begleitet von Beschimpfungen, aber auch zustimmenden Rufen aus der Bevölkerung, wobei ich nicht sagen kann, was den Wachen und was den Gefangenen gilt. Ich kann nicht fassen, was soeben passiert. Meine Freunde ebenso wenig. Ein Seitenblick zeigt mir, wie sie alle vollkommen erstarrt sind, Yasmeens Mund ist leicht geöffnet, als würde sie jeden Moment losbrüllen wollen. Dann jedoch weicht sie zurück. Durch meine Konzentration auf sie überrollt mich ihre Angst. Angst, ebenso von den Wachen mitgezerrt zu werden. Doch nichts geschieht.

Zaahir hebt die Hand und die Menge verstummt. An uns gewandt, verkündet er: »Ihr werdet morgen wieder eurem Tagwerk nachgehen.«

»Was ist mit …« Yasmeen hat endlich ihre Stimme wiedergefunden. Leider ist es die Stimme, die gegenüber dem Herrscher absolut nicht angebracht ist. Malak reißt an ihrem Arm, um sie zurückzuhalten, ehe sie doch noch abgeführt wird, und deutet auf zwei weitere Wachen, die soeben hinter dem Thron hervortreten.

Die Miene meines Vaters ist absolut reglos. Daher verwundern mich seine nun plötzlich heiter klingenden Worte: »Yasmeen Adeen vom Hause Schu, du kannst es wohl nicht abwarten, dich zu vermählen.« Er zwinkert der nun wieder völlig erstarrten Yasmeen zu, während von den Rängen schallendes Gelächter zu uns rauscht. Zaahir hat die Lage absolut im Griff. Ich lache nicht, werde auch nicht rot wie Malak, sondern mustere meinen Vater ausgiebig. Ein Meister der Manipulation, auch ohne seine Gabe einzusetzen. Aber was hat er vor?

Riaz neben mir ist ebenso fassungslos ob dieser völlig unerwarteten Wendung. Ich kann es kaum abwarten, mit meinen Freunden darüber zu sprechen. Doch so schnell lässt Zaahir uns nicht los. Er gibt einer Frau mit einem goldgelben Kleid ein Zeichen und sie bringt die Zeit jenseits der Bühne zum Stillstand.

»Dante«, Vater nickt ihm zu, und Dante tritt einen Schritt vor. In der perfekten Haltung eines Soldaten senkt er demütig den Blick, wenn er vom Herrscher angesprochen wird.

»Warst du Zeuge des Todes deines Vaters?«

Ich höre auf zu atmen, die Ränder meines Sichtfeldes verschwimmen, und ich blinzle heftig.

Dante nickt.

»Erzähl mir, was passiert ist.«

Ich wusste, dass dieser Moment kommen wird. Aber ich habe mir ausgemalt, wie wir dem Herrscher in der Zitadelle davon berichten, nicht hier, vor den Augen des Volkes – oder zumindest einem kläglichen Überrest davon, selbst wenn sie alle davon nichts mitbekommen. Die Magie des Zwillings macht sich bereit. Er pulsiert im schnellen Takt meines aufgeregten Pulses. Auch Riaz, Yasmeen und Malak stehen absolut still.

»Mein Vater wurde von Erdmenschen überwältigt«, sagt Dante, ohne mit der Wimper zu zucken. »Ihre Waffen sind unserer Magie weit überlegen. Sie sind schlimmer als die Monster, die ich erwartet habe.«

Meine Erstarrung schmilzt dahin. Dante hat für mich gelogen und ich würde ihm dafür am liebsten um den Hals fallen. Er hat uns nicht verraten. Hat nicht sofort erzählt, was auf der Erde wirklich vorgefallen ist. Ich werfe ihm einen dankbaren Blick zu, doch er beachtet mich nicht einmal, was für einen bitteren Geschmack im Mund sorgt, den ich erst einmal schlucken muss.

Vater sieht Dante lange an, ehe er nickt und die Hand kurz hebt. Die Frau im goldgelben Kleid lässt die Zeit wieder weiterlaufen. Vater tut so, als wäre inzwischen nichts geschehen.

»Bevor wir noch einmal unterbrochen werden«, er sieht kurz zu Yasmeen, die sofort den Kopf senkt, »benenne ich Dante Letos zum Nachfolger seines Vaters, dem Wissenden des Hauses Seth. Du wirst von nun an an meiner Seite stehen und die Soldaten befehligen. Stellst du dich dieser Herausforderung trotz deiner jungen Jahre?«

Alle Augen sind auf Dante gerichtet, der mit jedem Wimpernschlag größer zu werden scheint. Erhobenen Hauptes tritt er vor den Thron, lässt sich auf die Knie fallen und senkt nun demütig den Kopf. Es folgen die traditionellen Worte, die die Verleihung einer solchen Ehre mit sich bringt, doch ich höre sie nicht wirklich. Meine Gedanken sind rastlos, Feststellungen und Fragen türmen sich zu einem Sandgebilde auf, das jederzeit in sich zusammenfallen und mich begraben könnte: Dante hat für mich gelogen. Für uns. Er ist nun die rechte Hand meines Vaters. Die machtvollste Position nach der des Herrschers. Yasmeen und Malak dürfen sich vermählen. Ich taste kurz nach dem Zwilling, eine Geste, die immer häufiger zu werden scheint. Seine Anwesenheit auf Heliopolis wird den Diĝir heilen. Unser Volk wird leben und glücklich sein.

Alles ist so gekommen, wie meine Mutter vorhergesagt hat. Nicht jedoch, dass Mazen und die anderen Erwachsenen, die über alles Bescheid wissen, sich in Gewahrsam befinden und die weiteren Pläne bis zu ihrem Freispruch aufgeschoben werden müssen. Das ist die von mir erhoffte Chance, von meinem Vater die Wahrheit zu erfahren. Als hätte sich mein Wunsch erfüllt.

Um mich herum wird es immer lauter. Eine gewisse Rastlosigkeit liegt in der Luft und reißt mich wieder in die Gegenwart. Riaz greift nach meiner Hand und will ebenso wie die anderen die Bühne verlassen, doch mein Vater hält mich zurück. »Ich würde meine Tochter gerne noch unter vier Augen sprechen.«

Während ich meine Panik niederringe – so schnell habe ich

nicht vorgehabt, mit meinem Vater zu sprechen –, sehe ich genau, wie fest Riaz seine Zähne zusammenpresst, dann jedoch nickt. Dem Herrscher kann er sich nicht offen widersetzen, auch wenn ihm anzumerken ist, dass er es gerne täte, mich lieber begleiten würde.

»Sehen wir uns nachher bei der Zitadelle?«, fragt mich Riaz, und ich nicke ihm schnell zu, ehe er gemeinsam mit Yasmeen und Malak die Bühne verlässt. Mein Vater erhebt sich und geht, gefolgt von seinen zwei Wachen und Dante, in die andere Richtung, zum Tempel. Wortlos folge ich und schließe zu Dante auf. Er wirft mir einen kurzen misstrauischen Blick zu, sieht dann jedoch wieder stur geradeaus.

»Ich beglückwünsche dich zu deiner neuen Aufgabe«, bringe ich mit nicht gerade wenig Sarkasmus hervor, schließlich hat er mir gegenüber noch behauptet, er wolle diese Stellung nicht, und nun verhält er sich, als wäre sein großes Lebensziel erfüllt. Er geht darüber hinweg und murmelt ein knappes »Danke«.

Mehr Worte wechseln wir nicht, während wir den Tempel betreten, dem geschwungenen sandsteinernen Korridor folgen, bis wir zum Turm des Hauses Geb gelangen und ich fieberhaft zu formulieren versuche, wie ich meinen Vater darauf ansprechen könnte.

Die Wachen bleiben vor dem schwebenden Raum stehen, mein Vater gebietet auch Dante zu warten und tritt hinein. Ich folge ihm mit gemischten Gefühlen, während sich die Tür hinter mir schließt und der schwebende Raum nach oben gleitet.

Ich habe keine Angst, stelle ich fest, während sich unter mir die Letzte Stadt ausbreitet und mich eine solch tiefe Sehnsucht erfasst, die ich entfernt als Heimweh identifizieren kann. Dort gehöre ich hin. Es ist meine Stadt, es ist mein Volk.

»Ich werde sie beschützen«, spricht mein Vater die Worte aus, die mir noch auf der Zunge liegen. Wie gebannt, stehe ich am Rand des gläsernen Turmes und sehe, wie unter mir alles schrumpft. Eine ganze Weile kann ich meinen Blick nicht losreißen, hinter mir erklingen die leisen Schritte meines Vaters. Seine Magie geht in Wellen von ihm aus. Ich spüre jede einzelne von ihnen beinahe schmerzhaft. Dann räuspert er sich, und seine tiefe Stimme erfüllt den Raum: »Doch dafür …« Ich wappne mich gegen seine nächsten Worte, die ich gehofft habe, vor mir herschieben zu können, bis ich die Wahrheit herausgefunden habe. »Hast du den Zwilling gefunden?«

Ich kann Vater bei der Lüge nicht ansehen, daher senke ich den Kopf im Anschein meiner Schande, ihn enttäuscht zu haben, und flüstere: »Nein, Vater. Ich habe versagt. Es tut mir leid.«

Die Zeit steht für mehrere Herzschläge lang still und ich wage nicht zu atmen. In meinen Gedanken male ich mir alle möglichen Konsequenzen aus, überlege bereits jetzt fieberhaft, wie wir ohne ihn und ohne Mazens Hilfe den Impfstoff herstellen können. Doch mein Vater geht nicht weiter darauf ein. Ich sehe in sein Gesicht, wo ich nichts als Trauer sehen kann. Nicht die erwartete Enttäuschung über mein Versagen. Er nickt nur kurz, ehe er weiterspricht: »Willst du dich wirklich mit Riaz vermählen?«

Die Frage ist so ziemlich die letzte, die ich erwartet habe angesichts unserer vermeintlich erfolglosen Rückkehr, Leemals Tod und Mazens Ingewahrsamnahme. Daher stoße ich den angehaltenen Atem aus und sehe meinen Vater lange an, der eben auf einem Sessel Platz nimmt wie an jenem Tag, an dem er mir offenbart hat, dass meine Familie die Schuld am Magieverlust dieser Stadt trägt. Er greift nun sogar zu seinem Tee auf dem schwebenden Tablett. Alles gleicht einem Déjà-vu.

Er pustet die Hitze vom Kelch und ein Hauch Vanille zieht zu mir herüber. Vater hat schon immer nach Vanille gerochen.

»Setz dich, Akasha, und denke sorgfältig über meine Frage nach.«

Ich folge seinem Befehl voller Misstrauen und sobald sich das Formpolster an meine Konturen angepasst hat, wird mir mein Versprechen Dante gegenüber wieder gegenwärtig. *Ich will mich nicht vermählen*, habe ich zu ihm gesagt, und es entspricht auch heute noch der Wahrheit. Daher schüttle ich den Kopf.

»Dir als Rückkehrerin steht die Wahl unter *allen* offen.« Bei ihm klingt das Wort »allen« nach »Dante«.

»Du meinst, ich habe all das mitgemacht, damit ich am Ende doch das tue, was du schon immer von mir wolltest?«

»Was *ich* wollte?« Ich habe meinen Vater aus der Reserve gelockt, was nur selten vorkommt. Meist kann man seinen inneren Aufruhr nur daran erkennen, dass seine Stimme leiser wird. Gefährlich leise, so wie jetzt, wenn er sich wieder besser im Griff hat. »Ich wollte immer, dass du die Freiheit hast zu entscheiden. Welcher Vater wünscht sich nicht für sein Kind, dass ihm alle Möglichkeiten offenstehen? Nur deshalb habe ich dich auf die Erde geschickt. In die Welt, in der du allein auf dein Herz hören kannst. Du musstest deine Optionen kennen, ehe du dich entscheidest. Unabhängig kennenlernen, ohne Vorurteile, ohne Manipulation, ohne Erwartungen.«

Ich halte mitten in meiner Bewegung inne und starre

meinen Vater an. Hat er etwa nicht gewusst, dass wir bereits auf der Reise zur Erde manipuliert worden sind? Wie sollte ich Optionen erkennen, wenn ich mich nicht mal mehr selbst kannte?

Die Antwort kommt von meinem Vater, der sich eben erhebt und auf mich zukommt. »Dante hatte diese Chance verdient. Zum Wohle von Heliopolis.«

Er lässt jedoch offen, ob er diese Worte auf den Posten als General oder auf den Teil meines Herzens bezieht, den Hailey Nicolas geschenkt hat. Doch ich nutze die Chance:

»Ist das der wahre Grund, warum du mich zur Erde geschickt hast? Damit ich Dante besser kennenlerne?« Meine Stimme überschlägt sich und ich spüre das Pulsieren des Zwillings, versuche meine Gefühle und ihn jedoch im Zaum zu halten, und beobachte die Reaktion meines Vaters.

Er schweigt, was mir Antwort genug ist. Ich sollte froh darüber sein, dass mein Vater offensichtlich nicht meinen Tod wollte, aber die Enttäuschung darüber, mich derart manipuliert zu haben, um mich Dante näherzubringen – wieder einmal –, überwiegt.

Mir wird alles zu viel. Ich muss hier raus.

Der schwebende Raum gleitet abwärts, als hätte mein Vater meine stumme Bitte erhört. Ich stelle mich direkt vor der Tür auf und schenke dem Herrscher nicht einmal einen letzten Blick, ehe ich unten angekommen hinausrausche und in Richtung Palast renne, wo ich mich in meinem Zimmer verstecke wie ein kleines Kind.

Was macht die Gegenwart meines Vaters mit mir? Auf der Erde war ich stark, aktiv, selbsthandelnd. Hier bin ich … nichts und rutsche wieder in die Rolle, die ich seit meiner Geburt innehabe.

Dieses Gefühl drückt mich so schwer nieder, dass ich mich auf meinem Bett zusammenrolle, bis mich der Schlaf übermannt. Die Albträume reißen mich immer wieder daraus hervor, doch wie in den Nächten in den Glades überkommt mich irgendwann in der Dunkelheit eine seltsame Ruhe und mein Puls senkt sich, die Magie des Zwillings kommt zum Erliegen. Die Finsternis hier im Palast ist längst nicht so erdrückend wie in der Siedlung. Daher fahre ich hoch, als ich einen schwachen Schemen am anderen Ende des Raumes erkenne.

»Was beim Diĝir tust du hier?«

8

Ululu 6958 nach Atum

Wir kommen seit fast einem Jahr hierher.« Ein drohender Unterton schwingt in der Stimme der Prinzessin mit und sie schleudert mit einer kleinen Bewegung ihrer Finger eine Handvoll Sandklötze zur Seite, der von ihr verursachte Windstoß verebbt jedoch sofort. Noch ehe der aufgewirbelte Sand zu Boden sinkt, formwandelt sie jedes Korn in einen Wassertropfen. Sie ziehen sich zusammen und bilden ein transparentes Abbild ihrer selbst, das sie in der Zeit erstarren lässt. Die beiden befinden sich im Schatten der größten der drei Pyramiden, die die Schiffe verbergen. Ringsum sind Ruinen, nur wenige steinerne Dächer oder zerstörte Wände höherer Gebäude ragen aus dem Sand. Selbst die großen Obelisken sind kaum mehr höher als zwei erwachsene Männer. Dieser Ort wurde vor sehr langer Zeit aufgegeben, vermutlich in einem der vergangenen Kriege.

»Du kannst mir nicht länger verbieten, meine Magie in der Stadt zu zeigen. Sie müssen erfahren, welche Macht ich habe. Im Gegensatz zu Vater.« Ihr Gesicht ist noch immer dasselbe und doch wirkt es ganz anders als bei ihrem ersten Ausflug diesseits der Stadtmauer. Die kindliche Unzufriedenheit hat sich gelegt. Doch das, was nun auf ihren Zügen liegt, wirkt alt. Sie wirkt verhärmt, nahezu hasserfüllt. Gier funkelt in ihren Augen.

»Bald«, erwidert Anu nur und geht nicht auf die finstere Forderung der Prinzessin ein.

»Wann?«, beharrt diese.

»Wenn du initiiert wirst, kannst du dich vermählen und den Herrscherthron beanspruchen.«

Eas Gesicht verzieht sich angewidert. »Ich will mich nicht vermählen. Ich will keinen Gemahl.«

Auf Anus Lippen zeichnet sich ein Lächeln ab. »In diesem Fall ist es unangebracht, die Traditionen zu missachten. Ja, du könntest deinen Vater gegen seinen Willen vom Thron stoßen, alleine regieren. Doch für die Bevölkerung ist es beruhigender, wenn deine Herrschaft nicht mit einem Putsch beginnt, sondern durch eine Vermählung vorangetrieben wird. Dein Vater wird wie all die Herrscher vor ihm keine Möglichkeit haben, dich lange von deinem Anspruch abhalten zu können. Es benötigt triftige Gründe, deine Nachfolge aufzuschieben. Gründe, die dein Vater nicht hat. Danach wirst du die Gesetze verändern können. Wirst alles verändern können, wenn du an der Spitze der Letzten Stadt stehst. Du musst dazu nur Hiz Videen täuschen. Mit deiner Macht sollte dies ein Leichtes sein.«

Anu wendet sich ab. Ea sieht den siegesgewissen Blick in ihrem Gesicht nicht mehr.

9

3. Abu 6996 nach Atum

Ich habe mich so schnell im Bett aufgesetzt, dass sich mein Zimmer nun in der Dunkelheit dreht. Das schwache Leuchten der farbigen Türme jenseits der Fenstergitter huscht vorbei, und ich muss mich auf die eine Stelle am anderen Ende des Raumes konzentrieren, an der Dante auf einem meiner Sessel sitzt und mich mit regloser Miene anstarrt.

»Dein Vater wollte, dass ich nach dir sehe«, sagt er vollkommen ruhig, während ich nicht weiß, ob ich schockiert, froh darüber oder ängstlich sein soll. Ehe ich mich zurückhalten kann, spreche ich den erstbesten Gedanken aus: »Er hat damit sicher nicht gemeint, dass du mich im Schlaf beobachten sollst.« Instinktiv verschränke ich die Arme vor der Brust, obgleich mir bewusst ist, dass ich glücklicherweise noch immer meine Reisetunika trage und nicht den halb transparenten Seidenstoff, der mich sonst nachts kleidet. »Tust du jetzt alles, was mein Vater dir sagt?«, herrsche ich ihn weiter an. »So wie früher dein Vater?«

»Ich tue, was ich tun muss.« Nun endlich regt sich sein Gesicht und die starre Miene taut, als wäre das schwache einfallende Licht der Türme die Sonne. Es ist nur ein kurzer Moment, dennoch sorgt er dafür, dass ich aus dem Bett steige und zu Dante gehe, der sich in diesem Moment langsam erhebt. Mit einem Stirnrunzeln blickt er sich im Raum um und reißt die Augen auf, als er mich sieht. Einen winzigen Moment streift sein Blick über meinen Körper, ehe er, wie von einem Skorpion gestochen, aufspringt und zur Tür rennt, als wäre eine Horde Krieger hinter ihm her. Seine polternden Schritte hallen noch lange in den Gängen nach.

Gleich morgen früh werde ich mit meinem Vater darüber sprechen. Saß früher vielleicht Leemal auf diesem Sessel und ich habe es nicht mitbekommen?

Da ich am frühen Nachmittag bereits eingeschlafen sein muss, bin ich nicht mehr müde und kehre nicht in mein Bett zurück. Stattdessen sitze ich auf der bunt gepolsterten Fensterbank, die in das kunstvoll gemusterte Fenstergitter übergeht, und warte, bis sich dahinter die Sonne über die Stadtmauer erhebt.

Ich gehe kurz in den Waschraum, dann streife ich mir eine einfache rote Tunika über – die Farbe des Herrscherhauses – und binde sie mit einem weißen Gürtel zusammen. Mutter gehörte zum Haus der Seher, die das Weiß der Wahrheit für sich beanspruchen. An dem breiten Band ihrer Hausfarbe befestige ich den Beutel mit dem Zwilling. Ist der Diĝir bereits geheilt? Wie lange wird es dauern? Ich ärgere mich darüber, meine Mutter nicht danach gefragt zu haben. Noch während ich mich anziehe, betritt eine der Dienerinnen in ihrem blassroten, schmucklosen Kaftan mein Zimmer, ein vollbepacktes Tablett schwebt hinter ihr. Ich sehe ihr an, dass sie erschrocken ist, weil ich bereits angezogen vor ihr stehe, doch sie spricht es nicht aus. Meine Hand ruht auf dem Beutel an meiner Seite und ich bin einen kurzen Moment verärgert darüber. Während ich meinen Tee trinke und verschiedenes Gebäck anbeiße, obwohl ich keinen Hunger habe, steckt sie meine Haare hoch und tritt wenig später mit demütig gesenktem Kopf mehrere Schritte zurück. Ich betrachte mich, meine Haare, die, mit dem goldenen Kopfschmuck verwoben, wie eine Krone der Erdköniginnen aussehen. Ich sehe wieder aus wie eine Prinzessin von Heliopolis.

Gerade als ich mich erheben will, um meinen Vater aufzusuchen, klopft es an die Tür, und weniger als einen Augenblick später stürmt Yasmeen in den Raum. Malak und Riaz bleiben in der Zarge stehen und fragen sich vermutlich, ob sie einfach wie Yasmeen eintreten sollen. Ich finde ihr Verhalten amüsant und mein leichtes Grinsen halten sie für eine Einladung. Die Dienerin huscht lautlos davon.

Wir lassen uns auf den vielen Kissen in meiner Lieblingsecke des Zimmers nieder, und ich berichte beim Tee von meinem nächtlichen Erlebnis und meiner Überlegung, ob mich Leemal auch ständig überwacht hat. Riaz scheint allein den Teil über Dantes Anwesenheit in meinem Schlafgemach zu hören, was dazu führt, dass er den Kelch in der Hand versehentlich formwandelt und sich die Flüssigkeit über die Polster ergießt. Vor Schreck greife ich instinktiv an den Beutel mit dem Zwilling.

Malak flüstert Yasmeen gerade etwas ins Ohr und sie kichert verhalten auf. »Du musst dich umziehen«, sagt sie dann an mich gerichtet. »Die Wissenden sind bereit für die Vermählungszeremonie.«

Sämtliche Wärme fließt aus meinem Gesicht und ich spüre geradezu, wie ich erbleiche.

Während Riaz dies mit zusammengepressten Lippen verfolgt, geht Yasmeen einfach darüber hinweg und schüttelt lachend den Kopf. »Doch nicht ihr! *Wir* werden uns vermählen. Jetzt sofort.« Sie springt auf und reißt Malak mit sich. »Du kannst natürlich auch in deiner Alltagskleidung mitkommen. Die Hauptsache ist, du bist dabei.«

Und so finde ich mich nur wenig später im Tempel wieder. Durch die gläserne Front dringen die Sonnenstrahlen ein und scheinen die zahlreichen Skulpturen zum Leben zu erwecken. Nachbildungen aus allen Epochen der Erde. Yasmeens grüne Tunika leuchtet im Vordergrund regelrecht auf. Malak trägt das Rot meines Vaters, zu dessen Dienerschaft er zählt.

Hand in Hand mit Riaz wohne ich der Vermählungszeremonie meiner zwei besten Freunde bei. Bis zu unserem Aufbruch zur Erde habe ich nie gesehen, dass zwischen den beiden mehr ist als Freundschaft. Während der vermeintlichen Reise ist mir klar geworden, dass sie zusammengehören wie … Meine Gedanken geraten ins Stocken, weil sich aus Gewohnheit Riaz' Name hineinschleichen will. Als könne er meine Gedanken lesen, zieht Riaz mich näher an sich, hält mich und streicht mir sanft über den Arm.

Die Macht der Worte, mit denen Yasmeen und Malak das Gelübde sprechen, sorgt für eine Gänsehaut, der unbändige Freude über das Glück der beiden folgt.

Glück, dem ich in Gestalt von Riaz begegnet bin – und das Hailey in Nicolas gefunden hat. Ich sehe neben mich, als der Wissende die Verbindung der beiden segnet, und ertrinke in Riaz' tiefblauen Augen, bis sich Yasmeen ganz dicht neben mir räuspert.

»Sollen wir euch etwa nach vorne lassen? Der Wissende wäre noch da, ihr könntet …«

Ich lehne schnell ab. Derart emotionale Feste – Vermählungen, Trauerfeiern – beeinflussten meine Gefühlslage schon immer immens.

»Und, was fangen wir mit dem Rest eures freien Tages an?«, versuche ich, meine Freunde abzulenken. Ganz gleich, welchem Gewerk man nachgeht, am Tag der Vermählung ist man freigestellt. Yasmeen muss nicht zu den Kasernen und Malak nicht in den Palast.

Wir treten auf den großen Platz vor dem Tempel. Durch meine Gedanken ziehen die romantischsten Orte der Stadt, die Oase am südlichen Rand oder der verborgene Innenhof der Zitadelle. Ich könnte den beiden Zutritt verschaffen, meine besten Freunde haben den schönsten Vermählungstag überhaupt verdient und ich will ihnen wenigstens ein paar Stunden Zweisamkeit verschaffen, ehe wir herausfinden, wie wir den Impfstoff ohne meinen Vater oder Mazens Mithilfe herstellen und die Krankheit bekämpfen können. Doch scheinbar bin ich die Einzige, die einen Hang zur Romantik hat.

»Wir überlegen, wie wir Mazen aus der Zitadelle befreien«, lautet Malaks Plan, dem Yasmeen mit eifrigem Nicken zustimmt. Ich will mir Riaz' Zuspruch suchen – die beiden haben sich heute vermählt, sie sollten diesen Tag genießen –, doch auch er ist völlig ihrer Sache verschrieben.

Fassungslos stelle ich fest, dass mir meine Freunde noch nie so fern waren wie am Tag, an dem sich zwei von ihnen ewige Treue geschworen haben.

»Ihr wollt was?« Ich kann nicht anders, als einmal ungläubig in die Runde zu sehen. »Niemals können wir Mazen dort herausholen. Und selbst wenn – wo sollen wir ihn eurer Meinung nach verstecken? Mein Vater hat zahlreiche Seher an der Hand, die ihm gegenüber absolut loyal sind.« Ich habe Mühe, meine Stimme nicht zu erheben. Wir werden schon von den wenigen Menschen, die gerade den Platz überqueren, angestarrt. Als ich ihren Blicken begegne, zeichnen sie kurz das heilige Dreieck und huschen ertappt davon. Nicht jedoch, ohne sich hin und wieder zu uns umzudrehen. Sie sehen völlig ausgezehrt aus, aber vielleicht bin ich auch die gut genährten Menschen der Erde gewohnt.

»Wir würden überall beobachtet werden«, lege ich nach, weil ich nicht begreifen kann, wie sich meine Freunde gemeinsam einem solchen Plan verschreiben können.

»Mazen hat sehr viele Freunde in den Außenbezirken«, sagt Riaz dann. »Ihn vor Haus Nephthys zu verbergen ist kein Problem.« Er tritt näher zu mir und schenkt mir diesen einen Blick, bei dem ich bis zur Mission wirklich jeglicher Idee zugestimmt hatte. Nun jedoch schüttle ich den Kopf.

»Die Zeit drängt, Ash«, versucht Yasmeen es weiter, und die beiden anderen nicken eifrig. »Wir können nicht warten, bis Mazen freigesprochen wird. Ist dir nicht aufgefallen, was sich hier verändert hat? Die wenigen Menschen gestern bei unserem Empfang?«

Selbstverständlich ist es mir aufgefallen. Aber Mazen zu befreien ist unmöglich! Doch Yasmeen fährt unbeirrt fort: »Die Krankheit hat weiter um sich gegriffen, Ash! Während wir weg waren, ging es unserer Stadt immer schlechter.« Tränen glänzen in ihren Augen. Ich weiß genau, an wen sie denkt. An ihre Familie, an die von Malak. »Mazen hat uns nach unserer Ankunft gesagt, dass wir dafür sorgen sollen, dass dein Vater nichts vom Zwilling erfährt, dass er weiß, wie man den Impfstoff herstellt und alle heilen kann. Wir müssen handeln, ehe es zu spät ist. Meiner Schwester geht es immer schlechter, sie braucht den Impfstoff. Das alles muss beendet werden!« Ihre Verzweiflung überschwemmt mich geradezu, während mein Geist ihre Worte zu Bildern formt.

Wir vier in der Zitadelle, wir vier jenseits der Mauern ohne Hoffnung auf Rückkehr, die es mir möglich machen würde herauszufinden, ob mein Vater über Leemals Pläne Bescheid wusste. Zuletzt Bilder von zahlreichen Begräbnissen, weil die Bevölkerung ohne den Impfstoff Hass und Wahnsinn verfällt. Genau das muss ich verhindern!

»Weiß Mazen wirklich, wie wir den Impfstoff herstellen können?«, spreche ich meine Zweifel aus. Warum hat meine Mutter mir das nicht bereits verraten?

Während Yasmeen ein »So hat er es uns gesagt« murmelt, schlägt Riaz mit der Hand gegen die Wand neben ihm.

»Dante muss uns verraten haben«, zischt er nun, und seine Augen funkeln voller Wut. »Wieso sonst sollte Zaahir mit einem Mal dem Sekundanten des früheren Generals misstrauen und ihn in Gewahrsam nehmen?«

»Vielleicht weil es die Wahrheit ist?«, ergreife ich wie früher immer Partei für den Herrscher und nun auch unwillkürlich für Dante. »Mazen *hat* meinen Vater hintergangen und in all der Zeit für meine Mutter gearbeitet. Außerdem hatte Dante doch gar keine Zeit dazu. Er ist mit uns in die Arena getreten. Und weshalb sollte er überhaupt ...« Ich rede mich regelrecht in Rage. Meine Gefühle lockern meine Zunge, und ich spüre, wie ich Dante verteidigen *will*. Was Riaz' Wut weiter anheizt.

»Dante brauchte nur die vorhandene Angst und Sorge deines Vaters verstärken«, kontert er. »Er gehört Haus Seth an, denen kann man nicht trauen.«

Ich schüttle langsam den Kopf und trete einen Schritt zurück. »Es tut mir leid. Aber damit möchte ich nichts zu tun haben.« Yasmeens Augen glänzen. Ich kann die Angst um ihre Familie nachvollziehen. Daher folgt sie mir.

»Es gäbe einen anderen Weg«, murmelt sie leise und etwas monoton, wie auswendig gelernt. »Vermähle dich mit Riaz. Dann könntet ihr deinen Vater ablösen. Durch die Mission zur Erde hast du deinen früheren Stand wiederhergestellt, du bist laut gültigem Recht keine Trägerin des Leeren Zeichens. Du bist eine Tochter des Hauses Geb, ob mit oder ohne Insignie. Mit einer Vermählung werdet ihr Zugang zu allem haben, was wir brauchen – ohne Mazens Befreiung.«

Mein Herzschlag setzt für einen Moment aus. Ihre wundervollen großen Augen flehen um Hilfe, und der Schmerz, den sie in meinem Inneren auslöst, kämpft gegen das, was wohl Gerechtigkeitssinn ist. Oder Egoismus. Ich schlage die Lider nieder, weil ich weder sie noch Riaz und Malak im Hintergrund ansehen kann, wenn ich die Worte ausspreche: »Ich kann mich nicht vermählen.« Ich ignoriere das erstickte Schluchzen, das sie ausstößt. »Noch nicht.«

Ohne noch einmal einem der drei ins Gesicht zu sehen, drehe ich mich um und laufe feige davon. Ich habe einfach alle enttäuscht: Riaz, Yasmeen, Malak ... Die Liste zieht sich endlos. Denn auch meine Mutter, Mazen und all ihre Unterstützer hier in der Stadt und der Siedlung auf der Erde setzen ihre Hoffnung in mich. Vielleicht lautete Mazens Plan ja, mich zu einer Vermählung mit Riaz zu drängen, meinem Vater den Thron zu entreißen, damit wir all dem Lug und Trug, der Täuschung und dem Verrat ein Ende bereiten können, ohne die Stadt durch einen Putsch ins Chaos zu stürzen, ohne dass seine Nachfolge geregelt ist. Ich habe in den Nächten in der Siedlung hin und wieder darüber nachgedacht und gehe auch nun wieder in Gedanken die Konsequenzen durch.

Manchmal klingt dieser Plan verlockend, doch er fühlt sich vollkommen falsch an, und diesem Bauchgefühl nicht zu vertrauen würde bedeuten, meinem eigenen Urteil nicht zu glauben und mich selbst zu verraten. Das kann ich einfach nicht.

Gedankenverloren ziehe ich durch die Gassen und lande schließlich auf dem Großen Basar. Selbst hier, am Puls unserer Stadt, ist es fast wie ausgestorben. Wo früher unzählige Menschen plauderten, um Waren feilschten oder einfach nur den Kontakt mit anderen genossen, schleichen nur noch Schatten herum. Ich denke an den Zwilling und wünsche mir, dass er schnell seine Wirkung entfaltet, damit Haus Nut weiteren Impfstoff aus dem Diĝir gewinnen und die Stadt endgültig heilen kann. Denn obgleich der Basar nicht mehr jenem gleicht, den ich in Erinnerung habe, stelle ich wie am Abend zuvor fest, beim Blick von hoch oben, dass ich diese Stadt sehr liebe. Die schwebenden Marktstände mit den bunten Seidentüchern, die sich bis unter dem Portikus der Zitadelle aneinanderreihen, und der würzige Geruch, der mich umfängt wie ein alter Freund. Die Luft ist wie überall in der Stadt mit einem leichten Geruch nach Minze versetzt, doch hier dominieren Zimt, Nelken, Vanille neben den jeweiligen Düften der Waren, wenn man nahe an den Ständen vorbeistreift. Ein vom Alter schwer gezeichneter Mann verbeugt sich höflich vor mir und bietet mir die größte Feige der Auslage an. Mein Magen antwortet mit einem Knurren, und ich erröte, woraufhin der Mann seinen Blick senkt, um das amüsierte Gesicht zu verbergen.

Bei meinem letzten Besuch auf dem Basar – am Tag nach meiner Initiation – ist mir ein unentwegtes Tuscheln gefolgt. Nun begegnen mir die wenigen, die unterwegs sind, alle freundlich. Ein Mädchen in heruntergekommener Kleidung deutet auf mich und die Mutter sieht mich entschuldigend an und schiebt die Kleine hinter sich. Auch sie alle setzen auf mich. Auf die Veränderung, die ich ihnen bringen kann.

Ich nehme die Feige des Händlers entgegen und bringe sie zu dem Mädchen, das die Frucht sofort gierig in beide kleinen Hände nimmt. Seine Mutter sieht mich lange an. Dann formt sie das heilige Dreieck und dankt mir mit rauer Stimme.

Die beiden bringen etwas in mir zum Schwingen, sodass ich ihnen hinterhersehe, bis sie zwischen den bunten Tüchern der Stände verschwunden sind. Das ist es, was ich der Stadt immer bringen wollte: Zufriedenheit. Irgendwann habe ich das, was mir meine Mutter vor ihrer Verbannung vorgelebt hat, aus den Augen verloren. Ich habe es als Verpflichtung angesehen, den Menschen zu helfen. Doch es ist mehr als das. Es ist mein Wunsch, die Bewohner glücklich zu machen, ein innerer Drang. Diese kleine Geste heute hat nicht nur die Mutter und ihr Kind glücklich gemacht, sondern auch in meinem Inneren für eine tiefe Zufriedenheit gesorgt. Und die Erkenntnis, dass ich die Stadt mit allem, was ich habe, vor ihrem Untergang beschützen werde. Ich werde sie in ein neues Leben führen, voller Magie und Wohlstand. Der Zwilling an meiner Seite wird dafür sorgen, dass sie nie wieder um den Verlust der Magie fürchten müssen.

»Vergibst du noch immer Almosen?« Dantes Stimme erklingt direkt an meinem Ohr, und ich fahre herum. Er steht weniger als einen großen Schritt von mir entfernt.

»Willst du mich zu Tode erschrecken? Mein Vater wäre nicht erfreut.« Dantes einzige Reaktion auf meine zitternde Stimme ist ein lautstarkes Ausatmen, ehe er vor mir zurückweicht. Er verschränkt die Hände vor der Brust und bringt somit die Neoferrumplaketten auf der von Silber durchwirkten Bordüre seiner schwarzen Tunika zum Funkeln. Die Uniform des Generals der Stadt steht ihm und entgegen meinen Erwartungen füllt er sie aus. Nicht körperlich, obwohl seine Statur durchaus angemessen für den obersten Soldaten ist, sondern aufgrund seiner Haltung. Er passt vielleicht sogar besser in die Rolle als sein Vater vor ihm.

»Willst du mich noch länger anstarren?«

Ich sollte nun vielleicht nicht unbedingt in seine dunkelgrünen Augen sehen, verfolgen, wie sich seine Braue hebt, doch in diesem Moment kann ich nicht ertappt wegsehen, rot werden oder sogar weglaufen. Denn in diesem Augenblick blitzt so viel von Nicolas durch, dass sich ein Kloß in meiner Kehle festsetzt. Und ebenso wie Nicolas wird Dante nach endlosen Augenblicken, in denen er versucht, Haltung zu bewahren, bis ich mich von ihm abwende, nervös.

»Dein Vater hat mich beauftragt, dich zu ihm zu bringen.« Sein Ton ist formell, dennoch fordernd. Diese Art provoziert geradezu eine schnippische Antwort.

»Hast du als General nicht Besseres zu tun?«

Er beantwortet meine Frage nicht, sondern wendet sich ab und geht in Richtung Zitadelle. Mit geballten Händen folge ich ihm. Die Menschen auf dem Basar treten hastig zur Seite, das Zischen, das uns folgt – das Dante folgt –, klingt wie ein Korb voller Schlangen.

Wir befinden uns schon unter dem Portikus vor dem Eingangsportal zur Zitadelle, da packe ich Dante am Arm. Mit aufgerissenen Augen dreht er sich um.

»Hör mal«, beginne ich leise, um die Umstehenden nicht mithören zu lassen. Mir ist klar geworden, was ich möchte. Ich will die Nicolas-Seite in ihm zurückhaben. »Ich wollte, dass du dein Erbe antrittst, aber du musst nicht wieder *so* sein.«

Er schaut auf meine Hand, die seinen Arm hält, dann mustert er mich. »Wie bin ich denn?«

»Wie Dante«, flüstere ich beinahe und senke die Lider, als mir bewusst wird, warum sich ein Teil von mir nach *Nicolas* sehnt. *Nicolas* war trotz Startschwierigkeiten ein Freund, der immer zu mir gestanden hat. Der mir als Einziger geglaubt hat, ganz gleich, wie irrwitzig die Dinge waren, die ich glaubte zu sehen. Ich brauchte seinen Rückhalt. Ich habe Nicolas zu jener Zeit gebraucht und nun brauche ich diese Seite Dantes wieder.

Doch er braucht mich scheinbar nicht. Sonst würde er nicht heftig schlucken, ehe er hervorstößt: »Ich *bin* Dante. Wenn du jemanden ändern willst, geh zu Riaz und den anderen.«

Mit diesen Worten wendet er sich wieder ab und tritt durch die doppelflügelige Tür ins Innere der Zitadelle. Das eben war genau wie früher, als er, anstatt einen Verrat gegenüber uns vieren zuzugeben, eingeschnappt davoneilte, als wären wir die Verräter. Ihm scheint die Rückkehr in die Letzte Stadt nicht gut zu bekommen. Er fällt in alte Muster zurück.

Wie du auch, bemerkt meine innere Stimme und zeigt mir Bilder von Riaz und mir.

Kopfschüttelnd folge ich Dante, aber ein Kribbeln im Nacken sorgt dafür, dass ich mich noch einmal zum Basar umdrehe. Hinter flatternden weißen Seidentüchern eines Schmuckstandes steht Elif und wirft mir merkwürdige Blicke zu. Ich recke das Kinn nach oben und starre zurück, bis sie endlich von mir ablässt. Wenn es so weitergeht, muss ich sie zur Rede stellen.

10

24. Tašritu 6958 nach Atum

Ich bin beinahe gestorben, Anu!« Ea rast vor Wut, reißt sich das Symbol des Diĝirs von der Stirn und geht mit schnellen Schritten einen langen Gang entlang. Sie ist in das traditionelle zeremonielle Gewand der Initiation gehüllt, an ihrem langen Kleid funkeln bei jeder Bewegung etliche metallene Insignien im Licht der Flammen an den Wänden.

»Sei nicht so kleinlich«, erwidert Anu gelassen. Sie trägt selbst an diesem Tag ihre graue knielange Tunika und geht dennoch erhobenen Hauptes an der Seite der Prinzessin. Königlicher, machtvoller noch als Ea selbst.

Ea funkelt sie voller Zorn an und hebt die Hand. Ihre Finger zittern, im letzten Moment reißt sie sich zusammen und lässt sie wieder sinken. Anu hebt nur ihre linke Braue. Sie hat keinerlei Angst vor der mächtigen Ea, was Ea durchaus bewusst zu sein scheint. In lockerem Gesprächston erwidert Anu: »Der Schmerz ist auszuhalten. Er ist der Preis für das, was du erreichen wirst.«

»Mich mit dem Langweiler Hiz zu vermählen?« Ea lacht auf.

»Den Herrscherthron. Streng dich an oder all unsere Pläne werden vom Sand der Zeit begraben.«

»Prinzessin?«, die Wache vor der Tür zu ihrem Gemach sieht hinter Ea den Gang entlang. Der Mann fühlt sich sichtlich unwohl in seiner Haut, kratzt sich im Nacken und sieht sich verlegen um. »Ich habe Euch nicht verstanden«, gesteht er. »Wünscht Ihr etwas?«

Ea schenkt ihm einen vernichtenden Blick und aktiviert die Tür zu ihrem Zimmer. Mit einem Augenverdrehen passiert sie den Wachposten und murmelt kopfschüttelnd vor sich hin: »Warum glaubt er, dass ich je das Wort an ihn richten würde?«

11

3. Abu 6996 nach Atum

Meine Gedanken hängen immer noch an Elif Valhar fest, an diesem Blick, der mir eine Gänsehaut beschert hat. Bis sie als Riaz' künftige Ehefrau ins Gespräch kam, hatte ich nie viel von ihr gehört. Sie ist trotz ihrer jungen Jahre Witwe, ihr Mann Saeef kam nicht allzu lange nach ihrer Vermählung bei einem Außeneinsatz ums Leben. Wenn ich jetzt darüber nachdenke, frage ich mich, wer dafür gesorgt hat, dass seine Gruppe überfallen wurde – die Überlebenden wurden manipuliert, wie es anscheinend immer der Fall ist, wenn jemand von draußen zurückkehrt.

Aber weshalb musste dieser Mann aus dem Weg geräumt werden? Die Gefahr jenseits der Mauern kann nur von den sogenannten »Sandlingen« ausgehen, Ausgestoßene, die darauf warten, dass sie zur Erde gebracht werden, um ihr neues Leben in der Siedlung zu beginnen. Es sei denn, sie werden ohne Wartezeit direkt ins Schiff gebracht. Die Gefahr jenseits der Mauer ist ebenso eine Lüge wie die Gefahr, die von den Erdmenschen ausgeht. Aber war Saeef zu einer Gefahr für Leemal geworden, oder war er einer von Mazens Verbündeten, den sie für ihre Sache gewinnen und nach draußen schleusen mussten, zur Erde?

All das lässt mich nicht los, während ich Dante mit großen Schritten in den Anhörungsraum des Hauses Geb folge. Das Herrscherhaus beansprucht das größte Zimmer im Erdgeschoss, das sich über die gesamte Nordseite der Zitadelle erstreckt. Durch die von außen undurchdringlichen Fenster kann man das Geschehen auf dem Basar verfolgen oder auch die Allee zum Heilzentrum entlangsehen, auf der, wie es aussieht, viele Menschen ihr Nachtlager aufgeschlagen haben. Ich beobachte, wie etliche Wachen sie von ihren Teppichen hochzerren und abführen. Ein Schauer rast meinen Rücken hinab. Es bleibt uns keine Zeit mehr, selbst herauszufinden, wie man den Impfstoff herstellt. Es wird Zeit, meinem Vater meine Lüge über den Zwilling zu gestehen und ihm zu sagen, dass der Diĝir geheilt ist und er die Bevölkerung retten kann. Ich wende meinen Blick von den hinter dem Glas schreienden Menschen ab, und er fällt durch das Fenster auf der anderen Seite des Raumes auf den Innenhof, der dort angelegt ist wie eine kleine Oase am Stadtrand. Zahlreiche Erinnerungen verbinden mich mit diesem Platz, zu dem die Öffentlichkeit keinen Zugang hat. Wie oft habe ich mich hier mit Riaz getroffen, dem Plätschern der von Haus Tefnut erschaffenen Quelle gelauscht, die einem pyramidenförmigen Sandgebilde in der Mitte des Teiches entspringt und sich zu allen Seiten ergießt, ohne die Form des Sandes zu verändern. Etliche Pflanzen schaffen eine tropische Atmosphäre, die Luft, die durch das geöffnete Fenster dringt, ist feucht und voll von schweren Gerüchen.

Auch heute hängt mein Blick wie von selbst an den teils gebäudehohen Pflanzen fest, bis sich mein Vater räuspert. Ich habe seine Anwesenheit nicht bemerkt. Dante steht, wie zu einer Skulptur erstarrt, neben mir.

»Danke, dass du gekommen bist«, sagt mein Vater im Ton des Herrschers und bedeutet Dante mit einem Nicken, draußen zu warten. Er schließt die Tür hinter mir und sofort wird sein Gesicht weicher, und er deutet in die dem Innenhof nächste Ecke, in der zahlreiche verzierte Sitzkissen rund um einen schienbeinhohen Tisch aus dunklem Holz liegen. Mitgebrachte Geschenke an unsere Ahnen von den Missionen zur Erde. Wieder wird mir das enorme Lügenkonstrukt deutlich und mein Blut erhitzt sich. »Setz dich.« Es ist eine Anweisung, keine Bitte, daher folge ich und lasse mich auf den alten orientalischen Teppichen nieder. Der Zwilling reagiert auf meine Aufregung und ich streiche sanft über den Beutel.

»Wir werden eine traditionelle Zeremonie für Leemal abhalten«, sagt mein Vater ohne Umschweife.

»Aber ... Er ist ... Sein Körper ist ...«, stammle ich, völlig aus dem Konzept gebracht. Wenn ich das Falsche sage, weiß Zaahir, dass ich nicht getäuscht wurde. Würde er mich dann ebenso in Gewahrsam nehmen lassen wie Mazen?

Ich schlucke. Der Herrscher verfolgt jede meiner noch so kleinen Regungen. Wenn ich ihn wirklich direkt auf Leemals Taten ansprechen will, dann ist dies nun der perfekte Moment. Ich spreche mit fester Stimme, beruhigt von der Macht an meiner Seite.

»Er war dabei, eine Sintflut auszulösen.« Jetzt ist es heraus. Nun warte ich auf seine Reaktion. Wenn er nicht derjenige ist, für den Lenora ihn hält, muss er bestürzt sein, dementieren, dass er etwas davon wusste, behaupten, dass er niemals den Tod seiner einzigen Tochter geplant hatte. Doch mein Vater sagt nichts dergleichen und die Wahrheit trifft mich mit eiserner Faust. Meine Hoffnung wird von einer Welle von Enttäuschung verschluckt und ich vergesse jeglichen Anstand und brülle meinen Vater an: »Du hast mich geschickt, damit Mutter mich findet und ihr an den Zwilling herankommt, damit ihr all die Menschen dort töten könnt – mich eingeschlossen.« Unbändige Wut rauscht durch meine Adern und löscht die letzten Funken Hoffnung für den Frieden unserer Welt aus. Alles, was meine Mutter mir erzählt hat, entspricht der Wahrheit. Der Mann mir gegenüber ist nicht der, für den ich ihn gehalten habe. Für den ich ihn halten *wollte*.

»Nur … Wieso?«, stoße ich hervor. Ich kann ihn nicht ansehen. Ich habe auch so schon genug Mühe damit, meine Wut nicht aus mir herausfließen zu lassen. Die projizierte Enttäuschung würde ihm zeigen, dass ich die Gabe des Hauses Seth in mir trage. Ein Geheimnis, das ich wahren muss. Für ihn bin ich Trägerin des Leeren Zeichens.

»Die Siedler auf der Erde sind zu einer Gefahr für uns geworden, Akasha. An der Seite deiner Mutter haben sie sich organisiert und sie besaßen den Zwilling, genug Macht, um hierherzukommen. Hättest du uns geholfen, wenn ich dir die Wahrheit erzählt hätte? Hättest du uns den Zwilling gebracht? Ohne zu hinterfragen?« So wie er es sagt, klingt es ehrlich. Die Aufrichtigkeit in seiner Stimme entwaffnet mich. Er kennt mich so genau. All die Worte, die ich ihm gerne an den Kopf geworfen hätte, zerfallen zu Sand, während ich meine Finger ineinanderschiebe, um sie zu beschäftigen. Zaahir glaubt wirklich, das Beste für das Volk zu tun.

Ich schüttle den Kopf. Ich hätte ihm nicht geholfen. Weil ich mein Leben lang gespürt habe, dass es auf Heliopolis Dinge gibt, die vor mir – vor allen – verborgen werden. Lügen, über die ich nicht hinwegsehen konnte. Riaz und ich wollten all die Geheimnisse aufdecken. Das hat mich immer angetrieben. Mit der Wahrheit jedoch geht keinesfalls das früher erhoffte positive Gefühl einher.

Mein Vater geht noch weiter, seine Stimme bedrängt mich regelrecht: »Hättest du Leemal den Zwilling ausgehändigt, wenn du gewusst hättest, was er damit vorhat?«

Er kann mir die Antwort aus dem Gesicht ablesen. Ich hätte niemals all die Leben beenden können. Nachkommen unserer Siedler, all die Ausgestoßenen und die Menschen, die nicht einmal erahnen können, in wessen Händen ihr Schicksal seit Jahrtausenden liegt. Zorn und Wut ziehen sich nun in meinem Magen zusammen und verschaffen mir Klarheit: Lenora hat recht. Wir müssen Zaahir aufhalten. Ich wäge meine Chancen ab, meinem Vater entgegenzutreten. Lenora sagte, ich sei mächtiger als alle anderen auf der Erde. Aber von Zaahirs Magie eingehüllt, weiß ich mit Sicherheit, dass es auf Heliopolis nicht so ist.

Ich spüre Vaters Anspannung, als er erneut fragt: »Hast du es geschafft, den Zwilling herzubringen, damit er den Diĝir heilen kann?«

Ich kralle mich in den Armstützen meines Sessels fest und schüttle mit hoffentlich überzeugt trauriger Miene den Kopf. Mein Vater darf den Zwilling nicht bekommen. Wie von selbst greift meine Hand an seinen schützenden Beutel. Ich muss dem Lug und Trug ein Ende bereiten. Die Magie wird zurückkehren, wenn der Zwilling wieder hier ist. Unsere Stadt wird geheilt werden. Doch nicht durch meinen Vater, sondern durch uns. Durch mich. Vielleicht sollte ich meinen Freunden helfen, Mazen zu befreien. Oder tatsächlich … in der Hitze der Wut in meinem Inneren klingt es mit einem Mal nicht mehr so abwegig, mich mit Riaz zu vermählen. Wir würden gemeinsam den Herrscherthron übernehmen, mein Vater könnte keine triftigen Gründe nennen, die dagegensprechen. Wir könnten all den Lügen ein Ende bereiten. Mit einem Mal sehe ich unser gestriges Gespräch mit anderen Augen: Zaahir hat mich auf die Vermählung angesprochen. Er will nicht, dass ich mich mit Riaz vermähle. Der Puls des Zwillings ist wie ein Echo meines eigenen. Wenn Vater es nicht wünscht, ist es genau das, was ich tun sollte. Ich sollte die Macht über die Stadt besitzen.

Wenn der Herrscher die Veränderung an mir registriert, lässt er sich nichts anmerken. Er lehnt sich in seinem Sessel nach vorne, seine Stimme ist nun beinahe beschwörend leise, dennoch klar. »Leemal wusste, auf was er sich einlässt. Haus Nephthys hat nicht nur gesehen, dass du den Zwilling finden wirst. Die Seher haben auch Leemals Ende vorhergesehen. Er hat sich dennoch bereitwillig dafür entschieden. Er hat sich geopfert – für das Volk.« Es dauert, bis der dunkle Schatten aus seinen Zügen weicht. Ich warte darauf, dass er Dante ruft – den neuen Befehlshaber seiner Soldaten –, doch entgegen meiner unheilvollen Erwartung verziehen sich seine Mundwinkel zu einem freudlosen Lächeln, das mich aus dem Konzept bringt. »Du warst schon immer diejenige, die von nichts zu überzeugen war, das sie nicht mit eigenen Augen gesehen hat. Darin liegt meine ganze Hoffnung.«

Wie richtig er doch mit dieser Einschätzung liegt. Ich bin nicht wie er, war es nie und werde es nie sein. Ich bin wie meine Mutter, die im Verborgenen gegen die Ungerechtigkeit kämpft und tut, was sie tun muss – egal, welche Herausforderung es sein möge.

»Suche dir deine Beweise, Tochter. Finde die Wahrheit. Dir wird Zugang zur Stillen Bibliothek gewährt – ohne den Rang des Herrschers oder eines Wissenden.«

Seine Worte zupfen an meiner Neugier, erwecken mein altes Ich zum Leben, und zahlreiche neue Möglichkeiten bauen sich vor mir auf. Wie ich mein Volk retten kann, Zaahirs Lüge übergehen und die Antworten finden kann, die laut Riaz in der Bibliothek zu finden sind.

»Aufgrund der besonderen Umstände durch die Mission haben dir die Wissenden ein Sonderrecht eingeräumt«, fährt mein Vater fort. »Es gab Gegenstimmen, doch die Mehrheit stimmte dafür.«

Ein nervöses Kribbeln erfasst mich. Ich könnte also auch ohne Vermählung nach Antworten suchen. Ich könnte mein Volk retten, indem ich in der Stillen Bibliothek all die Geheimnisse der Vergangenheit lüfte und der Letzten Stadt aufzeige, wie sie all die Jahre belogen wurde. Mein Herz gerät vor Aufregung aus dem Takt und ein Schauder rast meinen Rücken hinab.

Weil ich nichts sage, spricht Zaahir weiter, doch seine Worte prallen an mir ab und zerbersten auf dem Sandstein zu meinen Füßen. »Ich weiß, dass du mir nicht glaubst. Dass du Leemal für zutiefst unmenschlich und mich für ebenso kaltherzig halten musst. Doch du sollst wissen, dass wir diese Entscheidung nicht leichtfertig getroffen haben. Ebenso wenig wie die Herrscher damals, die an diesen Punkt gelangt sind.« Trauer schwingt in den Worten mit. Zerrissenheit strömt aus seiner Richtung auf mich ein. Ein Meister der Manipulation – sogar gegenüber sich selbst. »Du weißt, wie stark die Nachkommen der Siedler sind, welch besondere Gaben sie haben, wie gefährlich uns selbst die magielosen Waffen der Menschen werden können. Ich bin der Herrscher dieser Stadt und muss mein Volk beschützen.« Seine Augen sind weit aufgerissen, er ist voller Angst, beinahe manisch, was mich frösteln lässt. »Mir ist bewusst, wie es für dich aussehen muss. Für dich müssen wir aussehen wie Monster, die sich hinter Lügen verstecken. Doch diese Bilder verbergen die Wahrheit und die Gefahr, die uns allen droht.« Seine Stimme ist eindringlich, zwischen seinen Worten und dem, was darin mitschwingt, klafft eine Lücke.

»Dann sag mir, warum!« Mein plötzlicher Zorn überwältigt mich, und ich schleudere mit einer Handbewegung den Kelch zu Boden, der auf dem Tablett direkt neben mir schwebt. Doch es ist nicht das befriedigende Gefühl, das ich erwartet habe. Der Kelch zerspringt auch nicht in tausend Stücke, lediglich sein Inhalt zieht eine dunkle Spur über die raue Oberfläche des Sandsteins.

»Das kann ich nicht«, erwidert mein Vater knapp, reagiert nicht auf meinen Gefühlsausbruch. »Es ist die Bürde des Wissenden von Geb, die Geheimnisse der Chroniken zu bewahren. Du musst sie selbst lüften.«

Welch tolle Ausrede! Finster starre ich ihn an, nun doch bemüht um ein neutrales Gesicht. Doch der Herrscher geht einfach darüber hinweg: »Komm morgen bei Sonnenaufgang zur Zitadelle, damit wir dir Zugang zur Stillen Bibliothek verschaffen können, ehe es zu spät ist.«

Dann senkt er das Haupt und entlässt mich. Ich erhebe mich und gehe ohne Abschiedsworte zur Tür, die Dante in ebenjenem Moment von außen öffnet, als ich die Hand am Sensor habe. Hat er uns belauscht?

Ich frage mich, ob eine der Gegenstimmen für den Vorschlag meines Vaters von ihm stammt oder ob er ebenfalls möchte, dass ich die Wahrheit herausfinde. Offenbar habe ich ihn zu lange angestarrt, denn Dante wirkt mit einem Mal verunsichert, nicht mehr so selbstbewusst wie sonst, was mich wieder einmal an Nicolas denken lässt. Die Wut in meinem Inneren weicht wie Nebel der aufgehenden Sonne.

»Ist alles in Ordnung bei dir?«, frage ich.

»Wirst du dich vermählen?«, fragt er anstelle einer Antwort. Er ist zu demselben Schluss gekommen wie ich. Sieht ebenfalls die einzige Möglichkeit, die Herrschaft meines Vaters zu brechen, in meiner Verbindung mit Riaz. Doch mit dem Zugang zur Stillen Bibliothek finde ich vielleicht eine andere Lösung. Daher halte ich ihm gegenüber an dem Versprechen fest. Echtes Interesse spiegelt sich in seinem Blick, und daher verlassen die Worte wie von selbst meinen Mund: »Ich habe versprochen, es nicht zu tun.« Das muss genügen. Ganz gleich, wie verwirrt er nun dasteht, ich gehe mit großen Schritten an ihm vorbei und verlasse die Zitadelle. Seine seltsamen Gefühle verfolgen mich den langen Flur entlang.

Vor dem Gebäude fangen mich Riaz, Yasmeen und Malak ab, die nach Anis duftende Gebäckstücke von einem der Markthändler essen. Yasmeen reicht mir ebenfalls eine honigtriefende Kugel.

»Komm mit, wir müssen dir etwas zeigen«, sagt Yasmeen, als wir alle gegessen und die Hände in einer der Wasserschalen rund um den Marktplatz gewaschen haben.

Ich folge meinen Freunden durch die Gassen der Stadt in Richtung Stadtmauer. Der Geruch des Marktes verflüchtigt sich mit jedem Schritt und irgendwann kann ich Yasmeens hibbeliges Herumspringen nicht mehr ignorieren.

»Wo gehen wir hin?«, sage ich einen Ton zu hart. Wir steuern gerade auf die Straße zur westlichen Oase zu. Die Luft hier ist feuchter, zahlreiche Mitglieder des Hauses Tefnut sorgen tagsüber für das benötigte Wasser für die angebauten Pflanzen. Ich überlege, wann ich das letzte Mal hier gewesen bin. Es muss zwei oder drei Jahre her sein. Yasmeen und ich haben damals Malak abgeholt. Es ist nicht zu ignorieren, dass sich in der Zwischenzeit einiges verändert hat. Früher herrschte hier ein munteres Treiben, die Oase war nicht nur Anbaugebiet, sondern nach Niederlegen der täglichen Arbeit oder in der Freizeit nach dem Unterricht ein beliebtes Ziel aller Ränge, um frisch geerntete Früchte zu genießen, Tee zu trinken oder Shishas zu rauchen.

Nun jedoch ist es still. Die einst gemütlichen Polsterecken unter Schatten spendenden Tüchern am Rand der Oase sind verschwunden. Uns begegnen nur wenige Arbeiter in blassroten Kaftanen – die westliche Oase gehört zum Bezirk des Hauses Geb –, die mit gesenktem Kopf ihres Weges gehen.

Vor einer dunklen Baracke bleiben wir stehen und ich sehe mich verwundert um. Malak nickt Riaz kurz zu und betritt dann, dicht gefolgt von Yasmeen, den baufälligen kleinen Schuppen.

»Was tun sie?«, frage ich, doch Riaz übergeht die Frage.

»Hast du mit deinem Vater über das gesprochen, was auf der Erde passiert ist?« Riaz schnappt sich meine Hand und sofort durchströmen mich wieder Erinnerungen an das Wir von früher.

»Er hat den Befehl dafür gegeben«, flüstere ich und schüttle langsam den Kopf. Riaz entspannt sich leicht. Ich brauche anscheinend nicht erst zu erwähnen, dass ich Zaahir den Zwilling nicht ausgehändigt habe. Und wie es die alte Akasha getan hätte, schiebe ich einen Erklärungsversuch hinterher. »Vater glaubt daran, dass die Siedler und ihre Nachkommen, die seines Wissens auf der ganzen Erde verteilt sind, eine Gefahr für die Stadt darstellen.« Warum versuche ich ihn noch immer zu verteidigen? Warum verhalte ich mich nach wie vor wie die Prinzessin, die hinter dem Herrscher steht? Ich bin nicht mehr diese Person.

»Dein Vater …«, Riaz zieht mich näher zu sich. »Manche glauben, dass er und Leemal …« Riaz spricht nicht weiter, sondern schluckt hart, während er mich mit seinen traurigen Augen mustert und sich kraftlos gegen das Holz der Baracke lehnt. »Viele glauben, dass die Wirkung des Impfstoffes bei deinem Vater nachlässt oder dass er sie vielleicht gar nicht mehr verabreicht bekommt, dass nun alle Vorräte erschöpft sind. Es sind so viele Menschen erkrankt.« Riaz presst die Lippen zusammen und reibt sich über die Schläfe. »Die Familien lagern mit ihren Erkrankten vor dem Heilzentrum, in der Hoffnung, dass sie doch noch Impfstoff ergattern können. Doch niemand erhält welchen. Nicht einmal mehr die Begabten.«

Die Worte drehen sich in meinem Kopf immer schneller – die Erklärung für die vielen Bewohner vor dem Heilzentrum, die ich von Vaters Sprechzimmer aus gesehen habe – und werden zu einem regelrechten Bildersturm. Die Folgen eines Lebens ohne Impfstoff rauschen vorbei: Krankheit, Schwäche, Aggression, Angstzustände, Paranoia, Gewalt, Wahnsinn. Ich denke an den manischen Blick meines Vaters, als er mir noch einmal die Bedrohung durch die Siedler deutlich machen wollte. Hat Riaz recht? Der Herrscher selbst würde vermutlich als Letzter auf den Impfstoff verzichten. Aber wenn doch … dann würde die Gefahr für meine Mutter und die gesamte Erde schlagartig steigen, sollte er den Zwilling in die Hände bekommen.

Riaz nickt mir zu, als könne er meine Gedanken lesen. Dann streift er mit der rechten Hand eine lose Strähne hinter mein Ohr. Seine Hand bleibt an meinem Hals liegen, sein

Daumen streicht sanft über meine Wange, was den gewohnten wohligen Schauer auslöst.

»Auch wenn dies kein guter Grund ist, die Vermählung zu beschleunigen … Ich wollte dir Zeit lassen, Ash, aber es geht um das Wohl unseres Volkes. Wir müssen die Nachfolge deines Vaters sicherstellen, damit wir Zugang zur Stillen Bibliothek und dem Wissen erhalten, wie wir alle retten können.« Sein Blick ist so warm, seine Berührung löst all jene Erinnerungen in mir aus, die ich mit Riaz verbinde. Unser gemeinsamer Traum. Er ist zum Greifen nah. Überflutet von Bildern eines glücklichen Lebens, das wir uns früher ausgemalt haben, ist es einfach, ihm zuzustimmen, auch wenn eine leise Stimme flüstert, dass es ihm nicht um mich geht. Dieser Zweifel krallt sich in mir fest. Dennoch nicke ich und sonne mich in Riaz' strahlendem Lächeln und dem zarten Kuss, den er mir auf die Stirn drückt.

Warum erzähle ich ihm nicht, dass ich bereits Zugang erhalte? Es ist, als würde eine übermächtige Kraft die Worte zurückhalten. Riaz bemerkt davon nichts, sondern löst sich von mir und deutet mit dem Kopf auf die Baracke, in der Malak und Yasmeen verschwunden sind.

»Wir haben zu tun.«

Verwundert lasse ich mich von ihm in die Dunkelheit jenseits des Lichtstreifens ziehen, der durch den schmalen Eingang der Baracke ins Innere fällt. Staubkörnchen tanzen im Licht, während ich Riaz folge.

»Wo sind wir? Wo sind Yasmeen und Malak?« Mein Flüstern klingt nahezu ohrenbetäubend. Ich sehe noch immer absolut nichts und frage mich, was Riaz vorhat. Sobald die Tür der Baracke hinter uns zugefallen ist, ist es stockdunkel, und ich kann mich nur noch an Riaz orientieren, der mich an der

Hand zielstrebig weiterführt. Abwärts, wenn ich mich nicht täusche. Meine Schritte sind im Gegensatz zu seinen eher ein Stolpern. Die Dunkelheit jedoch schärft meine anderen Sinne. Ich rieche eine Kakofonie an Düften, beinahe wie auf dem Basar. Ein paar Schritte weiter dringen die ersten leisen Stimmen zu uns und werden konstant lauter. Ein zarter Lufthauch scheint uns unentwegt von hinten zu streifen. Beinahe so, als wolle er uns begleiten.

»Es ist das, was wir uns immer erhofft haben.« Riaz' aufgeregter Ton löst eine kindliche Erwartung in mir aus und wenig später kann ich den unterirdischen Gang um uns herum bereits erahnen. Die rauen Wände aus Sandstein, die uns umgeben, sind nicht gleichmäßig hoch und breit wie die der Gänge, die unter der Stadt hindurch hinaus zu den Pyramiden führen. Sie gleichen eher den Wänden im Tunnel eines Tieres. Ich spüre Riaz' Aufgeregtheit wie ein Kribbeln in meinem eigenen Bauch, als wir um eine Kurve biegen und sich der schmale Gang zu einem großen Raum weitet. Meine Augen brauchen einen Moment, um sich an das Licht der zahlreichen Fackeln zu gewöhnen, ehe ich das Bild erfassen kann, das sich mir darbietet. Vierzig oder fünfzig Menschen sitzen in Grüppchen auf Polstern auf dem Boden um schienbeinhohe Tische, lachen oder diskutieren wild gestikulierend. An den Wänden gibt es ein paar primitive Stände. Auf Beinen, nicht schwebend. Früchte, Kleidung, aber auch Schmuck wird angeboten. Warum tun sie dies im Verborgenen? Nach einem kurzen Stechen in meinem Nacken schwindet die Farbe aus der Umgebung. Die Fackeln sind erstarrt und nur noch durch das viel hellere Grau, das einen Kreis um die weiße Flamme wirft, zu erkennen. Die Menschen gleichen Schattengestalten, die mitten in ihrer Bewegung eingefroren sind.

Riaz, der noch immer meine Hand hält, fährt sofort zu mir um. Seine blauen Augen funkeln mich an. Ich kann nicht sagen, ob es ein amüsiertes Aufblitzen ist.

»Lässt du unsere Freunde bitte wieder frei?« Sein Schmunzeln verrät ihn, und er deutet mit der freien Hand zu einem Rund aus Sitzkissen, auf denen ich Malak und Yasmeen entdecke. In etwas Abstand zu ihnen sitzen Männer und Frauen jedes Alters, doch nahezu alle tragen schmucklose Kaftane, die Kleidung der einfachen Arbeiter.

Ich bemühe mich, die Gabe von Osiris loszulassen, die mich so intuitiv vor Gefahr gerettet hat, und erkenne, dass die Menschen allen Häusern dienen. Blasses Rot des Hauses Geb, hellblaue Gewänder von Nut, graue Kleidung für Haus Seth. Doch auch das zarte Orange der Bediensteten von Tefnut oder das Pastellgrün von Schu ist darunter. Das helle Gelb von Osiris sieht irgendwie schmutzig aus und gleicht fast dem verblichenen Beige, das die Arbeiter des Hauses Nephthys tragen, weil es keine blassere Abstufung von Weiß gibt. Die Versammlung gleicht einem wässrigen Abbild eines Regenbogens, und ich kann meinen Blick nur unentwegt über die bunt gemischten Gruppen schweifen lassen, ehe ich endlich meine Sprache wiederfinde.

»Wo sind wir hier?«

Riaz schenkt mir ein strahlendes Lächeln, legt seine Hand auf meinen unteren Rücken und deutet mit der anderen auf Malak und Yasmeen am anderen Ende des Raumes, der von zarten Rauchschwaden durchzogen ist. Dabei raunt er ganz nahe an meinem Ohr: »Willkommen auf dem Schattenmarkt.«

12

27. Arahsamna 6958 nach Atum

José Toras kann sich kaum aufrecht halten. Er sitzt, von zahlreichen Kissen gestützt, in seinem Bett in den herrschaftlichen Gemächern. Dienstboten schwirren im Raum umher. Ihre blassroten Tuniken verschwimmen mit dem kräftigen Orange der Elementare, die für ausreichend frische Luft, eine konstante Luftfeuchtigkeit und eine konstante Temperatur im herrschaftlichen Schlafgemach sorgen. Das übliche Prozedere bei Erkrankungen des Oberhauptes. Doch auch eine in Blau gehüllte Frau sitzt an der Bettstatt des Herrschers. Es muss Aleera Themis sein, eine mächtige Heilerin.

Doch der Herrscher ruht nicht aus, sondern notiert Wort für Wort auf einem Pergament, das vor ihm auf einem geneigten schwebenden Tablett liegt. Er hat noch sehr viel in der Chronik nachzutragen, wie es scheint. Seine Feder kratzt unaufhaltsam über das magische Papier, das von Wissenden zu Wissenden eines Hauses weitergereicht wird. Alles, was dort niedergeschrieben wird, landet direkt in den Chroniken in der Stillen Bibliothek.

Ea betritt den Raum. Sofort senken alle Anwesenden außer dem Herrscher demütig den Kopf. José Toras sieht von seinen Aufzeichnungen auf. Sein Gesicht ist eingefallen, die

Augen sind von grellem Rot umrandet, darunter liegen tiefe Schatten. Er weist seine Diener und die Begabten des Hauses Tefnut an, den Raum zu verlassen. Eilig kommen sie seinem Befehl nach. Ea tritt näher.

»Die Krankheit hat auch mich in ihren Fängen und ringt mich nieder«, sagt er und sieht seiner Tochter direkt in die Augen. Eas Mimik ist nicht zu deuten. Sie nickt nur langsam.

»Versprich mir, dass du eine Lösung finden wirst. Gemeinsam mit Hiz Videen. Ihr müsst eine Einheit demonstrieren.« Sein Körper bebt, als er die Hand hebt und nach seiner Tochter ausstreckt. »Ich bin froh, dass ich deine Vermählung noch miterleben konnte. Du bist bereit für den Herrscherthron, sollte es mit mir zu Ende gehen. Ich danke dir, dass du nicht auf deinem sofortigen Anspruch beharrt hast.« Ein kräftiges Husten erschüttert seinen Körper.

Ea gibt sich unbeeindruckt, stark, wie eine Herrscherin sein sollte. »Muss ich noch etwas wissen?«

José Toras deutet auf das Pergament auf dem schwebenden Tablett vor sich. »Du musst alles nachlesen, sobald du Wissende bist. Versprich mir, dass du eine Lösung finden wirst. Du musst die Stadt retten, alle Bewohner beschützen. Das Volk zählt auf dich.«

Ea lächelt. Doch ihre Augen bleiben davon unberührt. »Ich glaube, ich weiß schon, was ich tun kann, Vater. Anu hat mir etwas vorgeschlagen. Du brauchst dich nicht um Dilmun zu sorgen. Ich werde alle retten.«

Der Herrscher runzelt kurz verwundert die Stirn, ehe er nickt. Erleichterung steht auf seinen Zügen. Er greift nach Eas Hand. Unter der Berührung zuckt sie zusammen und endlich ist ihr der Schmerz anzusehen. Ihre Augen werden glasig.

»Bereite dich vor. Haus Nephthys hat mir vorhergesagt, dass ich keinen weiteren Morgen sehen werde. Sorge dich gut um deine Mutter. Ich habe ihr untersagt, mich in diesem Zustand zu besuchen. Ich muss sie schützen.«

Ea lässt die Hand ihres Vaters los und sie fällt kraftlos auf die weichen Decken. Sie hat ihre Fassung zurückerlangt und strafft ihren Körper.

»Geh jetzt«, weist der Herrscher sie an. »Und mach dich bereit, in die Geheimnisse unserer Gesellschaft einzutauchen, sobald du die Stille Bibliothek betreten kannst. Ich setze all meine Hoffnung auf dich.«

Er atmet schwer aus, während Ea erneut nickt, eine kurze Verbeugung andeutet und mit regloser Miene den Raum verlässt. Die wartenden Dienstboten und Elementare huschen wieder hinein und lassen Ea mit einer Wache und Anu allein.

»Bist du bereit?«, fragt Anu.

»Ich bin bereit«, sagt Ea daraufhin lautstark und voller Überzeugung. Plaudernd gehen die beiden davon und bemerken nicht, wie der Wachposten ihnen voller Sorge hinterhersieht. Nein, nicht nur Sorge. Sein Blick ist voller Skepsis und Unglaube.

13

3. Abu 6996 nach Atum

Ich bin noch immer wie gelähmt und starre auf die bunt gefleckte Menschenansammlung jenseits des langen dunklen Tunnels.

»Schattenmarkt?«, stammle ich, doch Riaz' Aufregung, vermischt mit unbändiger Freude, schwemmt über mich hinweg, weil ich mich nicht genug abschirmen kann, und vertreibt jegliche Angst oder finsteren Gedanken, während er mich zwischen munter plaudernden, bunt gemischten Gruppen auf Sitzkissen und den kleinen Ständen an der Seite hindurchführt. Ihre Ausgelassenheit ist wirklich ein Grund zur Freude. Ein wenig gleicht der Schattenmarkt dem, was früher am Rand der Oasen angeboten wurde, doch dort haben sich die blassen Farben der Häuser nur sehr selten gemischt. Die Wissenden haben dafür gesorgt, dass jeder Bezirk für sich bleibt, haben oftmals einen Keil zwischen die Arbeiter getrieben. Ich habe nie verstanden, warum nicht alle eine Gemeinschaft sein dürfen.

Hier sitzen sie allesamt beisammen, als wäre es schon immer so gewesen. Ein wahres Farbengemisch. Der fruchtige Rauch einer Shisha steigt neben uns auf und überlagert den von Minze, beim letzten Stand wenige Schritte weiter dominieren Nelkenduft und ein starkes Vanillearoma die Luft, und automatisch muss ich an meinen Vater denken. Was würde er zu diesem Ort sagen? Mein Blick streift die Wand neben dem Gewürzstand und ich zucke zusammen. Dort reiht sich Zeichnung an Zeichnung von Personen. Ein Schauer gleitet mir über den Rücken.

»Das sind die Ausgestoßenen«, erklärt Riaz leise, und ich erschaudere. »Die Menschen brauchen einen Ort, um sich an sie zu erinnern. Ich habe es ihnen ermöglicht. Die *Wand der Erinnerungen.*« Ich schlucke nur und blicke in ein Gesicht nach dem anderen. Es sind so entsetzlich viele. »Sie haben mir von jedem, der über Nacht verschwunden ist oder nach einer Verhandlung weggebracht wurde, Bildnisse gebracht – sofern vorhanden.« Er deutet auf ein paar Namen, über denen anstelle eines Abbildes ein leeres Rechteck prangt. Ich streife über die geprägten Namen. Keiner kommt mir bekannt vor. Es müssen alles Träger des Leeren Zeichens sein. Ein Gesicht in der Reihe darüber jedoch lässt mich vor Kälte erstarren. Ich sehe schnell weg, von Erinnerungen überrollt. Riaz sieht von mir zu den Bildern und wieder zurück. Er hakt nicht nach, sondern wartet, bis ich mich gesammelt habe.

»Dieser Mann«, ich deute auf das Abbild eines freundlich lächelnden Mannes, »gehört zu denen, die meine Mutter und mich überfallen haben.« *Jetzt ist er tot*, füge ich in Gedanken hinzu und erschaudere bei der Erinnerung an sein gehässiges Grinsen, das mit jenem freundlichen Lächeln rein gar nichts gemein hat. »Er besaß die Macht verschiedener Häuser.« Ich fahre mit den Fingern seinen Namen nach, Isach Derne, dann den kleinen Kreis direkt daneben. »Lenora hat mir erzählt, dass Leemal auf der Erde dazu in der Lage ist, Trägern des Leeren Zeichens mithilfe von Artefakten gezielt Gaben zu verleihen, aber ich wusste nicht, dass … dass …« Ich ringe um Worte.

Riaz kommt mir zu Hilfe: »… dass ihn jemand vermissen würde? Dass er nicht das Monster ist, das du in ihm gesehen hast?«

Ich nicke. Das Wort Monster gräbt sich tief in meinen Kopf. So wie Leemals Söldner habe ich mir die Erdmenschen immer vorgestellt. Mächtig, hasserfüllt, tödlich. Wahre Monster. Wer eine Begegnung mit Leemals Söldnern überlebt, kann nur Grausames von der Erde berichten.

»Wie …?«

Riaz schüttelt langsam den Kopf. »Ich weiß es nicht. Es gibt nur Gerüchte.« Wortlos starren wir noch eine Weile auf die Wand, auf die zahlreichen Verlorenen unseres Volkes. Ich entdecke zwei weitere bekannte Gesichter. Ich bin mir sicher, sie in Lenoras Siedlung gesehen zu haben. Diese Tatsache, das Wissen, dass sie nicht von Leemal zu Monstern gemacht wurden, bringt mich beinahe zum Lächeln. Meine Mutter tat vielleicht doch genau das Richtige, indem sie den Zwilling von hier fortgebracht hat.

Riaz drückt kurz meine Schulter, ehe er sich von der Wand abwendet und mich zur letzten Sitzgruppe in der Ecke führt. Wir sind fast bei Yasmeen und Malak angekommen, da erklärt er mir: »Wir sind die Rebellen. Wir kämpfen für deine Mutter. Für die Freiheit aller, die Freiheit der Magie. Wir beschützen die Bevölkerung der Stadt, bis wir zurückkehren können. Vor allem jenen Teil, der sich nicht selbst beschützen kann. Die Magielosen.« Er deutet kurz zurück auf die Wand voller Erinnerungen, ehe er sich im Raum umsieht. Als er entdeckt, was er sich erhofft hat, folge ich seinem Blick wie von selbst. Inmitten der anderen Sitzgruppen, von Rauch aus einem Räuchergefäß umwabert, sitzen mehrere Begabte zwischen Menschen in blassen Kaftanen: Das Orange von Tefnut – sie müssen für den Luftzug im Tunnel verantwortlich sein und dafür, dass der Rauch der Fackeln abzieht. Das Grün von Schu leuchtet grell zwischen dem Weiß von Nephthys heraus. Doch es gibt auch eine Frau in Blau, die auf die Entfernung Elizaa, der Formwandlerin der Mission, sehr ähnelt. Ist sie eine Verwandte von ihr?

Ich befinde mich im Herzen der Rebellion, die ich früher immer für eine Übertreibung gehalten habe. Etliche Male hat Leemal dem Herrscher darüber Bericht erstattet. Mein Vater hat es mit einem schwachen Kopfnicken zur Kenntnis genommen. Er hat mir gegenüber immer wieder gesagt, dass Leemal übertreiben würde. Wie wäre seine Reaktion ausgefallen, wenn er das hier gesehen hätte?

»Wer hat all das erschaffen?«, frage ich und lege den Kopf in den Nacken, um mir die Struktur der Höhlendecke anzusehen.

»Afzal, Malaks Vater, war ein wahrer Überzeugungskünstler. Das ist der Grund, warum Leemal ihn aus der Stadt haben wollte. Er hat all die Menschen, die an der Herrschaft der Letzten Stadt zweifeln, zusammengeführt. Hand in Hand haben sie das hier erschaffen: einen Ort, an dem alle gleich sind, an dem einer dem anderen hilft. Genau so, wie wir es uns immer erträumt haben.« Bewunderung und Stolz dringen von Riaz auf mich ein und unterstreichen die enthusiastische Stimmlage und das Leuchten seiner Augen. Ich hingegen sehe den leblosen Afzal wieder vor mir, wie er von Soldaten weggezogen wird, eine Blutspur hinter sich. Wir haben versucht, ihn aus dem Gefängnistrakt des Schiffes zu befreien, doch wir waren nicht schnell genug. Er hat uns davor gewarnt, uns in die Schlafkapseln zu legen. Er wusste, dass nicht alles, was der Bevölkerung erzählt wird, die Wahrheit ist. Er war auch derjenige gewesen, der gegen die Einschränkung des Impfstoffes aufbegehrt hat. Was vermutlich letzten Endes dazu geführt hat, dass er auf dem Schiff gelandet und gestorben ist. Das größte Opfer im Kampf für seine Sache.

Riaz deutet auf den Pouf zu Yasmeens Linker und ich lasse mich darauf nieder. Yasmeen diskutiert gerade mit der jungen Frau an ihrer Seite, Malak hat sich mittlerweile zu einer Gruppe, etwas weiter entfernt, gesellt, einem Mädchen im Gelb von Osiris und einem im Rot von Geb. Ich kenne sie. Leelan ist eine entfernte Cousine, ihre Gabe ist nur sehr eingeschränkt. Malak direkt gegenüber steht ein Junge, dessen Flamme im Nacken deutlich hervorgetreten ist. Sein leuchtend orangefarbener Kaftan flattert in einer unablässigen Brise. Er sorgt für den beständigen Luftstrom hier unten. Direkt neben ihm steht eine Frau in schmuckreicher bodenlanger Abaya derselben Farbe. Langes, braun gelocktes Haar fließt bis zu dem glänzenden Band hinab, das sie um ihre Hüfte geschlungen hat. Die Frau sieht eben zu mir. Ihre Augen funkeln vergnügt, und die zarten Fältchen, die sie einrahmen, zeugen davon, dass sie oft lacht.

Ich versuche, einzelne Wörter aufzuschnappen. Es geht um den Impfstoff. Riaz' Name fällt, doch ich verstehe nicht, in welchem Zusammenhang. Seit unserer Abreise wurde keine Impfung mehr ausgegeben. Kann es sein, dass die Vorräte doch erschöpft sind? Dass auch Vater nicht mehr … Der Herrscher weiß nicht, dass der Zwilling wieder zurück auf Heliopolis ist, dass der Diĝir nun wieder mächtig ist wie eh und je. Ich greife an meine Seite und atme kurz mit geschlossenen Augen ein.

»Ash! Endlich!«, reißt Yasmeen mich aus meiner Trance. Sie hat sich mittlerweile von ihrem Gesprächspartner abgewandt. »Na, was sagst du?« Ihre Augen leuchten so stark wie lange nicht.

»Ich bin überwältigt«, erwidere ich wahrheitsgemäß, und Yasmeen lacht glockenhell auf.

»Afzal hatte einen großen Traum. Er wollte, dass jeder in der Stadt gleichgestellt ist, denn jeder trägt seinen Teil für das Zusammenleben bei. Wir können auf niemanden verzichten. Weder auf die Begabten noch auf die Unbegabten, die für die Versorgung zuständig sind.«

Ich nicke. Sie beschreibt exakt das, was ich schon immer gedacht habe.

»Er wollte den Reisen zur Erde ein Ende bereiten, nachdem er herausgefunden hat, dass sie für die Deportation von Rebellen genutzt werden. Alle hier glauben daran, dass wir nicht zurückkehren müssen, dass wir auch weiterhin in der Stadt leben können, ob begabt oder nicht, ob die Magie des Diĝirs uns weiter beschenkt oder die gesamte Bevölkerung eines Tages unbegabt ist. Gleich ist – wie früher.« Sie betont ihre letzten Worte. »Wir glauben, dass die Gerüchte, die Stadt würde zerfallen, die Atmosphäre ein Leben nicht länger möglich machen, falsch sind. Alle hier glauben daran, dass ein Leben ohne Magie hier auf Heliopolis möglich ist. Ein Leben in Frieden, Freiheit und Gleichheit. Der Zwilling ist zurück. Ich glaube daran, dass unsere Welt nun Frieden finden kann.«

Ich sehe mich zu Riaz um, doch ich kann ihn nirgendwo entdecken. »Und ihr kämpft alle an der Seite meiner Mutter?«, wiederhole ich das, was Riaz gesagt hat.

»Wie bitte?« Yasmeen klingt pikiert. »Die Bewegung gab

es schon vor dem Diebstahl des Zwillings. Sie reicht bis zur Generation unserer Großeltern zurück. Lenora hat andere Ziele als wir – auch wenn Mazen uns nach unserer Ankunft anderes weismachen wollte –, aber einen Teil des Weges können wir Hand in Hand gehen.«

»Wie lange weißt du schon davon?«, frage ich und habe doch gleichzeitig Angst vor der Antwort. Ein ungutes Gefühl überkommt mich und ich erkenne, dass es Enttäuschung ist. Enttäuschung über Yasmeens fehlendes Vertrauen.

Sie weicht meinem Blick aus und spricht mit belegter Stimme. »Seit rund einem Jahr. Hier haben Malak und ich uns getroffen und sind uns irgendwann ... nähergekommen.«

Ich schlage die Lider nieder und atme tief ein. Hier war sie also immer, wenn sie sich eigentlich mit mir und Riaz hoch oben auf der Stadtmauer hätte treffen sollen. Das heißt, er war zu der Zeit noch nicht involviert.

»Seit wann gehört Riaz zu euch?«

»Er war nach unserer Rückkehr das erste Mal hier. Er ist eingeweiht, und so kann er uns helfen, die Wahrheit über die Erde vor den anderen zu verbergen. Auch wenn ihm das nicht immer zu gefallen scheint, aber Malak wurde von allen als Afzals Nachfolger bestimmt.« Sie presst die Lippen zusammen und ein sorgenvoller Ausdruck huscht über ihr Gesicht.

Stimmen erheben sich um uns herum. Es wird lautstark diskutiert. Ich spreche daher lauter: »Aber warum wollt ihr das? Warum wollt ihr nicht, dass sie alle Bescheid wissen, erfahren, dass die Erde nicht voller ... Monster ist? Viele erträumen sich noch immer, eines Tages zur Erde zurückzukehren. Wir haben bis vor Kurzem noch daran geglaubt.«

»Unsere Sorge gilt vorerst der Krankheit. Erst wenn sie

alle geheilt sind, werden wir sie einweihen, und sie sollen sich frei entscheiden können. Nicht alle können sich eine Zukunft auf der Erde vorstellen.«

Ich will einwerfen, dass sie es sich nicht vorstellen können, weil sie denken, dass die Erde von Monstern bevölkert wird, aber Yasmeen hebt die Hand und schüttelt den Kopf. Kurz sieht sie mit einem Stirnrunzeln zu der Gruppe aus blassbunten Kaftanen neben uns, von denen mittlerweile zwei Personen aufgestanden sind und sich wild gestikulierend beschimpfen. Yasmeen schüttelt den Kopf und wendet sich wieder mir zu. »Die Menschen hier wollen nicht zurück zur Erde. Viele können nicht glücklich sein, wenn sie ihrer Heimat entrissen und woanders angesiedelt werden. Ihre Wurzeln liegen hier – ohne die können sie nicht gedeihen. Grundsätzlich sind sie glücklich hier. Sie wollen nur mehr Rechte, gleichgestellt sein, auch was die Impfung angeht. Dafür kämpfte Afzal sein Leben lang und hat den teuersten Preis dafür bezahlt.«

Perplex starre ich Yasmeen an, die weisen Worte und die Wahrheit darin verschlagen mir den Atem. Doch dann fällt mir ein: »Du warst auf der Erde glücklich.«

Sie lacht leise auf. »Ich lebte in einer Täuschung. Das ist etwas anderes. Ich war nicht ich selbst, habe aber immer gewusst, dass mir etwas fehlt. Meine Wurzeln.«

Ein Schmerzensschrei zerreißt mir fast das Trommelfell. Direkt neben mir gehen die zwei Diskutierenden nun aufeinander los. Blut rinnt von der Lippe des einen, während er hasserfüllt die Faust erhebt.

Yasmeen wird kreidebleich, besinnt sich dann jedoch auf ihre Ausbildung und springt auf. Die langen Ärmel ihres grünen Kleides wirbeln durch die Luft und sie packt den Angreifer, ehe er zuschlagen kann. In der Zwischenzeit zerrt Malak den anderen mit sich. Er wird von zwei weiteren Trägern des Leeren Zeichens flankiert. Ich sitze wie erstarrt da. Völlig überrumpelt davon, wie in so kurzer Zeit ein so heftiger Streit entbrennen konnte.

Die beiden Männer werden unter Malaks finsteren Blicken weggebracht, während sich Yasmeen schwer atmend wieder zu mir setzt. »Vielleicht waren sie überarbeitet«, mutmaßt sie, aber ich sehe ihr an, dass sie lediglich versucht, eine Erklärung zu finden.

Wir schweigen eine Weile, ich schnappe verschiedene Gesprächsfetzen auf. Je mehr Zeit vergeht, umso mehr wird diskutiert und gestritten, selbst über Banalitäten wie die Herkunft der besten Granatäpfel. Bei unserer Ankunft hier auf dem Schattenmarkt haben mir die zufriedene Stimmung und die Einheit aller gefallen, doch davon ist kaum mehr etwas zu spüren. Auch Yasmeen wirkt beunruhigt und instinktiv suche ich den Raum nebenbei nach Riaz ab.

»Hat er dich noch einmal um deine Hand gebeten?« Yasmeen wirkt eher besorgt als neugierig oder drängend. Sie ist so anders als vor der Reise. Erwachsener, nachdenklicher. Das steht ihr gut. Sie greift nach einer Wasserkaraffe auf dem Tisch, füllt zwei der bereitstehenden Becher und reicht mir einen davon.

Ich nicke nur zur Antwort und nehme dankbar einen großen Schluck.

»Weißt du, früher hatte ich immer das Gefühl, dass ihr zwei zusammengehört wie die *namenlosen Liebenden*. Dass ihr der Stadt zur Freiheit verhelfen würdet, so wie wir es uns immer ausgemalt haben. Der Gedanke an etwas anderes war vollkommen absurd. Jetzt habe ich dieses Gefühl nur noch sehr selten, wenn ich euch zusammen sehe.« Sie blickt zur

Seite, als wäre ihr die Aussage peinlich, während mir das alte Märchen der *namenlosen Liebenden* durch den Kopf geht. Ich weiß gar nicht mehr, wo ich zuerst davon gehört habe, aber die Geschichte gefiel mir immer sehr. Vor langer, langer Zeit, als es auf Heliopolis noch viele Städte und Dörfer gab, war die Bevölkerung wie auch heute geteilt. Es gab Verbote und Gebote, wer wen zu lieben habe. Doch jene zwei Liebenden hielten sich nicht an die Konventionen. Sie waren füreinander bestimmt und haben trotz ihrer unterschiedlichen Herkunft dafür gekämpft, zusammen zu sein. Damit haben sie einen ewig währenden schwelenden Streit in ihrer Heimatstadt beendet und die Stadt gerettet, indem sie als Einheit gegen einfallende Feinde antreten konnten. Es heißt, sie teilten sogar ihre Gaben und wussten immer, was der andere dachte.

»Du musst das nicht für uns tun. Du musst dich nicht vermählen«, sagt Yasmeen leise. »Malak würde niemals eine solche Verbindung verlangen. Bei uns steht die Freiheit an oberster Stelle. Die Freiheit für eigene Entscheidungen. Deine Hilfe ist uns jederzeit willkommen, aber wenn du es nicht möchtest, musst du keine Verbindung mit ihm eingehen. Wir finden eine andere Lösung.«

Ich kneife meine Augen zusammen und überlege fieberhaft, wie das eine mit dem anderen zusammenhängt.

Yasmeen erklärt nun viel leiser als zuvor. »Riaz ist der Überzeugung, dass wir weiteren Impfstoff herstellen müssen, was nur möglich ist, wenn der Herrscherthron an euch geht oder du deinem Vater erzählst, dass du den Zwilling gefunden hast. In der Hoffnung, dass er … Alle hier befürworten einen Machtwechsel, aber Malak ist … Seit unserer Reise steht Malak nicht mehr so hinter Riaz wie vorher.« Sie reibt mit dem Finger über die bunte Verzierung ihres Kelches.

»Vor unserer Abreise sah die gesamte Rebellion in dir und Riaz die Erlösung. Ein Licht am Horizont. Erinnerst du dich noch an den Jubel bei deiner Verlobung am Abend des Abschieds? Sie hatten alle das Märchen der *namenlosen Liebenden* vor Augen. Jeder in der Stadt kennt es.«

Ihre Worte zaubern die Erinnerungen hervor. So viele Menschen der unteren Ränge haben begeistert applaudiert, als Riaz vor mir niederkniete und die Worte sprach, die ansonsten nur bei der Vermählungszeremonie gesprochen werden. Mit Yasmeens Aussage wird das Bild in ein anderes Licht gerückt. Auch ich war eine andere gewesen, hätte Riaz sofort vom Fleck weg als Gemahl genommen, wenn es mir erlaubt gewesen wäre.

Yasmeen fährt nicht fort, daher hake ich nach: »Nun tun sie das nicht mehr? Stehen sie nicht mehr hinter uns?«

Yasmeen wiegt ihre nächsten Worte sorgfältig ab. »Seit sie Riaz genauer kennengelernt haben, halten ihn viele für … es scheint, als habe er andere Ziele. Und so, wie er sich vorhin benommen hat, als du in der Zitadelle warst, empfinde ich langsam genauso.«

Ich lache laut auf. »Riaz? Er ist der geborene Rebell. Er hat nie getan, was er tun sollte.«

»Und genau das tut er auch in unserer Gemeinschaft nicht. Er hilft, das kann niemand bestreiten. Seine Gabe ist uns sehr von Nutzen. Aber … Er hat sich verändert. *Ihr* habt euch verändert.« Bedauern schwingt in ihrer Stimme mit. Ich will nachhaken, doch laut stampfende Schritte lenken meine Aufmerksamkeit auf sich. Ein Junge, vielleicht zehn oder elf Jahre alt, stürmt durch den Raum. Ich verfolge seinen Weg zurück und entdeckt jetzt erst einen zweiten Gang, der aus dieser Höhle wegführt.

»Akasha?« Er bleibt schwer atmend vor mir stehen. »Riaz sagt, du sollst schnell ins Krankenlager kommen. Er braucht deine Hilfe.«

Yasmeen springt sofort auf und sucht den Raum nach Malak ab. Als hätte sie ihn laut gerufen, tritt er soeben aus einer Gruppe hervor. Einen Augenblick später ist er bei uns. Was geht hier vor? Mich überschwemmen Trauer und Sorge und ich kann nicht genau sagen, ob sie von Yasmeen, Malak oder von beiden ausgeht.

Gemeinsam folgen wir dem Jungen durch den Tunnel zu einem kleinen, schwach beleuchteten Raum. Das Kribbeln von Magie ist allgegenwärtig und der Duft nach Minze übertönt die Gerüche dieses Krankenlagers, die noch leicht in der Luft hängen.

Es gibt zehn einfache Bettstätten, am Ende des länglichen Raumes erhebt sich ein hölzerner Paravent. Auf drei der Lagerstätten ruhen Personen, neben einer von ihnen sitzt Riaz und hat seine Hand auf die Brust einer zarten jungen Frau gelegt. Seine Stirn glänzt feucht vor Anstrengung. Ich eile zu ihm, um zu fragen, wie ich helfen kann.

»Ich brauche deine Gabe«, presst er hervor. »Inez bekommt kaum mehr Luft.«

Ich knie auf der anderen Seite des vielleicht zwölfjährigen Mädchens und hebe meine Hand, auch wenn ich nicht weiß, wie genau ich helfen kann. Malak habe ich in Summit instinktiv geheilt, meine Magie über Nut hat von selbst agiert. Ich bemühe mich, die Insignie zu rufen, doch sie reagiert nicht.

»Wir brauchen mehr Feuchtigkeit in der Luft«, weist Riaz mir nun einen anderen Weg und nickt mir zu. »Inez muss ansonsten unentwegt husten und kann kaum mehr atmen.«

Sofort überlege ich, wie ich die Luftfeuchtigkeit erhöhen kann. Auf der Suche nach etwas, das mir dabei hilft, fällt mein Blick auf die metallene Schüssel mit Wasser am Kopfende einer anderen Bettstatt, die vermutlich zur Kühlung des Körpers verwendet wird. Ich konzentriere mich auf die Magie Tefnuts, spüre das Prickeln beim Hervortreten der Flamme im Nacken, und nur einen Herzschlag später steigt das Wasser aus der Schüssel nach oben. Immer mehr einzelne Tropfen trennen sich von der großen Masse, teilen sich weiter und weiter, bis sie zu einem feinen Nebel werden. Die Luftfeuchtigkeit setzt sich sofort auf meinen Armen und dem Gesicht ab, aber auch beim Atmen spüre ich die Schwere der Luft.

Inez' Atem wird rasselnder, ist nicht länger zischend und flach. Ich verfolge, wie sie unter Riaz' heilender Hand tatsächlich ruhiger wird, sogar etwas Farbe im Gesicht zurückbekommt. Er blickt kurz zu mir auf und lächelt.

Er lässt meinen Blick nicht los, bis das Mädchen unter seinen Händen wieder ruhig und tief ein- und ausatmet. Dann erhebt er sich und greift leicht zitternd nach meiner Hand. Ich bin beeindruckt, was er für die Kleine getan hat. Er hat seinen Körper komplett ausgezehrt.

Malak klopft ihm auf die Schulter und murmelt ein »Danke«. Sichtlich erleichtert schaut er noch kurz nach den anderen Patienten und verlässt anschließend den Raum. Yasmeen verweilt länger an einem der Krankenbetten, ihre Augen werden feucht. Doch noch ehe ich zu ihr gehen kann, folgt sie Malak mit hochgezogenen Schultern, aber geballten Fäusten.

»Was haben sie?«, frage ich Riaz so leise, damit ich niemanden wecke.

»Sie sind den dritten Monat ohne Impfung«, sagt Riaz mit

hartem Ton. »Die Krankheit hat sie bereits im Griff, es wird nicht mehr lange dauern, bis …« Er muss den Satz nicht zu Ende führen. »Inez … Malak würde zugrunde gehen, wenn sie stirbt. Das Heilzentrum hat sie abgewiesen. Dante ist in der Beziehung so streng wie Leemal.« Riaz stößt einen zischenden Laut aus und erst jetzt kann ich die Kleine zuordnen. Inez habe ich zuletzt gesehen, als sie laufen gelernt und der Babyspeck ihr gesamtes Gesicht dominiert hat. Sie ist Malaks Schwester. In einem der anderen Betten liegt Yasmeens ältere Schwester Sapheer. Riaz tritt zu ihr und nimmt ihre Hand in seine. Er schließt die Augen und wirkt seine Magie.

Wegen Sapheer hat Yasmeen an der Expedition teilgenommen. Sie wurde von Leemal beim Diebstahl von Impfstoff erwischt. Als Gegenleistung für eine erfolgreiche Mission hat er ihr versprochen, für ihre Familie zu sorgen. Die Mission verlief anders als geplant und jetzt müssen Sapheer und Inez die Konsequenzen tragen.

»Was können wir tun?«, frage ich verzweifelt. Riaz deutet mit dem Kopf auf die Wasserschale, doch er weiß genau, dass ich nicht davon spreche. Er sieht von Sapheer auf, das Blau seiner Augen ist in der schwachen Beleuchtung kaum zu erkennen.

»Auch wenn ich dich nicht unter Druck setzen möchte, gibt es nur eine Lösung: Wir brauchen den Impfstoff. Aber solange Zaahir der Meinung ist, der Diĝir könne sich nicht wieder aufladen, wird er uns weder zu ihm lassen noch in der Stillen Bibliothek nach der Rezeptur für das Heilmittel suchen lassen. Wir müssen die Antworten in den Aufzeichnungen der Ahnen finden.« In seiner Stimme schwingt mit: »Vermähle dich mit mir«, doch ich gehe darüber hinweg. Etwas, das die frühere Akasha niemals getan hätte. Ich verabscheue meinen Vater für seine Taten, und dennoch sträubt sich ein Teil von mir dagegen, ihn durch eine Vermählung mit Riaz vom Thron zu stoßen, auch wenn es die Lösung für all unsere Probleme sein könnte.

»Ich habe bereits Zugang erhalten«, höre ich mich sagen, während ich auf Sapheers bleichen Körper herabschaue, der anscheinend nur noch von Riaz' regelmäßigen Behandlungen am Leben gehalten wird. Meine Ahnen haben den Impfstoff entwickelt. Es liegt in meiner Verantwortung, eine Lösung zu finden. Den Zwilling kann ich meinem Vater nicht aushändigen, ohne zu riskieren, dass er die Erde ein weiteres Mal zu vernichten versucht. Aber ich kann dafür sorgen, dass wir selbst das Heilmittel herstellen können. Ich muss nur wissen, wo ich die Rezeptur finden kann. »Morgen bei Sonnenaufgang gewähren mir die Wissenden Einlass. Wonach genau soll ich suchen?«

Riaz mustert mich mit durchdringendem Blick. Ich spüre, dass er sich hintergangen fühlt, er sagt jedoch nichts dazu. »Wir benötigen die Rezeptur für den Impfstoff. Es ist die Bibliothek der Wissenden. Lenora sagt, in den Aufzeichnungen der Ahnen muss detailliert stehen, was genau ich zu tun habe.« Er streicht Sapheer mit seiner anderen Hand sanft über die Stirn. Farbe kehrt in ihr Gesicht zurück.

»Du willst also wirklich den Diĝir weiter missbrauchen?« Ich taste nach seinen Gefühlen und pralle schmerzhaft gegen eine dunkle Mauer.

»Der Zwilling ist wieder hier. Du hast deine Aufgabe dem Volk gegenüber erfüllt: Die beiden Kristalle können sich wieder aufladen. Der Impfstoff ist das Einzige, das ihnen im Moment helfen kann. Wir haben keine andere Möglichkeit.«

Seine Stimme ist unnachgiebig und ich bemerke erstmals die wirkliche Veränderung an ihm. Sein Gesicht hat jede Weichheit verloren. Jede Kante an ihm ist härter geworden. Er ist nicht mehr der Träumer, in den ich mich einst verliebt habe. Etwas anderes nimmt seinen Platz ein, vor dem ich mich intuitiv zurückziehe. Wir haben so lange gemeinsam geträumt, doch nun sind wir aufgewacht und in der Realität gelandet. Eine Realität, in der unsere Herzen verschiedene Sprachen sprechen. Ich räuspere mich, um die bisher ungesagten Worte zu lockern, die in meiner Kehle hängen. Dann flüstere ich: »Du spürst es ebenfalls, oder?«

Riaz richtet sich abrupt auf und bettet Sapheers Hand neben ihren Körper. Dann umrundet er sie und schiebt mich zu einer hinter dem Paravent gelegenen verborgenen Bettstatt, wo wir ungestört reden können. Ich folge seinem Beispiel und setze mich mit ihm zugewandten Oberkörper darauf. Schon sehr lange nicht mehr habe ich Riaz so nervös gesehen. Er fährt sich verlegen durch die dunklen Haare und greift sich an den Nacken.

»Ich … ich liebe dich, Ash.«

Sein Blick hält mich gefangen und ehe ich etwas erwidern kann, greift er nach meiner Hand und fährt fort. »Ich liebe dich, seit wir Kinder waren. Du, Yas und Malak waren mehr Familie für mich als meine Eltern. Gemeinsam mit dir hatte ich Hoffnung, dass unsere Generation etwas verändern würde. Ich wollte dabei an deiner Seite stehen. An der Seite der Frau, die mit mir von einer besseren Welt geträumt hat.«

Seine Lider senken sich und obwohl ich weiß, dass es das Richtige ist, habe ich Angst vor seinen nächsten Worten. Zu wärmend sind die Erinnerungen, die aufkommen, als er, wie immer gedankenverloren, Kreise auf meinen Handrücken zeichnet. Die Stille zwischen uns wird erdrückend. Er schafft es nicht, es auszusprechen.

»Wir träumen nicht länger gemeinsam«, flüstere ich und sofort sieht Riaz wieder nach oben. Er zieht kurz die Unterlippe zwischen die Zähne, dann nickt er traurig.

»Die Erde hat uns verändert. Das, was Lenora und Mazen geschaffen haben … Ich musste es erst mit eigenen Augen sehen. Ich will ein Teil davon sein. Ich will, dass unsere Stadt wird wie die Siedlung. Ich will dafür kämpfen, nicht länger nur träumen.«

Ein Teil von mir weiß, dass es richtig ist, dass ich diese zerreißenden Gefühle, die mich seit meinem Erwachen auf der Erde verfolgt haben, endgültig sortieren muss. Doch das Wissen füllt nicht die entsetzliche Leere, die mit dem Verlust von Riaz einhergeht, obgleich ich weiß, dass ich ihn schon auf der Erde verloren, nein, nicht verloren, sondern vielleicht auch bewusst von mir geschoben habe.

»Ich liebe dich, Ash«, wiederholt er nun und drückt meine Hand fester. »Ich werde dich immer lieben. Als Freundin, als meine Familie.«

Ich nicke mit einem schwachen Lächeln. Riaz konnte schon immer gut argumentieren und aussprechen, was ich fühle.

»Es wäre mir eine Ehre gewesen, mein Leben offiziell an deiner Seite zu stehen, aber wenn du …«

»… wir müssen uns nicht vermählen. Nicht wenn ich herausfinden kann, was wir brauchen«, vollende ich seinen Satz. Riaz nickt und lässt meine Hand los.

»Zumindest nicht, solange Zaahir uns nicht im Weg steht«, murmelt er, ehe er sich auf der Bettstatt hochstemmt und gegen die Wand lehnt. Seine Hand klopft auf den Platz an seiner Seite. Ich setze mich neben ihn. Der kalte erstarrte Sand in meinem Rücken lässt mich klarer denken. Unsere Köpfe sind dem Paravent vor uns zugewandt und mein trüber Blick potenziert das regelmäßige Muster ins Unendliche. Meine Finger zupfen an einer Falte auf dem Laken unter uns.

»Ob es sich immer so leer anfühlt?«, frage ich in die Stille hinein und sehe jetzt doch zu ihm.

»Es ist schwer, sich von Gewohntem zu trennen. Ich war seit unserer Rückkehr ein jedes Mal von Erinnerungen an uns überwältigt, sobald wir uns gesehen haben.« Seine Worte beschreiben exakt, was in mir vorgeht. »Ich wünschte, ich hätte es früher bemerkt«, sagt er dann, zieht sein linkes Bein nach oben und lehnt sich dagegen – dabei lässt er mich keine Sekunde aus den Augen. »Die Zweifel haben mich in der Siedlung überrollt. Ich wollte dir nie wehtun, wollte für dich da sein und habe dich doch im Stich gelassen, als du mich am meisten gebraucht hast. Aus Angst. Angst vor Veränderung. Obwohl es doch genau die ist, die wir uns erhoffen. Aber die Sehnsucht in deinen Augen, wenn du nach ihm gesucht hast …« Er lacht freudlos auf, doch die Geste täuscht nicht über den Schmerz hinweg, der in seinen Augen steht. Ich kralle meine Hand nun fest in das Laken unter mir. »Aber so, wie Dante sich nun aufspielt, hat die Erde *ihn* keinesfalls verändert.« Die Tatsache scheint ihn zufriedenzustellen, und er bemerkt den Schmerz nicht, den sie mir zufügt.

Ich nicke, weil er trotz allem recht hat. Seit unserer Rückkehr hat sich Dante noch mehr distanziert als sonst. Aber daran habe ich mich gewöhnt. Doch ich muss Riaz gegenüber noch mein Gewissen erleichtern.

»Ich wollte dir nie wehtun, Riaz«, sage ich ehrlich. »Alles, was auf der Erde geschehen ist …«

»Schscht«, sagt Riaz leise. »Niemand hat das gewollt. Ich bin aber froh, dass Yasmeen und Malak es geschafft haben.« Ein ehrliches Lächeln umspielt seine Lippen und wandert nach oben zu seinen Augen. Instinktiv spiegle ich es.

»Ist jetzt alles gut zwischen uns?«, fragt er mit einem schelmischen Grinsen, das ich von früher nur allzu gut kenne.

»Sofern du dich benimmst«, erwidere ich.

»Dein Misstrauen zerreißt mir das Herz.« Mit einer theatralischen Geste fasst Riaz sich an seine Brust und sein Lachen erlischt zeitgleich mit meinem.

»Das Symbol …« Er schluckt hart, räuspert sich dann. »Es ist …« Ich sehe seine Gedanken regelrecht hin und her huschen, doch er findet nicht die passenden Worte.

»Schscht«, mache ich daher. »Du kannst es jederzeit entfernen. Wir werden trotzdem für immer verbunden sein.«

Riaz nickt gedankenverloren. Dann atmet er tief ein.

»Wir sollten mal wieder zu den anderen gehen. Du musst unbedingt ein paar Leute hier kennenlernen.«

Er springt von der Matratze und reicht mir die Hand. Ich lasse mich von ihm mitziehen. Die Berührung fühlt sich nun ganz anders an, und ich fühle mich, als wäre ich von einer schweren Last befreit.

Wir gesellen uns zu den anderen und sie erzählen mir eine unglaubliche Geschichte nach der anderen. Ich fühle mich wohl inmitten der bunten Gruppen und male mir aus, wie es sein könnte, wenn die ganze Stadt so vereint wäre – natürlich ohne die gelegentlich aufbrausenden Streitigkeiten, die – wie mir Yasmeen immer wieder versicherte – normalerweise nicht vorkamen.

Erst in der Nacht gehe ich zurück zum Palast. Ich habe die von Riaz angebotene Begleitung nach Hause abgelehnt, damit ich noch in Ruhe über alles nachdenken kann. Weder Riaz noch Malak oder Yasmeen haben die Vermählung noch einmal erwähnt, jetzt da ich ihnen erzählt habe, dass ich auch ohne diese Recherchen anstellen konnte. Jedoch konnte mir auch niemand von ihnen sagen, wo genau ich in der Stillen Bibliothek Ausschau nach der Rezeptur halten soll. Malak wurde von einer Seherin zugetragen, dass die Antwort in den Chroniken liege, daher nehme ich mir vor, diese Chroniken zuerst aufzuspüren.

Die starren Flammen der Beleuchtung in den schmalen Gassen verströmen einen Hauch von Minze. Ein so vertrauter Geruch, der mich auf Schritt und Tritt begleitet. Gedankenverloren folge ich dem Weg zum Palast, als sich plötzlich ein Schatten von der Wand löst und mir in den Weg tritt.

14

3. Abu 6996 nach Atum

Mein Puls rast, meine Sicht verbessert sich rapide und binnen Sekunden habe ich eine Kampfhaltung eingenommen. Von mir selbst überrascht, fixiere ich die junge Frau, die nun ins Licht der Fackel tritt und ihren Schleier in den Nacken schiebt.

»Du bist verwirrt«, sagt mein Gegenüber mit schräg gelegtem Kopf, während ich nur ein »Elif?« hervorbringe.

»Also hatte ich recht.« Ihre Miene hellt sich auf und sie tritt näher zu mir. »Du hast eine Begabung.« Dann schließt sie hastig die Augen. Ich erkenne jedoch noch, wie ihre Iris nach hinten kippt. Das typische Anzeichen einer Vision, die sofort wieder vorbei ist. Noch während sie ihre stark geschminkten Lider wieder öffnet, sagt sie: »Du vereinst alle Häuser in dir.«

Ich reagiere auf denkbar schlechteste Weise, indem ich frage: »Woher weißt du das?« Womit ich ihr indirekt zustimme. Beim Diĝir! Ich schelte mich für meine Dummheit, rufe jedoch zeitgleich die Gabe des Hauses Geb. Ich muss ihr die Erinnerung daran nehmen! Das Auge hebt sich aus meinem Nacken empor und ich konzentriere mich auf ihre Manipulation, auf das, was ich ihr aufzwingen will und leichter

Schwindel erfasst mich, doch Elif hebt die Hand und ruft: »Bitte nicht. Ich muss mit dir sprechen, Akasha. Es geht um Dante.«

Meine Magie verpufft, als hätte der Klang seines Namens sie ausgeschaltet. »Was … ist ihm etwas zugestoßen?«

»Nicht hier«, sagt sie und sieht sich flüchtig um. »Dein Verlobter«, sie spuckt das Wort regelrecht in den Sandstein zu unseren Füßen, »wird gleich hier entlanggehen.«

Ich runzle die Stirn, weil es nicht stimmen kann, was sie da sagt. Wir haben uns aufgrund der verschiedenen Heimwege schon vor ein paar Minuten getrennt.

»Vertrau mir«, sagt sie nun noch leiser und verschwindet wieder in dem Schatten, aus dem sie kurz zuvor plötzlich aufgetaucht ist. Sie ist wieder nahezu unsichtbar. »Komm!«, zischt sie, als ich entfernte Schritte höre. Meine Neugier ist geweckt und ich husche zu ihr in den schmalen Durchgang zwischen zwei Gebäuden und drücke mich an die kühle Wand.

»Senk deinen Kopf. Dein Gesicht könnte entdeckt werden.« Sie zieht sich wieder das dunkle Tuch über die dunkelblonden Haare und das Gesicht. Aus unserem Versteck heraus beobachten wir, wie Riaz mit großen Schritten an uns vorbeigeht und sich dabei immer wieder umsieht. Seine Brauen sind zusammengezogen, er wirkt alles andere als entspannt, worauf ich mir keinen Reim machen kann. Erst nachdem das letzte dumpfe Echo verhallt ist, löst sich Elifs Anspannung.

Sie schiebt mich zurück ins Licht und baut sich mir gegenüber auf. Sie ist nicht größer als ich, aber strahlt eine ungewohnte Autorität aus. Ihre Augen gleichen der einer viel älteren Person. Einer, die schon viel erlebt hat und reich an Erfahrung ist. Dabei ist sie nur wenig älter als ich.

»Vertraust du mir?« Ich muss nicht antworten, sie schüttelt von sich aus den Kopf. »Nein, natürlich tust du das nicht. Aber du hast gesehen, dass ich richtiglag.«

»Ja«, erwidere ich skeptisch und spiele im Geiste durch, wie ich sie manipulieren könnte. Kurz denke ich sogar darüber nach, ihr Interesse an Dante zu schmälern. Ich trete einen Schritt von Elif zurück, mehr um sie vor mir zu schützen als mich vor ihr. Sie ist eine Seherin, in einem Kampf wäre sie mir klar unterlegen, und das weiß sie auch.

»Du hast gesagt, dass du mir etwas über Dante erzählen willst«, fordere ich nun.

»Komm mit zu mir.« Ein flehender Unterton schmälert den Befehl. »Dort sind wir sicher«, fügt sie hinzu.

»Sicher vor wem?«, hake ich nach. Mir wird es jedoch zunehmend unangenehm, mit ihr hier in der Gasse zu stehen. Es fühlt sich an, als würde Gefahr aufziehen. Gänsehaut überzieht meine Unterarme.

»Du spürst es.« Sie deutet auf meine Arme, über die ich gerade reibe. »Das ist die Gabe der Triskele. Eine Vorahnung. Vertrau ihr.«

Ich nicke nur knapp und sie huscht mit wehendem Schleier zurück in unser Versteck. Dort verharrt sie jedoch nicht, sondern folgt dem Zwischenraum das ganze Gebäude entlang. Ich folge ihr ebenso flink und lautlos über weitere Schleichwege, bis wir in der Wohnsiedlung des Hauses Schu ankommen, was an den grünen Bannern überall deutlich zu erkennen ist. Warum lebt sie weiterhin hier? Nachdem ihr Mann verstorben ist, hätte sie das Recht, in das Wohnviertel der Seher zurückzukehren. Aufgrund des höheren Ansehens dieses Hauses hätte sie dort ein bequemeres Leben. Elif öffnet eine Tür und bedeutet mir hineinzugehen. Ich folge dem und spüre beim Übertreten der Schwelle ein starkes Kribbeln im ganzen Körper.

»Mein Haus ist geschützt«, erklärt sie knapp, und ich werde das Gefühl nicht los, dass sie mehr kann, als nur zu *sehen*.

Elif führt mich zu einem Wohnraum, der der zweiten Dekade auf der Erde bis ins Detail nachempfunden ist. Die zahlreichen Teppiche tragen die typisch orientalischen Muster, von der Decke hängen metallene Leuchten, die antik aussehen – oder zumindest täuschend ähnlich nachempfunden sind, mehr noch als in der Zitadelle oder im Palast. Etliche bunte Tücher bilden einen rot-orange-goldfarbenen Baldachin über den zwei knöchelhohen türkisfarbenen Sitzpolstern. Auf einem bronzenen Tablett davor brennen zahlreiche Kerzen.

»Setz dich. Möchtest du etwas trinken?«

Ich lehne ab und studiere jedes Detail dieses Raumes, während ich mich auf einem der weichen orientalischen Sofas niederlasse. Soweit ich erkennen kann, gibt es keine moderne Ausstattung, kein künstlich erschaffenes Licht oder schwebende Trays, die servieren.

»Gefällt es dir?« Stolz blitzt in Elifs Augen auf.

»Es ist fantastisch«, gestehe ich, ein Funken Neid glimmt in meinem Inneren auf. Ihr kurzes Lächeln löscht ihn, ehe sie sich ebenfalls setzt und mich betrachtet. Was mich sofort daran erinnert, warum wir hier sind.

»Du hast mich seit meiner Ankunft verfolgt.« Es ist keine Frage, sondern eine Feststellung.

»Das habe ich. Aber es ist anders, als du denkst. Alles hängt zusammen und …« Sie reibt nervös die Hände.

Ich versuche es anders: »Was wolltest du mir über Dante

sagen?« Bei der Erwähnung seines Namens huschen die unterschiedlichsten Gefühle durch meinen Körper. Die Seite meines Herzens, die Hailey Nicolas geschenkt hat, schmerzt.

»Berichte mir, was auf der Erde vorgefallen ist«, verlangt sie.

»Du bist Seherin, hast du nichts davon mitbekommen?« Mein Ton klingt schnippisch, aber ich entschuldige mich nicht dafür. Wenn sie wirklich gezielt Visionen herbeirufen kann, wie ich in der Gasse erlebt habe, dürfte es für sie ein Leichtes sein, das zu sehen, was Lenora und ihre Seher vorhergesagt haben.

»Seit der Zwilling befreit ist, herrscht rund um ihn nichts als Dunkelheit. Um dich zu sehen, musste ich dich verfolgen. Deshalb konnte vor rund zehn Jahren auch niemand von Haus Nephthy vorhersehen, dass deine Mutter ihn rauben würde.« Es liegt keinerlei Vorwurf in ihrer Stimme, daher verpufft die Anspannung, die mich immer überkommt, sobald ein Gespräch in diese Richtung driftet. »Also bitte erzähl mir, was mit Dante geschehen ist.«

»Wir …«, ich schlucke, während mein Geist die Bilder von Leemals Ende wieder heraufbeschwört. »Leemal wollte mit dem Zwilling eine neue Sintflut auslösen. Ich habe mich ihm entgegengestellt. Dante hat mir geholfen.«

Elif kneift die Augen zusammen. »Wart ihr in einer dieser Siedlungen der Abkömmlinge? Ich habe diesen Begriff in einer Vision der Vergangenheit gehört und konnte ihn nicht zuordnen.«

Die Worte meiner Mutter fallen mir wieder ein: *»Der Zwilling schützt die Siedlung.«* Mir war bislang nur nicht klar, dass dieser Schutz auch vor den Sehern des Hauses Nephthys gilt. Ich bestätige Elif ihre Vermutung und beschließe aus einer inneren Eingebung heraus, ihr auch den Rest der Geschichte anzuvertrauen. Die Sicht einer Seherin könnte meinen Blickwinkel auf die Geschehnisse erweitern. Danach würde ich ihr die Erinnerungen nehmen, wie ich sie Dante damals genommen habe, als ich versehentlich seinen echten Namen ins Handy getippt habe anstatt den seiner getäuschten Identität. Also erkläre ich, was sich wirklich in den Pyramiden befindet, was in den Schlafkapseln passiert und wie wir alle ohne Erinnerung in Summit gelandet sind.

»Von dort habe ich verwirrende Bilder empfangen. Jetzt verstehe ich die Zusammenhänge.« Elifs Blick ist entrückt. Mithilfe meiner Erzählung ergänzt sie vermutlich das Bild, das sich ihr bislang bot. Ich ende damit, warum wir Leemal aufhalten mussten und dass Lenora uns zurück in die Stadt geschickt hat, um Mazens Anweisungen zu folgen, um sie, die Siedler und den Rest der Welt zu retten. Was nun nicht möglich ist, da er sich seit unserer Ankunft in der Zitadelle befindet. Aber wenigstens kann der Diĝir wieder heilen – sofern ich die Rezeptur für den Impfstoff bekomme.

Ich frage Elif danach – sie als Seherin besitzt viel mehr Wissen als alle anderen, doch sie verneint traurig.

Dann kommt sie wieder auf meinen Onkel zu sprechen und ihr Gesicht verdüstert sich. »Viele von uns haben gesehen, dass Mazen Hochverrat begehen wird. Daher hat sich Zahra dafür ausgesprochen, ihn in Gewahrsam zu nehmen.« Zahra Arezoo war die Oberste des Hauses Nephthys und daher im Rat der Wissenden für die Beratung des Herrschers zuständig.

»Dann wird er nicht für den Tod Leemals verantwortlich gemacht?«

»Niemand trägt die Verantwortung für Tode während

solcher Missionen. Niemand ist schuld, wenn es Verluste auf der Erde gibt. Nur so konnten jahrzehntelang Menschen, die gegen die Obrigkeit handelten, der Stadt verwiesen werden, ohne dass man sie vor ein Tribunal stellt. Es ist eine Ehre, so zu sterben, das weißt du so gut wie ich.«

Sie spricht dasselbe an, was uns Malaks Vater kurz vor seinem Tod auf dem Schiff gesagt hat. Dass ein Zusammentreffen mit den gefährlichen Erdmenschen gezielt herbeigeführt wird, um diejenigen zu *verlieren*, die gegen die Häuser agieren.

»Warum erzählst du mir das alles?«

»Weil ich möchte, dass du mir vertraust. Ich weiß, dass mit Dante etwas geschehen ist, er … ist anders. Doch immer, wenn ich versuche, den Grund dafür zu finden, falle ich in tiefe Dunkelheit.«

»Wieso fragst du mich und nicht ihn?« Ich kann das Gefühl nicht umschreiben, das mich nun heimsucht. Aber ich erwische mich dabei, wie sich meine Finger immer fester um das Polster schließen.

»Ich habe es versucht. Ich bin ihm noch öfter gefolgt als dir, aber es scheint, als gehe er mir aus dem Weg. Manchmal verschwindet er plötzlich, als wäre er vom Sand verschluckt worden, und ich kann einfach keinen Grund dafür finden.« Sie macht sich nicht einmal mehr die Mühe, ihre Verzweiflung herabzuspielen.

»Seid ihr … ein Paar?« Die Frage sorgt für einen eisigen Stich in meiner Brust. Das Gefühl bekommt auch sogleich einen Namen: Eifersucht. Ich sehe mein Gegenüber nun mit anderen Augen, schärfer, wie bei einem Kampf.

Elifs Auflachen sollte sich nicht so gut anfühlen. Sie merkt mir meine Erleichterung an und lächelt mich kurz mit dem weisen Ausdruck einer Eingeweihten an. Dann wird sie wieder ernst. »Wir haben … Er ist der Einzige, der mir geglaubt hat. Wir hatten Pläne. Doch die scheint er nicht mehr verfolgen zu wollen und ich muss wissen, warum.«

Ihre Worte bringen etwas in mir zum Schwingen. Dante war in Summit auch der Einzige, der mir Glauben geschenkt hat. Ich vermisse diesen Dante auch.

»Du spürst es auch, oder? Dass er anders ist.« Sie trifft mit ihrer Vermutung ins Schwarze und widerwillig nicke ich.

»Das ist meine Schuld.« Ich folge dem Muster auf dem Polster unter mir, um ihr nicht in die Augen sehen zu müssen. »Ich habe ihn gebeten, die Zeit in Summit zu vergessen. Und nun ist er wie Leemal, folgt blind den Anweisungen meines Vaters.« Obwohl die Worte aus meinem Mund kommen, fühlen sie sich falsch an. »Aber wir haben uns auf der Erde alle verändert.«

»Du weißt, dass es nicht so ist.« Ich spüre ihren Blick auf mir, mein Finger fährt nun die Stickerei des Musters nach. »Du weißt, dass er dich liebt.«

Ihre Worte wärmen mich, doch ich lasse es nicht zu, mich in dem Gedanken zu verlieren. Noch immer klafft eine Lücke an der Stelle, die so lange Riaz gehört hatte. Aber auch ohne zu antworten weiß sie vermutlich, wie es um meine Gefühle für Dante steht. Dass auf der Erde etwas gewachsen ist, was ich immer für unmöglich gehalten habe.

»Sprich mit ihm. Das ist unsere einzige Rettung.«

Ich sehe nun zu ihr, ihre vormals grauen Augen sind weiß. »Du musst jetzt gehen. Sofort. Nutze den offiziellen Weg und du wirst niemandem begegnen.«

Sie blinzelt kurz, steht auf und reicht mir die Hand, als ich ihr eben widersprechen will. »Jetzt, Akasha.«

Völlig verwirrt erhebe ich mich, lasse mich von ihr zum Haupteingang des kleinen Hauses schieben und gehe zurück zum Palast. Ich begegne tatsächlich keiner Menschenseele, doch es fühlt sich an, als würde ich unentwegt Blicke auf mir spüren. Wann immer ich mich umsehe, sehe ich nur den Schatten einer streunenden Katze oder eines Wolfes, ein Gestaltwandler des Hauses Schu auf Patrouille.

Erst in meinem Zimmer atme ich erleichtert aus und stelle fest, dass ich aufgrund meines hastigen Aufbruches vergessen habe, Elifs Erinnerungen zu manipulieren. Nun kann ich nur zum Diĝir beten, dass sie heute niemanden mehr kontaktiert. Gleich morgen – noch vor meinem Besuch in der Stillen Bibliothek – werde ich das korrigieren müssen.

Die Ereignisse des Tages wirbeln in meinem Kopf umher, während ich mich entkleide und den Waschraum betrete. Ich starre auf meine Spiegelung über der Wasserschale und versuche, von ihr Antworten auf all die Fragen in meinem Kopf zu bekommen.

Plötzlich verschwimmt mein Spiegelbild und mir wird schwindelig. Meine Knie geben nach. Mit beiden Händen kralle ich mich an dem Tisch fest, auf dem die Wasserschale steht. Die Vision kommt schleichend, baut sich Stück für Stück auf. Ich sehe mein Zimmer, das Himmelbett mit den in einer sanften Brise wehenden Vorhängen. Leise trete ich näher. Ein Knistern liegt in der Luft, ich erhasche einen kurzen Blick auf meinen Körper in dem halb transparenten Nachtkleid. Als ein stärkerer Windstoß in den Raum fegt, flattert der Vorhang zur Seite. Überrascht sehe ich, dass ich nicht allein in meinem Bett schlafe. Neben mir liegt Dante auf der Seite, den Kopf auf seine eine Hand gestützt. Mit der anderen hält er meinen Mund zu.

Die Vision entgleitet mir. Mein Herz pocht dröhnend in meiner Brust, ein Schweißfilm glänzt auf der Stirn meines Spiegelbildes. Ein Zittern geht durch meinen Körper und ich falle kraftlos auf die Knie.

Dante hat mich letzte Nacht vom Sessel aus beobachtet, was, wenn er … Ich versuche, dieses abscheuliche Gefühl hinabzuschlucken, doch es gelingt mir nicht. Ich würge mehrmals – ohne Ergebnis –, bis ich taumelnd zu meinem Bett gehe. Nicht jedoch, ohne die Tür von innen zu verriegeln. Selbst Elif sagte, dass Dante seit seiner Rückkehr verändert ist. Was, wenn das, was sie Liebe genannt hat, zu etwas Manischem wird? Dante beherrscht die Gabe der Gefühlsmanipulation, aber wie schnell seine eigenen Empfindungen ihn beherrschen können, habe ich oft genug erlebt.

Die Angst begleitet mich in meine Träume. Doch dort stelle ich fest, dass es nicht die Angst *vor* Dante ist, sondern die *um* ihn. Ganz gleich, was ich in meiner Vision gesehen habe.

15

Abu 6967 nach Atum

Hier ist es langweilig, Mutter.« Das vielleicht fünfjährige Mädchen mit den langen dunklen Haaren zeichnet Kreise in den Sand auf dem Boden. Die Herrscherin Ea steht wenige Schritte entfernt, Anu sitzt auf einem Mauerrest, der aus dem Sand hervorschaut. Hinter ihr ragt eine Pyramide aus dem Sand, weiter entfernt erhebt sich die Mauer von Dilmun weit über alles andere.

»Hier habe ich meine Magie gefunden, Lenora.« Ea klingt kein bisschen liebevoll. Ihr Blick ist streng. Die kleine Lenora sieht sich um.

»Hier ist nichts außer Sand.«

»Ewiger Sand, Lenora. Jedes Sandkorn war einst durch Magie mit etwas anderem verbunden.« Ea wirft einen kurzen Blick über die Schulter zu Anu, die ihr zunickt. Eas weites Gewand bauscht sich um ihren vollen Bauch. Ihre Schwangerschaft ist weit fortgeschritten. Lenora sieht in dieselbe Richtung und rümpft ihre Nase.

»Anu hat mir immer gesagt, dass die Magie hier draußen viel stärker auf uns wirkt, weil sie nicht hinter den Mauern gefangen ist. Verstehst du das?«

Die Kleine nickt.

»Du musst dich hier draußen zurechtfinden. Eines Tages wirst du unsere Zeit hier zu schätzen wissen.« Eas Blick verdüstert sich, ihr Mund wird kurz zu einem Strich. »Aber vergiss nicht: Du darfst niemandem außer deinem Bruder davon erzählen.« Sie deutet auf ihr gewölbtes Kleid. »Er wird dir zur Seite stehen, daher bleibt alles unser Geheimnis.« Nun zwinkert Ea ihrer Tochter verschwörerisch zu, und Lenora lächelt wie jedes andere Kind in diesem Alter, dem ein Geheimnis anvertraut wird.

16

4. Abu 6996 nach Atum

Die aufgehende Sonne streift mein Gesicht und ich erwache mit einem tief zufriedenen Gefühl, obwohl mich die letzten Bilder noch aus meinem Traum herausbegleiten. Dantes Gesicht aus meiner Vision lässt mich lange nicht los. Entgegen meines ersten Eindruckes tut er mir jedoch nichts an. Seine Augen sind ebenso vor Schreck geweitet wie meine eigenen. Sein Griff ist fest, aber deutet nicht auf Gewalt hin. Im Gegenteil. Das schwerelose Gefühl in meinem Bauch passt zu dem, was im letzten Winkel meines Bewusstseins noch einen Moment verweilt, ehe das Bild aus meinem Traum vergeht: wie Dante mich kurz vor dem Moment meiner Vision zärtlich geküsst hat. Das Beängstigende daran ist jedoch die Einsicht, dass ich kein schlechtes Gewissen mehr habe. Dass es sich irgendwie richtig anfühlt.

»Guten Morgen.«

Ich fahre so schnell hoch, dass sich der Raum um mich herum dreht. Und als hätte er es direkt aus meinem Traum herausgeschafft, sitzt Dante auf dem Sessel und starrt mich an.

Am liebsten würde ich ihn wütend beschimpfen wie am Tag zuvor, doch eine Art Verlegenheit hält mich zurück. Hat mein Unterbewusstsein die gestrige Vision mit den Erlebnissen von Hailey vermischt? Ich reibe mir über die Augen, um die letzten Trugbilder zu vertreiben, und murmle ein »Guten Morgen«.

»Keine Schimpftirade heute?« Dantes Mundwinkel zuckt und lenkt meinen Blick auf seine Lippen – eine schlechte Idee. Ich presse meine Augen fest zusammen und schiebe die aufblitzenden Bilder weit von mir – zusammen mit Elifs Zusicherung, dass Dante mich liebe.

»Hast du Schmerzen?« Ich höre Dantes ehrliche Sorge, dann ein Rascheln, Schritte.

»Alles bestens«, erwidere ich schnell und wende mich ihm mit dem Versuch eines Lächelns zu. Er hält mitten im Raum inne und seine Brauen ziehen sich zusammen.

»Wenn du es sagst.« Etwas später fügt er hinzu: »Ich soll dich zur Stillen Bibliothek begleiten.«

»Ich sollte bei Sonnenaufgang dort sein!«, rufe ich und springe aus meinem Bett. »Warum hast du mich nicht früher geweckt?« Wann genau habe ich begonnen, seine nächtliche Anwesenheit zu akzeptieren?

Dantes grüne Augen blitzen auf und er schmunzelt. Nur für den Bruchteil einer Sekunde, dann dominiert die kalte Miene wieder. »Ich bin nicht dein Weckdienst.«

»Wenn du sowieso ständig hier herumsitzt …« Ich lasse den Rest des Satzes offen, überlege kurz, wann er denn überhaupt schläft, und eile zum Waschraum. Unterwegs schnappe ich mir eine einfache knielange Tunika und ziehe mich um. Auch wenn sich ein Paravent zwischen uns befindet, glaube ich, Dantes Blicke zu spüren. Über mich selbst schockiert, stelle ich fest, dass mir der Gedanke daran nicht wirklich unangenehm ist.

Seltsam betreten, kehre ich in meinen Schlafraum zurück und schaffe es nicht, Dante ins Gesicht zu sehen. Ich suche nach meiner Kleidung vom Vortag und schlinge erleichtert den Gürtel mit dem Zwilling um meine Taille.

Er kommentiert meine Schweigsamkeit nicht, sondern fordert mich auf, mitzukommen. Ohne ihn aus den Augen zu lassen, schnappe ich mir ein Blätterteigteilchen von dem Tablett, das auf dem kleinen Tisch bereitsteht, und trinke hastig ein paar Schlucke kalten Tees aus dem Kelch daneben.

»Ich folge dir«, bestimme ich wenige Sekunden später und übergehe seinen verwirrten Ausdruck und das Schulterzucken. Als er vor mir auf den Flur tritt, fixiere ich aus Gewohnheit sofort seinen Nacken. Ich bin mir sicher, keine Gefühlsmanipulation gespürt zu haben, auch wenn ich eine solche in diesem Moment willkommen geheißen hätte. Denn das würde bedeuten, dass ich seine Anwesenheit nicht wirklich so ruhig hinnehme und akzeptiere oder – ich schlucke – mich tief in meinem Inneren nach seinen Blicken sehne.

Schweigend gehen wir die langen Flure entlang, unsere Schritte hallen leise von den Sandsteinwänden wider und ich bin froh, mich auf mein mitgenommenes Frühstück konzentrieren zu können. Die Sonne wirft die stern- und rautenförmigen Muster der Fenstergitter in regelmäßigen Abständen auf den Boden.

Aus der großen Empfangshalle dringt Musik zu uns. Ein Taarspieler zupft über die Saiten des Instrumentes und entlockt ihm wundervolle Klänge, die mich sofort wieder an jenen Tag in Summit erinnern, an dem ich Dante mit seiner Gitarre gesehen habe. Meine Lippen formen die Worte wie von selbst: »Ich habe dich noch nie mit dem *Taar* gehört.«

Dante hält abrupt inne und mustert mich mit eiskaltem

Blick, vor dem ich zurückzucke. »Woher weißt du, dass ich spiele?«

»Ist das dein Ernst?« Wollte er wirklich so tun, als hätte er alles vergessen, was sich in Summit abgespielt hatte?

Er öffnet den Mund, um etwas zu sagen, doch dann hält er inne, nur seine Augen bewegen sich hastig hin und her und die Pupillen weiten sich merklich. Ich spüre ... Verwirrung, Angst.

»Ich weiß, dass ich von dir verlangt habe, so zu tun, als hätte es die Zeit in Summit nicht gegeben ...« Noch immer fühlt sich dieser Wunsch falsch an und in meinem Bauch ballen sich die Schuldgefühle zu einem chaotischen Knoten zusammen. »Aber das gilt nicht dafür, dass wir dort ... Freunde waren.« Es ist die reine Wahrheit. Ich vermisse diese Person, die dort immer zu mir gestanden hat.

Dante reagiert anders als erwartet. »Von was sprichst du?« Kopfschüttelnd geht er weiter und völlig perplex stehe ich noch ein paar Augenblicke da, ehe ich ihm hinterherrenne.

»Was ist los mit dir?«, frage ich, nachdem ich ihn eingeholt habe. Er hat die Abkürzung durch den Dienstbotentrakt eingeschlagen und die eine Hand bereits erhoben, um die Tür nach draußen zu öffnen. Aus der Küche, an der ich eben vorbeigerannt bin, dringen zahlreiche Düfte zu uns, begleitet von Stimmen und lautem Poltern.

»Dante, bitte warte. Du sollst nicht länger ignorieren, was in Summit war. Auch nicht ...«, ich hole noch mal tief Luft, ehe ich die Worte herauslasse: »Auch nicht, dass wir uns geküsst haben.«

Er erstarrt mitten in seiner Bewegung, die Schultern angespannt, um die schwere hölzerne Tür aufzuschieben.

Wellen unterschiedlichster Gefühle rollen über mich hinweg. Sehnsucht, Schmerz, Begehren. Er lässt seine Hand wieder sinken und wendet sich mir langsam zu. Seine Augen sind das Gegenteil seiner Gefühle. Sein eiskalter Blick lässt mich nach hinten taumeln.

»Willst du so dafür sorgen, dass ich meine Aufgabe nicht länger wahrnehmen kann?«, zischt er. »Willst du, dass ich scheitere?«

»Nein, ich ... Was ist los mit dir? Wir haben ...«

»Wir haben gar nichts«, presst er hervor, nur noch zwei Schritte von mir entfernt.

Elifs Aussage kommt mir wieder in den Sinn. Auch sie hat gesagt, dass Dante anders ist, dass er ... verändert zurückgekommen ist. Nun sehe ich es ebenfalls deutlich.

Dann setzt sich plötzlich alles neu zusammen: das ehrliche Erstaunen Dantes nach unserer Ankunft in der Pyramide, das meinem glich. Dann später nur diese distanzierte Art, die er hier in der Letzten Stadt seither an den Tag gelegt hatte. Er folgt nicht meiner Bitte, so zu tun, als hätte es die Zeit in Summit nicht gegeben – für ihn existiert sie tatsächlich nicht mehr.

»Dante, lass mich dir helfen, ich glaube ... nein, ich bin mir sicher, du liegst unter dem Einfluss einer Täuschung.«

Er schnaubt überheblich und schüttelt den Kopf. »Ich bin die rechte Hand des Herrschers. Er würde mich nicht täuschen.« Es klingt, als müsse er sich ebenso selbst überzeugen wie mich. Zorn auf meinen Vater wallt auf. Wer sollte ihn sonst manipuliert haben? Ich gehe unsere Ankunft erneut in Gedanken durch, erinnere mich, dass noch andere anwesend waren. Personen, die ich nicht kannte. Wer vom Haus Geb ist so mächtig, dass mein Vater ihn für eine derartige Manipulation angeheuert haben könnte?

Mit Mühe schlucke ich das bittere Gefühl hinab. »Er ist vielleicht nicht der Einzige, der das kann, und das weißt du genau. Irgendwo dort drinnen.« Ich deute auf seine Brust.

Es folgen keine Widerworte, daher lege ich nach. »Bitte.« Ich mache einen kleinen Schritt auf ihn zu. »Was kannst du schon tun?«

Ich reiche ihm die Hand. Skeptisch nimmt er sie an. Er zittert leicht. Mit geschlossenen Augen hole ich zum ersten Mal voll bewusst die Bilder von Nicolas und Hailey an die Oberfläche und schiebe sie ihm entgegen. Im Nacken spüre ich das sehende Auge von Geb und in mir toben die Gefühle jener Zeit. All die Empfindungen, die ich gegenüber Nicolas gehegt habe. Der Gedanke, dass ich mich in diesen Menschen verlieben könnte …

Es ist zu spät, diesen Gedanken zurückzuhalten, und ich teile auch ihn mit Dante, der aufkeucht, als all unsere gemeinsamen Erlebnisse durch unsere Verbindung die falschen Erinnerungen wegbrennen. Dann reißt sie ab. Er weicht vor mir zurück, stößt gegen die Tür, schüttelt dann in einer Mischung aus Schock und Skepsis den Kopf.

»Elif!« Er wendet sich hastig zur Tür um, zögert kurz und blickt über die Schulter zu mir zurück.

Eifersucht schlägt ihre scharfen Klauen in mein Innerstes. Hastig schlucke ich sie, den damit einhergehenden Schmerz und auch meinen Stolz hinab.

»Komm mit!«, befiehlt er, schnappt sich meine Hand und zerrt mich mit sich. Ich bin zu überrumpelt, um zu reagieren, und folge ihm wie von selbst. Er lässt mich nicht los, als wir ins Freie treten und die kühle Morgenluft uns umhüllt. Ich versuche, mir einzureden, dass es sich nicht gut anfühlt, wie seine Hand in meiner ruht, doch ich war schon immer schlecht im Lügen. Daher entziehe ich mich ihm nicht, während wir durch winzige Gassen und Höfe huschen – ähnlich derer, die ich am Abend zuvor mit Elif benutzt habe. Auf den Hauptstraßen patrouillieren zu viele Soldaten und ich glaube sogar, dass uns erneut ein Wolf beobachtet. Die tierischen Instinkte der Gestaltwandler des Hauses Schu sind nicht zu verachten. Dante ist so in Gedanken versunken, dass er seine Soldaten nicht grüßt, ja ihnen nicht einmal zunickt.

Kurze Zeit später treten wir durch jene Hintertür, die zu durchschreiten das Kribbeln von Magie auslöst.

»Ich habe euch bereits erwartet«, sagt Elif, nachdem Dante sich mit zusammengekniffenen Augen draußen umgesehen und die Tür hinter uns zugezogen hat. Elif ruht mit geschlossenen Augen in ihrer dem alten Orient nachempfundenen Sitzecke. Kleine Rauchsäulen steigen aus etlichen Schalen auf und schwängern die Luft mit einer Mischung aus Zedernholz, Jasmin, Zimt und auch Nelke.

Elif lächelt, die Lider noch immer geschlossen. »Die Düfte helfen mir, mich zu fokussieren.« Sie öffnet die Augen und das grelle Weiß erinnert mich an den Uschebti im Museum in Miami. Ich erschaudere und sehe zu Dante hinüber, der nicht einen Hauch von Besorgnis zeigt. Ich betrachte die beiden nacheinander. Während Elifs Iris langsam zurückkehrt, stelle ich fest, dass sich Dantes Haltung spürbar verändert hat. Entschlossenheit steht auf seinen Zügen, die eine Seite von mir zum Schwingen bringt, die tatsächlich beeindruckt ist.

»Was geht hier vor?« Meine Stimme klingt rau, in meinem Kopf wirbeln so viele Gedanken umher, aber ich bin unfähig, sie zu greifen und zu einem sinnvollen Bild zusammenzusetzen. »Dante?«

Sein Mund verzieht sich zu einem Strich, er sieht mich

nicht an. Stattdessen bohrt sich sein Blick regelrecht in Elif, die sich soeben, begleitet vom Klimpern der zahlreichen winzigen metallenen Abbilder der Triskele an ihrer weißen Tunika, erhebt.

»Du hast den Bann gebrochen.« Sie schenkt mir ein aufrichtiges Lächeln, doch ich kann es nicht erwidern.

»Wieso sind wir hier?«, versuche ich es erneut, doch die Seherin will mich in den Wahnsinn treiben und bietet mir Tee statt einer Antwort.

Dante räuspert sich. »Elif hat all das vor unserer Abreise vorhergesagt.«

Ich ziehe geräuschvoll die Luft ein.

»Und nicht nur das.« Er scheint ärgerlich zu sein. »Es ist alles eingetreten, was sie mir erzählt hat«, wiederholt er mit Nachdruck, während Elif wissend nickt. »Ich vertraue ihr voll und ganz. Sie hat den Beweis erbracht, um den ich gebeten habe.«

Nun sieht er mich direkt an, seine grünen Augen brennen geradezu, doch ich kann die Zusammenhänge noch immer nicht erkennen. Daher frage ich:

»Den Beweis wofür?«

»Dass auch ihre andere Prophezeiung eintreten wird.« Er tritt näher, hält meinen Blick weiterhin gefangen. »Die Letzte Stadt wird fallen.«

17

Abu 6978 nach Atum

Ich will die Insignie von Geb!« Die junge Frau blickt der Herrscherin stur entgegen. Sie könnten Spiegelbilder sein, Ea und ihre Tochter Lenora.

»Anu hat genau vorhergesehen, welche Insignie du nach außen tragen sollst.« Die Stimme der Herrscherin ist unnachgiebig. »Du wirst nicht wie die anderen sein, Lenora. Aber du musst deine Rolle spielen. Eine wichtige Aufgabe wartet auf dich. Du wirst noch innerhalb des nächsten Mondumlaufes offiziell die Insignie von Nephthys erhalten, Zaahir Themis wird bei mir um deine Hand anhalten und schon bald wirst du unter meiner Anleitung dafür sorgen, dass eure Tochter das beendet, was Anu und ich begonnen haben.«

Lenora lächelt tatsächlich, was Ea leicht schmunzeln lässt. Dann sieht Ea zu der Stelle, an der früher stets Anu gesessen und sich Strähnen ihrer blassen Haare um die Finger gewickelt hat.

»Sag ihr alles, sobald die Zeit reif ist«, forderte Anu damals. Ea glaubt, nun den richtigen Moment gefunden zu haben und richtet das Wort erneut an ihre Tochter:

»Dein Vater ... Hiz und Kareem Themis ...«

»Zaahirs Vater?«, unterbricht Lenora und Ea nickt.

»Die beiden haben uns sehr geholfen, aber nun misstrauen sie Anus Visionen. Anu hat vorhergesehen, dass mein Ende bald kommen wird. Deshalb muss ich dir alles erzählen, was Anu mir schon vor langer Zeit anvertraut hat. Du wirst die Fesseln dieser Stadt lösen – gemeinsam mit deiner Tochter wirst du die wahre Magie aus ihrer Gefangenschaft befreien.«

Mit jedem Wort richtet sich Lenora mehr auf.

»Was muss ich dafür tun?«

18

4. Abu 6996 nach Atum

Dantes Worte schweben zwischen uns im Raum, erheben sich und lassen die Luft immer dicker werden. Das Atmen fällt mir zunehmend schwerer und die Prophezeiung drückt mich nieder.

Die Letzte Stadt wird fallen.

»Wie?«, stammle ich nur, während Dante mich zu den Sitzpolstern führt und ich mich fallen lasse. Er setzt sich neben mich. Seine Wärme dringt auf mich ein, als wäre er die Sonne selbst. Ein nervöses Kribbeln erfasst mich, aber ich lasse Elif nicht aus den Augen.

»Ich sehe es nicht«, gibt sie mit gesenktem Kopf zu, als sie auf dem anderen Polster Platz genommen hat. »Es ist, als würde alles um den Fall der Stadt in Dunkelheit liegen. Ich weiß, dass die Magie verloren geht, aber alles andere … Ich habe alles versucht, jedes Hilfsmittel genutzt.« Sie deutet vage auf die Räucherschalen, über denen noch weiter Rauchsäulen aufsteigen. »Wieder und wieder sehe ich das Ende der Stadt, davor und danach ist nichts als Finsternis.«

»Was ist mit den anderen Sehern?« Die Wissende des Hauses Nephthys muss den Regeln zufolge die stärkste ihrer Begabung sein. Sie muss meinen Vater darüber informiert haben. Ein kleiner Hoffnungsschimmer durchzuckt mich. Vielleicht hat mein Vater deshalb so gehandelt?

Doch Elif schüttelt nur bedauernd den Kopf und der Schimmer erlischt. Sie will gerade etwas sagen, doch Dante kommt ihr zuvor: »Niemand weiß davon. Innerhalb ihres Hauses hält man Elif für verrückt.« Wenn seine Augen nicht herausfordernd glänzen würden, hielte ich es für eine seiner früher üblichen arroganten Bemerkungen, Sticheleien.

Elif verzieht kurz den Mund zu einem missmutigen Lächeln. Sie scheint nicht verärgert darüber zu sein, sondern diesen Ruf akzeptiert zu haben. Dann fallen mir die Visionen von Lenoras Tante wieder ein. »Anu hat ebenfalls vorhergesehen, dass die Letzte Stadt fallen wird. Das hat meine Mutter behauptet.«

»Anu?« Elif sieht mich verwundert an. »Ich habe diesen Namen nie gehört.«

»Sie war Seherin, als meine Großmutter Ea Herrscherin der Stadt war. Sie hat all ihre Entscheidungen von ihr, ihrer Schwester, abhängig gemacht.« Ich sammle die Bruchstücke, die ich von meiner Ahnengeschichte kenne, zusammen. »Ea hat damals die Impfungen eingeführt – ebenfalls auf Anraten Anus –, aber anscheinend hat auch sie nicht gesehen, was der Impfstoff der Bevölkerung langfristig antut. Vater sagte vor der Expedition, die Impfungen würden dem Diĝir Magie abziehen und nur der Zwilling könne ihn ausgleichen. Warum tut er das nun nicht?«

Elifs Augen blitzen kurz weiß.

»Ich habe viele Dinge gesehen, die den anderen verborgen blieben.« Sie wirft Dante einen bedeutungsvollen Blick zu, der diesem schnell ausweicht und plötzlich entsetzlich viele Fusseln von seiner schwarzen Tunika zupfen muss. Es ist nicht zu übersehen, dass die beiden ein Geheimnis teilen, was erneut Eifersucht in mir aufwallen lässt. »Du musst in der Stillen Bibliothek nach Antworten suchen. Ich würde es ja selbst … Ich habe bereits etliche Sonderanträge gestellt und nie Zutritt erhalten. Erst gestern wurde mir der Zugang wieder einmal verwehrt, daher musst du alles darüber herausfinden, was der Stadt gerade passiert.«

Ihre Worte lösen nicht das in mir aus, was sie vermutlich bezwecken. Eiseskälte greift nach meinem Herzen, und eine leise Stimme ringt nach Aufmerksamkeit, während meine Hand nach dem Beutel mit dem Zwilling tastet. Deshalb wollte sich Dante mit mir vermählen. Aus Kalkül, um seinen Vater als Vorsitzenden des Hauses Seth abzulösen und Zugang zur Bibliothek zu bekommen. Ich atme bebend aus und versuche, mir nichts anmerken zu lassen. Doch Elif und Dante fechten ein stummes Blickduell aus und sehen mich nicht. Dann erhebt Elif wieder das Wort: »Die Magie schwindet immer weiter, ich spüre, wie sie uns entgleitet.«

Ich schüttle den Kopf. »Die Magie kann nicht verloren gehen. Ich habe den Zwilling zurückgebracht. Der Diĝir kann seine Magie wieder aufladen.« Meine Stimme klingt erstaunlich fest, kein Hauch von der Verzweiflung in meinem Inneren. Ich konzentriere mich auf die aufglimmende Kohle unter den Weihrauchkügelchen in einem goldenen Räuchergefäß.

»Vielleicht reicht es nicht, den Zwilling nur zurückzubringen«, erwidert Elif mit geschlossenen Augen. Sucht sie nebenbei nach einer Antwort? Unauffällig umgreife ich den Beutel mit dem Zwilling fester, als könnten ihre Worte ihn verschwinden lassen.

»Du könntest Zaahir den Zw…«, setzt Dante an, und

Feuer rast durch meine Adern, als mein Geist den Satz ergänzt. Ich springe auf.

»Niemals!« Das Wort schießt durch den Raum, gleitet in jeden Winkel, zwischen den dekorativen Tüchern und Räuchergefäßen umher, und kehrt anschließend zu mir zurück. Ich zucke zusammen, wie viel Macht es innehat, und blinzle die roten Ränder, die meine Sicht trüben, weg. Um innere Ruhe bemüht, füge ich etwas leiser hinzu: »Er wollte die Erde zerstören. Meine Mutter und all die Unschuldigen! Nachkommen unserer Stadt und alle Menschen, die nicht einmal von uns wissen! Ich werde ihm keine weitere Möglichkeit dazu bieten.« Wie von selbst mehren sich die Worte. »Der einzige Grund, warum er noch auf seinem Thron sitzt, ist …« Schnell schließe ich den Mund, obwohl mich zwei Augenpaare anflehen weiterzusprechen. Aber ich will den beiden nicht erzählen, dass Riaz und ich nun getrennte Wege gehen, dass wir meinen Vater nicht durch eine Heirat ablösen werden, obwohl er der Thronübernahme aufgrund meiner Rückkehr nichts mehr entgegenzusetzen hat. Ich will mich nicht entblößen, indem ich erkläre, warum. Dante war auf der Erde ein anderer, ja. Er hat Geheimnisse mit mir geteilt, mir vertraut. Aber hier – zusammen mit Elif – wirkt er so verschlossen. Die beiden sind so sehr vertraut, dass es mir wehtut. Ich lasse mich wieder auf das Polster fallen und ignoriere die Lücke zwischen Dante und mir, die zuvor nicht da war.

Elif scheint mich zu verstehen, wartet jedoch mit einer Antwort. Stattdessen greift sie zu einer Schale mit Potpourri, stellt sie auf ihren Schoß und zeichnet Wirbel in die getrockneten Blüten. Ohne aufzusehen, fragt sie: »Du hast ihm nicht gesagt, dass du den Zwilling hast?«

Ausdruckslos erwidere ich: »Ich konnte es nicht. Zunächst

hat mich etwas davon abgehalten – jetzt weiß ich, dass dieses Gefühl berechtigt war. Er wusste von Leemals Plan. Er hat all die Geschehnisse auf der Erde mitzuverantworten.«

Elif nickt verständnisvoll, kommentiert meine Aussage jedoch nicht. »Wenn du ihn nicht fragen kannst, was mit dem Zwilling hätte geschehen sollen, musst du deine Antwort in den Chroniken suchen.« Elif lässt unentwegt getrocknete Blütenblätter in die Schale auf ihrem Schoß rieseln. Für sie mag das ja meditativ sein, mich macht es wahnsinnig. Ich bin so angespannt, dass ich ein jedes Blatt einzeln fallen sehe, Osiris' Magie drängt danach, sie anzuhalten wie beim Training mit meiner Mutter. Meine Macht spielt verrückt. Ich massiere meine Schläfen, vielleicht kann ich bald wieder klar denken. Ich suche die Energiepunkte meines Körpers, die die Energieströme lenken. Unsere Ahnen hatten den Punkt an der Beugefalte des Handgelenkes am äußeren Ende der Sehne »göttliches Tor« genannt. Ich lasse die Magie von Nut darauf einwirken und spüre, wie ich ruhiger werde.

»Nach was soll ich suchen?«, frage ich, während sich die Insignie wieder zurückzieht und sich der Duft von Minze zwischen die anderen Gerüche mischt.

»Niemand von uns war je dort«, sagt Elif mit Bedauern in der Stimme. »Ich kann auch nicht hineinsehen. Nicht einmal, wenn ich die Außenmauer der Zitadelle berühre – oder direkt die Tür zur Stillen Bibliothek.« Der Umstand gefällt ihr ganz und gar nicht. »Du bist unsere einzige Hoffnung auf Klarheit.« Wieder ein langer Blick zu Dante. Die beiden sind sich so nah, teilen Geheimnisse, vielleicht mehr. Wenn Dante nur ihretwegen – aufgrund ihrer Visionen – an mir interessiert war, sind sie vielleicht in Wahrheit doch ein Paar, selbst wenn Elif es mir gegenüber abgestritten hat?

»Eifersucht?« Ich fühle mich sofort ertappt, aber Dante stößt ein Lachen aus. »Ist das dein Ernst?« Es klingt verbittert, und er strahlt dies auch ohne jeglichen Versuch der Einschränkung aus, die Arme vor der Brust verschränkt wie mein Spiegelbild.

»Geht jetzt zur Bibliothek. Die Wissenden werden ungeduldig, und ihr verpasst sonst die Chance auf Antworten«, weist uns Elif an und ermöglicht mir dadurch, mich vor der Antwort zu drücken. Ich werfe ihr einen dankbaren Blick zu und ein Lächeln umspielt ihre Lippen.

»Wenn ihr in der Stillen Bibliothek wart, wirst du mit ihr sprechen«, zischt sie Dante anschließend zu, der daraufhin sofort den Mund verzieht und völlig verkrampft aufsteht. »Oder ich werde es tun«, ruft sie uns noch hinterher. Dante kann nicht in meine Richtung sehen, daher folge ich ihm ohne weitere Aufforderung durch die Hintertür zurück durch die Gassen und Innenhöfe, die Dante allesamt erstaunlich gut zu kennen scheint, was meinen Magen erneut verkrampfen lässt, obwohl ich keinerlei Recht darauf habe.

Ich verstehe mich selbst nicht, doch seit unserer Rückkehr scheint es, als hätten Riaz und Dante die Rollen getauscht, die sie in meinem Leben zuvor immer gespielt haben. Und diese Tatsache macht mir Angst. Angst, die sich immer weiter in mich hineinfrisst. Riaz und ich haben gemeinsam herausgefunden, dass unser Weg nicht länger Seite an Seite entlangführt. Aber ich fürchte mich davor, dass es die falsche Entscheidung sein könnte. So lange schon haben wir den Pfad gemeinsam beschritten, Gewohntes aufzugeben, fällt schwer. Und dann ist da immer wieder der erschreckende Gedanke, dass jener Teil meines Herzens – der, den Dante belegt – grausame Schmerzen verursachen könnte.

Als hätte ich ihn mit meinem Gedanken an ihn heraufbeschworen, taucht Riaz in meinem Sichtfeld auf. Wir kommen gerade aus einer Gasse gegenüber der Zitadelle und Riaz eilt uns vom Portikus aus entgegen, sobald er uns entdeckt hat.

»Wo habt ihr gesteckt?« Riaz baut sich vor Dante auf und starrt ihn wütend an. Die Sonnenstrahlen zeichnen scharfe Schatten auf sein Gesicht. Dante nimmt seine überhebliche Haltung an und antwortet ungerührt: »Akasha hat verschlafen.«

Da wendet sich Riaz mir zu. Erst etwas verzögert, wird seine Miene weich, und das wütende Funkeln in seinen Augen erlischt und wird durch eine sanfte Wärme ersetzt, mit der er mich schon so lange Zeit beschenkt. Mit einem letzten großen Schritt steht er direkt an meiner Seite und greift nach meiner Hand. Ich habe ein Déjà-vu jenes Abends, an dem wir uns hier getroffen haben, um uns in den Innenhof der Zitadelle zu schleichen. Doch ich liebe ihn nicht mehr auf diese Weise. Wir haben die richtige Entscheidung getroffen.

Dantes Schnauben dringt nur von weit weg an mein Ohr. »Wir sollten hineingehen.«

Riaz nickt mir aufmunternd zu. »Mein Vater wartet schon mit den anderen Wissenden. Es fehlt nur noch Dante, um die Tür zu öffnen.« Er wirft einen kurzen abfälligen Blick in dessen Richtung, ehe er seinen Arm um mich legt und mich zur Zitadelle geleitet. Dabei raunt er mir ins Ohr. Im Gegensatz zu früher sorgt sein Atem nicht für das altbekannte Kribbeln, sondern lediglich einem Echo davon: »Vergiss nicht, was wir vereinbart haben. Du bist unsere einzige Hoffnung auf ein Überleben.«

Der Zugang zur Stillen Bibliothek befindet sich am Ende des anderen Flügels der Zitadelle, und wir wenden uns nach links, während die Empfangsräume der Wissenden rechter Hand liegen. Zwei von Dantes Soldaten halten Riaz und mich zurück. Ihren General lassen sie ungehindert passieren und ich sehe, wie er zu den anderen Oberhäuptern der Häuser tritt und sich gleich mit meinem Vater unterhält. Neben ihm steht einer seiner Diener in blassrotem Kaftan und starrt ausdruckslos in die Menge. Anschließend kommen die Wissenden – Vater mit seinem Bediensteten – zu mir und bitten mich, in ihre Mitte zu treten. Der ältere Mann mit dem zerfurchten Gesicht greift daraufhin mit trüben Augen nach meiner Hand und ich will sie ihm sofort entziehen, Riaz tritt wieder neben mich, doch mein Vater legt beruhigend die Hand auf meinen Unterarm. Sein Diener zeichnet mit einem rauen Finger ein Dreieck auf meinen Handrücken und murmelt dabei etwas Unverständliches. Ich sehe ihm hinterher, nachdem er ebenso schnell weggetreten ist, wie er meine Hand gegriffen hat. Ich habe ihn niemals zuvor gesehen und doch hat mich bei seiner Berührung ein seltsames Gefühl der Verbundenheit ergriffen. Gedankenverloren verfolge ich, wie mein Vater ebenfalls das Dreieck auf meine Haut malt und die anderen Wissenden folgen, ehe sie die Prozedur bei Dante wiederholen, ehe er zu mir kommt und das Dreieck zeichnet, mir eine Erklärung jedoch schuldig bleibt. Anschließend wenden sie sich allesamt der steinernen Wand zu.

Riaz und ich verfolgen kurz darauf aufmerksam, wie sie sich vor dem steinernen Portal mit der achtstrahligen Sonne, dem Symbol des Diĝirs, aufstellen, in dem der erste Strahl aufleuchtet, wie ich es nie zuvor gesehen habe. Entsprechend ihrem Rang, der sich auch in der Höhe der Türme des Tempels widerspiegelt, treten die Wissenden nach vorne. Die anderen versperren mir die Sicht auf den Herrscher, der mit dem Öffnen der Bibliothek beginnt. Kurz darauf erleuchtet auch der zweite Strahl des Diĝirs über ihren Köpfen in grellem Licht.

»Es ist eins der größten Geheimnisse. Mein Vater hat es mir nie anvertraut. Nicht einmal die Rebellen wissen, wie man sich Zutritt verschafft«, erklärt mir Riaz mit gesenkter Stimme. Darüber habe ich mir nie Gedanken gemacht. Wie über so vieles. Dante nimmt nun die Position von Riaz' Vater ein.

»Kopf hoch, Ash.« Riaz tritt näher und hebt mein Kinn an, sodass ich ihm in die tiefblauen Augen sehen kann. Darin liegt das spitzbübische Funkeln von früher, wenn er etwas ausgeheckt und uns damit in Schwierigkeiten gebracht hat. »Wenn du erst drin bist, wird sich alles verändern. Dort muss geschrieben stehen, wie man den Impfstoff herstellt. Das ist, was Lenora mir aufgetragen hat. Wir können Inez und Sapheer helfen. Ich habe schon so lange darauf hingearbeitet, die Stadt zu retten.«

Er greift nach meiner Hand und drückt sie kurz. Eine Geste der Freundschaft. Seine Berührung sorgt nach wie vor für ein Gefühl von Sicherheit, Geborgenheit. Doch mehr ist da nicht. Er brennt nicht länger für mich, sondern für Lenoras Kampf um die Freiheit. Seine Augen blitzen auf, strotzen nur so vor Energie und Tatendrang wie damals, als wir das erste Mal auf der Stadtmauer saßen und uns gefragt haben, was sich hinter den Mauern der Pyramiden befindet.

Riaz spürt die Veränderung zwischen uns ebenso stark und zieht schnell seine Hand zurück. Dabei flüstert er beinahe verzweifelt: »Du wirst immer ein Teil von mir sein, Ash.« Er schiebt mit seiner Hand den weichen Neoferrumstoff seiner Tunika zur Seite, um mir das Tattoo über seiner linken Brust zu zeigen. »Nur überlege gut, wen du an dich heranlässt.«

Vater ruft mich zu sich und offenbart mir, dass Dante mich hineinbegleiten wird. Dieser tritt bereits mit bemüht entspanntem Ausdruck und gestrafften Schultern direkt vor das Portal und ich folge ihm mit derselben Haltung. Das gesamte Symbol des Diĝirs leuchtet nun von innen heraus so stark, dass ich die Augen leicht zusammenkneifen muss, um die einzelnen Strahlen überhaupt zu erkennen. So hell habe ich den Zwilling in Erinnerung. In jenem Moment, in dem er die Erde zum Erzittern brachte und seine Magie Leemal tötete. Ich kralle meine Finger um den Beutel an meiner Seite und dränge den Gedanken beiseite. Der Herrscher nickt mir und Dante aufmunternd zu, was meinen gesamten Körper verkrampfen lässt. Ich beruhige mich, meine Neugier gewinnt die Oberhand und ich beobachte Dante, wie er nun die Hand hebt und das grell leuchtende Symbol des Diĝirs berührt. Nein. Er berührt es nicht. Seine Hand taucht hinein.

Die massive steinerne Tür ist durchlässig geworden wie Mauern, die Riaz mit seiner Gabe formwandelt. Nach einem kurzen entschlossenen Seitenblick zu mir tritt Dante erhobenen Hauptes durch den Stein. Das Tor schlägt leichte Wellen, beruhigt sich jedoch schnell wieder.

Ich schlucke. Vor Aufregung richten sich die Härchen in meinem Nacken auf. Dann sammle ich all meinen Mut zusammen, denke an all die Erwartungen, die ich an diesen Moment gestellt habe, und mache einen Schritt nach vorne.

Der erste Blick auf die Stille Bibliothek verschlägt mir den Atem.

19

4. Abu 6996 nach Atum

Trotz meines Zögerns auf der anderen Seite der steinernen Tür steht Dante noch immer reglos da, als hätte er sich nach dem Betreten der Stillen Bibliothek kein Stück gerührt. Ich kann es ihm nicht verdenken.

Vor uns liegt ein endloser … Flur, gleich einer Schlucht, der irgendwo in einem kleinen Punkt am Ende des Horizonts endet. Über uns befindet sich ein wolkenloser blauer Himmel, obwohl sich die Tür zu diesem Ort mitten in der Zitadelle befindet. Die Sonne steht über Hunderten, nein, sogar Tausenden langen Bücherregalen aus Sandstein, die rechts und links des Mittelganges abgehen. Am Ende jener Regale ist nichts als Wüstensand, der irgendwann ebenso an einem weit entfernten Punkt den Himmel berührt.

Die Tür, durch die wir soeben getreten sind, ist ein Portal zu einem anderen Ort, von dem die Bevölkerung nie etwas erfahren hat, ihn nicht einmal zu erahnen scheint. Nie habe ich auch nur in einem Märchen oder einer Legende von dieser endlosen Wüste gehört. Mein Puls rast, mein Herzschlag wird immer schneller, und plötzlich trüben sich die Ränder meines Sichtfeldes ein.

Ein schmerzhafter Hieb auf den Rücken lässt mich lautlos

aufkeuchen. Sauerstoff flutet meine Lunge. Ich war so starr vor Ehrfurcht, dass ich vergessen habe zu atmen. Dante stellt sich vor mir auf und gestikuliert mit den Händen, die Augen eben noch vor Angst weit aufgerissen.

»Was ist das hier?«, frage ich, aber kein einziger Laut dringt aus meinem Mund.

Dante gestikuliert schneller, deutet mit der Hand auf sein Ohr und schüttelt den Kopf. Dann legt er den Zeigefinger auf den Mund. Stille.

Die Stille Bibliothek.

Ich bin immer davon ausgegangen, dass es sich dabei einfach nur um einen Namen handelt, weil eine Bibliothek ein stiller Ort ist, um zu studieren, seinen Gedanken nachzuhängen wie in der Bibliothek der Zitadelle, die wir oftmals im Rahmen des Unterrichts besucht haben. Dass hier jedoch jeglicher Laut auf magische Weise unterbunden ist, erfüllt mich mit tiefer Hochachtung vor den Ahnen, die diesen Ort erschaffen haben.

Dante zupft an meiner Tunika, und voller Ungeduld deutet er erst mit dem Kopf, dann mit der Hand auf die ersten beiden Regale rechts und links des Mittelganges, die sich optisch nicht von den anderen dahinter unterscheiden. Es reiht sich ein Buch neben das andere, auffällig ist jedoch, dass die oberen Reihen des linken Regales leer sind, darunter folgen rote Bücher in einheitlicher Größe, ab der Mitte reihen sich die blauen Bände aneinander, ehe im untersten Regal dunkle schwarze Wälzer vorherrschen. Das Regal rechter Hand gleicht einem Blumengarten, mit seinem leuchtenden Orange, dem in der Sonne blitzenden Weiß, darunter folgen gelbe und grüne Bücher.

Weil ich nicht reagiere, schnappt sich Dante meine Hand

und zieht mich zum linken Regal. Er deutet auf eins der Bücher in der untersten Reihe, dann auf seine Brust. Ich verstehe nicht, was er mir sagen will, und er verdreht genervt die Augen. Er wiederholt die Bewegung, dann dreht er sich um und malt auf seinem Nacken einen Kreis mit seinem Finger. Jetzt verstehe ich!

Es handelt sich um die jeweiligen Bücher der Häuser. Ich greife nach oben zum roten Teil des Regals, ziehe den letzten Band dieser Farbe heraus und schlage ihn auf.

Es ist eine Art Tagebuch. Eine … *Chronik*, wie sie Elif erwähnt hat. Sie beginnt an einem Tag unserer Zeitrechnung, dem 7. Du'uzu 6996 nach Atum, also vor ungefähr einem Monat. Ich erkenne die schmale Schrift meines Vaters. Hastig blättere ich durch die Seiten und suche den letzten Eintrag. Er ist mit dem Datum von gestern versehen.

3. Abu 6996 n. A.

Ich konnte die anderen Wissenden davon überzeugen, dass es das Richtige ist, Akasha Zugang zu gewähren. Einzig Zahra Arezoo aus dem Hause Nephthys hat dagegen gestimmt. Die Dunkelheit, die ihrer Aussage nach meine Tochter umgibt, trübt ihre Sinne. Dabei glaube ich, dass sie unsere einzige Rettung ist.

Selbst die beinahe liebevollen Worte meines Vaters rücken die bittere Wahrheit nicht in ein besseres Licht: dass mein Vater ein Verräter gegenüber seinem eigenen Volk ist. Die Wärme von Dantes Körper an meinem Rücken lenkt mich ab. Offensichtlich liest er mit, etwas, das ich absolut nicht ausstehen kann. Ich drehe mich um und drücke ihm das geöffnete Buch in die Hand. Ich werde mir einfach eins der anderen nehmen.

Doch kaum habe ich meine Hände vom Buch genommen, schlägt es von selbst zu, und im Sonnenlicht funkelnde Staubpartikel tanzen zwischen uns. Dante sieht mit gerunzelter Stirn vom Buch zu mir und wieder zurück. Dann versucht er, das Buch zu öffnen, krallt seine Finger in den Buchblock, aber trotz zitternder Muskeln kann er es nicht aufstemmen.

Er übergibt es mir und bittet mich wortlos, es ein weiteres Mal zu öffnen, was mir mühelos gelingt. Ich unterdrücke den Impuls, ihn anzugrinsen, doch er hätte mich sowieso nicht mehr gesehen, weil er bereits wieder vor dem Regal steht und nach dem erstbesten Buch mit schwarzem Einband greift … und es aufschlägt. Es folgt ein blauer Wälzer, mit dem er ein paar Minuten ringt, ehe er ihn an mich weitergibt und mir bedeutet, ihn zu öffnen. Ich schlage das Buch auf und überfliege die Titelei. Diese Chronik wurde von Akeem Deimos verfasst, Riaz' Vater. Ich will auch hier nach dem letzten Eintrag suchen, doch Dante reißt mir das Buch aus den Händen und ersetzt es durch einen orangefarbenen Band aus dem anderen Regal. Die Chronik des Hauses Tefnut, geschrieben von Shareen Sarai.

Dante demonstriert mir, mit übertriebenen Gesten und begleitet von theatralischer Mimik, dass er auch das Buch des Hauses Tefnut nicht öffnen kann, und deutet ein weiteres Mal auf das schwarze Buch, bei dem er offensichtlich kein Problem hat.

Dann dämmert es mir. Dante verdreht die Augen, seine Lippen formen das Wort »Endlich!«, ehe er mich anlächelt. Jeder Wissende kann nur die Bücher seines Hauses lesen. Ich vereine die Macht aller Häuser, daher kann ich Dantes schwarzes Buch ebenso öffnen wie das meines Vaters und der anderen. Ich frage mich, welchen Vorteil der Einblick in die Chroniken der anderen Häuser bringen würde oder warum es unmöglich ist – unmöglich sein sollte –, die Bücher anderer zu lesen, wenn diese einen nicht aus freien Stücken mitlesen lassen. Haben die einzelnen Familien Geheimnisse voreinander?

Ich beantworte mir die Frage selbst. Den Satz »Dieses Wissen wird seit Generationen von einem Wissenden an den nächsten weitergegeben« habe ich so oft gehört. Bislang bin ich davon ausgegangen, dass es ihnen erzählt wurde. Nun jedoch bin ich mir sicher, dass dieses Wissen in den Büchern vor uns aufgeschrieben wurde, damit es auch bei einem unerwarteten Tod nicht verloren geht.

Erneut erfüllt mich tiefe Ehrfurcht. Ich trete neben das Regal und sehe die Reihen bis zum Horizont entlang. Wie viel Wissen hier wohl ruht? Wie viele Oberste all ihre Gedanken und Geheimnisse mit diesem Ort geteilt haben? Der Unendlichkeit der Regale nach zu urteilen, reichen die Aufzeichnungen vielleicht bis zu den ersten Wissenden von Heliopolis zurück.

Nur zu gerne würde ich mehr über sie erfahren, doch Dante reißt mich aus meinen Gedanken und deutet auf die Seitenwand des Regals. Dort sind in unserer und zahlreichen teils ausgestorbenen Sprachen der Erde die Ziffern 6996 in den Stein eingelassen. Sofort sehe ich zum Regal daneben: Ebenfalls 6996, die beiden vom Zugang zur Bibliothek aus gesehenen Regale dahinter tragen die Ziffern 6995.

Jede Reihe ist mit dem Wissen eines Jahres unserer Zeitrechnung gefüllt. Nur wo soll ich beginnen, nach Antworten zu suchen? Wo steht geschrieben, wie der Zwilling auf den Diĝir wirkt? Was ich tun muss, um mein Volk zu heilen, Inez und Sapheer zu retten? Ich denke daran, was Riaz tut, um sie am Leben zu halten, und seine Bitte drängt sich in den Vordergrund. Wann genau wurde der Impfstoff entwickelt? Ich versuche, mich zu erinnern, in welchen Jahren meine Großmutter Ea regiert hat. Weit komme ich nicht, denn Dante zieht mich zielstrebig den Mittelgang entlang und tippt eine Jahreszahl nach der anderen an, ehe er mich zum rechten Regal des Jahres 6986 zieht und scheinbar wahllos eine der Chroniken des Hauses Nephthys aus dem oberen Teil zieht und mir reicht. Weil ich nicht reagiere, faltet er seine Hände zusammen und öffnet sie wie ein Buch, deutet dann auf mich und tippt anschließend auf den weißen Einband, als wäre ich geistig nicht auf der Höhe und wisse nicht, was genau er von mir will. Die Frage ist, wieso Haus Nephthys und wieso gerade dieses Jahr. Doch er kann mir natürlich keine Antwort auf meine Frage geben, selbst wenn ich sie stellen würde.

Er fordert mich mit derselben Geste noch weiter auf, bis ich dem nachkomme. Seine Augen fliegen über das Datum, dann wendet er sich ab und greift zu einem Buch etwas weiter rechts und reicht es mir. Er weiß anscheinend genau, was er sucht – oder zumindest, in welchen Zeitraum es fällt –, und so kommen wir dem immer näher. Schon zu jener Zeit war Zahra Arezoo Oberste des Hauses Nephthys, wie ich der Titelei entnehme.

Eifrig nickend, will Dante umblättern, als wir uns vermutlich dem gewünschten Zeitpunkt genähert haben, doch er schafft es nicht einmal, auch nur eine einzige Seite zu bewegen.

Ich grinse ihn an, während ich das Papier in Zeitlupe hochhebe, was er mit einem finsteren Blick kommentiert, der mich endgültig zum lautlosen Lachen bringt, als er dann sogar nach meiner Hand greift und die Sache beschleunigen möchte. Jetzt muss auch Dante lachen, was ihn sofort wie ausgetauscht wirken lässt. Es steht ihm, für ein paar Augenblicke von diesem unsichtbaren Gewicht befreit zu sein, das ihn niederdrückt. Ich lächle ihn nun aufrichtig an und die Atmosphäre zwischen uns verändert sich urplötzlich.

Mein Magen scheint davonschweben zu wollen und ich spüre Dantes Hand an meiner plötzlich nur allzu überdeutlich. Instinktiv befeuchte ich meine Lippen und versuche, meinen Pulsschlag durch gleichmäßiges Atmen zu verringern – natürlich ohne Erfolg. Dante schluckt mehrmals hart, die Lider so weit gesenkt, dass er eigentlich nur meinen Mund sehen kann. Die zarte, offensichtlich unbeabsichtigte Bewegung seines Daumens auf meinem Handrücken lässt mich erschaudern, sein Augenaufschlag lässt mich nach Luft schnappen. Ich erwarte, wieder einmal von Gefühlen überrollt zu werden, weil ein Teil von mir automatisch die Fühler des Hauses Seth ausstreckt, doch ich finde nichts als Leere, selbst als ich versuche, die Insignie des Hauses Seth hervortreten zu lassen.

So verstehe ich, dass hier an diesem Ort keinerlei Magie der Häuser Wirkung erzielt. Sonst könnte man die anderen täuschen, beeinflussen, sie verängstigen oder mit den Elementen versuchen, an die Geheimnisse anderer Häuser zu kommen – oder sie notfalls zerstören.

Wir befinden uns an einem Ort uralter Magie, an dem diese jedoch von niemandem gewirkt werden kann. Umso berauschter bin ich von dem, was ich in Dantes Augen sehe:

Wo ich sonst geblendet von Gefühlen meiner Gabe war, jederzeit über- oder unterreagiert haben könnte und meinen

Gefühlen daher misstraut habe, sehe ich nun die Wahrheit, wie Hailey sie damals auf der Erde gesehen hat: Dante würde mich niemals für seine Zwecke benutzen. Seine Worte mir gegenüber waren stets absolut aufrichtig, seine Gefühle sind echt. Die Erkenntnis wärmt mich mehr als die strahlende Sonne, die das Blau des Himmels über uns immer heller werden lässt.

Doch dann ist der Bann gebrochen. Dante weicht vor mir zurück und sieht betreten zur Seite. Meine Hand, die soeben noch in seiner lag, fühlt sich nun seltsam taub an. Dantes Brustkorb weitet sich mehrmals, ehe er sich gesammelt hat und sich mir wieder zuwendet. Ohne dass er mich erneut bitten muss, blättere ich eine Seite nach der anderen um, bis er den Zeigefinger auf ein Datum legt und mich so innehalten lässt.

5. Du'uzu 6986 n. A.

Die Tochter der Navids, Elif, stellte sich mir heute vor. Sie berichtete mir von ihren Träumen und ich habe mich an Zaahir gewandt. Sie entspringt zwar einer Ahnenlinie des Hauses Nephthys, aber dennoch kann sie so weit vor ihrem sechzehnten Lebensjahr und ihrer Initiation keine Visionen haben. Ich habe Anhaltspunkte ihrer detaillierten Schilderung überprüft, bin jedoch nur auf Dunkelheit gestoßen. Ich bete zum Diĝir, dass die Krankheit uns nicht wieder eingeholt hat.

Ich runzle die Stirn. Elif kann damals noch keine sieben Jahre alt gewesen sein. Es ist unmöglich ... Dante spiegelt meinen Gesichtsausdruck. Er sieht durch mich hindurch, und seine Augen bewegen sich wild umher, als sähe er etwas vor sich, das er genauestens beobachten muss. Dann klärt sich sein Blick, seine Miene wirkt entschlossen, als er mich auffordert weiterzublättern. Ein paar Einträge weiter ist Elif erneut Thema.

10. Abu 6986 n. A.

Elif Navid wird mittlerweile von den Heilern versorgt und befindet sich in Quarantäne. Die Vermutung, dass der Wahnsinn der Ahnenkrankheit sie befallen hat, liegt nahe. Sie faselt von einem Verrat, von Immaru und Asbu, die sich einen letzten Kampf liefern. Der Diĝir möge ihr gnädig sein. Sie ist doch noch ein Kind! Doch ihre Zukunft liegt in absoluter Finsternis.

Auch wenn ich Zahra Arezoo immer für etwas kühl gehalten habe, spüre ich die Hoffnungslosigkeit, mit der sie die Worte zu Papier gebracht hat. Elif lebt noch, sie ist nicht verrückt, daher werde ich neugierig, wie es mit ihr weiterging. Dante muss mich nicht mehr auffordern umzublättern. Meine Finger gleiten über die Seiten, und ich überfliege Zahras Einträge, doch ich stoße auf keinen weiteren Eintrag über Elif. Dante reicht mir die nachfolgende Chronik, und wir suchen gemeinsam, bis ich ein weiteres Mal an Elifs Namen hängen bleibe.

9. Nabetu 6986 n. A.

Elif Navid ist endlich auf dem Weg der Besserung. Dank Lenora Themis, geborene Videen, die sich täglich um sie gekümmert hat, konnte sie heute nun endlich aus der Obhut der Heiler entlassen werden.
Seit den Besuchen der Herrscherin ist das Mädchen viel ruhiger geworden, wirkt weniger rastlos und scheint auch endlich keine seltsamen Träume mehr zu haben.
Besser noch: Sie hat mithilfe der Herrscherin nun sogar die Erinnerung an jene finsteren Träume losgelassen.

Ich presse die Zähne so fest zusammen, dass mir der Kiefer wehtut. Für Zahra musste es ausgesehen haben, als hätte sich die Herrscherin um Elif gekümmert. Aber bei mir schreien die Worte nahezu nach Manipulation. Ich frage mich, welches Geheimnis Elif mit meiner Mutter geteilt hat und wer dafür gesorgt hat, dass sie es anschließend vergisst – ebenso wie Dante unsere gemeinsame Zeit auf der Erde vergessen hat. Wer außer meinem Vater ist mächtig genug?

Dante schüttelt mit zusammengekniffenen Augen den Kopf und fliegt wieder und wieder über den Eintrag, bis ich das Buch zuschlage. Mehr wird er nicht herauslesen können.

Wie gerne würde ich mit ihm darüber sprechen, würde ihn nach seiner Meinung fragen wollen – und ebenso andere Dinge besprechen, die ich bis zu dieser Gelegenheit zurückhalten wollte. Doch in der alles umfassenden Stille ist es uns nicht möglich. Ich hoffe, dass sich schnellstmöglich eine

Gelegenheit bietet – ebenso für ein Gespräch mit Elif. Ich muss wissen, was sie damals geträumt – nein, *vorhergesehen* – hat. Wie groß ihre Macht ist, hat sie mir bereits demonstriert.

Ich stelle eben das Buch zurück in die Lücke zwischen den weißen Büchern und überlege, wer der Wissenden mir eine Antwort auf die Frage nach der Magie des Zwillings und seinem Austausch mit dem Diĝir beantworten könnte. Doch wieder und wieder enden meine Gedanken bei den zwei reglosen Körpern im Krankenlager des Schattenmarktes. Ich muss ihnen helfen. Ich muss die Rezeptur für den Impfstoff finden. Er wurde während der Herrschaftszeit meiner Großmutter Ea entwickelt, ich muss nur nach ihren Chroniken suchen.

Ein nervöses Kribbeln erfasst mich, das ich fast für Magie gehalten hätte, würde es sie hier in der Sandwelt der Stillen Bibliothek geben. Ich nutze das Gefühl in meinem Inneren wie einen Kompass und eile zum Mittelgang. Dante ist in eine andere Chronik vertieft.

Schwerfällig stapfe ich durch den tiefen Sand und passiere Regal um Regal, reise immer weiter in die Vergangenheit, während das Kribbeln zu einem Ziehen wird, das mich bei den Regalen des Jahres 6968 stehen und zu einem der roten Bände des Herrscherhauses greifen lässt. Ich schlage den Umschlag zur Seite. Die Chronik wurde von José Toras begonnen. Es dauert einen Moment, ehe ich den Namen mit meinen Ahnen in Verbindung bringe. Toras ist der Geburtsname meiner Großmutter Ea. In diesem Jahr muss sie den Herrscherthron bestiegen haben, wenn ich mich nicht irre.

Ich blättere zum Ende der Chronik. Die Schrift ist noch dieselbe, daher ziehe ich den nächsten roten Band aus dem Regal, blättere nach hinten und erkenne eine andere Schrift.

Schnell lasse ich die Seiten durch meine Finger gleiten, bis zum letzten Eintrag meines Urgroßvaters. Meine Augen fliegen über die Zeilen und trotz der strahlenden Sonne über mir friere ich.

26. Arahsamna 6958 n. A.

Nur wenige Tage nach der Initiation meiner Tochter Ea überwand die Krankheit, die wir all die Jahrhunderte ausgerottet glaubten, die Mauer. Sie hat binnen Tagen große Teile der Bevölkerung in den Wahnsinn getrieben. Ich bin nur noch in der Lage, diese Worte zu schreiben, weil meine treue Freundin Aleera Themis mich bei klarem Verstand hält. Doch lange wird auch sie mich nicht davor retten können. Auch ich gleite hinab in die Dunkelheit. Möge der Diĝir meine Tochter leiten und ihr die Kraft schenken, die Dunkelheit zu besiegen und zurückzudrängen.

Ich schlucke. Das war jener Moment, von dem mein Vater mir damals berichtet hat. Die Krankheit hat die Mauer überwunden. In jenem Jahr, in dem meine Großmutter dann den Thron bestiegen hat. Der Eintrag auf der nächsten Seite ist von ihr, nur wenige Tage später.

1. Kislīmu 6958 n. A.

Heute habe ich den offiziellen Status der Wissenden von Haus Geb erhalten.

Anu war überglücklich, als ich ihr von der Stillen Bibliothek erzählt habe und von dem Ort, wo der Diĝir ruht, wenn niemand ihn für Zeremonien braucht. Das alles hier ist so überwältigend, dass ich kaum Zeit finde, um Vater zu trauern. Sein Tod ist nun drei Tage her. Die offizielle Trauerzeit ist beendet und dennoch ruft Mutter immer wieder zur Trauer auf, aber von ihr muss ich mir nichts mehr sagen lassen, sagt Anu, und ich stimme ihr zu.

Ich lächle leicht über den Tonfall meiner damals sehr jungen Großmutter. Sie klingt ein wenig wie Yasmeen, so rebellisch – nach jemandem, der nicht tut, was man ihm sagt.

Ich schlage Seite für Seite um, bis ich auf einen langen Eintrag vom neunten Monat desselben Jahres stoße.

21. Kislĭmu 6958 n. A.

Pünktlich zu den Festivitäten zur Sonnenwende haben wir es geschafft. Dank Anu konnten wir die Krankheit besiegen. Mein Gatte Hiz und Kareem Themis haben viele Tage kein Auge zugetan, bis sie es geschafft haben und Anus Vision haben wahr werden lassen. Das Serum, das sie aus dem Diĝir gewonnen haben, besiegt den Wahnsinn binnen weniger Stunden, oftmals sogar noch schneller. Hiz hat mir die Rezeptur anvertraut. Wir können das Serum regel-

mäßig verabreichen, sagt Anu, und so
verhindern, dass die Krankheit erneut
ausbricht.
Jetzt beginnt gleich meine Dankesrede an
den Diĝir, über die Zusammensetzung des
Stoffes und alles Weitere berichte ich
später.

Meine Neugier ist geweckt. Sollten wir das Geheimnis nun tatsächlich lüften? Ich male mir bereits aus, wie Riaz dank dieser Rezeptur Inez und Sapheer binnen kürzester Zeit heilen kann. Und tatsächlich erfolgt auf der nächsten Seite eine detaillierte Anleitung zur Herstellung des Impfstoffes. Zwei Moleküle sind für eine Dosis nötig, die in einem Verfahren, das sich Dûl nennt, mit der Magie des Blutes verbunden werden muss. Ich hoffe, dass Riaz die Anweisung versteht.

Zufrieden, wenigstens eine meiner Fragen beantwortet zu haben, konzentriere ich mich nun wieder auf das Wissen über Diĝir und Zwilling und zwinge mich, an nichts anderes zu denken und dieses Ziehen im Inneren erneut hervorzurufen.

Ich spüre auch etwas, doch als ich vom Regal heraus in Richtung der älteren Bücher treten will, fühlt es sich an wie ein schwacher Stromstoß und ich weiche zurück, folge dem Zupfen bis zum Regal des Jahres 6980, meinem Geburtsjahr. Dort wende ich mich wie von selbst dem rechten der Regale zu und greife zum letzten Band der oberen Reihe weißer Bücher. Ich klappe es von hinten her auf. Dieser Band reicht nur bis zur Mitte des ersten Monats des Jahres. Unverhältnismäßig im Vergleich zu den übrigen weißen Bänden. Ich ziehe wahllos eine Chronik nach der anderen heraus und das Ziehen wird stärker, je näher ich meinem Geburtstag komme. Meinem wahren Geburtstag. Dort finde ich einen Eintrag von Zahra Arezoo.

17. Simanu 6980 n. A.

Ein Schatten legt sich über die Stadt, verdunkelt das Licht der Sonne und treibt die Wärme aus.
In jeder Faser meines Körpers spüre ich, dass mit dem heutigen Tag etwas in Gang gesetzt wird, das unser aller Untergang bedeuten könnte. Meine Visionen sind jedoch nicht eindeutig, auch die anderen Seher sind unentschlossen.
Wieder und wieder gleiten die Worte Asbu und Immaru durch unsere Gedanken, wir spüren die Gefahr durch die alte Macht, die sie umgibt. Es kann sich nur um etwas Dunkles handeln. Etwas, das sich langsam erhebt, geduldig all die Jahrtausende lauerte. Wir werden diese alten Worte niemals vergessen und alles, was mit ihnen in Verbindung steht, auslöschen.
Auf den Tag genau zwei Monde nach ihrer Geburt wurde die Prinzessin heute das erste Mal der Bevölkerung präsentiert und von uns allen gesegnet. Sie hat ihre Krankheit besiegt, doch sie wird noch lange darunter leiden. Sie ist hager wie ein Neugeborenes und ebenso kraftlos.

Ob es ein Omen ist, dass mit ihrem ersten
Auftritt die Dunkelheit durch unsere
Visionen gezogen ist?

Das Buch entgleitet meinen Händen. Absolut geräuschlos fällt es in den Sand unter meinen Füßen und schlägt sich dort von selbst zu, während ich instinktiv den Schreckensschrei, der in meiner Kehle sitzt, mit meiner Hand zurückhalten will. Mein Herz pocht so schnell, dass es in meinen Ohren dröhnen müsste, würde um mich herum nicht absolute Stille herrschen. Ich stoße den Schrei lautlos aus, mache meinen Gefühlen Luft.

Mit meiner Geburt kam die Dunkelheit. Ich habe etwas in Gang gesetzt, das ich noch nicht überblicken kann. Mein Atem geht unregelmäßig, die Ränder meines Gesichtsfeldes flackern. Ich blinzle mehrmals, um meinen Blick wieder zu schärfen, und stelle das Buch ins Regal zurück.

Ein tiefes Grollen wie aus einer finsteren Höhle heraus erklingt rund um mich herum. Furcht überkommt mich, und hastig wende ich mich wieder dem Mittelgang zu und renne, so schnell es der Sand unter meinen Füßen zulässt, in Richtung Dante und pralle beinahe in ihn hinein, als er zwischen zwei Regalen hervortritt. Sein Gesicht spiegelt die Frage in meinem. Seite an Seite passieren wir die Regale der letzten Jahre und sehen, wie der Zugang zur Bibliothek Wellen schlägt und das steinerne Portal, das jenseits der Regale nun ganz allein in der Weite der Wüste steht, verschwimmt.

Ich nehme zur Kenntnis, dass aufgrund dieses ohrenbetäubenden Donnerns niemand hier ungehört folgen und spionieren kann.

Mein Vater tritt durch das Portal und wendet seinen Blick

wie von selbst zum vordersten linken Regal. Kurz tritt Sorge auf sein Gesicht, ehe sein Blick zum Mittelgang gleitet und Erleichterung auf seiner Miene abzulesen ist. Er bedeutet uns, zu ihm zu treten, und Dante springt natürlich sofort. Ich folge ihm mit Widerwillen. Ich würde gerne weitersuchen, will herausfinden, wie ich dem Diĝir seine Magie zurückgeben kann – oder ob der Zwilling einfach Zeit braucht, seine Wirkung zu entfalten, und Elifs Aussage über das Ende der Magie reine Schwarzmalerei ist. Doch nun ist es zu spät.

Zu dritt verlassen wir die Stille Bibliothek und die Alltagsgeräusche der Zitadelle dröhnen so laut in meinen Ohren, dass ich sie sofort mit meinen Händen abschirmen muss, bis ich mich wieder an sie gewöhnt habe. Mein Vater zieht Dante mit sich, redet wild gestikulierend auf ihn ein, während er immer wieder einen Blick zu mir zurückwirft. Etwas ist vorgefallen, das spüre ich auch ohne die Insignie von Nephthys.

Riaz hat auf dem Flur auf mich gewartet und sieht mich hoffnungsvoll an. Ich nicke leicht und sein Gesicht beginnt zu strahlen. Ich spüre nahezu, wie die Erfüllung seiner persönlichen Mission näher rückt. So wie das Zurückbringen des Zwillings meine Mission war. Ich gebe ihm schnell das Gelesene weiter und er bejaht meine Frage nach dem Verfahren. Seine Augen leuchten wie die eines Kindes beim Anblick der Süßigkeiten zum Fest der Sommersonnenwende, und er reißt mich zu sich und presst mich so fest, dass ich kaum Luft bekomme. Zum ersten Mal wallen keine Erinnerungen auf, strömen keinerlei nostalgische Emotionen auf mich ein. Wir sind Freunde. Freunde, die sich gegenseitig unterstützen. Es fühlt sich richtig an.

»Wollen wir auf dem Markt etwas essen?« Ich hole erst einmal tief Luft, als er mich aus seiner Umarmung entlässt.

»Danach können wir dem Tribunal von Mazen und den anderen beiwohnen, es wurde vorverlegt.« Mein lautes Magenknurren übertönt alle Geräusche um mich herum, und ich sehe peinlich berührt zu Boden und komme gar nicht dazu nachzufragen, wieso die Verhandlung meines Onkels so kurzfristig angesetzt wird. Ging es bei dem Gespräch zwischen Zaahir und Dante um das Tribunal?

Riaz scheint nervös, als wir dem Flur in Richtung Bazar folgen. Es stehen ungewöhnlich viele Wachposten im Eingangsbereich. Vermutlich wegen des Tribunals. Ich beobachte gerade einige von ihnen, die sich mit finsteren Mienen unterhalten, da kehrt Dante zurück und tritt uns in den Weg. Sofort spüre ich, wie sich die Luft zwischen den beiden verdichtet, ja, beinahe greifbar wird. Riaz' Arme spannen sich an, sodass meine Hand in seiner Armbeuge gequetscht wird.

»Was willst du?«, knurrt Riaz. Ganz gleich, ob die Situation zwischen uns geklärt ist, an seiner Abneigung gegen Dante hat sich nichts verändert.

Dieser jedoch lässt sich davon nicht einschüchtern. Mit seelenruhiger Miene sagt er: »Du kommst mit mir. Befehl von Zaahir.« Er nickt mir mit der Andeutung eines Lächelns zu und wartet, dass ich mich von Riaz löse, um ihn abzuführen. Die Gruppe Soldaten, die ich eben noch gemustert habe, kommt ein paar Schritte in unsere Richtung, funkelnde Insignien über den grünen Uniformen, bereit einzugreifen, sollte sich Riaz wehren.

»Was will er von mir?« Riaz gehen sicherlich ebenso viele Möglichkeiten durch den Kopf wie mir. Doch keine davon entspricht dem, was Dante nun sagt:

»Du wirst vor das Tribunal gestellt. Es gab gestern einen Zwischenfall.«

Dantes Miene ist ungerührt, doch in meinem Kopf schwirren die Gedanken wie wilde Sanddornlinge auf. Hat Riaz etwas Verbotenes getan? Wo ist er am Vorabend hingegangen, als Elif und ich ihn beobachtet haben und er sich stets umgesehen hat? Ich mustere ihn, versuche, seine Gefühle zu lesen, doch er gleicht einem Sandsteinblock: kalt und emotionslos.

20

4. Abu 6996 nach Atum

Mit Widerwillen folgt Riaz Dante, und ich sehe ihnen nach, wie sie am Ende des Flures verschwinden, während ich versuche, mir darüber klar zu werden, was ich unternehmen kann. Wenn Riaz tatsächlich – vielleicht gemeinsam mit Malak und Yasmeen – nach dem Besuch auf dem Schattenmarkt versucht hat, meinen Onkel zu befreien, droht ihnen eine ebenso hohe Strafe wie Mazen. Es wäre nicht das erste Mal, dass einer meiner Freunde die anderen in unangenehme Situationen gebracht hat. Seine Begeisterung war schon immer so ansteckend wie auch Yasmeens.

Ich muss ihnen folgen, notfalls behaupten, dass sie alle gemeinsam mit mir unterwegs waren, auch wenn mir der Gedanke an eine Lüge gegenüber dem Rat der Wissenden Bauchschmerzen verursacht. Riaz und Dante treten gerade auf die gewundene Treppe, die zum großen Saal im oberen Stockwerk führt, als ich um die Ecke komme. Ich will ihnen hinterher, doch jemand zieht mich zurück und verschließt meinen Mund mit der Hand. Der Geruch von Jasmin, Zimt und Nelken dringt auf mich ein und ich verstumme, als ich registriere, dass es sich um Elif handelt. Sie lässt ihre Hand sinken.

Unentschlossen sehe ich zwischen der Treppe und Elif hin und her.

Sie scheint ein weiteres Mal in meinen Gedanken lesen zu können. »Ein Erkundungstrupp wurde überfallen.«

Ich keuche auf. Seit … schon so lange wurde draußen niemand mehr gesehen. Das letzte Opfer eines Überfalls der *Sandlinge* war Elifs Gemahl Saeed – vor vielleicht zwölf Monden.

Elif nickt, auf ihrem Gesicht zeichnen sich für ihr junges Alter viel zu viele Furchen ab. Dann wird sie ernst: »Wir können unsere Unterhaltung nicht länger aufschieben. Du musst die Wahrheit erfahren.«

Misstrauisch verharre ich einen Moment und ziehe in Gedanken die Muster des blank polierten Sandsteines der Wände nach. Dann kommen mir Zahras Einträge in der Chronik wieder in den Sinn. Wer weiß, wann ich Elif das nächste Mal danach fragen könnte, daher nicke ich nur knapp. »Ich muss mich aber beeilen. Ich muss wissen, warum Riaz vorgeführt wird.«

Elif grinst plötzlich verschmitzt, sodass sie um Jahre jünger wirkt. »Irgendwie mussten wir ihn doch von dir losbekommen.« Sie zwinkert mir zu. »So wie Riaz herumgeschlichen ist, musste er einfach ein schlechtes Gewissen haben, und darauf haben wir gesetzt.« Mit diesen Worten zieht sie mich zum Eingang des Innenhofes. Wir stehen davor und als sich nichts tut, fordert sie mich auf, den Zugang zu öffnen.

Erst jetzt wird mir klar, dass sie sich keinen Zutritt verschaffen kann. Der Innenhof ist nur für die Herrscherfamilie und den Rat reserviert. Ich presse meine Hand in die mit Sand gefüllte Schale vor uns, ein Hauch Magie zieht durch die Luft und kurz darauf gleitet die Tür zur Seite.

Die feuchte Luft schlägt uns entgegen und legt sich auf die Haut, kaum dass sich die Tür hinter uns geschlossen hat. Wir gehen schweigend zu einer Ansammlung hoher Palmen im Zentrum des paradiesischen Gartens, vorbei an zahlreichen Gewächsen aus allen Klimazonen der Erde. Orchideen verströmen ihren Duft, der sich nur wenige Schritte weiter mit dem von Pinien vermischt, während anderer Hand Obstbäume und bunte Sträucher den Weg säumen und die Luft von Zitrusaromen geschwängert ist. Elif strahlt wie ein kleines Kind, als sie den Teich unter den Palmen entdeckt, den ich schon von Vaters Empfangsraum aus gesehen habe. Dann zieht sie mich jedoch außer Sichtweite jeglicher Fenster zu einer Ansammlung beinahe überwucherter kniehoher Steinklötze, auf denen wir uns niederlassen.

Erst jetzt richtet sie das Wort an mich: »Du hast Fragen.«

Ich habe mit allem Möglichen gerechnet, aber damit nicht. Daher klingen meine Worte holprig, als ich sie ausspreche: »Welche Träume hattest du als Kind? Was hast du Zahra damals berichtet?«

»Es waren keine Träume«, sagt sie leise, die Augen auf einen Punkt rechts von mir gerichtet. »Es waren Visionen. Zahlreiche Visionen.«

»Aber …«

»Ich bin zu jung, der Diĝir hat mich noch nicht geprüft. Blablabla. Ich kenne das alles, doch es ändert nichts an der Tatsache, dass ich Dinge gesehen habe, bevor ich sie sehen sollte.« Nun sieht sie mich direkt an, entschlossen, mich zu überzeugen. Ich warte ab.

»Die erste Vision habe ich erst viel später als solche erkannt.« Sie lacht freudlos auf. »Licht und Dunkel haben, seit ich denken kann, in meinen Träumen einen Kampf ausgefochten. Gewann das Licht, war ich am nachfolgenden Tag gut gelaunt, gewann die Dunkelheit zuletzt die Oberhand, war es ein finsterer Tag für die Letzte Stadt oder – wie ich später mit den Berichten in Einklang bringen konnte – die Bewohner der Erde. Meine Eltern berichteten mir, dass ich an jenem Tag, an dem die Menschheit den Verlust Tausender geliebter Menschen nach einem Anschlag in einer Stadt namens New York zu verzeichnen hatte, unentwegt geschrien habe. Dasselbe galt für weitere Anschläge auf der Erde.« Sie macht eine kurze Pause, und ich nutze Haileys Wissen, um ihre Worte mit dem Anschlag am elften September im Erdjahr 2001 in Einklang zu bringen. Elif musste zu jener Zeit noch ein Säugling gewesen sein.

»Während ich aufwuchs, sah ich oft die Dunkelheit die Oberhand gewinnen, aber sie blieb immer nur Dunkelheit. Ich konnte weder sagen, wo etwas geschehen, noch wer betroffen sein wird. Daher konnte ich niemandem davon berichten. Bis –« Sie holte stockend Atem. »Bis ich am fünften Tag des Du'uzu im Jahre 6985 gesehen habe, dass deine Mutter, die bis dahin von allen geliebte Herrscherin, den Zwilling am Neujahrsfest entwendet und daraufhin verschwindet.«

Ich hole keuchend Luft. »Du hast ...« Die Worte wollen nicht hervortreten, ich will es nicht glauben.

Doch Elif nickt. »Ich habe gesehen, wie deine Mutter den Zwilling stiehlt und wie sie durch einen verborgenen Tunnel nach draußen gelangt, von wo aus sie, von Mazen gedeckt, eine andere Stadt erreichte. Es war das einzige Mal, dass ich rund um den Zwilling so klar sehen konnte. Und ebenso mein einziger Blick auf die Städte, die jenseits des ewigen Sandes noch immer existieren.« Ihr Lachen klingt verbittert.

»Niemand hat dir geglaubt«, spreche ich aus, was ich der

Chronik entnommen habe, und sie nickt zur Antwort. Dann erinnere ich mich an Zahra Arezoos weitere Einträge. »Meine Mutter hat dich besucht, als sie davon erfahren hat.«

Elif nickt erneut, die Lippen fest zusammengepresst und die Arme um ihren Körper geschlungen.

»Was ist bei ihren Besuchen geschehen?« Ich male mir aus, wie meine Mutter Elif ebenso beruhigend vorgelesen, mit ihr gesprochen und ihr die Ängste genommen hat wie mir in dem Alter. Doch diese Bilder bleiben ein Wunschtraum.

»Nachdem ich ihr bis ins kleinste Detail von meinen Träumen erzählen musste, hat jemand die Zeit angehalten und mir wurden alle Erinnerungen daran genommen. Ich weiß nicht einmal, von wem.« Elif springt von ihrem steinernen Hocker und wendet sich ab. Ich sehe, wie ihre Schultern beben, zur Ablenkung zupft sie an den braunen Fasern des Palmenstammes. Es dauert, bis der Inhalt ihrer Worte durch mein eigenes Bild von meiner Mutter hindurchdringt, und dennoch will ich es nicht wahrhaben.

»Nein!«, sage ich viel zu laut, wie um mich selbst zu überzeugen. Wir zucken beide zusammen, aber das Wissen um die Wahrheit ihrer Aussage korrigiert jenes Bild von Lenora. Es passt zu der Frau, die auf der Erde eine Gruppe Begabter befehligt, die jene verteidigt, die aus der Letzten Stadt verstoßen wurden. Die Person, die dafür gesorgt hat, die Erde vor der Auslöschung zu bewahren, und mit all ihrer Macht dafür sorgen wird, dass sie niemals mehr bedroht wird. Weder von anderen Menschen noch von den Oberen Häusern von Heliopolis. Lenora Themis, geborene Videen, die selbst ihre Tochter für diesen Kampf eingeplant hat.

Meine gesamte Anspannung entweicht in einem langen Atemzug. Ich fühle mich so kraftlos, dass ich es nicht einmal schaffe, mich zu erheben und zu Elif zu gehen. Nicht Zaahir hat Verrat an unserem Volk begangen. Es war meine Mutter. Die Gewissheit frisst sich wie Gift durch meine Adern hindurch. Der Schmerz ist grenzenlos. Ich habe sie mein Leben lang verteidigt. Sie hat mir auf der Erde geholfen …

In ihrem eigenen Interesse, erkenne ich nun.

Aber sie hat mir sogar den Zwilling mitgegeben, um den Diĝir heilen zu können …

Ich muss ihn meinem Vater aushändigen. Er wird wissen, was zu tun ist. Ich zweifle nicht länger an ihm.

Elif beobachtet mich schweigend, bis ich meine Gedanken zu einem Ende gebracht habe. Als ich meinen Vater aufsuchen will, erklärt sie mir, dass er Mazens Tribunal beiwohnt und ich die Gelegenheit nicht verstreichen lassen soll, ihre Geschichte zu erfahren. Ich willige ein.

»Jene Täuschung, für die Lenora gesorgt hat, wurde bei meiner Initiation hinweggebrannt. All die Jahre zuvor jedoch litt ich unter unerklärlichen Angstzuständen, Verwirrung, wenn sich das Wissen in meinem Kopf gegen die Täuschung wendete. Mit der Triskele im Nacken jedoch konnte ich mich nun endlich wieder an alles erinnern und habe mein Möglichstes getan, um mir Gehör zu verschaffen. Der Obersten hat nicht gefallen, was ich zu sagen hatte – nun offizielle Trägerin der Farben des Hauses Nephthys.« Sie deutet auf ihre strahlend weiße Tunika. »Kurzerhand wurde meinen Eltern angeraten, mich mit Saeed zu vermählen, der wider besseres Wissen auch die Fähigkeit zur Manipulation besaß, ganz gleich, ob er sich in das Grün dieses Hauses hüllte. Vor unserer Verbindung schon war er ein hochgeschätzter Soldat, einer von Mazens treuen Begleitern, der eine der inoffiziellen Missionen zur Erde begleitet und überlebt hat.« Sie wirft mir einen vielsagenden Blick zu. Inoffizielle Missionen sind die Reisen zur Erde, bei denen Ausgestoßene dorthin gebracht werden. »Wir führten keine traditionelle Ehe.« Elifs Wangen röten sich tatsächlich und sie sieht zu Boden. »Aber einmal bin ich aus Versehen in den Raum getreten, als er sich entkleidet hat, und habe das besondere Mal auf seiner Schulter gesehen: eine gezeichnete Insignie von Geb.«

Sofort überzieht Gänsehaut meine Unterarme und ich sehe Leemals Söldner blutüberströmt zwischen mir und meiner Mutter im Sand liegen. Wie sie ihn herumwuchtet und mir erklärt, dass es Leemal auf der Erde möglich ist, Trägern des Leeren Zeichens besondere Gaben zu verleihen. Ist dies auch bei Begabten möglich? Ist meine Mutter dazu in der Lage? Da ich nicht nachhake, fährt Elif mit ihrer Erzählung fort: »Von da an blieb er fast immer in meiner Nähe, wurde von Leemal – vermutlich auf Anraten von Mazen – von nahezu allen Einsätzen befreit, sodass er mich weiterhin kontrollieren konnte. Doch in einem Moment des Gebetes, einem stummen Schrei nach Hilfe, bin ich auf Dante gestoßen. Er war es, der mir geglaubt und mich befreit hat.«

Saeeds Außeneinsatz vor rund einem Jahr, bei dem er tödlich verunglückt ist. Das erste Opfer der *Sandlinge* nach einer sehr langen Zeit, den Monstern jenseits der Stadtmauer aus den Kindergeschichten. Ich bekomme kein Wort heraus, kann Elif nur mit geöffnetem Mund anstarren, die mit hochgezogenen Schultern an der Stickerei ihres Kleides herumzupft. Sofort blitzt die hohe Anzahl an Soldaten in der Zitadelle in meinen Gedanken auf.

»Jetzt weißt du, warum ich ihm mein Leben anvertrauen würde und dafür sorgen musste, dass er wieder bei klarem Verstand ist. Ich weiß, dass du uns Geheimnisse unterstellst.

Es gibt welche, die er dir selbst offenbaren muss, aber das betrifft nicht meine Vergangenheit. Dante hat mir bereits mehrmals das Leben gerettet.«

Über Dante zu sprechen entspannt sie sichtlich. Sie hält noch immer den Stoff ihres Kleides fest, aber ihre Gestik ist nicht länger holprig.

»Ich bin im Bezirk des Hauses Seth zur Schule gegangen – meine Eltern sind Träger des Leeren Zeichens. Dante war oft dort unterwegs, obwohl er mit Leemal im Palast wohnte, und eines Tages hat er mich gefunden, von jenen Ängsten überrollt, die ich nicht erklären konnte. Er hat mich getröstet, mir versichert, dass alles wieder gut werden würde. Er war mein Halt in all dieser Zeit und nachher mein Retter aus der Gefangenschaft der Verbindung mit Saeed.« Elifs schimmernde Augen sorgen trotz allem für nagende Eifersucht und meine Fingernägel kratzen über den Stein unter mir. Sie hatte in all dieser Zeit jenen Dante, den ich verloren glaubte. »Später hat Dante mir geholfen, meine Gabe zu kontrollieren, teilte seine Magie mit mir, um mich besser fokussieren zu können. Er hat große Opfer gebracht, um mir zu helfen, während ich ihm nichts anderes bieten konnte als meine finsteren Visionen, düstere Bilder der Zukunft. Aber er hat an mich geglaubt, mir Vertrauen geschenkt, sodass er meinem Rat gefolgt ist. Er hat sich das Vertrauen des Herrschers und auch das seines Vaters erarbeitet, indem er sich von euch abgewandt hat. Vertrauen, das nach deiner Initiation belohnt werden sollte.« Sie ließ aus, worin dieser Lohn bestehen sollte: der Vermählung mit mir. Ehe ich etwas sagen kann, fährt sie fort: »Doch andere haben gegen uns gearbeitet und die dunklen Visionen Stück für Stück Realität werden lassen.«

»Dante ... er ist ...« Ich bekomme keinen vernünftigen

Satz zustande, kann all die wirbelnden Gedanken nicht zusammenhalten und ausformulieren.

»Dante hat in all der Zeit versucht zu verhindern, dass die Vision wahr wird, die den Anfang vom Ende bedeuten würde: deine Vermählung mit Riaz. Und doch ist es dazu gekommen.«

»Das stimmt nicht. Ich habe … Riaz und ich haben uns getrennt.«

Elif ist nicht überrascht, sondern schüttelt traurig den Kopf. »Ich dachte immer, ich würde in dieser Vision eurer echten Vermählung beiwohnen, aber es war jener Abend vor eurer Abreise, den ich gesehen habe. In eurem gemeinsamen Moment auf der Bühne, deren Zeuge etliche Unbegabte der Stadt waren, wurde meine Vision zur Realität. Ich hatte davor nie auf die Umgebung geachtet, sondern nur auf die Worte, die Riaz an dich richtet. Die Worte, die ansonsten nur bei der Vermählung gesprochen werden. Darüber ärgere ich mich noch immer.« Um diesen Ärger zu unterstreichen, verzieht sie das Gesicht. »An diesem Abend begann die endlose Dunkelheit und jede verschwommene Vision seither endet mit dem Verlust der Magie und dem Untergang der Letzten Stadt.«

Stille senkt sich über uns. Selbst das Glucksen des Wassers, das über die Seiten der steinernen Pyramide im Teich nach unten hüpft, scheint leiser zu werden. Es dauert, bis ich ihre Worte verdaut und alles in ein neues Licht gerückt habe.

Ich habe gefühlt mein Leben lang auf eine Vermählung mit Riaz hingearbeitet, er war der perfekte Traum einer Zukunft. Nicht zuletzt die fehlende Insignie stand uns im Weg, es folgten zahlreiche weitere Hürden. Die erste davon war die Zustimmung des Rates zu einer Vermählung von Riaz und Elif. Ich mustere sie aus zusammengekniffenen Augen.

»Du … Riaz.«

Trotz meiner wirren Wortwahl verstand sie mich.

»Nachdem du Dante weiterhin als Gemahl abgelehnt hast, bot ich an, ebenfalls etwas gegen die Vermählung von dir und Riaz zu unternehmen. Indem ich ihn heirate.«

Fassungslos schüttle ich den Kopf. Natürlich habe ich ihr völlig andere Beweggründe unterstellt, sie im Geiste wüst beschimpft und zum Ursprung gewünscht.

»Wieso hat Dante nie etwas gesagt? Wieso ist er *so* geworden?« Ich muss nicht näher ausführen, wie.

»Ich habe etliche Visionen hervorgerufen und verschiedene Szenarien durchgespielt. Riaz hat in jeder von ihnen dein Herz gewonnen. Mal früher, mal später. Dante stand immer in seinem Schatten. Aber mit der Zustimmung und dem Segen aller Wissenden im Rücken hätte Dante eine theoretische Chance haben können. Auch wenn dies bedeutet hätte, dass du ihn nicht aus freien Stücken wählst.« Sie wendet den Blick ab, als etwas darin aufblitzt. Ich taste danach und identifiziere es als Mitleid. »Es war ein großes Opfer, Akasha. Seine ...«, sie schließt hastig den Mund, als hätte sie zu viel gesagt. »Das Überleben der Stadt für deine Gunst.«

Ihr Mitleid greift auf mich über, obwohl ich mich dagegen wappne.

»Auch ich war bereit, Opfer zu bringen. Ich habe den Posten im Kreis der Seher abgelehnt. Zahra hat nie an mich geglaubt und widerlegte stets meine Visionen. Nur ganz selten ruft mich jemand dazu – wenn sie alle Blicke in die Zukunft vereinen müssen.« Sie seufzt, ihre Augen sind trüb, als fixiere sie einen solchen Punkt in der Zukunft.

»Warum jetzt? Wieso weiht ihr mich jetzt ein? Die Vermählung ist hinfällig.«

»Als ich heute von dem Überfall auf den Erkundungstrupp

gehört habe, hatte ich eine Vision. Endlich wurde das Bild unseres Unterganges klarer.« Sie zuckt wie unter Schmerzen zusammen und die Insignien an ihrem Kleid klimpern. »Ich habe Dante sofort gebeten, Riaz abzulenken, und ihm gesagt, dass ich dich einweihen werde.« Ihre Stimme gleicht nun einem Flüstern, das die unheilvolle Stimmung noch verstärkt. »Wenn die Stadt fällt, wehen die Banner der Häuser an den Palasttürmen.«

Ich erschaudere, während ich die wehenden Banner vor mir sehe. Nur einmal im Jahr werden sie gehisst, tanzen auf den Dächern der gläsernen Türme. »Der Tag des Erwachens?« Ich rechne im Kopf nach. »Das Fest ist in über einem Monat.« Erleichterung überkommt mich. Das Fest ist am Zehnten des Monats Ululu. Es heißt, an jenem Tag wurde Dilmun aus dem ewigen Sand erschaffen. Wir haben noch Zeit. Zeit, mit meinem Vater zu sprechen, ihn zu warnen. Ich kann nur hoffen, dass er mir verzeihen kann, und weiß, was zu tun ist.

»Oder eine Woche davor, während der Vorbereitungen.« Elif lässt sich nun vollkommen erschlafft wieder auf den Sandsteinblock neben mir fallen, während mich die Welle der Hoffnung überrollt. Dann wendet sie sich mir zu und greift nach meinen Händen. Flehen steht in ihren Augen. »Wirst du uns helfen? Ganz gleich, welchen Preis du bezahlen musst?«

Ich war bereit, mein Leben zu opfern für diejenigen, die mir etwas bedeuteten. Riaz, Yasmeen, Malak, natürlich auch Dante. Ich wollte sie in Sicherheit wissen, als ich mich Leemal allein gestellt habe. Natürlich war ich auch hier, in meiner Stadt, meinem Zuhause, bereit, Opfer zu bringen. Der Gedanke richtet mich wie von selbst auf. Ich werde die Stadt beschützen. Nicht vor meinem Vater, nicht vor seinen Lügen, sondern vor meiner Mutter.

Elif nickt knapp.

Dann wird mir eines klar: »Wenn Mazen freikommt, wird er versuchen, den Diĝir zu stehlen.«

»Das wird er.« Ihr Ton ist vollkommen neutral.

»Ohne den Diĝir wird die Stadt schutzlos sein und untergehen, oder?«

»Ich weiß es nicht. Ich weiß nicht, aus welcher Richtung der Feind kommt. Ich kann seit eurer Rückkehr kaum mehr Details wahrnehmen. Doch alles deutet darauf hin, dass mich meine Visionen schon immer davor warnen wollten – und Lenora hat es erkannt und gegen mich gearbeitet –, selbst als sie dort draußen längst eine Armee aufgebaut hat. Mazen hat dafür gesorgt, dass ich mit Saeed vermählt werde, er war es sicher auch, der ihm die Fähigkeit verliehen hat, mich unter Kontrolle zu halten.«

Ihre Lippen beben. Sie muss während jener Zeit grausame Qualen erlitten haben.

»Wir sollten zu meinem Vater gehen. Er kann uns helfen.« Es fühlt sich gut an, die Worte auszusprechen, bis in die letzte Faser meines Körpers zu wissen, dass mein Vater auf der richtigen Seite steht, sein Volk beschützt. Wie oft habe ich an ihm gezweifelt. Nun verabscheue ich mich dafür.

»Er kann nichts unternehmen. Er kann nur Mazen weiter in der Zitadelle einsperren, damit er nicht jene mobilisieren kann, die innerhalb der Mauern für deine Mutter arbeiten.«

Ich atme tief ein und aus.

Wie konnte es so weit kommen? Ich bin zurückgereist, um die Magie und damit mein Volk zu retten, indem ich den Zwilling zurückbringe. Bis zuletzt habe ich gefürchtet, dass ich meinem eigenen Vater gegenübertreten müsse, ihn töten muss, wie ich Dantes Vater Leemal getötet habe. Meine Mutter hat mich manipuliert, und ich habe einen Menschen getötet, der nur das Wohl unseres Volkes im Sinn hatte und Befehle befolgt hat, die uns alle schützen sollten. Vielleicht sahen die Wissenden tatsächlich keine andere Möglichkeit mehr.

Ich habe den Vater des Jungen getötet, der, seit er davon erfahren hat, für den Schutz der Stadt gekämpft hat, der ein großes Opfer gebracht hat, um alle vor diesem Moment zu bewahren. Ich stütze mich auf meine Beine und schlage die Hände vors Gesicht. Wie konnte ich Dante das antun?

Und anstatt mich als letzten Ausweg für die Rettung aller wie erwartet im letzten Kampf meinem Vater zu stellen, sehe ich mich nun meiner Mutter gegenübertreten.

21

1. Nabetu 6986, Neujahrsfest

Lenora schleicht einen dunklen Gang entlang. In ihrer Hand trägt sie eine Laterne mit einer ewigen Flamme. Sie sieht entschlossen aus. Eine Mauer verhindert ihr Weiterkommen, doch mit ihrem Ring – dem Ring der Herrscherin – wird ihr der Zugang gewährt.

Der dunkle Gang weitet sich zu einem funkelnden Gewölbe, einem Labyrinth aus Tropfsteinen. Lenora geht zielstrebig voran, schließt immer wieder kurz die Augen, scheint sich zu konzentrieren und korrigiert ihren Kurs. Es dauert nicht lange, bis sie bei einer besonders breiten Säule ankommt und von einem hellen Strahl geblendet die Augen schließen muss. Vor ihr, mitten in der Säule, leuchtet es einer Supernova gleich.

Zögernd streckt sie ihre Hand nach dem Leuchten aus. Sie sieht aus, als wappne sie sich gegen Schmerz, doch im nächsten Augenblick steht pure Erleichterung auf ihrem Gesicht. Sie nimmt den leuchtenden Stein auf, packt ihn in einen dunklen Beutel an ihrer Seite, durch den das Leuchten nicht hervordringt, und schnürt ihn hastig zu.

Wie ein Schatten gleitet sie zurück durch den Tunnel, biegt an Abzweigungen zielgerichtet ab und schlüpft durch eine kleine Tür in eine verschlafene Seitengasse. Dort warten zwei Personen auf sie, eine davon klein wie ein Kind.

Mazen Videen, der Bruder der Herrscherin, tritt ins Licht. »Du hast es geschafft.«

Lenora nickt und deutet auf den Beutel an ihrer Seite.

»Dann lass mich dich zu dem Tunnel nach draußen begleiten.« Er wendet sich zu der anderen Person, deren Gesicht unter der Kapuze eines dunklen Umhanges verborgen ist. »Komm mit. Du wirst dort erhalten, was du brauchst, um deine Freunde zu retten.«

Der Umhangträger nickt und folgt Lenora und Mazen durch die Dunkelheit davon.

22

4. Abu 6996 nach Atum

Die Welt um mich herum verstummt. Im Teich plätschert es nicht länger, selbst die Pflanzen im Innenhof der Zitadelle scheinen ihre Farbe zu verlieren. Bis ich unter dem Tränenfilm hinweg erkenne, dass es wirklich so ist. Um mir Bedenkzeit zu verschaffen, habe ich instinktiv die Gabe des Hauses Osiris genutzt und die Zeit angehalten. Zeit, die ich benötige, um mich mit der Gewissheit auseinanderzusetzen, dass meine Mutter nicht auf unserer Seite steht. Ich hätte es erahnen, ihren Worten in Summit bereits entnehmen können. Sie schützt die Siedler, nicht die Letzte Stadt.

Die Frau, die uns alle mit dem Diebstahl des Zwillings verraten hat. Das Volk hatte immer recht: Mit ihrem Verrat hat alles begonnen.

Ich schließe die Augen, um die Tränen der Enttäuschung zurückzuhalten, und wende mich von Elif ab. Kälte durchdringt meinen Körper, meine Fingerspitzen werden taub. Meine eigene Mutter hat mich für ihre Pläne eingespannt, ich war für sie nur ein Mittel zum Zweck, wie auch meine Freunde. Ich muss ihnen die Wahrheit sagen. Mein Körper beginnt zu zittern. Die Farbe kehrt in meine Umgebung zurück, die Zeit setzt sich wieder in Gang. Das Wasser plätschert noch träge über die Pyramide, aber ein Rascheln sagt mir, dass Elif sich ebenfalls bewegt. Was ich nicht beabsichtigt habe. Ich bemühe mich, alles erneut zum Stillstand zu bringen, doch eine bleierne Erschöpfung bahnt sich ihren Weg durch meinen Körper. Ich kann meine Magie nicht erreichen.

Wie von selbst greife ich zum Zwilling, lechze nach seiner Magie. Doch ich taste ins Leere. Panisch schiebe ich wider besseres Wissen die Falten der Tunika auseinander. Natürlich erreiche ich damit rein gar nichts.

Der Zwilling ist nicht mehr da.

Mein Puls rast. Panisch versuche ich, mich daran zu erinnern, wann ich ihn das letzte Mal gespürt habe, und kann es nicht mit Sicherheit sagen. Die letzten Reserven meiner Magie lodern kurz auf, dann muss ich die Magie von Osiris endgültig loslassen.

Elif hat von alldem nichts mitbekommen. Sie legt unbeholfen ihre Hand auf meinen Rücken, als brauche ich Trost. Doch darum geht es nicht länger. Ich schlucke hart, ehe ich die Worte herauslasse: »Der Zwilling ist weg.«

Im nächsten Augenblick starre ich statt in graue in vor Entsetzen weit aufgerissene weiße Augen. Elif versucht, den Zwilling zu finden. Ihre Hand an meinem Rücken zittert bereits vor Anstrengung, sie gerät ins Stolpern. Und trotz allem schüttelt sie nach mehrmaligem Blinzeln niedergeschlagen den Kopf. »Ich kann ihn nicht sehen. Genauso wenig wie das, was um ihn herum geschieht.«

Ich wünsche mich selbst zum Ursprung dafür, dass ich meinem Vater misstraut habe und etwas so Wertvolles und Mächtiges wie den Zwilling seit unserer Rückkehr in einem kleinen Beutel mit mir herumgetragen habe. Wäre meine Magie noch präsent, würde jetzt vielleicht die Erde unter uns erzittern. Warum habe ich mir selbst nicht vertraut? Nicht auf das gehört, was sogar die kleine Maya bei unserem Abschied in den Glades von Feleez ausrichten ließ: dass ich mich nicht von der Vergangenheit täuschen lassen soll. Nun muss ich die Konsequenzen tragen.

»Ich werde mit meinem Vater sprechen. Ich muss ihm alles erzählen, sobald das Tribunal beendet ist.« Und ich muss mich entschuldigen. Ich steige über unsere steinernen Sitzgelegenheiten und kehre auf den Weg zurück. Vergeblich versuche ich, vom Rand des Teiches aus in das Sprechzimmer meines Vaters zu blicken, doch ich sehe lediglich mich selbst. Einen Schatten davon. Meine Haut ist beinahe so weiß wie Elifs Kleid neben der Spiegelung. Schnell wende ich mich ab und starre auf den Sand des Weges hinab.

Elif schweigt. Ihr Mund ist fest zusammengepresst, während wir den Innenhof durchqueren. Mit einem Mal nehme ich nur noch den schweren Geruch von Fäulnis der heruntergefallenen Früchte wahr. Mein Magen rebelliert, und ich bin froh, als wir zurück ins Gebäude treten und die schwere Tür den Gestank hinter uns aussperrt.

Wir laufen direkt Dante in die Arme, dessen Gesicht voller Sorge steht. Sofort bin ich alarmiert.

»Was ist los?«, fragen Elif und ich in einem Atemzug, noch bevor ich ihm vom Zwilling berichten kann.

»Es gab Aufstände wie damals, in den Berichten der Alten. Wir mussten den östlichen Außenbezirk unter Quarantäne stellen. Die Soldaten riegeln gleich die Straßen zur Innenstadt ab.« In seinem Gesicht steht Unglaube, doch er wirkt auch so … müde.

»Warum ausgerechnet im Bezirk des Hauses Geb?«, murmelt Elif vor sich hin.

Sofort kehre ich in Gedanken zu dem Besuch auf dem Schattenmarkt zurück, sehe Inez und Sapheer auf ihren Betten liegen.

»Die Krankheit ist zurück. Es sind so viele, wir können nichts mehr tun. Wir mussten eine Entscheidung treffen. Zum Wohl der anderen.« Dantes Schultern hängen herab. Mit einem Mal wirkt das schwarze Gewand mit dem Symbol des Hauses Seth viel zu groß. Er ist zu jung, um die Last des Generals zu tragen. Um sie allein zu tragen. Und doch kann ich an nichts anderes als meine Freunde denken. Sie müssen bereits erfahren haben, dass sie nicht mehr zu ihren Geschwistern kommen können.

»Inez und Sapheer sind dort. Wir müssen ihnen helfen, sie …« Ich dränge an ihm vorbei, doch Dantes starker Arm hält mich zurück. Mit Bedauern in der Stimme sagt er: »Du kannst nicht dorthinaus. Niemand, der noch gesund ist, darf es. Du kannst mir sagen, in welchem Haus sich die beiden befinden. Ich kann sehen, was ich für sie tun kann.«

Ich schüttle den Kopf und versuche, Dantes Arm nach unten zu schieben, doch er ist stärker als ich. »Sie sind in keinem der Wohnhäuser. Sie sind unter der Erde. Im Heilraum des Schattenmarktes.«

Mein Vater ist nicht länger der Feind. Wenn Dante ihm davon berichten will, soll er das tun. Ich will nur die Geschwister meiner besten Freunde retten. Mein nächster Atemzug endet abrupt. Was, wenn Yasmeen und Malak ebenfalls dort sind? Mitten in der Quarantänezone? Meine Hand krallt sich nun in Dantes Unterarm, anstatt ihn wegzuschieben. »Vielleicht sind Yasmeen und Malak bei ihnen.« Oder Riaz. Ist er direkt zu den Rebellen, nachdem ich ihm die Rezeptur mitgeteilt habe?

»Lass mich gehen. Ich muss zu ihnen«, sage ich nun energischer, doch Dante lässt mich nicht passieren. Stemmt sich gegen die helle Wand, während ich mit meinem gesamten Körpergewicht gegen ihn dränge. Er rührt sich ebenso wenig wie die Mauer selbst.

»Es gleicht einem Todesurteil, ohne Schutz in die Quarantänezone zu gehen. Ich kann es nicht zulassen.« Er zieht mich näher zu sich, wendet meinen Körper seinem zu. Seine Hand ruht nun an meiner Hüfte und die Berührung verunsichert mich. Ich habe jetzt keine Zeit für Gedanken über das Gefühlschaos, das er in mir auslöst. Seine grünen Augen flehen mich an. »Bitte, Ash. Bleib.«

»Ich werde nach den beiden sehen.« Elif tritt näher und berührt mich am Oberarm. Die Insignien an ihrem Kleid klimpern. »Ich gehe sofort nach Hause, dort fällt es mir leichter.« Sie lässt ihren Arm sinken und wendet sich Dante zu. »Du musst es ihr sagen. Jetzt.« Dann sieht sie zu mir zurück. »Und du erzählst ihm vom Zwilling.«

Dann rauscht sie mit wehendem Gewand davon. Nicht in Richtung Haupteingang, sondern durch einen Seitenweg. Elif Valhar kennt sich mit Schleichwegen aus. Auf dem Marktplatz zwischen Zitadelle, Palast und Tempel herrscht sicher Chaos. Kaum ist Elif außer Sicht, werde ich mir Dantes Berührung wieder bewusst. Noch immer ruht seine Hand auf mir. Keiner von uns ist zurückgewichen. Doch ich tue es jetzt. So nah bei ihm kann ich nicht denken.

Enttäuschung zeichnet sich auf Dantes Zügen ab, doch sie weicht schnell Entschlossenheit. »Was ist mit dem Zwilling?«

»Er ist weg«, flüstere ich, und doch zuckt Dante zusammen, als hätte ich ihn angebrüllt. Von meinen Selbstvorwürfen, von der tiefen Schuld, die ich empfinde, vollkommen überrumpelt, spiegelt er meine Gefühle. Dann versucht er, sich abzuschotten.

»Wo hast du ihn zuletzt gehabt?«, fragt er, während er mich den Flur entlangschiebt.

»Ich … Ich weiß es nicht. In der Stillen Bibliothek?«

Er sieht mich mehrere Schritte lang an, ehe er wieder spricht. »Wir müssen den Wissenden Bescheid geben. Sie müssen uns einlassen, damit wir ihn suchen können.«

»Vielleicht kann ich … Ich habe … Vielleicht kann ich das Portal öffnen?«

Dantes Brauen nähern einander an und er schürzt die Lippen. »Meinst du, du schaffst es?«

»Ich weiß es nicht«, sage ich ehrlich. »Vorhin ist meine Magie … sie war einfach weg.« Wir sind beinahe am Sprechzimmer des Hauses Seth angekommen und Dante verlangsamt seine Schritte.

Er schweigt und hängt seinen Gedanken nach, bis er mir die Tür öffnet und mich in den Raum schiebt. Er schließt hinter uns die Tür.

Mit schnellen Schritten durchquert er den Raum und lehnt sich gegen den schwarzen Marmorblock, der wohl so etwas wie seinen Schreibtisch darstellt. Währenddessen sehe ich mich das erste Mal in seinem Sprechzimmer um. Obgleich sich der Raum nur in seiner Größe von dem meines Vaters unterscheidet, könnten sie in ihrer Einrichtung nicht verschiedener sein. Die Farbe seines Hauses dominiert und lässt den Raum düster wirken, kühl, leblos. Schwarze Banner hängen an den Sandsteinwänden, schwarzes Leder, wie ich es bisher nur aus meiner Zeit auf der Erde kenne, überzieht Polsterecke und Stühle. Alles Weitere ist aus bearbeitetem Neoferrum gefertigt, das träge im Sonnenlicht schimmert.

Endlich gleitet mein Blick ins Zentrum des Raumes zurück – zu Dante, der mir mit Gesten bedeutet, auf dem kleinen Sofa gegenüber seines Schreibtisches Platz zu nehmen. Ich schüttle den Kopf. Ich muss meinen Freunden helfen und hebe meine Hand zum Türsensor. Dante errät meinen Gedanken. »Lass Elif nach einer Möglichkeit suchen. Erzähl mir in der Zwischenzeit von dem Ort, dem Schattenmarkt.«

Ich halte in meiner Bewegung inne. Dann sehe ich über die Schulter hinweg zu ihm. »Ich habe davon gehört«, fährt er fort. »Es heißt, dort sollen verbotene Artefakte gesammelt werden.« Meine Hand sinkt von selbst und ich gehe auf Dante zu.

»Das ist nicht wahr!«, verteidige ich die Rebellion, obgleich ich währenddessen all mein Unterrichtswissen über verbotene Artefakte durchforste. Sie sind Gift, heißt es, sie machen krank. Zum Schutz der Stadt darf nichts von jenseits der Mauern ins Innere gebracht werden. »Die Menschen, die sich dort treffen, haben gemeinsame Träume, sie wollen nur ihre Freiheit. Sie tun nichts Verbotenes. Der Schattenmarkt ist Afzals Hinterlassenschaft. Dort gedenken alle ihrer Verlorenen. Dein Vater hat ihn gefangen genommen und zur Erde gebracht.«

Das peitschende Geräusch von Dantes Hand auf seinem Oberschenkel bringt mich zum Verstummen.

»Afzals Verbündete haben verbotene Artefakte in die Stadt geschmuggelt. Deinem und meinem Vater blieb keine andere Möglichkeit, als ihn der Stadt zu verweisen, ehe wir die Kontrolle verlieren. Ehe dein Vater uns aus der Stillen Bibliothek geholt hat, habe ich auf Elifs Anweisung hin nachgesehen. Diese Artefakte sind nicht *giftig*, wie man uns gelehrt hat. Sie tragen Magie in sich, die anders ist als alles, was wir kennen.

Mein Vater hatte Angst davor. Auch wenn ich nicht mehr herausfinden konnte, warum. Ich hätte mehr Zeit gebraucht.« Seine Wut richtet sich nicht gegen mich, sondern gegen sich selbst. Er bemüht sich sichtlich um Kontrolle, wirkt jedoch irgendwie verloren. Die Erkenntnis entwaffnet mich und ich folge nun doch seiner Bitte und lasse mich auf das kalte Leder sinken, während ich versuche, die Zusammenhänge zu erkennen. Wenn es Magie gibt, die unseren Vätern Angst macht ...

»Aber wie ...« Ich gehe all mein Wissen durch und komme zu dem Entschluss, dass Dante mich belügt oder es selbst nicht besser weiß. Daher schüttle ich den Kopf.

»Wenn du mir nicht glaubst, sieh nach. Es sollte ebenso in den Aufzeichnungen deines Vaters zu finden sein.« Sein Ton ist schnippisch, täuscht jedoch nicht über seinen Frust hinweg, dass ich ihm nicht glaube.

»Riaz hat mir gesagt, ...«

Dante verkrampft sich kurz, dann lacht er freudlos auf. »Wenn mein Wort gegen seines steht, wirst du immer zu ihm halten. Ich kann nicht gewinnen.« Seine Hände umklammern die dunkle Granitplatte.

»Das ist nicht wahr, es ist ...«, sage ich, während ich aufspringe. Ich will zu ihm gehen, ihm erklären, dass Riaz und ich nun getrennte Wege gehen. Ich will den Schmerz aus Dantes Augen vertreiben. Doch seine eiskalte Stimme hält mich zurück.

»Was ist es dann?«, ruft er viel zu laut und schlägt mit voller Wucht auf den Stein. Das Glitzern in seinen Augen, ehe er hastig zur Seite sieht und mehrmals blinzelt, zerreißt mir das Herz.

Ich beschließe, einfach alles herauszulassen, was ich seit der Erde in mich hineinfresse. Ich lasse mich zurück auf das kalte schwarze Polster fallen und die Worte fließen nur so aus mir heraus. Ich erzähle von meinem geteilten Herzen, seit ich meine Erinnerungen auf der Erde wiedererlangt habe. Von den Zweifeln, ob mein Leben weiterhin verlaufen kann wie vor unserer Mission. Berichte ihm, dass es kein »Riaz und Akasha« mehr geben wird, dass wir getrennte Wege eingeschlagen haben. All das sprudelt aus mir heraus, während er mich mit regloser Miene ansieht.

Ich unterliege dem Drang, ihn an einfach allem teilhaben zu lassen, und zweifle nicht ein einziges Mal daran, ob ich ihm vertrauen kann – weil es sich richtig anfühlt. Nicolas war kein anderer Mensch. Er war ebenso wenig anders, wie sich Hailey von Akasha unterscheidet. Seit ich diesen Gedanken wirklich zugelassen habe, fühlt es sich richtig an, Dante an meinen Gefühlen teilhaben zu lassen. Ich berichte von den Albträumen über Leemals Tod und dass ich schon auf der Erde nur in der Nacht meine Ängste fallen lassen und nachdenken konnte. Ich zögere weiterzuerzählen, als Dante nervös an seinen Fingernägeln spielt und mich mit einem Mal nicht mehr ansehen kann. Erst dadurch wird mir etwas klar:

»Du warst es«, sage ich mit einem Kloß in der Kehle. »Du hast mir die Angst genommen, wenn ich in meiner Hütte schreiend aufgewacht bin.«

Ich erhalte keine Reaktion, daher stehe ich auf und gehe auf Dante zu, der nun langsam von seinen Händen aufsieht. Seine grünen Augen blitzen durch die Strähnen seiner Haare hindurch.

»Du warst immer in der Nähe, oder? Meine Mutter und die anderen haben dich nicht gefunden, weil du nur nachts in der Siedlung warst, aber du warst nie weit entfernt.« Wie Feleez behauptet hat.

Er schindet Zeit, indem er seine Haare nach hinten streicht. Sein Kehlkopf hebt und senkt sich, ehe er nickt. »Nur in der Nacht«, sagt er mit belegter Stimme und räuspert sich. »Ich konnte nur in der Nacht zu dir kommen und dir helfen.«

»Deshalb sitzt du jeden Morgen in meinem Zimmer?«

Er schenkt mir ein schwaches, aufgesetztes Lächeln. Ein Schatten des überheblichen Grinsens von früher. Ich stehe nur noch drei Schritte von ihm entfernt. Er lehnt noch immer reglos gegen den Schreibtisch und ist so auf Augenhöhe mit mir. Irgendwann nickt er.

»Warum?«, flüstere ich, weil ich es einfach nicht verstehen kann. Ich habe trotz allem zu Riaz gehalten, mich Dante gegenüber verschlossen ... und doch lag es nicht nur an unseren unterschiedlichen Zielen, dass Riaz und ich uns getrennt haben, dessen bin ich mir bewusst, wusste es immer, tief in mir.

Der wahre Grund für unsere Trennung sitzt vor mir und versucht, aus meinen Gefühlen schlau zu werden. Sehr viel später spricht Dante endlich.

»Selbst als die Täuschung wirkte, musste ich dir helfen, obgleich ich nicht sicher war, warum. Aber ich wusste, nein, ich *weiß*, dass du diese Stadt retten kannst.«

Ich schüttle vehement den Kopf. Ich habe meiner Mutter vertraut, habe den Zwilling verloren und damit die Möglichkeit, den Diĝir zu heilen.

»Doch.« Er springt auf und überwindet die Distanz zwischen uns, fasst mich an den Oberarmen, sodass ich mich nicht abwenden kann. Die Berührung gleicht einem Funkenschlag. Etwas leiser fügt er mit belegter Stimme hinzu: »Du wirst uns alle retten.«

Meine Lippen werden trocken, ich wage es nicht zu atmen, weil ich nicht mit Sicherheit sagen kann, wie mein Körper reagieren würde, wenn ich die Luft zwischen uns mit Dante teile. Ich wende mich dem Fenster zu und blicke auf die Türme des Tempels, deren Leuchten im Sonnenlicht nur schwach zu sehen ist. Mein Puls rast, selbst meine Fingerspitzen kribbeln, so sehr bewusst bin ich mir Dantes Nähe, und ich begreife, dass es dieser Moment ist, der über unsere Beziehung entscheidet, unsere Zukunft. Ich schlucke gegen den Kloß in meiner Kehle an und befeuchte meine Lippen. Dann atme ich tief durch, die Gewissheit durchflutet mich, und ich will mich eben wieder Dante zuwenden, als eine Bewegung jenseits des Fensters meine Aufmerksamkeit auf sich zieht und mein Herzschlag für den Moment der Erkenntnis pausiert.

Reglos verfolge ich den Tanz des moosgrünen Banners des Hauses Schu auf dem kleinsten der Türme. Auch der Turm des Hauses Osiris ist klein genug, um sein Dach mit der wehenden gelben Fahne noch von meinem Standpunkt aus zu sehen. Meine Kehle fühlt sich trocken an.

»Warum sind die Banner auf den Türmen?«, bringe ich tonlos hervor. Ich spüre kurz eine Mischung aus Enttäuschung, dicht gefolgt von Ratlosigkeit aus Dantes Richtung. Ich sehe ihn an, und er weicht vor mir zurück, während er antwortet. Der Moment, der eben noch unsere Zukunft entscheiden sollte, ist vorüber.

»Sie wurden gehisst, um die Einheit der Häuser zu demonstrieren. So wie damals, als ein Teil der Stadt abgeriegelt werden musste. Wegen der Quarantäne.«

Ich schüttle langsam den Kopf. Mein Körper ist von einer Gänsehaut überzogen. Dante wird nervös und fleht um eine Erklärung. »Elif hat gesehen, wann die Stadt fallen wird«, setze ich an. »Sie … Wir dachten …«

Seine Berührung an meiner Hand spendet mir Wärme, beruhigt mich ein wenig. Das Zittern lässt nach. Geduldig wartet Dante ab, bis ich es ihm erklären kann. »Während wir in der Stillen Bibliothek waren, hatte Elif eine genauere Vision. Sie hat gesehen, wie die Banner der Häuser auf den Dächern der Türme wehen – wie es einmal im Jahr zum Tag des Erwachens der Fall ist.« Meine Hand unter der von Dante krallt sich in meinen Oberschenkel. »Wir dachten, wir hätten noch einen Monat Zeit, bis es so weit ist. Bis die Vision sich erfüllt.« Ich sehe noch einmal zu den Bannern jenseits des Fensters. Dante folgt meinem Blick.

»Die Letzte Stadt wird fallen«, wiederholt er die düstere Prophezeiung.

Ich erwidere mit rauer Stimme: »Und wir haben keine Möglichkeit mehr, uns darauf vorzubereiten.«

23

1. Nabetu 6986, Neujahrsfest

Drei Gestalten schleichen durch dunkle Gassen in den Außenbezirk des Hauses Geb. Es sind Lenora Themis, Mazen Videen und eine in einen dunklen Umhang gekleidete kleinere Gestalt, bei der es sich um ein Kind handeln muss. Vor einem halb zerfallenen Häuschen nahe der Stadtmauer halten sie inne. Mazen öffnet die Tür, blickt sich kurz um und nickt den anderen zu.

Gemeinsam betreten sie einen fensterlosen Raum. Mazen entzündet eine Laterne, und Lenora beugt sich zu einem Teppich nach unten, hebt ihn an und holt einen Beutel aus einem Loch darunter hervor.

Sie schüttet einen Teil des Inhalts auf den staubbedeckten Tisch in der Mitte des Raumes.

»Zieh deine Kapuze aus. Hier drin kann dich keiner erkennen«, weist Lenora den Umhangträger an. Zögernd schiebt dieser den Stoff nach hinten, starrt jedoch weiterhin auf die Steinsammlung hinab, während Lenora erklärt: »Das sind die magischen Artefakte, die alles voranbringen. Du musst sie nur wie vereinbart tief in die Mauern der Gebäude einlassen.«

»Ich werde alles tun, um meine Freunde zu retten.«

Lenora nickt zufrieden.

Der Umhangträger erwidert das Nicken und hebt den Kopf. Es handelt sich um Riaz Deimos, dessen blaue Augen im Schein der Laterne funkeln. Sein junges Gesicht trägt dieselbe Entschlossenheit wie Lenoras.

24

4. Abu 6996 nach Atum

Obgleich die Fahnen keinerlei Farbe eingebüßt haben und noch immer im Wind flattern, sind Dante und ich vollkommen erstarrt. Selbst meine Gedanken sind träge, obwohl ich sie dazu dränge, schnell eine Lösung zu finden, mir zu sagen, was ich tun könnte. Ich schließe die Augen, um mich besser konzentrieren zu können, und die Vision überkommt mich, noch ehe sich die Triskele in meinem Nacken hervorgeschoben hat. Meine Magie ist so schwach, dass ich in mich zusammensacke. Ich spüre Dantes starke Arme, die mich stützen und zum Sofa führen, wo ich kraftlos gegen die Lehne sinke. Das kühle Leder fängt mich auf. Dante lässt mich nicht los und sorgt dafür, dass ich aufrecht sitzen bleibe. Dabei ist mir bewusst, dass die Vision, die sich jetzt über die Realität des einfachen Sprechzimmers legt, nicht die Zukunft zeigt, sondern Bilder aus der Vergangenheit.

Die Letzte Stadt leuchtet in meinen Gedanken im Mondlicht. Ich sehe Riaz, wie er von Schatten zu Schatten huscht und sich wie am Vorabend immer wieder umsieht. Die Kapuze eines langen dunklen Umhangs verbirgt ihn gut. Von der Seite oder mit nur einem flüchtigen Blick hätte ich ihn niemals erkannt. Doch ich sehe direkt in das entschlossene

Gesicht, in die blauen Augen. Gebäude ziehen vorbei, drängen sich immer dichter zusammen. Er befindet sich in den Außenbezirken, den kleineren Häusern nach zu urteilen. Hier und da weht eine bunte Fahne, er muss in den Bezirken Nut und Geb unterwegs sein, doch in den engen Gassen, die er nutzt, gibt es oftmals keine Anhaltspunkte. Riaz kennt sich gut aus, zögert kein einziges Mal.

Ich will nicht sehen, was er dort draußen tut, will die Bilder von mir schieben, doch sie lassen sich nicht aufhalten und dringen weiter auf mich ein. Ich glaube, Dantes Herzschlag zu hören. Ein beständiges Echo meines eigenen rasenden Pulses.

Riaz zieht etwas unter seinem Umhang hervor. Es ist klein, bleibt in seiner Hand verborgen. Er hebt die andere Hand, formwandelt die Mauer vor sich und legt den Stein hinein, ehe er sie in die ursprüngliche Form zurückkehren lässt. Dasselbe wiederholt er weitere Male, an unterschiedlichen Orten. Was genau …

Mit einem Mal ist es Tag. Heute. Dante versteift sich in genau dem Moment, in dem ich sehe, wie Riaz mich nach dem Besuch in der Stillen Bibliothek umarmt, fest an sich drückt, aussieht, als wolle er mich nie wieder loslassen. Die Kraft, die Dante aufwendet, um mich aufrecht zu halten, gibt nach. Ich klammere mich an ihm fest, brauche ihn bei mir, während ich verfolge, wie Riaz mich noch einmal fest an sich drückt, nachdem ich ihm die Rezeptur ins Ohr geflüstert habe, und dabei den Beutel mit dem Zwilling löst.

Riaz hat den Zwilling gestohlen.

Ich kippe zur Seite. Dantes Halt ist verschwunden. Ich fühle mich so erschöpft, als hätte die Triskele meine letzte Energie verbraucht. Ich vermag nicht einmal mehr, die Augen zu öffnen. Meine Lider flattern lediglich bei dem Versuch. Meine Lippen sind so trocken wie meine Kehle. Dantes Finger tasten nach meinem Puls. Wenig später höre ich ein Rascheln und Dantes Befehlston: »Ich brauche sofort einen Heiler in meinem Sprechzimmer.«

Der Kommunikator. Mein Daumen tastet schwach zu meinem Ringfinger der linken Hand. Nach meiner Rückkehr habe ich den Holoprojektor zurückerhalten, seither jedoch nicht genutzt. Ein unsinniger Gedanke, sich in ausgerechnet diesem Moment darauf zu fokussieren, doch ich ... hinter meinen geschlossenen Lidern sehe ich Schatten vorüberziehen.

»Ash. Nicht einschlafen. Öffne die Augen.« Finger streifen meine Haare zur Seite, tasten meinen Hals entlang.

»Ich kann nicht«, will ich sagen. Doch mein Mund öffnet sich nicht, meine Kehle ist wie ausgetrocknet. Ein winziger Teil von mir genießt Dantes zärtliche Berührung. Ich versuche, mich daran festzuhalten. Dann legt er ein Polster unter meinen Kopf. Etwas Kühles berührt meine Lippen.

»Trink, Ash.« Die Bitte ist so voller Schmerz, dass es mir das Herz zerreißt. Warme Flüssigkeit rinnt in meinen Mund, läuft mein Kinn entlang, während Dante eine Entschuldigung murmelt und irgendein rauer Stoff über meine Haut reibt.

Die Tür öffnet sich mit einem leisen Zischen. Schritte nähern sich. »Was ist passiert«, fragt eine weibliche Stimme. Sie klingt jung. Zu jung für einen Heiler.

»Ich habe nach einem Heiler verlangt«, zischt Dante. »Wie willst du mir weiterhelfen?«

»Ich kann ihr positive Bilder übermitteln, sie beruhigen.«

Dante stößt ein finsteres Lachen aus. »Wenn sie nur

beruhigt werden müsste, könnte ich das selbst tun. Wo sind die Heiler?«

»Sie sind alle in der Quarantänezone. Aber ich weiß, was ich tue. Ich werde ihr zeigen, wie es ist, wieder gesund zu sein, und ihr Körper wird darauf reagieren. Vertrau mir.«

Ich will etwas einwerfen, will sagen, dass ich nicht getäuscht werden will. Will nichts davon. Ich brauche ... den Zwilling. Energie. Nur Energie. Doch die Bilder lassen sich nicht aufhalten. Ich sehe sie erst aus weiter Ferne, dann holen sie mich ein. Mir geht es wieder gut. Ich setze mich auf und sehe Dante an, dessen Besorgnis langsam weicht. Neben ihm kniet meine entfernte Cousine Leelan in einer engen roten Tunika und lächelt mich an.

»Es funktioniert«, höre ich Dantes Stimme, obwohl er die Lippen nicht bewegt.

»Natürlich funktioniert es«, erwidert Leelan ebenso mit geschlossenem Mund. Dann lächelt sie aufmunternd. »Die Macht der Suggestion. Selbst die Menschen auf der Erde nutzen das Wissen darüber.«

Mein Sichtfeld wird verschleiert und ich blinzle heftig dagegen an. Dann sehe ich in die großen dunklen Augen meiner Cousine, die sich über mich beugt und ihre Hand von meiner Stirn nimmt. »Willkommen zurück. Du hattest einen Schock.« Sie tritt, mit sich selbst zufrieden, vom Sofa zurück, und ich stütze mich auf die Unterarme.

»Danke«, murmle ich ungläubig. Ich weiß noch immer nicht genau, was sie mit mir getan hat. Aber die Bilder meines gesunden Körpers haben mich irgendwie aus dem Loch geholt, in das mich Riaz' Diebstahl – der Missbrauch meines Vertrauens – gestürzt hat. Dante atmet nun zum zweiten Mal erleichtert auf und wiederholt meinen Dank.

Leelan nickt uns nur noch kurz zu und will uns eben verlassen, als mir einfällt, dass ich sie ebenfalls zuletzt auf dem Schattenmarkt gesehen habe. Sie will auch Veränderung für die Stadt. »Weißt du, wie es Inez und Sapheer geht? Und wo Malak und Yasmeen sind?«

Sie schüttelt mit zusammengepressten Lippen den Kopf. »Seit deinem Besuch ist es stündlich schlimmer geworden. Die Menschen waren so zornig, so wütend, so ... unbeherrscht, wie ich sie nie zuvor gesehen habe. Als wäre an diesem Tag etwas entzündet worden.« Sie geht auf die Tür zu und aktiviert den Sensor. Dann blickt sie noch einmal zurück. »Ich hoffe, dass es nicht so endet. Denn niemals zuvor habe ich eine solche Kälte und Dunkelheit gespürt.«

Ihre Worte hängen noch im Raum, obwohl Leelan bereits verschwunden ist.

Ein Schatten legt sich über die Stadt, verdunkelt das Licht der Sonne und treibt die Wärme aus.

Zahra Arezoos Aufzeichnungen vom Tag meiner Geburt erscheinen vor meinem inneren Auge.

»Ich bin es«, stammle ich. »Ich habe mit meiner Geburt die Dunkelheit in die Stadt gebracht.«

Dante sieht mich verwirrt an. Ich rapple mich auf und weiche zurück, als er näher kommt.

»Zahra hat es am Tag meiner Geburt gesehen. Sie hat es gewusst.«

»Schsch«, flüstert Dante eindringlich und greift nun doch nach mir. »Nicht du bist für all das verantwortlich, sondern Riaz.« Er fährt sich mit der anderen Hand über die Augen und ich sehe ihn schockiert an.

»Konntest du ... die Vision ebenfalls sehen?«

Er nickt schnell, und erst verzögert bemerkt er, wie ungewöhnlich es ist. Nie zuvor habe ich gehört, dass eine Seherin ihre Bilder teilen konnte.

»Dass wir uns berührt haben, während du die Vision hattest, muss dafür gesorgt haben, dass ich sie ebenso sehe?« Es ist eine Erklärung, klingt aber eher nach einer Frage. Ich bin nicht überzeugt. Doch Dante wischt sämtliche Gedanken daran mit einer Handbewegung weg. »Es ist nicht wichtig. Wichtig ist, dass wir nun wissen, dass unsere Väter einen Fehler gemacht haben. Es war nicht Afzal, der verbotene Artefakte in der Stadt versteckt hat. Riaz hat sie hierhergebracht und uns dem Untergang geweiht.«

»Nein!«, sage ich instinktiv. Ich habe immer hinter Riaz gestanden, hab ihn immer verteidigt. Er ist kein böser Mensch, er würde nie …

Und doch habe ich gesehen, wie er den Zwilling gestohlen hat.

»Wir müssen zu deinem Vater.« Dante durchquert mit schnellen Schritten den Raum, während ich nur langsam nicke. Die Angst vor der Konfrontation, vor dem, was ich Vater beichten muss, lähmt mich, sodass Dante sich kurz zu mir umsieht, meine Gefühle scannt und zu mir zurückkehrt. »Ich bin bei dir, Ash. Ich weiß, dass du denkst, dass alles deine Schuld ist, aber es ist nicht so. Du hast nur das Beste für Heliopolis gewollt und Zaahir wird das verstehen.«

Ich schlucke. So sicher bin ich mir da nicht.

Er streckt mir die Hand entgegen und mit einem tiefen Seufzen greife ich zu. Sofort fühle ich mich besser. So gut, dass ich einen unauffälligen Blick auf Dantes Nacken werfe, während wir Hand in Hand den Raum verlassen. Ich kann aber keinerlei Einsatz der Gabe erkennen. Irgendwann muss ich aufhören zu zweifeln, muss ich den Gedanken zulassen, dass ich mich in Dantes Gegenwart wohlfühle. Wäre es denn so schlimm? Ich werfe ihm einen verstohlenen Blick zu, als wir ein Zimmer weiter gehen, zu Vaters Empfangsraum. Dante ist ganz Herr der Lage, hegt keinerlei Zweifel. Sein Kinn ist stoisch nach oben gehoben, sein Gang ist vollkommen entspannt. Im Profil gleicht er einem der Götter- oder Heldenabbilder der Antike.

Er klopft an Vaters Tür und tritt, ohne eine Antwort abzuwarten, ein. Doch der Raum ist leer. Es gibt keine Nischen in dem Raum, die man auf den ersten Blick vielleicht nicht einsehen könnte. Vater ist nicht hier, auch wenn der Raum intensiv nach seinem geliebten Vanilletee riecht.

»Vielleicht ist er noch im Verhandlungssaal«, mutmaßt Dante und will umständlich um mich herumgehen und dabei meinen Körper um hundertachtzig Grad drehen. Ich will ihm meine Hand entziehen, weil ich es ziemlich kompliziert finde, was er da tut, aber er hält sie fest wie ein Rettungsseil. Nur für einen winzigen Moment treffen sich unsere Blicke und doch erscheint unwillkürlich die Bedeutung darin in meinem Kopf.

Ich werde dich nie wieder loslassen.

Mit einem leichten Lächeln auf den Lippen, das ich mir trotz unserer Lage gönne, gehen wir den Flur entlang zum Foyer, wo sich noch immer etliche Wachposten tummeln. Dante grüßt sie, und selbst diejenigen, die auf unsere verschränkten Hände hinabblicken, lassen sich ihre Gefühle nicht anmerken. Wir gehen an ihnen vorbei und folgen der breiten Treppe nach oben. Hier ist es dunkler und wesentlich kühler. Nur das von der bald untergehenden Sonne einfallende Licht im Foyer leuchtet zu uns herauf. Das Obergeschoss ist menschenleer, und ich frage mich, ob mein Vater wohl schon in den Palast zurückgekehrt ist.

»Lass ihn uns im Palast suchen«, sage ich zu Dante und will schon kehrtmachen, da schließt Dante die Augen, und der Geruch nach Magie erfüllt die Luft. Hoch konzentriert wendet er sich beiden Seiten der oberen Etage zu, und obwohl er die Lider geschlossen hat, scheint er seinen Blick über alles ziehen zu lassen, alles genauestens in sich aufzunehmen.

»Was tust du da?«, frage ich. Meine Stimme ist so leise und dennoch hallt sie von den kahlen Wänden des dunklen Flurs wider.

Dante schlägt die Augen auf und erklärt: »Ich suche nach deinem Vater.«

»Du kannst ihn sehen?« Ich muss so ungläubig aussehen, dass Dante kurz auflacht.

»Ich kann sie alle *sehen*«, antwortet er dann. »Wenn ich meine Fühler ausstrecke, kann ich genau spüren, wo sich jemand befindet – solange die Person lebt, zumindest. Jeder hat Gefühle. Für mich sind die Emotionen wie ein Lichtschein in der Dunkelheit. Mal strahlend hell, mal flammend rot …« Mit der freien Hand fährt er sich durchs Haar, ehe er zum kleinen Sitzungsraum deutet. »Die Person dort drin hat Angst und versucht, sie sich selbst zu nehmen.« Er schluckt. »Es funktioniert nie.«

Dante führt mich in den Sitzungsraum, der in das grelle Licht der untergehenden Sonne gehüllt ist, die frontal auf das Fenster trifft und auch die hellgelben kahlen Wände hell aufleuchten lässt. Dann sehe ich ihn. Vater sitzt auf einem der sieben Stühle um den runden Tisch. Direkt neben der freien Stelle, an der dem Unterricht zufolge einst Haus Isis gesessen hat. Vaters Hände ruhen direkt vor ihm auf dem Tisch und er starrt ins Leere. Schweißtropfen fangen das Sonnenlicht auf seiner Stirn ein. Das lange Deckhaar trägt er wie im Kampf nach hinten geflochten. Dunkle Schatten liegen unter seinen Augen, die seltsam trüb sind.

»Er wirkt Magie«, flüstert Dante direkt in mein Ohr. Sein Atem sendet ein Kribbeln durch meinen Körper, und ich bin kurz davor, dem Drang nachzugeben und näher zu ihm zu rücken. Wenn schon seine Hand eine solche Auswirkung auf mich hat, wie wäre es denn erst, wenn er …

Ein Räuspern lässt mich aus meinen Gedanken hochfahren, und was auch immer Dante gerade gedacht hat, er errötet unter den finsteren Augen meines Vaters. Doch wir sind nicht hier, damit er sich irgendwie rechtfertigen muss. Wir sind hier, weil ich ihm endlich alles erzählen muss.

»Vater, ich …« Ich will näher treten, bleibe jedoch an Dante hängen und entreiße ihm meine Hand. Sie wird sofort eiskalt, und mein Mut schwindet, je näher ich dem Herrscher komme. Dann geht Dante an mir vorbei, rückt einen Stuhl zurecht und nimmt nach mir auf dem daneben Platz.

Ich hole tief Luft und spreche es aus: »Wir sollten unbedingt reden.«

Vater nickt und reibt sich über das Kinn. Vor ihm liegen etliche Dokumente, Zeichnungen, Pläne der Stadt – der Quarantänezone, wie ich erkenne. Ich sehe ein dickes Kreuz in Mauernähe, bei den Oasen.

Zaahir folgt meinem Blick, sieht dann wieder zu mir, während er den Plan über den Tisch schiebt. Dante erhebt sich und zieht ihn komplett zu uns.

»Genau dort hat die dunkle Magie zugeschlagen. Dort ist sie in unsere Stadt gekrochen und vermehrt sich nun unentwegt.«

Die Markierung befindet sich eindeutig unweit der Baracke, die den Zugang zum Schattenmarkt bildet. Es gibt keinerlei Zweifel, ganz gleich, wie oft ich den Weg, den ich mit Malak, Yasmeen und Riaz dorthin genutzt habe, nachfahre.

Dante folgt meiner Bewegung ebenso wie Zaahir.

Doch erst jetzt dringen Vaters Worte bis zu mir hindurch.

»Die dunkle Magie?«, frage ich und erschaudere. Dante legt unter dem Tisch eine Hand auf meinen Oberschenkel. Sie brennt sich durch den Stoff meiner Tunika hindurch, sodass ich schwören könnte, später einen Abdruck auf meiner Haut zu sehen. Ich habe Mühe, nicht zu ihm hinüberzusehen und auf die Antwort meines Vaters zu warten. Er hat die Augen geschlossen und ein Minzgeruch weht zu uns herüber. Gleich darauf knistert die Luft vor Magie.

»Ihr müsst es mit eigenen Augen sehen. Zahra Arezoo hatte diese Vision der Vergangenheit und wie so viele andere in ihrer Chronik niedergeschrieben. Sie hat sie mir gezeigt, und ich will sie für euch wiederholen – um zu erklären, was es mit der Bürde des Herrschers auf sich hat, weshalb ich dir nie die Wahrheit sagen konnte.« Und noch ehe wir über die Rückkehr des Zwillings, seinen Diebstahl und Riaz' dunkle Taten in den Außenbereichen sprechen können, hüllt uns Zaahirs Täuschung ein, wir stehen in der Stillen Bibliothek. In Zahra Arezoos Händen befindet sich eine Chronik von Nephthys. Worte erscheinen darin. Instinktiv greife ich mit meiner Hand zu Dantes auf meinem Oberschenkel. Dann reißt mich die Täuschung mit sich, Vaters Interpretation der gelesenen Worte, und ich kann weder ihn noch Dante länger sehen, sondern andere Menschen, die sich in exakt diesem Raum befinden – oder befanden –, in dem ich gerade noch war.

25

Kurz nach Beginn der zweiten Ära der Erde

Die Vertreter der drei hohen Häuser sehen geschlagen aus, müde, kraftlos. Die dunklen Haare der anwesenden Frau in Rot sind stumpf, ihr Kopfschmuck ist ebenso glanzlos. Ihre Arme sind wie die der beiden Männer mit noch nicht verheilten Wunden übersät.

»Wir müssen eine Lösung finden«, sagt sie wenig überzeugt. »Wenn wir es nicht schaffen, die Magie des Steines einzudämmen, wird der Krieg gegen die Gemeinschaft von Isis immer wieder ausbrechen. Unsere Ahnen lagen falsch, als sie jedem die Wahl ließen, nachdem sie Diĝir und Zwilling trennten. Wir wurden zu unterschiedlich, hatten zu gegensätzliche Interessen.« Sie schüttelt traurig den Kopf. Zu gern würde ich in ihren Kopf blicken können. »Beim Diĝir, sie hätten Asbu und Immaru nie erzürnen dürfen, indem sie sie überhaupt getrennt haben. Nun müssen wir den göttlichen Zorn ertragen.«

Der jüngere Mann, er kann kaum älter sein als zwanzig, nickt, während der Grauhaarige in seiner schwarzen Kleidung zu zweifeln scheint. »Wie hast du dir das vorgestellt, Sereen?« Er fährt sich über den grauen Bart. »Die Prophezeiung vom Anfang ...«

Sereen hebt die Hand, um ihn zu unterbrechen. »Wir können den Kristall von einst nicht wieder vereinen, beim Diĝir, wir haben es oft genug versucht. Aber wir können die Magie von Asbu eindämmen. Wir können den Zwilling in den Tiefen unter der Stillen Bibliothek aufbewahren. Nicht länger wirklich Teil unserer Welt, aber auch nicht unerreichbar, sodass sie sich noch immer beeinflussen können.«

Der junge Mann schüttelt den Kopf. »Wie soll das funktionieren?«

»Dafür brauchen wir dich, Leed. Du kannst dem Zwilling ein Gefängnis erschaffen, das seine Magie nicht nach außen lässt. Ein Gefängnis, das direkt mit dem Diĝir verbunden ist. Bis es eines Tages so weit ist und die Kristalle wieder vereint werden können.«

Der ältere Mann fährt sich ein weiteres Mal über den Bart. Lange sagt er nichts, wägt vermutlich genau ab, was er von dem Plan halten soll. »Es wäre einen Versuch wert. Beide Kristalle wären hier. Selbst wenn der Zwilling nicht seine volle Macht über die Bevölkerung erlangen kann, ist sein Einfluss dennoch nicht verloren.«

Sereen nickt. »Der Meinung bin ich auch, Ezaad. In den letzten Jahren haben wir gesehen, dass auch der beste Vorsatz, die reine Güte, eine Kehrseite hat. Wir sind mächtig, ja. Aber unser Selbsterhaltungstrieb ist durch den Diĝir ausgelöscht worden. Wenn wir weitermachen wie bisher, wird das unser Untergang sein.«

Leed zweifelt noch immer. »Ihr glaubt, ihr könnt das Gleichgewicht beeinflussen? Ihr erhebt euch damit über die alten Götter. Immaru und Asbu werden sich rächen.« Er verschränkt die Arme vor seiner Brust.

»Oder wir werden verharren, nutzen den leichten Ausschlag des Gleichgewichtes zum Licht und warten, bis es endlich diejenigen hervorbringt, die schon so lange gesehen wurden. Irgendwann werden sie uns alle retten.«

»Es genügt nur eine kleine Beeinflussung dieses falschen Gleichgewichtes und die Folgen wären verheerend«, murmelt Ezaad.

»Aber woher sollte diese kommen? Der Zwilling ist verborgen, der Diĝir an seinem angestammten Platz wie vor dem Krieg.« Sereen verteidigt weiterhin ihren Standpunkt. »Die dunkle Magie auf der Erde wird in diesem Moment ausgelöscht. Es ist ein Neubeginn, Ezaad. Dort und auch hier.«

»Das mag sein. Die Erde ist neutral«, stimmt Ezaad zu. »Aber du weißt wie wir alle, dass Heliopolis von Magie durchtränkt ist. Jedes Sandkorn, jeder Stein, selbst die Luft – alles trägt Magie in sich und könnte dieses gewollte Ungleichgewicht zerstören.«

»Nicht wenn Leed und seine Nachfolger den Bann um den Zwilling immer im Auge behalten. Das Geheimnis des Hauses Nut. Wir alle werden Geheimnisse weitertragen müssen und das Wissen um den gefangenen Zwilling verborgen halten. Wenn die im Moment versprengten Anhänger der Gemeinschaft von Isis herausfinden, wo er sich befindet, werden sie ihn an sich reißen. Und ein weiteres Mal werden wir den Krieg vielleicht nicht für das Licht entscheiden können.«

»Und was ist die Aufgabe meines Hauses dabei?«

»Geb und Seth werden dafür sorgen, dass die Menschen zufrieden sind. Seth wird von nun an den Soldaten vorstehen, die dunkle Magie im Auge behalten und eingreifen, sobald sie sich erhebt. Ich und meine Nachfahren werden bei jeder Initiation in die Gedanken der Menschen eindringen, werden erspüren, wie viel dunkle Magie in ihrem Blut liegt. Wenn die

Dunkelheit überwiegt, werden wir ihre Magie mithilfe des Diĝirs blockieren.«

Die beiden Männer nicken, wenngleich auch nicht vollkommen überzeugt.

»Dann soll es so sein.«

26

4. Abu 6996 nach Atum

Ich stöhne auf und blinzle gegen die letzten Ausläufer der Täuschung an. Die drei unbekannten Menschen verblassen. Die Sonne legt sich gerade auf die Stadtmauer, und das leuchtende Rot des Himmels lässt die Mauer in Flammen stehen, taucht unseren Raum in ein blasses Orange.

»Warum wurde das all die Jahre verschwiegen? Warum habt ihr die Menschen absichtlich aus dem Gleichgewicht gebracht?« Ich wäre aufgesprungen, würde Dante nicht sämtliche Kraft aufbringen, mich weiterhin auf meinem Sitz zu halten. Ich werfe ihm einen wütenden Blick zu.

»Sie haben in bestem Gewissen gehandelt«, sagt mein Vater. »Sie haben den Zwilling mit Magie eingehüllt, um die lichte Magie des Diĝirs überwiegen zu lassen. Wir waren eine friedliche Gesellschaft, die Welt war … gut. So wie wir es uns gewünscht haben.«

Dante stößt ein Schnauben aus. Der einzig passende Kommentar zu einer solchen Erklärung.

Vater wirft ihm einen missmutigen Blick zu, doch er scheint nicht empört darüber, lediglich … müde. »Unsere Ahnen hatten aus den Fehlern der Vergangenheit gelernt. Nur haben sie eines nicht bedacht: Man kann die Finsternis nicht aussperren, indem man das Licht heller dreht. Dadurch werden die Schatten nur noch dunkler.« Seine Hand deutet auf die Karte der Stadt auf dem Tisch vor mir und Dante. In diesem Moment versinkt die Sonne hinter der Stadtmauer und der Raum verdüstert sich. Sofort gehen die in die Wände eingelassenen Lampen an. Zu Licht gewordene Magie, wie sie noch in vielen Räumen des Stadtzentrums existiert. Eine Art Notbeleuchtung, sollte kein Feuerbändiger des Hauses Tefnut zugegen sein. In dem bläulichen Licht wirkt Vater um zig Jahre älter, seine Haut ist fahl und die Falten erscheinen tiefer.

»Alles blieb weiterhin im Gleichgewicht. Bis deine Großmutter Ea die ersten dunklen Artefakte in die Stadt holte und dann dafür sorgte, dass der Diĝir geschwächt wurde, um das Volk zu beschützen, das Ungleichgewicht weiterhin in Richtung der lichten Magie aufrechtzuerhalten, womit wir uns immer weiter davon entfernt haben.« Zaahirs sonst so stolze Körperhaltung ist vollkommen verloren, als er zugibt: »Mit Lenoras Diebstahl starb unsere letzte Möglichkeit auf Rettung. Daher musstest du uns den Zwilling zurückbringen.« Er sieht mich nicht auffordernd, sondern … flehend an, als er mich um den Zwilling bittet, den ich ihm bei unserem letzten Treffen verweigert habe.

Ich kann ihm nicht in die Augen sehen, während ich leise sage: »Ich habe ihn nicht mehr. Riaz hat ihn gestohlen.«

Anstatt in Wut auszubrechen, sagt mein Vater leise: »Es ist sowieso zu spät. Unsere Stadt wird sich verändern. Die Dunkelheit wird die Stärksten am Leben lassen, die Schwachen werden daran zugrunde gehen. Doch selbst wenn viele überleben, wird Heliopolis nie mehr so sein wie zuvor. Machtgier, Hass, Angst und Neid werden regieren, werden unentwegt einen Keil zwischen die Menschen treiben, bis sie einander vernichten.«

»Und ich habe ihn wieder hierhergebracht.« Ich sitze da wie erstarrt. Jede Minute, in der der Zwilling nicht in seinem magischen Gefängnis war, habe ich die Stadt vergiftet. Aus Misstrauen gegenüber meinem Vater. Der Zwilling hat auch mich manipuliert, meine düsteren Emotionen genährt. Ich schüttle den Kopf, kann, nein, *will* nicht glauben, was geschehen ist.

Vater schweigt, was ich als Zustimmung deute. Dantes Finger zeichnen gedankenverloren kleine Kreise auf meinen Oberschenkel. Ich bin mir jedoch sicher, dass er mich sofort weiter zurückhalten würde, mich vor mir selbst beschützen würde, sollte ich mich noch einmal vor Wut auf meinen Vater stürzen wollen.

»Nun wird der Krieg hierherkommen. Das Zeichen der Gemeinschaft von Isis leuchtet auf dem höchsten der Türme.« Vater deutet vage in Richtung Tempel. »Sie sind zurückgekehrt.« Schwer atmend, erhebt er sich und umrundet den Tisch. Nie zuvor habe ich ihn dermaßen alt gesehen, gebrochen.

Er legt etwas vor mir auf den Tisch. »Sollte ich fallen, versprich mir, dass du versuchen wirst, das Volk zu retten, diejenigen des Lichtes gegen die Dunkelheit verteidigst.« Ich will widersprechen, doch Dante kneift mich. »Gemeinsam mit Dante.« Vater sieht kurz zu meinem Sitznachbarn und nickt ihm anerkennend zu. Der Herrscher wollte immer, dass ich mein Leben an Dantes Seite verbringe, wie Zaahir und Leemal so lange Seite an Seite gestanden haben.

Warum nur habe ich mich so gesträubt, wie hatte ich mich so von Riaz täuschen lassen können? Unfähig, einen Ton zu sagen, greife ich nach dem Ring, dessen Stein etwas größer ist als meiner. Der Ring des Herrschers. An meiner Seite Dante. So wie es mein Vater immer gewollt hat.

»Riaz hat dich nie wissentlich getäuscht«, ergreift Vater erneut das Wort, als hätte er meine Gedanken erraten, und stützt sich dabei mit einer Hand auf dem Tisch ab. Er ist so nah, dass ich keine Chance mehr habe, ihn nicht anzusehen. »Er ist dem Ruf der Freiheit, dem Versprechen der dunklen Seite, tun und lassen zu können, was man will, verfallen wie so viele vor ihm. Er war noch ein Kind, als deine Mutter zu ihm kam. Er hat ihren Versprechungen geglaubt, konnte gar nicht anders. Sein Vater hat versucht, dem entgegenzuwirken, hat das Geheimnis des Hauses vor ihm zurückgehalten. Vielleicht kannst du ihn noch retten, ehe es kein Zurück mehr gibt. Seine Magie ist stark, doch es ist viel Güte in ihm, sonst hätte der Diĝir ihm nicht eine solch machtvolle Gabe geschenkt anstelle des Leeren Zeichens.«

Dantes Hand krallt sich in meinen Oberschenkel, doch jeder meiner Muskeln ist erstarrt. Endlich verstehe ich die letzten Bilder dessen, was Vater uns gezeigt hat. Wie sich seit Lenoras Weggang die Leeren Zeichen häuften, weil die Dunkelheit überwog und der Diĝir oftmals keine Gabe an diejenigen verlieh, die vielleicht schon bald auf der gegnerischen Seite kämpften. Vater nickt. »Seit Lenoras Weggang hat die Impfung nicht mehr ausgereicht. Die Initiation war seit jener Zeit nur ein Weg, die Magie zu kanalisieren.«

Die Zeichen waren seit so langer Zeit vorhanden und ich habe sie nie richtig gedeutet. Ich schlucke. Auch ich habe das Leere Zeichen erhalten. Doch ich komme nicht dazu, den Gedanken zu Ende zu führen.

»Ihr solltet euch ausruhen. Ihr beide.« Vater richtet sich

wieder auf und tritt zurück. »Haus Nephthys ist sich sicher, dass die Truppen der Gemeinschaft von Isis spätestens übermorgen eintreffen werden. Vielleicht wird sogar deine Mutter unter ihnen sein.«

Ich schüttle hastig den Kopf. »Mutter kann ohne den Zwilling die Erde nicht verlassen.« Hat sie überhaupt ein Schiff? Ich habe so wenig über sie und ihre weiteren Pläne in Erfahrung gebracht, während sie mich so fleißig daran mitwirken ließ. Was für eine Idiotin ich doch bin.

Das bist du nicht, erwidert eine innere Stimme, doch ich kann ihr ja wohl kaum glauben, wenn sie meinem eigenen Unterbewusstsein entspringt. *Wir haben uns alle täuschen lassen.*

»Geht«, befiehlt der Herrscher, ohne auf meinen Einwurf einzugehen. Dante springt pflichtschuldig auf und reicht mir die Hand. Er zieht mich auf und gemeinsam verlassen wir meinen Vater und die Zitadelle.

Wir überqueren den Basar, der sonst allabendlich von Leben erfüllt ist, an manchen Tagen sogar einem Jahrmarkt der Erde gleicht. Doch heute sind nahezu alle Stände verwaist, die Feuerschalen wurden nicht entzündet und nirgendwo sind Unterhaltungskünstler zu sehen. Die Gerüche hängen noch in der Luft, während wir zum Palast eilen, und mein Magen knurrt.

Dante bellt ein paar knappe Anweisungen in den Kommunikator, während meine Hand sich immer weiter um Vaters Herrscherring krampft. Je näher wir dem Palast kommen, desto mehr Soldaten begegnen wir. Aber sie sind alle in ihrer Menschenform. Bis auf diesen Wolf, der mir auf der kurzen Strecke zweimal auffällt.

»Wer ist er?«, frage ich und deute auf das große graue Tier.

Dante dreht sich gerade um, da springt der Wolf in eine Seitengasse.

»Wer?«, fragt Dante zurück, und ich erkläre ihm, dass ich diesen Wolf schon mehrmals gesehen habe.

»Wir haben zwei Wölfe in der Gruppe der Wandler, aber sie sollten derzeit die Grenzen der Quarantänezone sichern. Ich werde dem nachgehen.«

Er redet erneut auf seinen Kommunikator ein und winkt nebenbei den Soldaten ab, der mir das Palasttor öffnen will. Dante drückt sie eigenhändig auf und wartet, bis ich ihn passiert habe.

»Ich werde im Palast bleiben«, erklärt er seinem Gesprächspartner. »Wenn etwas vorfällt, soll Zian mich rufen.« Dann verabschiedet er sich knapp und widmet sich wieder ganz mir.

»Du siehst müde aus.«

Wie auf Kommando muss ich gähnen, was ihn zum Lächeln bringt, was Dante unheimlich gut steht. Es schmerzt, dass er nie derjenige sein konnte, der er wirklich ist. Das Opfer, das er – nach Elifs Visionen – gebracht hat, muss unvorstellbar gewesen sein. Er hat sich seit etlichen Jahren selbst verleugnet, eine andere Rolle gespielt, nur um das Volk vielleicht eines Tages retten zu können. Mir wird ganz warm ob dieser Hingabe – wie sich ein Herrscher gegenüber dem Volk verhalten sollte –, als wir den Empfangsbereich des Palastes durchqueren, wo überall Dienstboten in blassen Kaftanen zwischen den vielen Soldaten umherlaufen.

Dante geht neben mir und bietet mir letztendlich für den Rest des Weges seinen Arm an. Ich denke nicht großartig darüber nach und nehme das Angebot an. Schweigend folgen wir den Fluren, wo immer weniger geschäftiges Treiben herrscht. Lediglich zwei Dienstboten rennen uns entgegen. Sie ziehen den Duft der Küche hinter sich her und mein Magen schreit nach Nahrung. Wenig später aktiviert Dante den Sensor für die Tür zu meinem Zimmer und ein umwerfender Geruch nach Essen schlägt mir entgegen.

»Danke«, stöhne ich beinahe und stürze mich auf die Köstlichkeiten, die Dante in mein Zimmer hat bringen lassen. Ich sinke auf das weiche Polster neben dem schienbeinhohen Tisch und lege Vaters Ring zwischen all die Köstlichkeiten. Lächelnd tritt auch Dante zu der Sitzecke und setzt sich langsam. Dabei lässt er mich keine Sekunde aus den Augen und lächelt nahezu selig vor sich hin.

»Macht es dich so glücklich, mir beim Essen zuzusehen?«, frage ich, weil sein Gemütszustand gerade offen zu lesen ist wie ein Buch, und schiebe mir das nächste Stück gefüllten Blätterteig in den Mund. Weil er nicht reagiert, bedeute ich ihm, ebenfalls zuzugreifen.

»Mich macht es froh, dich glücklich zu machen.« Die Ernsthaftigkeit seiner Stimme hält mein Auflachen zurück. Ich schlucke den Bissen hinab. Mit einem Schlag verändert sich die Atmosphäre im Raum, als würde sich die Magie bereit machen.

»Du meinst das ernst.« Ich sehe es ihm an und doch traue ich meiner eigenen Urteilsfähigkeit nicht.

Er nickt langsam. »Ich habe dich nie belogen, Ash.« Er greift langsam nach meiner Hand, als fürchte er sich, dass ich sie zurückreiße. Doch das will ich gar nicht. Beinahe feierlich bettet er meine Finger auf seine Handfläche. Ich spüre eine leichte Vibration, er zittert, und nur zu gerne würde ich wissen, was hinter seinen geschlossenen Lidern vor sich geht, während er tief einatmet.

Das leuchtende Grün seiner Augen wirft mich dann beinahe um. Sein Blick ist so intensiv, wie ich es noch nie gesehen habe, nicht einmal auf der Erde, als er Nicolas war. Und obgleich er mir dort seine Gefühle gestanden hat, habe ich sie nicht als so wahrhaftig empfunden wie in diesem Moment hier, umgeben von der Magie Heliopolis', bei einer alltäglichen Sache wie der Nahrungsaufnahme.

»Es tut mir leid, was ich dir alles angetan habe«, fährt er fort und sieht mir dabei unentwegt in die Augen. Er wendet sich nicht mehr ab, seine Nervosität ist von ihm abgefallen. »Ich habe dir alles sagen wollen, dich einweihen, doch Elif …« Er schluckt. »Ich vertraue Elif und sie sah es als meine einzige Chance. Unsere einzige Chance auf ein Überleben.« Seine Augen glänzen verdächtig und dennoch sieht er nicht weg. »Es war feige von mir, mich hinter ihrer Vision zu verstecken, das sehe ich jetzt ein. Ich hätte es versuchen müssen, um dich wirklich für mich zu gewinnen. Ich hätte kämpfen müssen, wie ich es dir auf der Erde bereits gesagt habe.« Nun sieht er doch weg, blickt auf meine Hand in seiner. »Es tut mir leid.«

Die Worte schweben um uns herum. Ich kann nicht mit ansehen, wie er sich wegen etwas quält, das er nicht zu verantworten hat. Es verursacht mir körperlichen Schmerz, und ich rücke etwas näher, um seine Aufmerksamkeit wiederzuerlangen. Reglos starrt er mich an und wartet auf meine Reaktion.

»Du bist ein Idiot.« Seine Augen weiten sich. Er versucht, mich abzuschätzen. Ich spüre, wie er nach meinen Gefühlen tastet, doch ich lasse ihn eiskalt an meiner Schutzmauer abprallen. Da ich meinen neutralen Gesichtsausdruck nicht mehr lange beibehalten kann, lehne ich mich hastig zu ihm hinüber und hauche ihm einen Kuss auf die Lippen, ehe ich mich wieder zurückziehe.

Dante hat instinktiv die Augen geschlossen.

»Du bist ein Idiot, wenn du glaubst, dass ich nicht schätze, was du geopfert hast«, fahre ich fort. Meine Stimme klingt gepresst. Meine Atemzüge sind stockend, und ich fürchte, mein Herz versagt bald den Dienst. Jede Faser meines Körpers sehnt sich nach mehr Nähe zu Dante, nach den echten Gefühlen, die uns seit der Erde verbinden. Gefühle fernab von Lug, Trug und Enttäuschung.

Ich liebe dich, gibt meine innere Stimme zum Besten. Ich weiß nicht, ob mein Bewusstsein es ebenso sieht, aber weiter darüber nachdenken kann ich nicht, denn Dante reißt mich zu sich und küsst mich, bis sich die Welt um mich herum dreht. Wir lassen, erst um Atem ringend, voneinander ab, als unsere Lippen geschwollen sind. Dieselben Worte, die damals in meinem Kopf kreisten, als ich ihn das erste Mal von mir aus geküsst habe – in seinem Auto auf der Erde, kurz vor meiner wahren Initiation –, ziehen nun wieder durch meinen Kopf.

Es muss so sein.

So hätte es immer sein sollen.

Er und ich.

Dante nickt, als stimme er meinen Gedanken zu, ehe er mich ein weiteres Mal zu sich zieht und küsst, als wolle er so viele verlorene Jahre in dieser einen Nacht aufholen. Ich ertrinke in ihm, unsere Herzen schlagen im Gleichklang und es bedarf keiner weiteren Worte, als er mich hochzieht und ich ihm zu meinem Bett folge.

Vielleicht ist es die Gewissheit, dass sich unsere Welt in wenigen Tagen für immer verändern könnte. Dass uns vielleicht nur diese eine gemeinsame Nacht bleibt, ehe die Vision der Seher wahr wird und die Dunkelheit um sich greift. Vielleicht ist es nur der Wunsch, die kurze Zeit bis dahin mit etwas Wundervollem zu erfüllen, von dem ich zehren kann.

Vielleicht ist in dieser einen Nacht jedoch auch alles egal. Es zählen nur unsere gemeinsam schlagenden Herzen, das Erbeben meines Körpers, als Dante mich berührt, mein gehauchter Name auf seinen Lippen, der mich erschaudern lässt, während wir uns der Hitze ergeben.

27

5. Abu 6996 nach Atum

Ein Kitzeln an meinem Ohr weckt mich. Ich spüre Dantes warmen Körper an meiner Seite, seinen Arm auf meinem Bauch, und seufze leicht auf, ehe ich gegen das eindringende Sonnenlicht anblinzle, das mir in der Nase kitzelt. Ich drehe mich vorsichtig in seinen Armen um. Seine Atemzüge sind noch tief und gleichmäßig, sein Gesicht ist so entspannt, dass es dieses Mal ich bin, die ihn im Schlaf beobachtet.

Hitze steigt mir in die Wangen, als ich an die vergangene Nacht denke. Wie die Augen unter den Lidern mit den langen Wimpern, die nun in der aufgehenden Sonne Schatten bis zu seinen Wangenknochen werfen, immer dunkler geworden sind. Wie wir etwas geteilt haben, das ich noch immer nicht begreifen kann. Ich kann dem Drang nicht widerstehen und hauche ihm einen Kuss auf die Lippen. Sein Atem wird unregelmäßiger, seine Lider flattern, doch er stellt sich weiter schlafend. Was ihm misslingt, denn ich spüre sein Lächeln an meinem Mund. Der Arm, der eben noch völlig entspannt auf mir ruhte, spannt sich an, und innerhalb des Bruchteiles einer Sekunde passt nicht einmal mehr Luft zwischen uns.

»So will ich jeden Morgen geweckt werden«, murmelt er zwischen zwei Küssen, bis er vollständig aufwacht. Die

Wärme, die mich bei dieser Vorstellung durchdringt, bringt auch mich zum Lächeln, und ich erlaube mir, mir diese Zukunft detaillierter auszumalen. Eine gemeinsame Zukunft mit Dante. Geweckt von seiner Nähe, eingehüllt in eine zärtliche Umarmung … Ich seufze, als er sich während des nächsten Tanzes unserer Lippen über mich beugt und meine Arme fesselt. Er stützt sich links und rechts von mir ab, haucht immer wieder Küsse auf meine Stirn, meine Wange, meine Lippen. Doch seine grünen Augen ruhen immer auf mir. Sie werden mit einem Mal ernst, sodass ich sofort angespannt bin.

Doch er haucht nur ein »Danke«.

»Wofür?«, frage ich.

»Für dich.«

Ehe ich etwas erwidern kann, verschließt er meinen Mund mit seinem und wir fallen erneut in diesen Rausch aus Gefühlen, der dann jedoch abrupt endet. Dante stemmt sich etwas hoch. Ich bin zu benommen, um zu verstehen, was geschehen ist, und will nachfragen. Doch er presst sofort seine Hand auf meinen Mund und sieht sich hektisch um.

Ich spitze die Ohren, kann jedoch nichts hören. Dann ziehe ich keuchend den Atem ein. Ich kenne diese Situation. Ich habe sie gesehen. Die Vision von Dante und mir – in meinem Bett. Sie ist in diesem Moment Realität geworden. Seine Augen flehen mich an, leise zu sein, während er sich geräuschlos erhebt und seine Kleidung überstreift. So leise wie möglich folge ich seinem Beispiel und versuche dabei, seine Gefühle einzufangen. Angst schneidet sich durch das absolute Glücksgefühl, das noch immer an ihm haftet, aber immer mehr verdrängt wird. Er legt eben seinen Gürtel um, an dem die Scheide seines Schwertes baumelt.

Jemand ist hier, erklingt meine innere Stimme und sofort

bin auch ich alarmiert und erkenne nun endlich die Zeichen. Es ist still. Zu still dafür, dass die Sonne bereits aufgegangen ist und die Schatten der kunstvoll verzierten Fenstergitter auf mein achtlos auf den Boden geworfenes Kleid wirft. Der Palast sollte von Geräuschen erfüllt sein, von entfernten Schritten, gerufenen Befehlen unter den Dienstboten, doch ich höre absolut nichts.

Ich will eben in das Kleid vom Boden schlüpfen, da schüttelt Dante hektisch den Kopf. Mit großen Schritten tritt er zum Ankleideraum und wirft mir von dort aus eine Hose und eine schlichte Tunika zu. Wortlos ziehe ich beides an und schlüpfe in weiche, flache Schuhe. Dante nickt mir zu.

Jetzt höre ich Schritte auf dem Flur. Schweres Stiefelgetrampel, das immer lauter wird. Irgendetwas sagt mir, dass dieser Raum ihr Ziel ist. Hektisch schaue ich mich nach einem Versteck um, doch außer dem durch den Paravent abgetrennten Ankleideraum gibt es hier nur Regale mit meinen Erinnerungen, die Polsterecke und mein Bett mit den transparenten Vorhängen. Dante reißt an meinem Arm und zieht mich mit sich. Die Schritte draußen werden leiser. Ich spüre geradezu, wie sich mehrere Personen vor der Tür zu meinem Zimmer positionieren und auf das Signal warten einzudringen. Ich stolpere Dante hinterher zu meinem Regal, auf dem das Porträt meiner Mutter neben ihrem Schal liegt. Ich schlucke beim Gedanken daran, wie sehr sie mich mein Leben lang getäuscht hat.

Dante tastet währenddessen das Regal entlang und atmet erleichtert aus, als er findet, was er sucht. Binnen Sekunden öffnet sich die freie Wand neben dem Regal und ich starre auf das dunkle Loch, das nun an seiner Stelle prangt. Dante zieht mich hinein, geht dann noch einmal in mein Zimmer zurück.

Mein Puls rast und ich bin erleichtert, als er wieder bei mir ist. Auf meine stumme Frage hin schüttelt er den Kopf.

Ich höre noch, wie die Tür zu meinem Zimmer aufgleitet und harsche Befehle gerufen werden, da schließt sich die Wand vor uns und lässt uns in vollkommener Dunkelheit zurück. Ich höre meinen pochenden Herzschlag und ein Rauschen laut in meinen Ohren. Dankbar über Dantes Halt versuche ich, mich zu beruhigen, und höre, wie Männerstimmen brüllen, dass ich nicht hier sei. Lautes Poltern erklingt, die Männer durchsuchen mein Zimmer. Wie lange wird es dauern, bis sie den Zugang zu diesem Ort hier finden?

»General«, erklingt eine Stimme ohrenbetäubend in der Dunkelheit und der Lärm jenseits der uns trennenden Mauer verstummt.

Dante zischt etliche Flüche und deaktiviert den Kommunikator. Draußen sind wieder Schritte zu hören. Sie kommen näher. Dante greift fest nach meiner Hand und zieht mich mit. Ich kenne diesen Tunnel nicht, in der Dunkelheit fällt es mir schwer, mit seinem Tempo Schritt zu halten, aus Angst, im nächsten Moment in ein tiefes Loch zu fallen.

Dumpfes Klopfen, Schläge hallen durch das Dunkel. Wer auch immer dort draußen ist, weiß, woher der Laut von Dantes Kommunikator kam und sie versuchen, den geheimen Tunnel zu öffnen. Wir brauchen Licht, damit wir uns schneller bewegen können. Mit einem leichten Brennen erhebt sich die Insignie von Tefnut in meinem Nacken und bringt mich zum Taumeln. Ich keuche auf, fühle mich so kraftlos, als könne ich nicht einmal die kleinste Flamme entzünden. Dante zieht an meinem Arm und bringt mich beinahe zu Fall. Dann wendet er sich mir zu, während ich Feuer auf meiner Handfläche erscheinen lasse. Die Flamme ist nicht sehr groß, aber ihr Licht reicht aus, um den langen, gleichmäßigen Tunnel vor uns immer ein paar Schritte weit zu erleuchten.

Wir rennen los. Hinter uns lösen sich die ersten kleinen Steine aus der Mauer und fallen auf den Boden. Unsere Atemzüge sind keuchend, ich taumle mehr, als dass ich renne. Die winzige Flamme zu erhalten, zehrt meinen Körper aus, und ich werde nicht mehr lange durchhalten. Eine Mauer direkt vor uns erhebt sich aus der Dunkelheit und ich pralle beinahe gegen Dante, der plötzlich stehen bleibt. Er betätigt einen Mechanismus zum Öffnen und die Mauer – eine Tür – gleitet zur Seite, als die Flamme auf meiner Hand endgültig erlischt.

Es dauert einen Moment, bis ich mich orientieren kann. Wir sind in einem verwaisten Dienstbotengang. Vom anderen Ende her erklingen Schreie, Waffen prallen aufeinander. Wir sind wieder in der Nähe der Küche unweit der Tür nach draußen, an der ich Dantes Erinnerungen wieder zurückgeholt habe. Ein weiterer Gedanke schleicht sich ein: »Bist du so immer in mein Zimmer gelangt?«, frage ich, während Dante die Mauer schließt und ich nur in dem Bewusstsein, dass sie eben noch offen stand, erkenne, dass es sich um kein festes Mauerwerk aus Sandstein handelt, wie ich immer geglaubt habe.

Schreie und Flüche dringen dahinter hervor, und anstatt meine Frage zu beantworten, verlangt Dante: »Kannst du sie formwandeln? Zu einer massiven Mauer machen?« Er sieht nervös zum Ende des Flurs und erkennt so mein Kopfschütteln nicht. »Ich habe keine Kraft mehr. Die Flamme hat mich komplett ausgezehrt.«

Dante stößt einen weiteren Fluch aus und wendet sich dann der Tür zu. »Wenn Zaahir noch am Leben ist, hat er sich sicher in die Zitadelle zurückgezogen.«

Ich stolpere über das »Wenn«. Aber wer auch immer in meine Gemächer eingedrungen ist, ist sicher auch hinter meinem Vater her.

»Warum sollte er zur Zitadelle?«, frage ich leise, während ich neben Dante zum Stehen komme, der bereits die Tür nach draußen vorsichtig öffnet und sich einen Überblick verschafft. Auch dort draußen wird gekämpft, aber weit entfernt, eher vor den Palasttoren als an seiner Seite. Ein unangenehmer Gestank dringt zu uns herein. Dante dreht sich zu mir um und flüstert: »Weil dort niemand ungewollt eindringen kann. Die Notfallpläne sehen vor, dass die Wachen die Wissenden und deren Familien dorthin bringen. Bist du bereit?«

Nein. Dennoch nicke ich. Ich sehe ihm an, dass er die Wahrheit kennt, doch uns bleibt keine andere Möglichkeit. Dante reißt die Tür auf und wir schieben uns nach draußen. In der Seitengasse ist es wie ausgestorben. Beim Blick auf den wabernden Rauch über uns ist klar, was ich gerochen habe. Feuer, das nicht zur Beleuchtung eingesetzt wird, sondern das Körper verschlingt. Ich schlucke gegen die Übelkeit an.

»Wir müssen weiter«, treibt Dante mich an. Seine Hand lässt meine keine Sekunde lang los. Er zieht sein Schwert und beim Hinterherrennen sehe ich die Insignie in seinem Nacken. Er macht sich bereit, seine Magie einzusetzen, um uns sicher zur Zitadelle zu bringen. Ich versuche ebenfalls, eine meiner Gaben aufzurufen, doch allein der Versuch bringt mich zum Stolpern. Ich fühle mich nutzlos, trage nicht einmal eine Waffe bei mir, obwohl Dante mich gelehrt hat, damit umzugehen. Wir halten am Ende eines Gebäudes und pressen uns dicht nebeneinander gegen den noch kühlen Sandstein. Dante späht um die Ecke und zieht sich schnell wieder zurück.

»In der Zitadelle besorgen wir dir eine Waffe. Aber bis

dahin musst du mir folgen. Ich beschütze dich, Ash.« Sein Ton ist scharf, aber das Flehen in seinen Augen lässt mich den Befehlston vergessen. Ich nicke.

»Am Ende der Straße findet ein Kampf statt. Der Kleidung nach sind es Arbeiter der westlichen Oase.« Er macht eine Pause, damit ich meine eigenen Schlüsse ziehen kann, die er dann bestätigt, während ich erschaudere. »Sie haben die Quarantänezone verlassen und greifen nun den Palast an.«

Wir haben auf einen Angriff von draußen gewartet. Die Seher haben ihren sechsten Sinn nach außen gerichtet, vermutlich wurden selbst die Wachen extra abgestellt, um die Mauer zu schützen und potenzielle Angreifer schnell zu sehen.

»Bereit?«

Wieder diese Frage. Und wieder müsste ich verneinen. Dante wartet gar nicht erst eine Antwort ab, sondern tränkt die Luft mit Magie, tritt mit gestrafften Schultern um die Gebäudeecke und hebt die Hand. Schreie ertönen, als Dantes Gabe die Kämpfer zu Boden wirft. Die Wachen haben daraufhin leichtes Spiel und werfen die Neoferrumnetze über die sich windenden Körper. Ich starre in Richtung des so schnell beendeten Kampfes, während wir die Straße überqueren und in der nächsten Seitengasse verschwinden. Dort halte ich Dante zurück. Er atmet keuchend ein.

»Du musst hierbleiben«, sage ich zu ihm. »Du kannst den Aufstand friedlich beenden.«

»Ich ...« Er windet sich unter meinem Blick. »Ich kann nicht. Meine Magie wird nicht ewig ausreichen, und es ist wichtig, dass du in Sicherheit bist.«

»Du willst mich beschützen anstelle des Volkes?« Habe ich mich doch in ihm getäuscht?

»Ich will nicht. Doch ... auch ... aber das ist es nicht allein. Ich weiß, dass du die Stadt retten musst. Elif weiß es. Und deshalb muss ich dich beschützen – vor allen anderen. Oder das hier«, er macht eine vage Handbewegung Richtung Kampf, »wird niemals enden – oder *ist* unser aller Ende.«

Er schafft es, mich binnen kürzester Zeit zu überzeugen, findet wohl immer die richtigen Worte. Ich lasse mich von Gebäude zu Gebäude ziehen und bin froh, in der letzten Gasse vor der Zitadelle angekommen zu sein. Mit Entsetzen sehe ich das Chaos, das bis gestern der Basar war. Keiner der Stände schwebt mehr an seinem Platz. Die bunten Tücher wehen nicht länger im Wind, sondern kokeln am Boden vor sich hin. Rauch wabert über dem Platz und kratzt beim Atmen im Hals. Ich schlucke gegen den Hustenreiz an, weil Dante mir signalisiert, absolut still zu sein. Ich ducke mich unter ihm durch und sehe ebenfalls um die Ecke. Dante zählt die Menschen in den blassen Kaftanen und die Wachen, die bereits am Boden liegen. Niedergestreckt zwischen den Überresten der Marktstände, den Früchten und weiteren Auslagen. Tränen steigen mir in die Augen.

Unter den noch Stehenden, die sich ihres Sieges sicher sind, sehe ich auch bekannte Gesichter. Eine junge Frau in einer reich verzierten, bodenlangen leuchtend orangefarbenen Tunika. Die hüftlangen, gelockten Haare haben sich in mein Gedächtnis gebrannt. Ich kenne sie vom Schattenmarkt. In diesem Moment wendet sie sich von ihrem Gesprächspartner ab und sieht in unsere Richtung. Dante reißt mich zurück, aber ich konnte dennoch sehen, was aus ihr geworden ist. Meine Erinnerung an sie auf dem Schattenmarkt könnte sich nicht mehr von der Person unterscheiden, die wenige Meter entfernt auf dem Basar steht. Das vergnügte Funkeln in ihren Augen ist erloschen, ihr Gesicht wird nicht länger von den

Lachfältchen geprägt, sondern die Miene aus Wut und Hass hat sich in ihre Züge eingebrannt. Sie ist krank. Von dunkler Magie beherrscht. Zum ersten Mal erkenne ich, wie sehr unsichtbare Gefühle Menschen äußerlich verändern können.

»Ich kenne sie«, flüstere ich Dante zu. Wir pressen uns wieder mit dem Rücken gegen die Wand, »die Angehörige des Hauses Tefnut. Auch sie war auf dem Schattenmarkt. Dort sah sie so glücklich aus, so ...«

Dante drückt meine Hand. Ich muss nicht aussprechen, was in mir vorgeht.

»Wenn ich mich auf sie konzentriere, muss ich mich abschotten, so stark sind die düsteren Emotionen in ihr«, erklärt Dante. »Es ist ... faszinierend, wie sie von ihren Gefühlen geleitet werden. Sie sehen nichts als diesen Hass – und sehen eine Befreiung davon, wenn sie das Zentrum der Stadt zerstören.«

»Faszinierend?« Beinahe hätte ich aufgelacht.

Dante sieht über die Schulter hinweg zu mir und hebt eine seiner Brauen. »Ich habe mein Leben lang die Menschen als Farben gesehen, sehe jeden so, wie er ist. Egal, wie er sich nach außen hin gibt, ich sehe das, was er in sich trägt. Verdrängte Ängste, eine verborgene Liebe, unterdrückte Wut – vor mir kann niemand etwas verbergen. Aber nie zuvor habe ich tatsächlich Schwarz gesehen.« Ich spüre die Gänsehaut auf seinem Arm, der meinen streift.

»Wie sollen wir an ihnen vorbeikommen?«

Zur Antwort zieht Dante seinen Kommunikator aus der Tasche. »Zian?«

»Endlich!«, erklingt es aus dem Gerät. »Ich sollte mich melden, wenn sich etwas tut«, setzt Zian an, doch Dante unterbricht ihn.

»Habt ihr den Herrscher in Sicherheit gebracht?« Dante klingt so routiniert, als hätte er den Status des Generals schon lange inne. Ein Teil von mir ist tief beeindruckt, während der andere ein Stoßgebet zum Diĝir sendet, dass es meinem Vater gut geht.

»Ja«, ertönt die befreiende Antwort und ich atme erleichtert aus. »Zaahir befindet sich in der Zitadelle, wie es das Protokoll verlangt. Sie ist unter unserer Kontrolle. Eine der tierischen Wachen hat rechtzeitig Alarm geschlagen. Wo ist die Prinzessin?«

»Wir sind schon aus dem Palast geflohen und befinden uns in einer Seitengasse des Basars. Wir müssen zur Zitadelle kommen, aber der Platz ist voller Rebellen.«

Rebellen. Bei dem Wort zucke ich zusammen. Ich hielt mich immer für eine Rebellin, habe auf dem Schattenmarkt das Gefühl genossen, irgendwie dazuzugehören. Doch ausgerechnet die Gruppe, die in mir dieses Gefühl ausgelöst hat, tötet mein Volk und verwüstet meine Stadt. Ich balle die Hände zu Fäusten und Dante sieht mit zusammengezogenen Brauen zu mir. Er hat meine Wut über die Rebellen gespürt. Ich entspanne mich schnell wieder.

»Wir werden sie ablenken und zur anderen, dem Heilzentrum zugewandten Seite der Zitadelle locken«, sagt Zian dann und gibt ein paar Befehle.

»Passt auf euch auf«, sagt Dante noch, und ich sehe die Angst in seinen Augen.

»Immer«, kommt noch kurz zur Antwort. »Viel Glück.«

Dann ist das Knistern der Magie, die als Energiequelle für die Kommunikatoren genutzt wird, verschwunden. Wir warten gespannt, Dante drückt meine Hand, ich drücke zurück.

Kurz darauf erklingt ein Angriffsschrei. Ich zucke stark zusammen und schramme mir die Haut über dem rechten Schulterblatt an der Mauer hinter uns auf. Lautlos schimpfe ich vor mich hin. Diese schlechte Angewohnheit scheint von Dante auf mich überzugehen. Dieser verzieht die Lippen für den Bruchteil eines Augenblicks zu einem Grinsen.

Die Rebellen setzen sich in Bewegung, ohne dass jemand den Befehl gibt. Sie handeln anscheinend alle autonom. Ich überlege, ob sich dieses Detail vielleicht noch als nützlich für uns erweisen könnte.

Kaum ist der letzte Mann um die Zitadelle gebogen, stürmen wir los. Wir springen über umgestürzte Stände, ich bemühe mich, mich nicht in wehenden Stofffetzen auf dem Boden zu verheddern und dem matschigen Obst, das so viele Münder gesättigt hätte, auszuweichen. Es ist eine Schande.

Dante zieht mich immer weiter und wir steigen über die Zerstörung unter dem Portikus der Zitadelle. Hier liegen Schmuck und Kräuter verteilt. Es riecht wie in der Palastküche und mein Magen knurrt so laut, dass ich am liebsten vom Sand verschluckt werden würde.

»Dein Vater hat garantiert Notfallrationen in seinem Sprechzimmer«, lacht Dante. Eben haben wir zwei seiner Soldaten passiert, die uns die Tür zur Zitadelle aufgehalten haben. Im Inneren ist er sofort entspannter und seine Schultern lockern sich. Meine Hand lässt er aber nicht los, wie ich mit einem Lächeln registriere, während wir den rechten Flur entlanghasten. »Und wenn er alles schon selbst gegessen hat, holen wir etwas aus meinem Zimmer. Ich will nicht, dass du verhungerst.«

Vor der Tür zum Sprechzimmer des Herrschers sind zwei Wachen postiert. Sie nicken Dante zu und wollen bereits die Tür öffnen, da hält Dante sie zurück. »Einen Moment.«

Verwundert sehe ich ihm direkt ins Gesicht und versinke sofort in seinen Augen. Er drückt meine Hand und haucht mir einen zarten Kuss auf die Lippen. Ich bin völlig überrumpelt, und ehe ich reagieren kann, hat Dante schon den Wachen zugenickt und die Tür ist geöffnet.

Mit rasendem Puls trete ich hinter Dante her in den Raum und erschrecke bei Vaters Anblick. Gestern hatte mich bereits schockiert, wie ausgezehrt er war. Heute jedoch sieht er aus wie der leibhaftige Tod. Sein langes Deckhaar hängt in Strähnen über die rasierten Seiten. Sein Gesicht ist so bleich, als hätte es nie die Sonne gesehen. Die Schatten unter seinen Augen gleichen einer Kriegsbemalung der Wikinger. Doch vor uns sitzt kein Krieger, kein Kämpfer – sondern ein Besiegter. Er wirkt verloren auf dem reich verzierten Polster, als wäre die herrschaftliche Macht, die er sonst immer ausstrahlt, aus seinem Körper gewichen.

Ich eile zu ihm und lasse seit unserer Flucht aus meinem Zimmer Dantes Hand das erste Mal los. Ich spüre den Verlust nicht nur an der Abwesenheit der Wärme. Dann knie ich vor Vater und will seine Hand nehmen, doch er entreißt sie mir und kritzelt weiter auf einem Pergament herum. Mit schier manischem Blick sieht er mich kurz an, setzt dann seine Arbeit fort, und der Stift kratzt über die raue Oberfläche des Papiers. Ich erkenne meinen Namen und will mehr entziffern, da spricht Vater endlich.

»Ihr müsst den Diĝir von hier fortbringen«, sagt er statt einer Begrüßung. Nur im Hintergrund höre ich, wie Dante über den Kommunikator mit Zian spricht. Ich spüre die Bedrohung, die knisternd ansteigende Spannung im Raum, noch bevor er mit schnellen Schritten zu uns tritt.

»Sie sind da. Jenseits der Mauer sind Schiffe aufgetaucht.«

28

5. Abu 6996 nach Atum

Der Raum verliert jegliche Wärme. Das Rot der Banner des Hauses Geb an den Wänden wirkt auf mich mit einem Mal bedrohlich.

»Wie konnten sie hierherkommen?«, frage ich vollkommen überrumpelt.

Vaters Stimme klingt kraftlos: »Die dunkle Magie findet immer einen Weg.« Wie um dies zu unterstreichen, hallen die ersten Schläge des tiefen Gonges durch die Zitadelle. Das Alarmsignal. Von allen Seiten dringen Schreie durch die Fenster herein. Bislang war sich die Bevölkerung der wirklichen Gefahr noch nicht bewusst, sie kennen diesen Alarm bislang nur aus dem Unterricht. Jeder kennt ihn, obwohl er noch nie im Ernstfall genutzt wurde. Denn dieser Gongschlag bedeutet, dass ihre mitunter größte Angst Realität geworden ist: Die Erdmenschen greifen an.

Panik wird sich ausbreiten. Selbst ich habe Gänsehaut, obwohl ich bereits weiß, was derzeit passiert. Vater sieht auf meine Hand hinab.

»Wo ist der Ring?« Seine Augen sind weit aufgerissen, nackte Panik liegt darin.

»Er ist …« Hastig gehe ich den Vorabend in Gedanken

durch, nicht ohne dabei leicht zu erröten. »Ich habe ihn gestern Abend auf den Tisch in meinem Zimmer gelegt. Warum?« Ich verkneife mir jegliche bissige Antwort, dass ich bei einer Flucht nicht gerade an Schmuck denke, denn Zaahirs Körper fällt in sich zusammen. Die Panik weicht Resignation. Er gibt sich geschlagen.

»Ohne den Ring könnt ihr die Stille Bibliothek nicht betreten.«

»Dann ist es doch gut, dass ich zurückgegangen bin und ihn geholt habe, ehe wir den Tunnel verschlossen haben.« Dante trägt einen Versuch seines alten überheblichen Grinsens zur Schau und deutet auf seine Handfläche hinab, wo der Ring des Herrschers liegt. Ich übergehe das Eigenlob und werfe mich ihm an den Hals. Vor dem Herrscher scheint ihm die Gefühlsbekundung peinlich, er spannt sich unter meiner Umarmung an. Auch mein Vater bemerkt es und beginnt tatsächlich zu lachen.

»Die Erfüllung all meiner Wünsche für meine Tochter sollte dir nicht peinlich sein. Ihr hattet Leemals und meinen Segen, noch bevor ihr eine Verbindung überhaupt ernsthaft in Erwägung gezogen habt.« Vater wirkt für einen Moment wieder wie der Mann, den ich kenne, Jahre jünger. Doch dann legt sich der Schatten wieder über seine Züge. »Lenora will den Diĝir. Wenn sie ihm noch seine restliche Magie entreißt, wird auf ewig die Dunkelheit regieren. Ihr müsst den Kristall aus der Stadt bringen. Aber passt auf euch auf. Dort draußen ist es nicht so, wie ihr gedacht habt. Die Mauern um die Stadt schützen uns wirklich vor dem, was dort draußen lauert: die Dunkelheit. Ihr dürft ihr nicht verfallen.«

Zaahir nimmt den Ring von Dantes Handfläche und zieht ihn mit geübten Griffen auf eine dicke Neoferrumkette, die er um seinen Hals getragen hat. Danach richtet er sich etwas auf, stülpt mir die Kette über den Kopf und hält mich an den Oberarmen fest. Entgegen allen Erwartungen küsst er mich danach auf den Scheitel und zieht mich an sich, wie direkt nach unserer Rückkehr von der Erde. Ich spüre seine Liebe für mich, und es verursacht einen brennenden Schmerz, als er mich von sich schiebt.

Jenseits der Tür zum Sprechzimmer ertönt ein Schmerzensschrei. Die Krieger sind in die Zitadelle eingedrungen. Ist meine Mutter dort draußen? Will sie den Ring von Zaahir holen? Oder weiß sie, dass ich ihn habe?

»Geht!«, befiehlt mein Vater, und ich sehe mich hektisch um. Der einzige Zugang zum Sprechzimmer wird von den zwei Wachen vor der Tür verteidigt, die schon bald tot sein werden, vielleicht schon reglos am Boden liegen, was mich die plötzliche Stille vermuten lässt. Vater jedoch starrt an der Tür vorbei. Minzgeruch erfüllt die Luft und er reißt die stets andauernde Täuschung seines Sprechzimmers ein. Die massiv anmutende Mauer zum Raum des Hauses Seth löst sich zum Teil auf, der Raum ist mit einem Mal viel größer, und ein Durchgang erscheint. Dante zieht mich sofort dorthin. Ich stolpere rückwärts, sende Gebete zum Diĝir, er möge meinen Vater beschützen.

Von dem Durchgang aus sehe ich mit tränenverschleiertem Blick noch einmal zu Vater zurück. Er nickt mir zu, in seinen Augen steht tiefer Stolz, der mich sofort aufrichtet. Er zeichnet das heilige Dreieck auf Stirn und Brust und formt die Worte »Lebt wohl«.

Die Täuschung legt sich Atom für Atom wieder vor uns. Ich schreie auf, will zurück zu Vater, will, dass er mit uns kommt, doch Dante hält mich zurück. In dem Moment gibt es einen lauten Knall und in dunkles Leder gekleidete Soldaten stürmen den Raum und bringen feinen Staub mit und den Geruch nach … Feuer. Nein, Knallkörpern, ergänze ich mit Haileys Wissen. Haben sie Sprengstoff benutzt? Schwarzpulver? Wie haben sie diesen hergestellt? Dann jedoch erkenne ich die schwere lederne Uniform der Soldaten. Es sind Krieger von der Erde. Dort ist es nicht allzu schwer, an Sprengstoff zu kommen. Gegen diese Waffen hat Magie keine Chance.

Dante erstickt meinen nächsten Schrei mit seiner Hand und reißt mich einen Schritt weiter zurück, obwohl ich mich ihm entgegenstemme. Ich muss Vater helfen! Mein Blick ist starr auf ihn gerichtet. Er schüttelt kaum merklich den Kopf in unsere Richtung, dann richtet er sich auf.

»Wo ist der Ring?«, fragt eine scharfe Stimme. Einer der Krieger tritt näher und packt Vater am Ausschnitt der Tunika. Ich sehe die vielen Tätowierungen an den muskulösen Armen, die Bilder auf seinem Hals. Allaz, Lenoras … Geliebter. Die Täuschung baut sich immer weiter auf, Vater lenkt von uns ab, die Mauer wird dichter und dichter, damit gleich niemand mehr den Fluchttunnel sehen kann, in den der Durchgang führt. Vater schiebt den Arm des Kriegers beiseite und klopft den staubigen Handabdruck von seiner Tunika.

»Er ist nicht hier.«

Allaz wirft einen kurzen Blick durch den Raum – fixiert uns jedoch nicht, obwohl ich ihn von unserer Seite der Täuschung noch sehen kann –, berührt dann seinen Unterarm, wo das Abbild einer Pistole unter der Haut prangt, und … taucht darin ein. Im nächsten Moment hält er die schwarze Pistole in der Hand und die Tätowierung ist verschwunden. Schockiert sehe ich wieder und wieder von der Waffe zu dem freien Fleck auf seiner Haut. Da ertönt ein Knall und mein Vater fällt auf das Polster hinab und sinkt dort leblos zusammen. Sein dunkles Blut ist kaum von seiner roten Kleidung zu unterscheiden. Ich hätte aufgeschrien, wenn Dantes Hand nicht weiterhin jeglichen Laut erstickt hätte. Während ich instinktiv nach vorne strebe, beinahe schon die Illusion des Mauerwerkes berühre, zieht mich Dante nach hinten und flüstert vermeintlich beruhigende Worte in mein Ohr. Ich höre sie nicht. Mein Fokus liegt auf dem Sehsinn. Ich muss mit ansehen, wie das Licht aus Vaters Augen weicht. Das Flehen, das er auf mich richtet, schwindet. Ich sehe noch ein kurzes Aufleuchten in seinen Augen – Hoffnung –, ehe er mit seinem letzten Atemzug die Lider schließt.

Vater hat sich geopfert, damit ich überlebe.

Tränen quellen aus meinen Augen. Doch ich blinzle heftig, will nicht die vielleicht letzten Sekunden verstreichen lassen, in denen ich Vater sehen kann. Dante zieht mich mit aller Kraft seitwärts weiter. Ich kann mich nicht abwenden, mache mir so viele Vorwürfe. Hätte ich Vater vertraut, wären Leemal und er noch am Leben. Aber hätte ich in dem Wissen weiterleben können, dass ich die Vernichtung der Erdmenschen hätte verhindern können? Ich ringe meine Emotionen nieder, schiebe sie weit weg, um klarer denken zu können. Leemal wusste, worauf er sich einließ, hat Vater mir gesagt. Ich bin mir sicher, dass auch Zaahir wusste, wohin es führen würde, wenn die Schiffe jenseits der Mauer landen.

Unsere beiden Väter haben sich geopfert, damit wir leben können. Meine innere Stimme klingt entschlossen.

Dante zieht mich unaufhaltsam durch den schwach beleuchteten Fluchttunnel, der jetzt leicht bergab führt. Wir müssen uns nun unter dem Flur befinden, von dem die Sprechzimmer abgehen, vielleicht sind wir auch schon unter dem Garten im Innenhof. Aber wir kommen zu langsam voran. Wenn Allaz über den Diĝir Bescheid weiß, kennt er vielleicht auch diesen Tunnel.

»Wohin führt der Tunnel?«, frage ich leise, während wir Seite an Seite weiterrennen.

»Ich schätze, wir kommen im anderen Flügel heraus.« Er zuckt mit den Schultern. »Ich kenne diesen Fluchttunnel nicht. Aber …«

Er kommt nicht weiter, denn wir haben eine Mauer erreicht, die so massiv aussieht wie jene, durch die wir aus dem Tunnel am anderen Ende meines Zimmers getreten sind. Dante tastet alle Winkel ab, sucht nach dem verborgenen Mechanismus, um den Stein ebenfalls zur Seite zu schieben. Auch ich klopfe die Mauer ab. Ohne Ergebnis.

»Die Wand ist nicht echt«, hallt es durch den Tunnel. Jedes Wort am anderen Ende ist klar und deutlich zu hören. Unser Fluchtweg wurde entdeckt.

Dante greift nach meiner Hand. »Versuch es mit meiner Magie. Verbinde dich mit mir. Du musst die Wand formwandeln.« Ich greife nach meiner Magie, sammle jeden kleinen Überrest auf und taste langsam durch unsere Verbindung nach der von Dante. Doch trotz unserer verschränkten Finger liegt ein tiefer Graben zwischen uns, über den ich nicht hinwegkomme, um an seine Magie zu gelangen.

»Beeil dich, Ash!«, fordert Dante mich auf, als würde ich die hallenden Schritte im Tunnel nicht hören. Allaz und seine Krieger werden gleich bei uns sein! Er hat meinen Vater kaltblütig erschossen. Sobald er um die Biegung im Tunnel freie Sicht auf uns hat, wird er uns ebenso niederstrecken. Angst frisst sich durch meine Adern. Die Angst um Dante. Die

Doppelspirale von Nut schiebt sich mühsam durch die Haut in meinem Nacken. Ein wenig seiner Magie schwappt über den Graben zwischen uns und die Luft wird von einem Knistern erfüllt, das schwach nach Minze duftet. Zu schwach. Meine freie Hand presse ich gegen den massiven Sandstein, der unter mir ein klein wenig nachgibt.

Nicht weit genug. Die Oberfläche wird lediglich gummiartig, und ganz gleich, wie fest ich dagegendrücke, ich kann sie nicht weiterwandeln oder gar durchdringen.

»Sie sind gleich da!« Dante macht sich ebenfalls bereit, seine Magie zu wirken. Berauscht vom Geruch nach Magie, versuche ich weiter, meine Fähigkeit zu nutzen.

»Wir haben sie!«, ruft jemand – vielleicht Allaz, und ich höre, wie eine Waffe entsichert wird. Hailey kennt dieses Geräusch aus Filmen.

Dann der Schuss. Dante reißt mich zur Seite. Keuchend landet er auf mir. Der schwere Ring an der Kette an meinem Hals wird zur Seite geschleudert. Der Ring! Vater sagte, ohne ihn kann man nicht in die Stille Bibliothek gelangen. Vielleicht meinte er damit den Weg aus dem Sprechzimmer hinaus. Er hat seine eigenen Pläne gemacht, sollte jemand in die Stadt eindringen.

Binnen Sekunden rappelt sich Dante wieder auf und hilft mir ebenfalls. Blut läuft seinen Oberarm entlang. Die Kugel hat ihn erwischt. Ich greife nach dem Ring an der Kette, umschließe ihn mit meinen Fingern und presse erneut die andere Hand gegen den Sandstein.

Ich spüre nichts außer einem sengenden Kopfschmerz, der mich aufstöhnen lässt. Dante wirft seine Magie auf die Männer mit den Pistolen, und sie schreien auf, brüllen vor Schmerzen und winden sich zuletzt am Boden.

»Versuch du es! Du bist einer der Wissenden, vielleicht kannst nur du den Zugang öffnen.« Dante nickt, nimmt mir den Ring ab und legt die rechte Handfläche auf die Mauer. Im selben Moment gleitet sie hindurch. Dantes Arm greift um mich und im nächsten Augenblick höre ich Kugeln in der wieder massiven Mauer hinter uns einschlagen.

»Wir müssen weiter. Wenn sie die Mauer ebenfalls sprengen wie die Tür zum Raum deines Vaters …« Er hält inne. »Wo sind wir?«, fragt er dann.

Der Boden unter meinen Füßen ist weich, gibt nach. Weißer Sand bedeckt meine Schuhe bis zum Knöchel. Rund um uns befinden sich scheinbar natürlich entstandene Säulen, die schwach bläulich leuchten, als besäßen sie eine kristallene Struktur. Eine Höhle aus Eis, kommt Hailey in den Sinn, wo ich keinen Vergleich habe. Es sieht wahrlich magisch aus. Ich drehe mich einmal um die eigene Achse und versuche, einen Ausgang zu erkennen, doch die Säulen, die dieses Gewölbe gigantischen Ausmaßes stützen, ziehen sich bis in die Unendlichkeit. Genau wie …

»Wir sind unter der Stillen Bibliothek«, flüstere ich. Auch Dante sieht sich um, blickt nach oben und nickt anschließend. Dann entdeckt er etwas und hastet zwischen den Säulen hindurch. Ich folge ihm und bemerke eine kristallene Kugel, die auf Brusthöhe in einer der Säulen ruht. Sie ist zerschlagen, weitere Risse ziehen sich durch das sonst so glatte Rund.

»Meinst du, das hier …«, beginne ich, und Dante beendet meinen Satz: »… ist der Ort, wo der Zwilling aufbewahrt wurde? Ja, das glaube ich auch. Nur warum wollte dein Vater, dass wir hierhergelangen können?«

Wir begutachten die Säule und die von ihr gehaltene Kugel von allen Seiten. »In der Geschichte, die dein Vater uns gezeigt hat, hieß es, der Zwilling wurde unter dem Diĝir aufbewahrt, der sich in der Stillen Bibliothek befindet«, denkt Dante laut nach. »Dieser Leed sollte die beiden verbinden. Es gibt also eine Verbindung zwischen diesen Orten. Wie sonst sollten sich Diĝir und Zwilling all die Jahre ausgetauscht haben?«

Ich verstehe, worauf er hinauswill, und lege meinen Kopf in den Nacken, um zum Ende der Säule zu blicken. Es gleicht einem Blick in die unendliche Weite des Nachthimmels. Durch den schwachen Schimmer funkelt die Kristallstruktur der Säulen wie ein Sternenmeer. Es ist wunderschön und ergreifend, sodass ich instinktiv meine Hand in Dantes Richtung strecke und seine Hand auch sogleich berühre.

»Ich habe mir immer vorgestellt, wie wir gemeinsam nach den Sternen greifen«, flüstert er so nah an meinem Ohr, dass sein Atem mich streift. Ich lächle.

»So poetisch heute?«

»Ich habe viele verborgene Talente«, erwidert er mit einer gespielten Entrüstung in der Stimme.

»Ich hoffe, dass Klettern eine davon ist«, sage ich nur und denke an meine zahlreichen Kletterpartien mit Riaz und Yasmeen die Stadtmauer hinauf, die mich gut auf das Vorhaben hier vorbereitet haben.

»Das denke ich doch«, antwortet Dante nicht länger so selbstbewusst, strafft sich dann jedoch und schiebt mich zu der Säule. Er drückt mir noch einen schnellen Kuss auf die Lippen, überlegt es sich dann jedoch anders und lässt mich erst wieder los, als wir nach Luft schnappen müssen. »Los, lass uns zu den Sternen klettern.«

Ich taste die Säule ab, bis sich mein Herzschlag wieder einigermaßen beruhigt hat und ich wieder normal atmen kann.

Hätte ich die Augen geschlossen, würde ich auf eine Sandskulptur tippen, geformwandelt, um ihre Stabilität zu erhalten. Ich schabe mit den Fingern mehrmals über eine Stelle, keinerlei Sand rieselt herab. Die vielen dickeren und schmaleren Stellen, die wie herabgeflossenes Wachs einer Kerze aussehen, würden für einen hoffentlich guten Griff sorgen.

»Nach dir, Prinzessin.« Dante deutet eine Verbeugung an und ich hole ein letztes Mal tief Luft, ehe ich mich die ersten vorsichtigen Schritte nach oben wage. Dante folgt mir sofort und ich würde beschwören, dass er ebenso auf jeden meiner Schritte achtet wie auf seine. Um mich notfalls stützen oder auffangen zu können.

Meine Arme zittern bereits und Schweiß sammelt sich an meinen Schläfen, als ich das erste Mal an Dante vorbei nach unten sehe. Der Untergrund ist nun so weit entfernt, dass der weiße Sand nur noch ein schwaches Leuchten wie der erste Lichtstreif am Horizont ist und ich mich wie im Nichts zwischen den Sternen fühle.

»Brauchst du eine Pause?«, fragt Dante mit Sorgenfalten auf der Stirn. Seine Haare sind nass geschwitzt, auch seine Muskeln zittern.

»Wir müssen weiter«, sage ich, doch Dante hört die Zweifel in meiner Stimme heraus und greift an mein Fußgelenk, damit ich kurz innehalte.

»Was, wenn wir hier noch Jahre klettern könnten, ohne dass wir irgendwo ankommen?«, spreche ich meine Befürchtung laut aus.

»Das glaube ich nicht«, sagt Dante, doch die Entschlossenheit ist nur gespielt. »Dein Vater hätte uns nicht dort hinabgeschickt, wenn es keinen Ausweg gäbe. Genau so, wie er uns dieses Detail überhaupt erst gezeigt hat.«

»Aber was, wenn es irgendwo weiter hinten einen weiteren Tunnel …«

»Schsch«, sagt Dante leise. »Hab Vertrauen.«

Ich schließe kurz die Augen und lasse mich in das Gefühl, das er über mich fließen lässt, hineinfallen. Vertrauen. Ich vertraue Dante. Ich vertraue meinem Vater. Und ich vertraue vor allem meiner Intuition, die mir gesagt hat, dass ich meinen Blick nach oben richten solle.

Ich klettere weiter. Meine Atmung geht stoßweise, die Anstrengung macht sich bemerkbar.

»Bist du jetzt nicht froh über meine Kleiderwahl?«, fragt Dante irgendwann. Auch seine Stimme klingt gepresst und straft seinen lockeren Ton Lügen.

»Was?«, frage ich irritiert und sehe kurz zu ihm hinab. Sein Grinsen hat etwas nahezu Spitzbübisches und ich folge seinem Blick, der direkt auf meinen Hintern gerichtet ist. Sofort erhitzen sich meine Wangen und ich klettere schnell weiter, während Dante mir leise lachend folgt. Die kurze Ablenkung hat mir gutgetan, er hat es geschafft, mich auf andere Gedanken zu bringen, und ich sehe immer wieder kurz zu ihm hinab. Mal zuckt er mit den Brauen, mal leckt er sich über die Lippe oder wirft mir einen Luftkuss zu. Ich denke nicht an die Anstrengung, an meine zitternden Arme und daran, dass wir niemals so hoch hätten klettern können, wäre die Säule nicht aus rauem Sand, der den Schweiß von meinen feuchten Handflächen saugt.

Dann ist über mir plötzlich Schluss.

»Wir sind oben!«, rufe ich zu Dante hinab, der tatsächlich etwas zurückgefallen ist. Das viele Reden, um mich abzulenken, hat ihn enorm Kraft gekostet, vielleicht hat er auch stets meine Emotionen niedergerungen, mich weiterhin hoffen lassen. Während er zu mir aufschließt, untersuche ich die Decke über mir. Sand. Heller Sand wie der am Fuß der Säule.

»Da ist nichts«, sage ich und meine Stimme klingt genauso verzweifelt, wie ich mich fühle. Meine Finger drohen nachzugeben und selbst meine Beine zittern, obwohl ich einen recht sicheren Stand habe. Dante klettert an meine Seite und sieht sich die Decke genau an, schiebt sich mit zusammengezogenen Brauen noch ein Stück weiter hoch und greift mitten in die Decke hinein.

»Die Säule geht weiter«, sagt er. »Durch den … Sand.«

Um es zu beweisen, zieht er sich weiter nach oben und taucht mit dem Kopf im Sand ein, dann weiter, bis ich nur noch seine Beine sehen kann. Schnell klettert er wieder nach unten, krümmt sich zusammen und holt keuchend Luft. Er hustet so laut, dass es durch das Gewölbe hallt. Ich setze meinen Fuß in seine Richtung und suche einen festen Stand. Dante schüttelt sich vor Husten, Sand rieselt aus seinen Haaren und ich sehe, wie er sich über die sandverklebten Augen reiben will. Mein Puls rast. Seine Hände und Beine zittern, er hat keinen festen Stand, weil er nicht sehen konnte, wohin er getreten ist. Wenn er jetzt loslässt, könnte er in die Tiefe stürzen. Deshalb komme ich ihm zuvor, nehme einen Zipfel meiner Tunika und reibe ihm übers Gesicht. Vorsichtig blinzelnd, öffnet er die Augen und keucht ein Danke, ehe er nach einem besseren Halt sucht und sein Körper wieder etwas entspannt. Erst jetzt beruhigt sich auch mein Herzschlag.

»Tu. So. Etwas. Nie. Wieder«, verlange ich. Ich fühle mich, als hätte ich selbst keine Luft mehr bekommen, die Panik schwelt noch immer in mir.

»Ich hätte besser vorher Luft holen sollen. Dort drin ist es … unangenehm.«

Ich stoße ein hysterisches Lachen aus.

»Du musst tief Luft holen. Es muss zu schaffen sein, das weißt du so gut wie ich.«

Ich nicke wenig überzeugt. Vielleicht ist es genau das nicht. Vielleicht ist es die letzte unüberwindbare Barriere, die die Stille Bibliothek schützt. Doch Dante ist überzeugt für uns beide. Er berührt vorsichtig meine Hand und ich löse sie von der Säule. Gemeinsam schieben wir uns Stück für Stück so weit nach oben, dass wir nur unter kunstvollen Verrenkungen den Kopf noch unter dem Sand halten können.

»Bereit?«

Immer wenn er das fragt, weiß er die Antwort doch schon. Wie immer nicke ich.

»Dann bei drei. Eins, zwei …« Er zieht tief die Luft ein und ich tue es ihm gleich. Dann ziehe ich mich mit Schwung nach oben, während ich die Augen schließe und in den Sand eintauche. Sofort überrollt mich die Angst. Angst, lebendig begraben zu sein. Mit enormem Kraftaufwand gelingt es mir, mich an der Säule entlangzutasten, nach einer Greifmöglichkeit zu suchen und ich finde eine weitere Ausbuchtung, in die ich meine Hand schiebe und mich nach oben ziehe. Der Sand drückt von allen Seiten auf mich, presst den Sauerstoff aus meiner Lunge. Ich will atmen. Muss atmen. Wären meine Augen offen, würde ich bereits das flackernde Licht sehen, glaube es sogar, jenseits der Dunkelheit hinter meinen geschlossenen Lidern zu erkennen. Aber ich kämpfe mich weiter. Stück für Stück, während meine Lunge zu bersten droht. Meine Muskeln verkrampfen sich immer weiter, doch unablässig kämpfe ich mich voran. Bis meine Hand mit einem Mal in die Luft greift, ehe sie wieder die raue Säule berührt. Das Wissen versorgt mich mit neuer Energie und ich überwinde die letzten Züge. Keuchend hole ich Luft, ehe ich mich aus dem Sand schiebe, mich gegen das sich aus dem Sand erhebende Ende der Säule sinken lasse und über meine Augen reibe. Die Sonne sticht mir in die Augen, während ich unentwegt Sand ausspucke.

Wir sind tatsächlich in der Stillen Bibliothek. Ich erkenne das Portal wieder – nur dieses Mal von der anderen Seite. Dahinter sehe ich die endlosen Regalreihen. Erleichtert atme ich ein weiteres Mal tief ein und genieße es, wie der Sauerstoff meine Zellen belebt.

Aber wo bleibt Dante? Ich starre auf die Stelle neben mir, wo er jeden Moment auftauchen müsste, zähle weitere drei Herzschläge, doch es rührt sich nichts. Nicht einmal ein kleines Rinnsal, das anzeigen würde, dass Dante sich sogleich aus dem Sand erheben wird. Nichts. Absolut nichts.

29

7. Abu 6996 nach Atum

Ich stürze mich auf die Stelle, an der ich Dante vermute, und wühle mich durch den Sand. So schnell meine Hände es zulassen, grabe ich und schleudere dabei den Sand hinter mich, der unablässig wieder in das Loch zurückfließt. Gefühlte Ewigkeiten vergehen, bis ich über etwas Weiches kratze. Dantes Hand. Ich kralle meine Finger um sein Handgelenk und lasse mich aus der Hocke nach hinten fallen. Doch ich kann ihn nicht herausziehen, sondern rutsche im Sand ab und begrabe ihn erneut. Noch einmal lege ich seine Hand frei, greife danach, klemme meine Beine um die oberirdischen Auswüchse der Säule und krümme mich zusammen. Sein Unterarm ist nun zu sehen. Ich packe ihn dort, kralle meine Finger so fest um seinen Bizeps, dass er sicher blaue Male davontragen wird, aber ich gebe ihn nicht auf. Stück für Stück kämpfe ich mich weiter, bis Dante auf dem Sand neben mir liegt. Der Sandstaub schimmert in der strahlenden Sonne wie Gold. Und wie eine wunderschöne goldene Statue liegt Dante absolut reglos da. Sein Brustkorb bewegt sich nicht.

Ich suche nach einem Puls, erst an seinem Handgelenk, dann an seiner Halsbeuge. Nicht die kleinste Regung. Ich lege meinen Kopf auf seine Brust, versuche durch das panische

Rauschen in meinem Ohr, einen Herzschlag zu hören – ebenso vergeblich. Nein, ich erlaube mir nicht zusammenzubrechen. Während ich nach jedem noch so kleinen Funken Magie in mir suche, ist es Haileys Wissen um Erste Hilfe, das es mir möglich macht, nicht ganz untätig herumzusitzen. Dann fällt mir ein, warum ich nicht einmal einen Hauch von Magie spüre. Hier in der Stillen Bibliothek ist es nicht möglich, Magie zu wirken. Ich muss Dante hier rausschaffen. Weg von diesem Ort. Selbst wenn sich draußen Krieger meiner Mutter befinden, so hat Dante dort doch vielleicht eine Überlebenschance. Doch es wird nicht leicht. Dantes lebloser Körper wiegt gefühlte Tonnen. Ich rutsche immer wieder im Sand ab, während ich versuche, ihn in den Sitz zu stemmen, damit ich unter seine Arme greifen und ihn mit mir zum Portal ziehen kann. Ich schwitze, als ich ihn endlich so weit habe und selbst stehe.

Dann erst sehe ich, was sich auf der Säule befindet, die sich durch die Sandschicht, die hier den Untergrund bildet, bis auf Hüfthöhe erhebt. Auf der nach oben hin breiter werdenden Säule ruht der Diĝir.

Vielleicht ist er es, seine Anwesenheit, die die Magie in der Stillen Bibliothek unmöglich macht. Aber vielleicht kann ich meine Gabe nutzen, wenn ich ihn berühre.

Ich lasse Dante vorsichtig wieder auf den Rücken sinken und greife nach dem heiligen Kristall. Schmerz versengt meine Hände, bahnt sich einen Weg durch meinen Körper bis zu meinem Kopf. Meine Sicht verschwimmt, ich sehe nur noch flackernde Bilder, und meine Knie geben nach. Wie in Zeitlupe sinke ich neben Dantes Körper zu Boden, schaffe es nicht länger, den Diĝir in der Hand zu halten. Er rollt mir aus der Hand und fällt auf Dantes Brust.

Mein Kopf landet in dem Moment im weichen Sand, als sich Dantes Körper krümmt und er lautlos hustet.

Die Stille. Die Stille habe ich vollkommen vergessen. Dante ringt nach Sauerstoff. Der Schmerz der Berührung des Diĝirs ebbt langsam ab und ich rapple mich wieder auf. Als ich mich über Dante beuge, bewegt er seine Lippen. Dann schlägt er sich mit der Hand gegen die Stirn. Sein Gehirn scheint noch zu funktionieren, also war er nicht zu lang ohne Sauerstoff. Er stemmt sich in den Sitz hoch und streicht mit der Hand über meine Wange. Er fühlt sich an wie Sandpapier und dennoch hat sich eine Berührung noch nie so gut angefühlt. Ich sehe die Frage in seinen Augen. Er will wissen, was passiert ist und ich sehe mich nach dem Diĝir um. Der Kristall liegt gleich einer Supernova direkt neben ihm im Sand. Ich greife nach ihm und zucke schon vor der eigentlichen Berührung vor Schmerz zurück, das nur flüchtige Streifen des Diĝirs wirft mich nach hinten.

Vorsichtig führe ich Dantes Hand zum Diĝir und er nimmt ihn an sich, ohne Fragen zu stellen oder mir seltsame Blicke zuzuwerfen. Er wurde durch den Diĝir initiiert, er kann ihn berühren wie alle anderen auf Heliopolis. Wenig später hat er den Kristall in einer seiner vielen Taschen verstaut, die an seinem Waffengurt hängen, das Leuchten dringt nicht durch das Material aus Neoferrum. Auch der Beutel des Zwillings muss daraus hergestellt sein. Nun stehen wir gemeinsam vor dem Portal, das uns zurück in die Zitadelle bringen wird. Nicht wissend, was uns erwartet, wenn wir hindurchtreten.

Dante sieht mir tief in die Augen und ich nicke.

Hand in Hand machen wir einen großen Schritt nach vorne und spüren sogleich den festen Boden der Zitadelle unter uns. In jenem Teil der Zitadelle ist es ebenso menschenleer wie in der Stillen Bibliothek, doch von draußen dringen Kampfgeräusche hinein. Ich bin vollkommen überfordert damit, was nun zu tun ist. Wir haben den Diĝir, doch wie sollen wir ihn aus der Stadt bekommen, ohne direkt den Kriegern meiner Mutter in die Arme zu laufen? Sie suchen sicher noch nach uns. Vielleicht haben sie es inzwischen sogar geschafft, nach uns durch das Gewölbe von unten in die Stille Bibliothek einzudringen?

Wortlos zieht Dante mich den Gang entlang in Richtung des Sitzungssaales. Wir achten auf jedes Geräusch, doch keines davon entspringt dem Inneren des Gebäudes. Ich bin so hoch konzentriert, dass ich einen Schrei ausstoße, als sich neben mir die Mauer auftut und Hände mich mit sich ziehen. Dante springt mir reaktionsschnell hinterher.

»Wo beim Ursprung habt ihr beiden gesteckt?«, zischt Elif, während Riaz – Riaz! – die Mauer wieder formwandelt und wir zu viert in einem kleinen Zwischenraum stecken, der einer uralten Version der anderen Geheimgänge im Schloss ähnelt. Die magischen Lichter sind erloschen, die Halterungen hängen bereits halb lose im Gestein, von dem sich schon so viel Sand abgelöst hat, dass der Boden am Fuß der Mauer dem in der Stillen Bibliothek gleicht. Elif hält eine altmodische Laterne mit einer ewigen Flamme in der Hand, deren farbige Glaseinsätze hinter bronzefarbenem Lochblech Farbkleckse an die Wände wirft.

»Was tut er hier?«, knurrt Dante.

Elif ignoriert seinen Einwurf. »Ihr wart … verschwunden. Ich konnte euch nicht sehen, wusste nur, dass ihr jetzt genau hier sein würdet! Und er mir helfen muss.«

Ich wende mich von Riaz ab und sehe gerade noch, wie sie mit dem Kopf neben sich auf Riaz deutet.

»Und dann hast du dafür gesorgt, dass er dabei *ist?*«, fragt Dante, dessen Magie den schmalen Gang binnen Sekunden mit Minzgeruch erfüllt.

Elif schiebt Riaz unauffällig hinter sich, was mir jedoch nicht entgeht. Ich sehe zwischen den beiden hin und her und versuche zu verstehen. Riaz fühlt sich nicht wohl, er sieht sogar richtig schlecht aus. Selbst in dem rötlichen Licht, das von der Laterne aus in seine Richtung scheint, sieht er blass aus.

»Ihr müsst es ihn erklären lassen«, sagt Elif dann. »Er ist ebenso auf das Gerede anderer hereingefallen wie du.« Sie lässt mich nicht aus den Augen. Ich schließe den Mund wieder und schlucke die bissigen Worte der Anschuldigung hinab, die mir schon auf der Zunge lagen. Elif nickt zufrieden.

»Aber nicht hier. Sie werden nicht mehr allzu lange brauchen. Folgt uns.«

Dann dreht sie sich um und geht mit ihrer Laterne davon. Während Riaz zögert und ihr letztendlich folgt, bleiben Dante und ich in der Dunkelheit zurück.

»Vertraust du ihm?«, frage ich Dante, der im Dunkeln nach meiner Hand greift. Ich spüre sein Kopfschütteln als einen Luftzug.

»Aber ich vertraue Elif. Sie hatte bislang immer recht.«

»Und ich vertraue dir.«

Hand in Hand gehen wir mit schnellen Schritten auf die tanzenden bunten Lichtflecken zu und holen Elif und Riaz ein, die sich ganz normal unterhalten, als würden sie sich schon lange kennen. Was mir wieder Elifs Worte ins Gedächtnis ruft, sodass ich endlich nachhaken kann.

»Du hast gesagt, wir waren *verschollen*. Wie lange waren wir weg?«

Elif bleibt stehen und dreht sich zu Dante und mir um. »Der Überfall auf die Zitadelle fand gestern statt.«

Wir haben einen Tag verloren? Für mich fühlte es sich wie wenige Stunden an! Elif fährt ungerührt fort, ihr Tonfall ist nüchtern: »Die Wissenden wurden allesamt hingerichtet. Der Herrscher ist tot und keiner der potenziellen Nachfolger war auffindbar.« Sie sieht von Dante zu mir und weiter zu Riaz. »Ich habe nach euch dreien gesucht. Du bist die offizielle Erbin, wenn du dich mit einem der mächtigen Häuser verbindest; solltest du dies nicht tun, fällt der Thron an Riaz, den Erben des Hauses Nut.« Dante neben mir grummelt.

»Ich will den Thron nicht mehr!«, ergreift Riaz sofort das Wort. »Ich wollte so vieles, wollte für Frieden sorgen, für Einheit. Wir beide wollten das ...« Intuitiv greift er sich an die Stelle unter dem Schlüsselbein und ich verstehe, dass er schon länger für etwas anderes kämpft als unsere gemeinsame Zukunft. Das, was ich für ein Zeichen unserer Liebe gehalten habe, ist das Symbol der Gemeinschaft von Isis, das nun an der gläsernen Fassade des höchsten Palastturmes prangt. Die Erkenntnis sorgt für Übelkeit und auch wenn es vermutlich der denkbar schlechteste Zeitpunkt dafür ist, so wollen die Worte doch heraus: »War irgendetwas davon echt?« Meine Worte sind nur ein Flüstern und doch sorgen sie für eine Veränderung in der Luft. Dante spürt es und verkrampft sich.

Riaz will hinter Elif hervortreten, doch sie hält ihn mit der baumelnden Laterne zurück. Riaz räuspert sich kurz, ehe er leise sagt: »Es war alles echt. Ich sah in ihnen die Erfüllung unserer gemeinsamen Träume, Ash. Ich habe dich nie belogen, was meine Gefühle anging. Ich habe nur – wie auch du – gespürt, dass sich auf der Erde etwas verändert hat, dass wir uns hier in der Stadt ein Traumkonstrukt erschaffen haben.«

Er holt tief Luft und deutet erneut vage auf seine Brust. »Ich habe gewollt, dass du dazugehörst, dass wir gemeinsam Teil dieser Veränderung für das Volk sind. Doch nun bin ich froh, dass du es nicht bist. Ich bin so blind gewesen.« Er schlägt mit der flachen Hand auf die Mauer direkt neben sich und löst einen Sandregen aus. »Ich habe genau das Gegenteil dessen getan, was wir immer wollten. Als Kind fand ich es spannend, etwas so Geheimes zu tun, um was mich deine Mutter gebeten hat. Später klang Mazen so überzeugend, die Zukunft, von der er mir vorgeschwärmt hat, war unser Traum. Ich wollte für uns – für dich – dafür sorgen, dass er wahr wird.« Er schlägt erst die Augen nieder und dreht dann den Kopf zur Seite. Und doch erhasche ich einen Blick auf den Schmerz in seinen Augen und ich bin kurz davor, zu ihm zu gehen und ihn zu trösten wie früher. Dann jedoch fällt mir ein, dass er mir den Zwilling gestohlen hat, und ich lasse jegliche Überlegung in diese Richtung fallen. Ungerührt von meiner kurzen Bewegung fährt Riaz fort: »Ich hätte es schon auf der Erde erkennen sollen, als du uns aus der Täuschung geweckt hast und wir auf Lenora getroffen sind.«

Ich denke an jenen Moment zurück und an die ersten Worte, die Riaz an meine Mutter gerichtet hat. Worte, die ich damals missverstanden habe. »*War das dein Plan?*«, hatte er gesagt. Ich sehe das Erkennen in Riaz' Augen. »Ich will mich nicht rechtfertigen, aber ich will, dass du weißt, dass ich erst, nachdem … dass ich jetzt erst herausgefunden habe, was wirklich geschehen ist. Mazen hat Vitarius an Bord des Schiffes getötet, um mich unentbehrlich zu machen. Später auf der Erde hat er auch alle anderen der Besatzung, die nicht hinter ihm standen, umgebracht.« Dante stößt einen knurrenden Laut aus, als wolle er am liebsten auf Riaz losgehen.

»Ich habe an das geglaubt, was Mazen mir gesagt hat. Ich habe an die Verschwörung der Wissenden geglaubt. Mein eigener Vater hat mich nie in die Geheimnisse eingeweiht, ebenso wenig wie Zaahir dich. Aber Mazen hat so getan, als vertraue er mir, hat dafür gesorgt, dass ich mich für wichtig halte.« Er stößt ein Lachen aus, doch in seinen blauen Augen steht nichts als Verzweiflung. »Ich habe mich immer mehr hineingesteigert und bin blind geworden. Erst, als es zu spät war, habe ich das erkannt. Ich kann mir nicht einmal mehr wünschen, dass du mir irgendwann verzeihen kannst, was ich ihnen angetan habe.« Er kann mir dabei nicht einmal in die Augen sehen und Angst krallt sich in meinem Inneren fest und bildet einen Kloß im Hals, der meine Stimme wie ein Krächzen klingen lässt:

»Was hast du getan?«

Riaz presst die Lippen fest zusammen und sieht zu Elif.

Nach kurzem Zögern nickt sie und erklärt für ihn: »Riaz wollte die Menschen in der Quarantäne heilen. Er hat den Zwilling gestohlen, wie Malak es ihm aufgetragen hat, und daraus den Impfstoff gemacht und weitergegeben.« Ich stöhne auf, will nicht hören, was sie weiter zu sagen hat. »Auch Malak und Yasmeen haben den Impfstoff genommen, ebenso wie Sapheer und Inez. Sie alle werden in jeder Vision, die ich heraufbeschwöre, mehr und mehr in Dunkelheit gehüllt.«

Dante denkt nicht lange nach, sondern überwindet die Distanz zwischen sich und Riaz und schlägt ihn so fest gegen die Brust, dass Riaz nach hinten taumelt und sich nur instinktiv an der Wand abstützt, von der sogleich weiterer Sand rieselt. Doch er wehrt sich nicht. Er ist geschlagen. Seine Träume sind geplatzt, und er steht vor dem Scherbenhaufen dessen, was er getan hat.

»Es bleibt nur eine Möglichkeit.« Elif legt die Hand auf Dantes Brust und schiebt ihn zurück. »Das, was ich gesehen habe. Riaz muss den echten Impfstoff herstellen.«

»Ich werde ihm den Diĝir nicht geben«, sagt Dante, ehe ich es aussprechen kann.

»Oh doch, du wirst. Ich habe es gesehen. Es ist das Einzige, was wir tun können, um eure Freunde zu retten.«

»Aber wenn Riaz den Diĝir noch weiter extrahiert, wird er noch mehr geschwächt und …«

… die Letzte Stadt wird fallen.

Der Gedanke ist so klar und deutlich, als hätte ich ihn ausgesprochen. Mit ihm schiebt sich die Triskele in meinen Nacken und mein Gehirn wird von Bildern überschwemmt.

Ich sehe den Diĝir in meiner Handfläche ruhen, während ich von hoch oben auf die Stadt hinabschaue. Von weit oben. Die Banner der sieben Häuser wehen unter mir im Wind. Ich bin im Turm von Isis. Meine Finger umschließen den heiligen Kristall und sein Leuchten wird von Dunkelheit aufgefressen. Als ich die Hand wieder öffne, ist der Diĝir zu einem Häufchen Staub geworden. Das Licht ist vergangen. Unter mir bricht Chaos aus, als Luftschiffe nun mitten in der Stadt landen und zahlreiche Krieger aus ihnen hervorquellen und alles überrennen, was sich bislang halten konnte. Ich sollte entsetzt sein, starr vor Schreck. Doch meine Mundwinkel heben sich. Da erhasche ich einen Blick auf mein blasses Spiegelbild auf der goldschimmernden gläsernen Außenfassade des Turmes. Das zufriedene Lächeln auf den Lippen. Darüber die dunkel geschminkten Augen, von Lebensjahren gezeichnet. Es bin nicht ich, durch deren Augen ich sehe. Es ist Lenora, die im Tempelturm des Hauses Isis den Diĝir zerstört und die Stadt endgültig zu Fall bringt.

Nach Luft ringend, tauche ich aus der Vision auf. Starke Arme halten mich fest, ich spüre Dantes Brust an meiner Wange.

»Wir werden es nicht so weit kommen lassen«, flüstert er an meinem Ohr und drückt mir beiläufig einen Kuss auf die Haare. Nur ganz kurz stolpere ich über seine Worte, doch dann fragt Elif, was ich gesehen habe. Ich winde mich aus Dantes Umarmung, damit ich ihn ebenso direkt ansehen kann wie Elif und Riaz.

»Ich habe gesehen, wie meine Mutter den Diĝir zerstört und die letzten magischen Schutzschilde fallen. Die Stadt wird unter ihrer Kontrolle sein. Wir müssen ihn von hier wegschaffen.«

Elif nickt. »Ebenso wie den Zwilling.« Nun fixiere ich Riaz, der sofort etwas aus seiner Tasche zieht. Das unvergleichbare Pulsieren des Zwillings, das aus dem kleinen Beutel dringt, hypnotisiert mich auf der Stelle. Deshalb hatte ich eine Vision. Seine Magie tränkt die Luft und stärkt mich.

»Glücklicherweise habe ich ihn aufgespürt, bevor es die Krieger der Erde taten«, setzt Elif nach, während Riaz mir den geöffneten Beutel mit dem gleißenden Licht darin auf offener Handfläche entgegenstreckt, und ich spüre, wie die Magie in meinem Blut erwacht, meine Kontrolle darüber zurückkehrt. Sie ist versiegt, weil ich nicht mehr in der Nähe seiner Magie war. Magie, die mich nun anzieht wie ein Magnet.

Es ist Dante, der nach dem leuchtenden Kristall greift und so meine Sicht auf ihn versperrt. Doch in der nächsten Sekunde flucht er los und Beutel samt Zwilling fallen zu Boden. Der hell leuchtende Kristall rollt über den Steinboden und bleibt direkt vor der Wand im Sand liegen. Ich gehe auf die Knie, ehe ich mich dafür entschieden habe, und nehme ihn an mich. Die Berührung gleicht dem ersten Atemzug nach einem langen Tauchgang, dem ersten Schluck Wasser nach tagelangem Durst. Es raubt mir den Atem und ich seufze auf.

»Pack ihn dorthinein!« Elif hält den geöffneten Beutel zu mir nach unten. Ich schüttle den Kopf, genieße das berauschende Gefühl der Macht, die während des Kontaktes mit dem Zwilling durch meine Adern fließt. Stelle mir vor, was ich damit erreichen könnte, wie ich meine Kräfte auf die Krieger loslasse, sie zu Boden zwinge, sie allesamt töte.

»Beim Diĝir!«, flucht Elif nun und schlägt mir auf die Hand, sodass ich aus meiner Trance erwache. Der Zwilling fällt in den Beutel und seine Macht über mich lässt nach. Ich schlucke, betrachte den nun geschlossenen Beutel vor mir und verstehe, was genau die dunkle Magie mit einem anstellt. Sie manipuliert, schürt finstere Gefühle, weckt den Blutdurst. Ich will ihn nicht bei mir tragen, stehe schnell auf und weiche vor Elif mit dem Zwilling zurück.

»Nimm ihn!«, sagt Dante sanft. »Du hattest ihn so lange an deiner Seite. Du darfst dich nur nicht von ihm verführen lassen.«

Aber genau das traue ich mir nicht zu. Ich fixiere den dunklen Beutel, als wäre er ein Monster, das jeden Moment zuschnappen könnte. Dante muss meine Zurückhaltung spüren, daher nimmt er meine Hand, legt den Beutel hinein und schließt meine und seine Finger darum.

Du schaffst es.

Ich antworte meiner inneren Stimme mit einem Nicken und befestige den Beutel wieder an meiner Seite und hoffe nur, dass Dante recht hat und ich wirklich stark genug bin. Aber es tut gut zu wissen, dass ich wieder Magie wirken kann, um uns zu verteidigen. Die Vision war der Beweis dafür.

»Und nun gib Riaz kurz den Diĝir«, befiehlt Elif Dante. »Und dann verlassen wir mit beiden Kristallen die Stadt. Ich hoffe, dass ich dort draußen mehr sehen kann.«

Die Extraktion des Diĝirs, dieses unsere Geschichte und das gesamte Leben verändernde Eingreifen, dauert nicht mehr als ein paar Sekunden. Riaz muss hierzu den Diĝir nicht einmal berühren – was Dante auch nicht zugelassen hätte. Er hält ihn fest mit den Fingern umschlossen und nur das Prickeln der Luft und der Minzgeruch verraten, dass hier Magie gewirkt wird. Dann sehe ich nur, wie der leere gläserne Flakon in Elifs Hand mit mehr und mehr Licht gefüllt wird. Es ist ein winziges Fläschchen, vielleicht so hoch, wie mein kleiner Finger lang ist. Riaz füllt es nur bis zur Hälfte, dann verschließt Elif das Gefäß und nickt zufrieden. »Es ist genau, wie ich es gesehen habe. Nun bring es zu den anderen. Möge der Diĝir über dich wachen.«

Riaz strafft sich entschlossen und richtet ein letztes Mal das Wort an mich: »Ich werde sie retten, ganz gleich, zu welchem Preis. Ich verspreche es dir. Unserer Freundschaft wegen.«

Er erwartet keine Antwort, sondern geht davon. Der kleine Flakon in seiner Hand leuchtet ihm den Weg.

Elif schnippt mit den Fingern. »Und wir sehen zu, dass wir aus der Stadt herauskommen.«

»Kennst du noch mehr dieser alten Fluchttunnel?«, fragt Dante, nachdem er Riaz so lange hinterhergesehen hat, bis das Leuchten verschwunden ist.

»Kennen nicht. Aber ich habe das hier.« Sie öffnet die große Tasche an ihrer Seite, aus der sie kurz davor auch den Flakon gezogen hat, und zieht eine Rolle Pergament hervor, das aussieht, als würde es bei der ersten Berührung zu Sand zerfallen. Nach dem Entrollen erkenne ich eine uralte – vielleicht sogar von Hand gezeichnete – Illustration des Stadtzentrums.

»Wo hast du das her?«, fragt Dante neugierig und rollt den Teil der Karte auf, den ich sogleich als Zitadelle erkenne, ehe er Elifs Arm mit der Lampe näher zieht. Dennoch ist die schwache Zeichnung kaum zu erkennen.

»Die habe ich in Saeefs Sachen gefunden und versteckt, ehe Mazen alles durchsucht hat.« Ihr Gesicht verzieht sich zu einer gewollt triumphierenden Miene, was ihr gänzlich misslingt. Die Erinnerung an die Zwangsvermählung, nur um sie mundtot zu machen, drückt ihr noch immer aufs Gemüt.

»Der Tunnel hier führt unter der Zitadelle entlang zu dem Geheimgang, den wir nach unserer Ankunft genommen haben«, erklärt Dante und fährt den Weg entlang.

»Damit führt er aus der Stadt heraus«, ergänze ich seinen Gedanken, und Dante nickt.

»Dann los, worauf warten wir noch?« Elif geht mit großen Schritten voran und wir stapfen ihr hinterher. An manchen Stellen ist der schmale Gang bis zu den Knien mit Sand gefüllt und wir kommen nur langsam voran. Immer wieder kontrolliert Dante, ob wir uns noch auf dem richtigen Weg befinden, dann stehen wir urplötzlich vor einer weiteren massiven Wand.

»Beim Ursprung!«, schimpft Elif, und ich frage mich, wer von beiden das Fluchen von wem übernommen hat. »Ohne Riaz konnte ich den Tunnel nicht betreten. Sie wurden fest verschlossen, als die neuen Gänge erschaffen wurden.«

Dante sieht mich erwartungsvoll an, doch ich schüttle schnell den Kopf.

Du schaffst das, erklingt es in mir.

»Du kannst dir Kraft aus dem Zwilling ziehen, oder?«,

fragt Dante. Meine Hand gleitet an meine Seite wie all die Male zuvor und doch hält sie inne. Es ist nicht mehr das beruhigende Gefühl, dass der Kristall bei mir ist. Sondern ich spüre mein Verlangen, ihn zu berühren, höre seine Rufe immer lauter, je mehr ich mich ihm gedanklich zuwende. Ich winde mich innerlich, merke, wie sehr ich es verabscheue, eine Schwäche zuzugeben. Aber ich muss Dante und auch Elif gegenüber offen sein.

»Er hat bereits so viel Macht über mich und jedes Mal, wenn ich von seiner Magie zehre, bleibt ein Teil von mir bei ihm.« Es auszusprechen ist befreiend. Die fragenden Blicke der anderen jedoch lassen mich mit jedem Augenblick, in dem der Sand neben uns die Wand hinabrieselt, kleiner werden.

»Wir müssen es riskieren. Ich vertraue dir, Ash.« Dante umgreift meine Linke mit seinen beiden Händen. »Der Tunnel wird nicht mehr lange halten.« Er sieht kurz neben mich, auf den immer stärkeren Strom an Sand, der von den Wänden rieselt und nun schon bis zu unseren Fußknöcheln reicht. »Ich bleibe bei dir.«

Ich nicke, stelle mich vor die Mauer und schließe die Augen. Mit der rechten Hand greife ich an den Beutel mit dem Zwilling, meine Linke hält sich krampfhaft an Dante fest.

Die Berührung – selbst durch den dicken Stoff des Beutels – gleicht der Erfüllung meiner tiefsten Bedürfnisse. Die Magie windet sich meinen Arm empor, schlängelt sich meine Schulter entlang bis zu meinem Nacken, wo sofort die Doppelspirale von Nut erscheint. Mit Leichtigkeit und einer so tief gehenden Macht erfüllt, ist es so leicht wie Atmen, die Wand in Schwingung zu bringen und die Mauer durchlässig zu machen. Elif geht an Dante und mir vorbei, anstatt mich zuerst hindurchgehen zu lassen. Mich, die es erst möglich macht, aus dem Tunnel zu entkommen und ihn nicht zu einem ewigen Grab für die selbst ernannte Seherin werden zu lassen. Ich spiele kurz mit dem Gedanken, die Mauer zu festigen. Nur ganz kurz, um ihr zu zeigen, wer die wahre Macht hat.

Der Druck auf meine linke Hand reißt mich aus den düsteren Gedanken. Dante lässt mich nicht los, verankert mich, während er mich hindurchschiebt.

»Schließ den Tunnel, Akasha.« Seine Stimme ist sanft und doch klingt es in meinen Ohren nach einem Befehl. Mein Atem geht schneller. Ich überlege, wie ich ihn dafür bestrafen könnte, dass er glaubt, mir Befehle erteilen zu können. Ich atme tief durch, sehe vor meinem inneren Auge, wie er zu Boden geht und um Gnade bettelt. Trotz allem steht in seinen grünen Augen nichts als Zuneigung.

Lass den Zwilling los. Er nimmt sich mehr und mehr von dir.

Es kostet enorme Kraft, auf meine innere Stimme zu hören, aber Finger für Finger löse ich meine verkrampfte Hand um den Beutel. Mit jeder Sekunde werde ich ruhiger. Der Rachedurst nimmt ab und lässt mich dann endgültig los. Ich stütze mich auf die Oberschenkel und ringe nach Atem. Mein Kopf wird erst nach und nach wieder klar.

»Sie darf den Kristall nicht mehr nutzen«, flüstert Elif laut genug, dass auch ich sie höre, während sie sich vorsichtig in der Gasse umsieht. »Irgendwann findet sie nicht mehr zurück ins Licht.«

An der Sandsteinwand neben der Gasse zeichnet sich ein Schatten ab, der immer größer wird.

30

7. Abu 6996 nach Atum

Ich drehe mich zu dem unnatürlich großen Tier um, das nun zwischen den Gebäuden hervortritt und uns den Weg zum Tunnel nach draußen versperrt. Seinen beinahe goldglänzenden Augen entgeht keine unserer Bewegungen, sein geduckter Kopf ist auf einer Höhe mit meiner Brust.

»Ich kenne den Wolf«, sage ich mehr zu mir selbst als zu den anderen. »Er ist mir schon seit Tagen gefolgt.«

»Er ist keiner unserer Gestaltwandler.« Dante wendet sich direkt an das Tier: »Zeig dich!« Doch der Wolf steht nach wie vor da, beobachtet uns und hebt nun die Lefzen.

»Er hätte sich zurückverwandeln müssen.« Dante starrt fassungslos auf das graue Untier. »Ohne jegliche Bedrohung kann er seine Gestalt nicht erhalten.«

»Das würde er«, sagt eine Stimme, ehe Allaz – nur in einer weiten Hose gekleidet – aus der Seitengasse zu dem Wolf tritt. »Wenn er ein Gestaltwandler wäre.« Er tätschelt dem Wolf das Haupt. Selbst bei dieser einfachen Bewegung ist jeder seiner Muskeln angespannt und lässt die vielen Bilder auf seiner Haut wie lebendig aussehen. Erst da fällt mir auf, dass seine Tattoos anders aussehen. Beim letzten Mal, als ich ihn so gesehen habe, war beinahe sein gesamter Oberkörper von dem großen Abbild eines Wolfes bedeckt ... Der Wolf, der nun an seiner Seite steht und sich für einen Sprung bereit macht. Schnell erkläre ich zischend, was es mit Allaz' Tätowierungen auf sich hat.

»Er hat den Wolf auf ... in seinem Körper?« Elif klingt so angewidert, dass ich beinahe aufgelacht hätte. Doch dazu bleibt keine Zeit, denn nun springt der Wolf auf Dante zu, der in diesem Moment zu seinem Schwert greift. Aber er wird es nicht rechtzeitig ziehen können. Mir bleibt nur eine Möglichkeit: Ich greife an meine Seite und lasse die Dunkelheit in mich strömen.

Der Sonnenschein verblasst, die sandsteinfarbenen Wände werden zu einem fleckigen Grau, der Wolf gefriert in seiner Bewegung mitten im Sprung ein. Nur an seinen farblosen Augen erkenne ich, dass auch er meiner Macht über Osiris unterliegt.

Mit etwas Kraftaufwand bewege ich Dantes Hand, die fest um den Schwertgriff geballt ist, in die richtige Position. Kurz denke ich darüber nach, das Schwert selbst zu führen, das Untier aufzuschlitzen und selbst zu töten. Schockiert über die Bilder meiner dunklen Seite, lasse ich den Zwilling wieder los. Ich spüre den Verlust der Magie wie den Schwerthieb, der den Wolf aufheulen lässt. Allaz schreit auf und sinkt neben dem Tier zu Boden. Sein Blick ist von reinem Hass erfüllt. Ich empfinde für einen Moment dasselbe. Ich will ihn leiden lassen. Dafür, was er uns antun wollte. Dann ebbt die Dunkelheit ab und ich stoße meinen Atem aus. Das Zucken des Wolfes zu unseren Füßen hört auf. Allaz greift an seine Hüfte und zieht einen Dolch nach dem anderen aus der Haut und wirft sie nach uns. Dantes Reflexe sind beneidenswert. Er wehrt mit gezieltem Schwingen seiner Waffe alle Geschütze ab.

»Er spielt auf Zeit«, flüstert Elif. »Seine Kameraden werden gleich da sein.«

Dante wagt sich näher an Allaz heran, wehrt dabei gekonnt weitere geschleuderte Waffen ab. Das Klirren, wenn sein Schwert auf die Dolche trifft, hallt in der Gasse wider. Die Tätowierung des Dolches verschwindet trotzdem nicht. Wie viele der Waffen hat Allaz an dieselbe Stelle unter seine Haut gepresst?

Das Om-Symbol erhebt sich aus Dantes Nacken. Ich will ihn warnen, doch es ist zu spät. Die Magie kostet ihn Kraft, lenkt ihn ab, und noch ehe er lähmende Müdigkeit auf Allaz werfen kann, streift ihn eine der Klingen am Oberschenkel. Mit einem Zischen sucht Dante das Gleichgewicht wieder, doch das kostet ihn wertvolle Zeit. Allaz greift nun an seinen Rücken, und noch bevor ich sehen kann, was er dort aus seiner Haut zieht, fasse ich ein weiteres Mal an den Zwilling und lasse meine Magie auf Allaz los. Ich rufe keine Insignie, lasse meine Macht einfach nur aus mir heraus, lasse sie tun, was auch immer sie tun muss, um mir zu helfen.

Allaz wird von einer starken Böe erfasst und gegen die Mauer des Gebäudes hinter sich geschleudert. Der Aufprall ist so hart, dass er reglos am Boden liegen bleibt. Doch ich gebe nicht auf. Ich gehe langsam auf ihn zu, genieße die Wut, die mich mit jedem Schritt mehr und mehr erfüllt, mich stärkt, und hebe die linke Hand, um ihn für immer loszuwerden. Er hilft Lenora. Er steht auf ihrer Seite. Die, die sich mein Volk untertan machen will. Sie, die mir meinen Platz an der Spitze dieser Welt streitig machen will. Dabei sind sie alle machtlos gegen mich.

Allaz' Körper regt sich. Er kommt auf alle viere, hebt den Kopf und ich lache, während ich ihm mit einer leichten

Handbewegung die Luft zum Atmen raube. Das Entsetzen in seinen Augen fühlt sich gut an. Sein Gesicht verfärbt sich, während er vergeblich versucht, Sauerstoff in seine Lungen zu saugen. Ich mache einen Schritt auf ihn zu, will sein Leid in mich aufnehmen, spüre, wie die nackte Angst ihn erfasst.

Aus dem Nichts bekomme ich einen Schlag ins Gesicht. Meine rechte Wange brennt. Ich drehe mich blitzschnell zu der Bedrohung um und presse meine Hand an die Wange. Im ersten Moment sehe ich Elif wie durch eine an den Rändern abgedunkelte Scheibe. Ich gehe auf sie los, werde aber von Dante nach hinten gerissen. Selbst er kämpft gegen mich! Ich hätte es wissen sollen! Sie alle glauben, mich unter Kontrolle zu haben.

Vor lauter Wut schlage ich um mich, verpasse Dante einen Schlag gegen das Kinn, und er keucht auf. Im nächsten Moment gehe ich unter Schmerzen zu Boden. Dante hält den Diĝir in der Hand und presst ihn auf meine nackte Haut an meinem Hals. Ich komme wieder zu mir, die dunklen Ränder trüben nicht länger meine Sicht.

»Geht«, weist uns Dante an, zieht mich wieder in den Stand und schiebt mich zu dem von Elif geöffneten Gang zu den Pyramiden außerhalb, durch die wir nach unserer Rückkehr zurück in die Letzte Stadt gelangt sind. Er sieht mich dabei nicht an. Seine Finger krallen sich noch immer um den Diĝir, zu dem ich kaum sehen kann, ohne geblendet zu werden. Dante macht keine Anstalten, mit uns zu kommen, sondern fixiert einen Punkt am Ende der Gasse zum Amphitheater. Ich glaube, Schritte aus der Richtung zu hören. Zahlreiche Stiefel.

Ich zerre an Dante, nun wieder vollkommen Herrin über meine Sinne. Was hat er vor? Will er sich den Kriegern ganz allein entgegenstellen? Ein Blick hinab auf das Leuchten in seiner Hand.

Was, wenn der Diĝir dieselbe Macht über ihn hat wie der Zwilling über mich? Wurde es nicht in Zahra Arezoos Vision, die Vater uns gezeigt hat, so erwähnt? Dante würde sich vollkommen selbstlos opfern, hat nicht den Hauch eines Selbsterhaltungstriebes, sondern würde das Wohl anderer immer über das eigene stellen. Das kann ich nicht zulassen. Ich schlage ihm den Kristall aus der Hand. Elif fällt sofort zu Boden und nimmt ihn an sich, während ich den selig lächelnden Dante zu dem dunklen Rechteck in der Mauer führe. Kaum dass wir eingetreten sind, aktiviert Elif das Hologramm, das uns vor Blicken schützen wird.

Dante kommt wieder zu sich. »Ich fürchte, ich weiß, was der Zwilling mit dir macht«, sagt er unter mehrmaligem Blinzeln. Elif streckt ihm die Hand entgegen, und als wäre es nicht das Symbol unseres Gottes, nimmt Dante mit angewidertem Blick den Diĝir und lässt ihn blitzschnell in seine Tasche gleiten.

»Es war … als wäre ich nicht mehr ich«, versucht Dante zu verstehen, was gerade passiert ist.

Ich nicke. »Die Magie ist zu stark, um sie zu kontrollieren. Sie kontrolliert uns.«

»Das können wir später besprechen.« Elif sieht noch einmal zwischen Dante und mir hin und her, dann geht sie los, und wir folgen ihr, während sie uns ihren Plan offenbart.

»Wir sollen ein Schiff stehlen?« Meine Stimme überschlägt sich beinahe, während wir den leeren Tunnel entlanggehen.

»Hast du einen besseren Plan?« Elif klingt vollkommen von sich überzeugt.

»Wer soll das Schiff steuern? Und vor allem: Wer soll es

mit Energie versorgen? Ich kann nicht …« Ich versuche, den schalen Geschmack auf meiner Zunge loszuwerden, der mich sofort überkommt, als ich auch nur daran denke, den Zwilling noch einmal zu benutzen. »Ich kann das Schiff nicht antreiben. Ich würde … Vielleicht würde ich … die Magie … Ihr könntet dabei sterben!«

Elif winkt ab, als wäre mein Einwurf lächerlich. Aber sie weiß nicht, wie es sich anfühlt. Ich versuche, es ihr zu erklären.

»Ich zweifle nicht daran, dass es sich so anfühlt. Ich meine das Erkundungsschiff. Es muss nicht von Formwandlern mit Energie betrieben werden.« Ihre Stimme, nein, das Echo davon klingt nun anders. Wir müssen fast am Ende des Tunnels angekommen sein.

Ich sehe zu Dante, auf dessen Stirn sich eine Sorgenfalte gebildet hat. »Sie hat recht. Die älteren Schiffe besitzen eine Art Batterie. Ich denke, ich kann es steuern, aber wohin?«

»Weg. Einfach nur weg«, ist ihre knappe Antwort, ehe wir in das Innere einer Pyramide treten. Es ist nicht dieselbe wie bei unserer Ankunft. Hier stehen fünf Miniaturversionen unseres Transferschiffes.

»Woher wusstest du …«, setze ich an, breche dann aber ab. »Du hast es gesehen?«

»Ich sehe viel.« Für den Bruchteil einer Sekunde verzieht sie das Gesicht. »Aber jetzt los! Das zweite Schiff von links.«

»Woher … Ach, vergiss es.« Dante greift nach meiner Hand und zieht mich zu besagtem Schiff. Der Einstieg ist offen und wir gehen die kleine Rampe hinauf.

»Das ist eins der alten Schiffe«, merkt Dante an und ich glaube, mich aus dem Unterricht daran zu erinnern, dass nur diese alten Schiffe noch einen autonomen Magieantrieb haben. Ich habe bislang geglaubt, sie wären alle bereits umgerüstet. Mit einem kurzen Druck auf eine Schaltfläche neben der Tür fährt die Rampe nach oben und verschließt das Schiff.

Dante scheint mit einem Mal von neuer Energie gepackt. Er durchquert das kleine Abteil mit sechs Sitzplätzen und nimmt im Cockpit Platz, das nur durch schön gestaltete metallene Trennwände an den Seiten abgeteilt ist.

Langsam gehe ich ihm nach. »Du kannst es fliegen?«

»Vater hat es mir gezeigt.« Dann gibt er sich gleich übermäßig beschäftigt und ich halte mein Beileid, meine Entschuldigung zurück. Sie sind im Moment nicht angebracht.

Elif hat bereits auf einem der Sitze jenseits der Trennwand Platz genommen und lehnt sich mit der Stirn dagegen, um nichts zu verpassen. In einem kurzen Moment des Übermutes stelle ich mir vor, wie sie später mit dem rautenförmigen Muster auf der Stirn aussehen wird. Vermutlich ebbt das Adrenalin in meinem Körper ab. Mit einem kurzen Auflachen, das mir einen seltsamen Seitenblick Dantes einbringt, setze ich mich auf den Sitz neben ihn und sehe zu, wie er etliche Knöpfe drückt. Der Hauch von Minze in der Luft wird immer stärker. Wenig später prickelt die Luft vor Magie und die Härchen auf meinem Unterarm richten sich auf.

Elif rattert eine Reihe von Zahlen herunter. Ich sehe zu ihr nach hinten und ihre Augen sind weiß. Sie wiederholt die Zahlen wieder und wieder, bis Dante versteht und sie auf einem holografischen Display eintippt.

»Beim Diĝir!«, keucht er und deutet auf die Projektion vor sich. »Das sind Koordinaten.«

»Und wo führen sie hin?«, frage ich, während Elif hinter uns stöhnt. Sie reibt sich die Schläfen.

»Weit jenseits des Gebietes, das wir kennen. Tief in die alte Welt hinein.« Eine Vibration geht durch das Schiff, und ich spüre, wie wir abheben. Ich kralle mich am Sitz fest.

»Mach die Pyramide auf!«, schreit Elif. Das Schiff schwebt langsam auf die schräge Außenmauer zu.

»Wenn du mir sagst, wie!«, ruft Dante mit Panik in der Stimme. Wie er sehe ich über die vielen Knöpfe und Hebel und werde nicht aus ihnen schlau.

»Wenn wir gegen die Wand stoßen, war es das mit unserem Ausflug. Das hier ist das letzte Schiff mit autonomer Magie.« Wenn selbst in Elifs Stimme Panik mitschwingt, bleibt mir keine andere Möglichkeit, als mich davon anstecken zu lassen. Es ist unsere letzte Chance, den Zwilling und den Diĝir aus der Stadt zu bekommen. Weit weg. Ich denke an all die wundervollen Momente in meinem Leben, sammle alles Positive in mir, ehe ich meine Hand an den Zwilling lege, um die Pyramide formzuwandeln und uns nach draußen zu bringen. Die Dunkelheit kämpft gegen mich, während sich die Magie erhebt. Immer mehr Sonnenlicht dringt durch die massive Mauer der Pyramide, auf die wir direkt zuhalten. Ich halte mich an den Erinnerungen an die letzte Nacht fest. An die Nacht, an die ich mich erinnern kann, nicht die, die wir während unserer Kletterpartie verloren haben. Ich rufe Dantes Küsse in mein Bewusstsein, glaube, jede seiner Berührungen noch einmal spüren zu können. Doch die Bilder werden immer nebliger, verdunkeln sich, verkohlen erst an den Rändern, ehe sie komplett verschwinden.

»Wir sind draußen!«, ruft Dante erleichtert und reißt mich zurück in die Realität. »Du hast es geschafft!« Er lächelt mich an, seine Augen voller Stolz, ehe sie sich verdunkeln, als er sieht, dass ich den Beutel mit dem Zwilling in der Hand halte. »Lass los!«, fordert er und ich kneife die Augen zusammen. Will er mir meine Macht nehmen?

Ich hasse ihn dafür, mir etwas befehlen zu wollen, ich … Er lehnt sich von seinem Sitz zu mir und streift nur mit einer Hand leicht meine Wange. »Wir sind draußen, Ash.« Seine sanfte Stimme lockt mich aus der Finsternis wie ein Signalfeuer. Ich schaffe es, einen Finger nach dem anderen zu lösen, und atme erleichtert aus, die Verbindung zum Zwilling endet. Unter uns zieht endloser Sand dahin. Wir haben die Pyramiden rund um die Letzte Stadt bereits hinter uns gelassen.

»Wie hast du es geschafft, dich zu kontrollieren? An was hast du dich festgehalten?«, will Elif sofort wissen und Dante wendet neugierig seinen Sessel mir zu. Das Schiff scheint nun komplett auf Autopilot zu fliegen.

Meine Wangen werden mit einem Mal ziemlich heiß und Elif wagt es loszulachen. Ich werfe ihr einen finsteren Blick zu, muss dann jedoch selbst lachen. Ein echtes Lachen, das die letzte Anspannung vertreibt. Es fühlt sich unnatürlich an, aber auch gut.

»Das ist natürlich auch eine Möglichkeit«, kichert sie weiter, aber ich höre sie kaum mehr. Alles rückt in weite Ferne, als Dante sich näher zu mir lehnt und flüstert: »Wenn du Ablenkung in dieser Richtung brauchst, stehe ich dir jederzeit zur Verfügung.«

Sein Blick ist so intensiv, dass ich erschaudere.

»Wir sollten darüber sprechen«, sagt er dann wesentlich ernster. »Als ich den Diĝir in der Hand hatte, war es, als würde er mich mehr und mehr einnehmen, als wäre mein Wille vollkommen egal. Ich hätte mich an Ort und Stelle selbst hingerichtet, wenn es euch geholfen hätte.« Er überlegt kurz. »Nein, ich hätte es getan, nur weil es *hätte helfen können.*«

»Wenn das die Macht des Diĝirs ist, ist es ein Wunder, dass überhaupt noch jemand in dieser Stadt lebt.« Elif hält sich an den beiden Trennwänden fest und sieht uns nacheinander an. Zur Antwort erzähle ich ihr, was mein Vater uns gezeigt hat. Die Übereinkunft nach dem Krieg zwischen Licht und Dunkelheit, die Verwahrung des Zwillings und wie man versucht hat, ein leichtes Übergewicht an Licht, der Magie des Diĝirs, zu erhalten. Und die fatalen Auswirkungen dessen, was Riaz in die Außenbezirke getragen hat.

Elif lässt mich keine Sekunde aus den Augen. Sie blinzelt nicht einmal, saugt aber alle Fakten in sich auf. Ich habe meine Erzählung noch nicht ganz beendet, da deutet sie zum Cockpitfenster hinaus. Ich folge ihrem Blick und sehe fassungslos, wie sich in der Ferne eine Stadt vor uns erhebt. Nicht so groß wie die Letzte Stadt, aber eindeutig bewohnt. Kleine dunkle Kleckse bewegen sich auf den Feldern am Rande der Stadt.

»Geh weiter runter!« Elif stupst den ebenso erstarrten Dante an, der vor Schreck einen der Hebel in Bewegung setzt und das Schiff ins Schlingern bringt.

»Dort leben Menschen!«, spreche ich es aus, weil ich es nicht fassen kann. Dilmun ist die Letzte Stadt. Sie wurde mit der Magie des Diĝirs erhalten. Hier draußen in der ewigen Wüste sollte es nichts als Tod und Zerstörung geben. Die Finsternis ist immer weiter zu uns vorgerückt, heißt es, müsste all das Leben hier beendet haben – und wenn nicht die dunkle Magie selbst, dann das, was aus Menschen mit dunkler Magie wird: machtgierige, egoistische Monster, die sich nicht um das Wohl anderer sorgen.

Und doch kommt die kleine Stadt – oder vielleicht doch nicht mehr als eine Ansammlung schäbiger Hütten – immer näher, und wir sehen mehr und mehr, wie lebendig das Dorf ist. Auch wenn ich mit Magie aufgewachsen bin, Magie in diesem Moment unser Schiff antreibt, wir die pure Magie in seiner Urform bei uns tragen, so versetzt mich dieser Anblick doch zutiefst in Erstaunen. Ich werfe einen Blick auf die holografische Karte in den Armaturen. Wir befinden uns nicht mehr allzu weit entfernt von dem Punkt, der unser Ziel markiert – Elifs Koordinaten. Aber an unserer derzeitigen Position ist laut Karte ein absolutes Nichts. Es wird nicht einmal eine ehemalige Stadt angezeigt. Eine tote Stadt, wie ich sie von den Karten im Unterricht kenne. Dabei ist sie absolut lebendig, aus Kaminen schlängeln sich Rauchsäulen empor, im Zentrum, das wir gerade überfliegen, gibt es eine Art Basar.

Was beim Ursprung …

Weiter bringe ich den Gedanken nicht. Ein Alarmsignal erklingt und das Innere des Schiffs wird in rotes Licht getaucht.

»Was ist los?«, frage ich, doch Dante klärt uns im nächsten Moment auf:

»Die Energieversorgung versagt. Wir müssen landen.«

31

7. Abu 6996 nach Atum

Das Schiff erzittert, gerät ins Schlingern, und ich weiß plötzlich um Dantes wirkliche Fähigkeiten, ein Schiff zu steuern. Sie sind nahezu nicht vorhanden. Seine Gabe beschränkt sich wohl auf das Starten des Autopiloten. Wir verlieren schnell an Höhe. In rufe mir die Lektionen ins Gedächtnis, die wir geübt haben, für den Fall, dass es während einer Mission zu Problemen kommt. Doch es ist Haileys Wissen, das mir weiterhilft. Sie weiß, dass man bei einem möglichen Aufprall am besten geschützt ist, wenn man angeschnallt ist. Doch hier gibt es nirgendwo Gurte.

»Haltet euch fest, wie ein Gurt es tun würde«, rufe ich und versuche, mich, so gut es geht, in die Lehnen meines Formpolsters zu graben. Doch es wird nachgeben. Ich weiß es. Es ist nicht zum Halten geschaffen, sondern um maximal flexibel zu sein.

Dante sieht zu mir, während wir weiter nach unten schlingern. Dann zeichnet sich Entschlossenheit auf seinen Zügen ab. Was hat er vor? Binnen Sekunden ist er aufgesprungen und reißt mich mit sich.

»Wir müssen so weit nach hinten wie möglich. Dort gibt es einen winzigen Waschraum.« Er zerrt auch Elif mit sich, während er weiter erklärt: »Wenn wir die Landung irgendwo unbeschadet überstehen, dann dort.«

Ich werfe einen letzten Blick aus einem der seitlichen Fenster. Sollte irgendwer aus dieser Stadt dort unten seinen Blick zum Himmel richten, würde er uns sehen. Würde sehen, wie wir jenseits der Stadt in einem viel zu steilen Winkel aufsetzen und eine Sandfontäne vor uns herschieben, während im Inneren des Schiffes drei Menschen eng zusammengepfercht auf dem Boden sitzen, die Köpfe auf Notfalltaschen gestützt, um den Aufprall heil zu überstehen.

Bis wir uns aus den Trümmern befreit haben, ist die Sonne bereits zum Teil hinter dem Horizont versunken. Seit dem Verlassen des Schiffes stehe ich zwischen Dante und Elif und starre in den Sonnenuntergang. Nachdem ich Dantes Beispiel gefolgt bin und mich versichert habe, den Zwilling noch bei mir zu tragen. Seither stehen wir hier, und ich weiß, dass wir alle dasselbe denken: Die scharfen rot gezackten Linien, die sich vor der untergehenden Sonne erheben, sind unsere Koordinaten. Ich habe bislang nicht einmal gewusst, dass es auf Heliopolis ein Gebirge gibt. Die Karten in der Letzten Stadt sind Teil der Lüge. Sie zeigen nichts als Sand und Ruinen jenseits der Stadtmauer und die Dilmun umgebenden Pyramiden. Nichts als Tod. Dabei gibt es so unendlich viel.

»Und nun?«, frage ich und sehe vor allem Elif an, hoffe, dass sie eine Vision hat oder dergleichen. Doch sie sieht in diesem Moment zu Dante, der sich aufmerksam umsieht.

»Wenn die Nacht hereinbricht, werden wir hier draußen nicht lange überleben. Selbst um die Letzte Stadt herum wird die Wüste nachts lebendig. Wir müssen in dieser Stadt dort hinten Schutz suchen.«

»Hältst du das für eine gute Idee?« All die Warnungen, die

ich mein Leben lang gehört habe, die Schauergeschichten von den Monstern jenseits der Mauern, der Mordlust der Sandlinge, kreisen in meinem Kopf und bringen Ängste hervor, die ich in meiner Kindheit zurückgelassen glaubte.

»Hast du eine bessere?«, fragt Dante zurück. Elif interessiert sich sehr für den Sonnenuntergang und wirkt auffällig abwesend. Ich stoße kurz die Luft aus, schultere dann den Notfallbeutel.

»Dann los. Lass uns meine Kindheitsalbträume besuchen.«

Ich stapfe voraus durch den Sand. Jeder Schritt ist so schwerfällig wie in der Stillen Bibliothek. Obwohl die Luft aufgrund der sinkenden Sonne schnell kühler wird, rinnt mir Schweiß über die Schläfen. Meine Tunika ist durchnässt und das Wasser in meiner Tasche ist bald leer.

»Beim Diĝir!«, ruft Elif auf einmal aufgeregt und sieht etwas im Halbdunkel vor uns, das ich für eine Sinnestäuschung gehalten habe. Drei hohe Palmen beugen sich im konstanten Wind der Wüste.

Wenig später betreten wir eine weit abgelegene … Hütte. Sie besteht aus allerhand Materialien, die aussehen, als hätten sie sich nach Jahrhunderten damit abgefunden, sich arrangieren zu müssen. Direkt neben der Hütte stehen die drei Palmen, die sich weit über unsere Köpfe erheben. Sie sind weit und breit die einzigen. Das wahre Wunder zeigt sich uns jedoch erst beim Betreten der Baracke. Wir befinden uns in einem gemütlichen Raum, von dem drei Türen abgehen. Alles ist mit einer feinen Sandschicht bedeckt. Zu unserer Rechten fällt das letzte Sonnenlicht durch ein kunstvoll verziertes Fenstergitter, scheint auf einen kleinen Tisch, lässt das bunte Glas einer Laterne auf der Fensterbank aufleuchten und zeigt uns, dass es hier einen gemauerten Kamin gibt. Nichts –

wirklich rein gar nichts – deutet darauf hin, dass hier Monster hausen. Im Gegenteil. Abgesehen von dem etwas schäbigen Äußeren, unterscheidet sich das Innere mit all seinen Teppichen, Decken und Kissen kaum von so manchem Haus in Dilmun. Wir kann das möglich sein?

Dantes Magie tränkt die Luft mit Minze. Er nimmt die Laterne, aktiviert sie wie jene in Dilmun und schleicht sich zur ersten der Türen zu unserer Linken, stößt sie auf und untersucht den dahinterliegenden Raum. Ich folge ihm auf leisen Füßen. Dahinter befindet sich eine Schlafstätte aus etlichen Polstern. Durch unseren Luftzug rieselt Sandstaub von den zarten Stoffen, die darüber drapiert sind. Eine zweite Tür am anderen Ende des Raumes führt uns zu einem Waschraum, der wiederum auch über die zweite Tür im Hauptraum zugänglich ist. Nun öffnet Dante die letzte Tür, auf der dem Eingang entgegengesetzten Seite des Raumes, bereit, seine Magie auf den Besitzer der Hütte zu schleudern.

Doch auch dort ist niemand, nur Bücher, Schriftrollen, lose Blätter auf kleinen Tischchen. Im Schein von Dantes Laterne erkenne ich, dass alle vier Wände aus deckenhohen Regalen bestehen.

Elif stößt einen leisen Schrei aus und stürmt an uns vorbei in den Raum. Dante schüttelt mit einem Lächeln den Kopf und erklärt: »Sie hat ein fotografisches Gedächtnis. Sie liest wirklich alles, was sie auffinden kann. Viele Informationen hat sie aus Büchern, aufgestöberten Schriftstücken, nicht aus Visionen. Daher wollte sie auch unbedingt in die Stille Bibliothek. Weil ihr das verwehrt wurde, habe ich sie mit Büchern versorgt.«

Ich spüre einen Stich der Eifersucht, weil Dante beinahe mit Stolz beobachtet, wie Elif zwischen den Regalen auf und ab springt, ihre Finger über die Buchrücken gleiten lässt, als warte sie darauf, dass ein Buch auf ihre Berührung reagiert. Aber vielleicht wird es das ja – auf einer mir nicht ersichtlichen Ebene?

Auch ich habe der Anziehung der Bücher, all dem fremden Wissen jenseits der Mauer von Dilmun, nichts entgegenzusetzen. Meine Beine tragen mich wie von selbst zu einem der kleinen Tische in der Mitte des Raumes, während ich mit jedem Atemzug die trockene Luft in mich einsauge. Hier riecht es anders als in der öffentlichen Bibliothek der Zitadelle. Hier riecht es … nach Leder und Druckerschwärze. Wie das Bücherregal in unserem Haus auf der Erde. Der Besuch in Summit scheint in einem anderen Leben gewesen zu sein.

Auf dem Tisch steht eine weitere Laterne bereit, die ich aktiviere. Gelbliches Licht breitet sich über eine große Karte aus. Eine Karte, die am unteren Ende mit den mir bekannten Karten unserer Welt übereinstimmt. Dort befindet sich eine detaillierte Illustration der Letzten Stadt – die Zeichnung des Tempels zeigt alle acht Symbole auf dem Tempel – sogar das der Gemeinschaft von Isis, das Dreieck mit dem Ankh. Rasch sehe ich von dem Symbol weg, das ich fälschlicherweise für das von Riaz' Liebe gehalten habe, und konzentriere mich auf die Pyramiden rund um die Mauer, die ebenfalls detailliert eingezeichnet sind. Wie konnte jemand eine solche Karte entwerfen, wo nicht einmal ich, die ihr gesamtes Leben innerhalb dieser Mauern verbracht hat, so genau um die einzelnen Positionen weiß?

Doch der interessante Teil ist der, der auf unseren Karten fehlt. Einige skizzierte Häusergruppen weit außerhalb Dilmuns – in dem Teil unserer Welt, der in unserem Schiff vollkommen leer war. Orte mit Namen wie *Caestra* oder *Jabatàl*. Von Westen nach Norden zieht sich eine lange Bergkette über den gesamten Rand der Karte. Nach unserer unfreiwilligen Landung haben wir lediglich die ersten Ausläufer davon gesehen.

Da entdecke ich zwischen angedeuteten Gipfeln ein nur allzu bekanntes Symbol. »Hier!«, rufe ich, und meine Stimme lässt mich selbst zusammenzucken. Dante eilt sofort mit einem Buch in der Hand zu mir. Elif scheint mich nicht einmal wahrgenommen zu haben.

»Was hast du gefunden?«, fragt er mich, und ich deute auf das Symbol des Diĝirs inmitten der Ausläufer der Berge. Die achtstrahlige Sonne, die eine Seite mit dicken, die andere mit dünnen Strahlen. Es muss etwas zu bedeuten haben.

Dante betrachtet die Karte aus verschiedenen Perspektiven. Dann nickt er nachdenklich.

»Es könnten unsere Koordinaten gewesen sein.« Dann fährt er eine imaginäre Linie von dort aus in Richtung Dilmun und bleibt an drei senkrechten Strichen und einem Dreieck daneben hängen. »Dann sind wir wohl hier.«

Ich kneife die Augen zusammen, um zu entziffern, was neben den drei angedeuteten Palmen steht. Es ist mir nicht möglich. Die Tinte oder womit hier auch immer gezeichnet wurde, ist sehr verblasst. Aber nicht allzu weit rechts unterhalb unserer Position lese ich den Namen des Ortes, den wir vermutlich überflogen haben: *Caestra*. Über dem Wort sind zwei breitere und zwei feinere Linien eingezeichnet, wie eine grob skizzierte Sonne, während Orte wie *Ôrazón* und *Jabatàl* in unserem näheren Umkreis nur mit breiten Strichen markiert sind. Die direkte Linie von unserer Position zum Symbol des Diĝirs am Fuße des Gebirges streift noch den Namen

Ôrazón und führt kurz vor dem Gebirge an einem Ort mit durchgestrichenem Namen vorbei.

»Sind die Orte alle vernichtet?« Dante deutet auf zahlreiche weitere Häuserskizzen, deren Namen nicht nur verblasst, sondern ebenfalls durchgestrichen und daher nicht mehr lesbar sind. Es sind acht allein auf dem ausgebreiteten Teil der Karte, teils haben sie haarfeine Linien über den Namen, die aber auch Risse sein könnten. Ich schlucke mehrmals. Mein Magen knurrt daraufhin und protestiert, dass ich lediglich den imaginären Kloß loswerden möchte und ihm keine Nahrung liefere.

»Wir sollten etwas essen und trinken«, sagt Dante. »In den Notfalltaschen sollte …« Ich verziehe den Mund, als ich an die grünen Würfel an Bord des Transferschiffes denke. Dante lacht. »Ohne Nahrung werden wir nicht weit kommen.«

Ich werfe einen letzten Blick auf die breiten Striche über *Ôrazón*, ehe ich Dante aus dem Raum folge. Elif hat sich von ihm nicht überzeugen lassen und balanciert immer mehr Bücher auf ihrem Arm. Sie scheint vollkommen in ihrem Element.

Dante und ich lassen uns auf den Sitzpolstern nieder und er wühlt in seiner Tasche nach der Trockennahrung. Dann wischt er mit seinem Unterarm den Sandstaub vom Tisch, ehe er beinahe feierlich eine Packung mit grünem Inhalt darauf arrangiert. Mein Hals wird schon beim Gedanken daran trocken. Dante zaubert nun einen Neoferrumkelch hervor und kippt den Rest seiner Wasserflasche hinein.

»Ich werde mich nachher draußen umsehen. Wenn dort Palmen sind, gibt es Wasser.« Seine Strategie klingt logisch, daher mache ich mir keine weiteren Gedanken über Wassermangel, während ich einen Würfel nach dem anderen mit großen Schlucken aus dem Kelch hinabwürge. Ich muss an Yasmeens Worte auf dem Weg zur Erde denken. Sie hat behauptet, man gewöhne sich an diese Nahrung – sie hat wohl versucht, sich selbst davon zu überzeugen. Unwillkürlich muss ich daran denken, wie es meiner besten Freundin wohl in diesem Moment ergeht. Ich weigere mich, auch nur in Erwägung zu ziehen, dass sie gegen die Dunkelheit verlieren könnte. Es wird nicht geschehen. Dann jedoch bringe ich das neue Wissen um das Leere Zeichen mit meinem bisherigen in Einklang. Malak ist Träger des Leeren Zeichens. Er neigte schon bei seiner Initiation zur Dunkelheit. Was, wenn er durch die vermeintlich helfende Impfung mit dem Stoff des Zwillings nun vollkommen der dunklen Magie erliegt – oder gar schon von ihr niedergestreckt wurde? Dante muss meine Sorge spüren. Er rückt näher und streicht mir wieder und wieder über den Rücken. Im Moment kann ich nichts tun. Nicht hier in der weiten Wüste, ohne Flugschiff, zahlreiche Tagesreisen von Dilmun – von Yasmeen und Malak – entfernt. Ich kann mich nur auf das konzentrieren, wovon Elif glaubt, dass es unsere Rettung ist.

Als sich mein Magen wirklich voll anfühlt, überkommt mich eine Trägheit. Die Anstrengung des Tages oder vielleicht der zwei Tage, wenn man den Zeitverlust während unserer Kletterpartie vom Gewölbe in die Stille Bibliothek mit einrechnet, sitzen mir jetzt, als ich zur Ruhe komme, tief in den Knochen. Obwohl ich weiß, wie gefährlich es hier draußen ist, lasse ich es zu, dass Dante mich an sich zieht und mit einem langsamen, sanften Streicheln so weit beruhigt, dass mir irgendwann die Augen zufallen. Ich spüre im Halbschlaf, wie er mir einen kurzen Kuss auf das Haar drückt, ehe ich mich dem Schlaf ergebe.

32

8. Abu 6996 nach Atum

Hinter meinen geschlossenen Lidern ist es hell. Ich stöhne, als ich mich erheben will und dabei schmerzhaft jeden einzelnen Muskel in meinem Körper spüre. Meine Beine fühlen sich an, als wären sie in eine schwere Rüstung gepackt. Der Marsch durch den nachgiebigen Sand hat Muskeln beansprucht, die ich noch nicht einmal benennen kann. Stöhnend richte ich mich auf und suche nach Dante, doch der Raum ist leer. Ich sehe auf wackeligen Beinen kurz in die anderen Zimmer, nutze den Waschraum, um mich einigermaßen frisch zu machen, und gehe nach draußen. Unter den drei Palmen finde ich Dante und Elif, die mit dem Rücken zu mir sitzen, vor ihnen ein kleines Wasserloch, aus dem sie gerade unsere Flaschen auffüllen.

»Du musst dich täuschen. Das wäre längst bekannt.« Dante schüttelt den Kopf und zieht die Flasche aus dem Wasser.

»Hast du die ganze Nacht die Bücher gewälzt oder ich?« Elifs Antwort klingt pikiert. Ohne es zu wollen, trete ich lautlos über den Sand näher.

»Ich habe mir Gedanken darüber gemacht, was du – was ihr – erzählt habt«, fährt Elif fort und tauscht Dantes Flasche gegen eine weitere aus. »Jetzt verstehe ich auch, warum du so selbstlos warst, warum du mir als Einziger geglaubt hast. Warum du vollkommen ruhig mit angesehen hast, dass deine Liebe mit einem anderen zusammen ist.« Der letzte Satz lässt mich laut einatmen. Im selben Moment drehen sich die beiden zu mir um. Dann wirft Dante Elif einen finsteren Blick zu, der sie zum Verstummen bringen soll. Doch sie stößt nur ein Schnauben aus.

»Akasha kann es ruhig hören.« Sie klopft auf den Platz neben sich, und ich setze mich vorsichtig, um den Stapel an Büchern schräg hinter ihr nicht zum Einsturz zu bringen, während Dante stur auf eine weitere sich langsam füllende Flasche in seiner Hand sieht. »Hast du in den Büchern etwas gefunden?«, frage ich und nehme dankbar den Kelch mit Wasser entgegen, den sie mir nun reicht.

»Ich habe einiges herausgefunden. Aber davor versuche ich, Dante gerade zu erklären, warum er so ist, wie er ist. Warum ich ihn in all den Jahren, denen er dir hinterherschmachtet, nie davon überzeugen konnte, dir seine Gefühle zu gestehen. Er hat sich lieber unbeliebt gemacht.«

Bei ihrer Aussage verziehe ich den Mund. Ich sehe, wie sich Dantes Rücken anspannt. Das ist dann wohl jener Teil der Geschichte, den sie mir nicht erzählen wollte – oder erzählen sollte. Die Flasche ist sicher schon gefüllt, er müsste sich nicht länger reglos über das Wasserloch beugen.

»Und wie lautet deine Theorie?«, frage ich, weil Elif keine Anstalten macht, von selbst weiterzusprechen.

»Er hat eine besondere Verbindung zum Diĝir wie du zum Zwilling.«

Ich verschlucke mich und bekomme einen Hustenanfall.

»Es ergibt durchaus Sinn«, erklärt sie mir mit bedrohlich zusammengekniffenen Augen. »Er hätte sich gestern, ohne zu zögern, geopfert. Ich hatte den Diĝir auch in der Hand, aber auf mich hatte er nicht dieselbe extreme Wirkung. Dante stellt immer schon das Wohl anderer über seins, dein Glück über sein eigenes. Erst auf der Erde, fernab des Einflusses des Diĝirs, konnte er dir sein wahres Gesicht zeigen und dir seine Gefühle gestehen.«

Dante schnaubt verächtlich, während ich mir ihre Schlussfolgerung durch den Kopf gehen lasse. Dantes ständige Aufopferung, lieber selbst zu leiden, anstatt mit offenen Karten zu spielen ... was Elif sagt, klingt logisch. Und sobald Dante mit dem Diĝir in Berührung kommt, verstärkt sich dessen Einfluss, und seine Persönlichkeit wird vom Licht so weit zurückgedrängt wie meine von der Dunkelheit beim Kontakt mit dem Zwilling. Ich sehe zu Dante, der nicht länger auf das Wasserloch starrt. Die Sonnenstrahlen tauchen sein Gesicht in pures Licht, als wolle mir selbst die Sonne klarmachen, wen ich da vor mir habe. Mein Gegenstück, das Licht.

Wir sehen uns sekundenlang, minutenlang, stundenlang in die Augen. Bis Elif den Bann bricht.

»Das Beste habe ich euch aber noch gar nicht erzählt.« Nun sieht auch Dante neugierig zu ihr. Betont langsam zieht Elif eines der Bücher aus dem Stapel und schlägt es an einer mit einem Stück Stoff markierten Seite auf, der verdächtig nach einem Fetzen ihrer Tunika aussieht.

Ich fliege über die Überschrift in einer Sprache ähnlich der des alten Mesopotamiens. Ich kann nicht alle Zeichen der Keilschrift entziffern.

»Die namenlosen Liebenden«, liest Elif vor, und ich lasse mich entmutigt nach hinten fallen und stütze mich auf den Händen im Sand ab. Zwei Bücher kippen vom Stapel und ich lege sie schnell zurück.

»Das alte Märchen? Fängst du wieder damit an? Sie ist besessen von der Geschichte«, nörgelt auch Dante und wirft mir über Elif hinweg einen Blick zu. Ich erwidere ihn und denke dabei sofort an Yasmeen, die dieselbe Besessenheit zeigt. Elif geht nicht auf unsere Reaktionen ein und fährt fort:

»Der Untertitel lautet: ›Der Anfang vom Ende‹«, erklärt Elif, und deutet auf die zweite Zeile aus undeutlichen Keilschriftzeichen. Dann beginnt sie mit dem ersten Absatz des Fließtextes und liest ihn etwas holprig vor: »Die Botschaft aus Dilmun verbreitete sich schnell über den ganzen Planeten. Reiter wurden ausgesandt, brachten die Kunde bis in die entlegensten Winkel, scheuten weder die Dunkelheit noch jene Orte reinen Lichtes.«

Ich setze mich wieder aufrecht hin und beuge mich über das alte Buch, mein Blick heftet sich auf Elifs Finger, ein Kribbeln breitet sich von innen heraus bis in meine Fingerspitzen aus und lässt sie beinahe taub werden.

»Zahlreiche Paare machten sich daraufhin auf den Weg zum Ursprung, um die Vision der Propheten wahr werden zu lassen. Sie alle opferten sich. Doch jene, deren Namen in keiner Vision zu sehen war, waren nicht unter ihnen. Mit den Jahrzehnten suchten immer weniger Paare auf ihrer Reise zum Ursprung Unterschlupf in der einsamen Baracke unter den drei Palmen.«

Ich sehe vom Buch auf, über das kleine Wasserloch die beiden Stämme der hohen Palmen auf der anderen Seite entlang nach oben. Dante lehnt an der dritten von ihnen und hat in diesem Moment den Kopf weit in den Nacken gelegt.

Elifs Stimme dringt durch das Rauschen in meinen Ohren: »Die Vision wurde zu einer Legende, zu einem Märchen. Und doch hoffe ich im Namen aller auf diesem Planeten, dass sie weitergetragen wird und die namenlosen Liebenden ihre Bestimmung eines Tages erfüllen werden. Sie werden Licht und Dunkel beim Ursprung vereinen.«

Selbst der konstante Wind der Wüste verstummt, und die Palmblätter hoch über unseren Köpfen scheinen in ihrer Bewegung zu verharren, während in meinem Kopf reiner Aufruhr herrscht.

Der Knall des Buches, das Elif zuschlägt, schreckt Dante und mich auf. Er sieht Elif lange an, seine Mimik ist nicht zu deuten.

»Viele scheinen es versucht zu haben«, fährt Elif fort. »Doch die Finsternis ist nicht geschaffen zu lieben. Sie will nicht lieben, sie will bestimmen, besitzen, verzehren. So wie du immer mehr Licht jener verzehrt hast, die bereits durch die dunklen Artefakte, die Riaz in die Stadt gebracht hat, geschwächt waren.«

Ich schließe die Augen und schüttle den Kopf. Nein. Ich wollte das nicht, ich ... Die Bilder vom Schattenmarkt beweisen mir das Gegenteil. Im Schnelldurchlauf lasse ich den Tag vorüberziehen. Die entspannte, harmonische Atmosphäre bei meiner Ankunft, die immer weiterschwelenden Spannungen zwischen den Anwesenden, die ersten Handgreiflichkeiten unter den Trägern des Leeren Zeichens. Jene Bevölkerung, die aufgrund ihrer vermeintlichen Dunkelheit in sich keine Macht über eine Insignie, sondern das Leere Zeichen erhalten hat. Ich war es, die das verursacht hat. Nicht der Zwilling – oder zumindest nicht nur. Ich will nach hinten weichen, lande auf meinem Hintern und krieche wie eine Krabbe von Elif weg.

»Mir wird nichts passieren, solange er auch da ist«, sagt sie vollkommen überzeugt und deutet kurz mit dem Kopf zu

Dante. Wenn ich ihn doch auch nur mit zum Schattenmarkt genommen hätte. Der Ausbruch der Krankheit, die Quarantäne … hätte ich es verhindern können? Hätten *wir* verhindern können, dass die Menschen der Dunkelheit verfallen, dass sie den Palast stürmen, dass … Ich schlucke. Mein Vater könnte noch am Leben sein. Hat er gedacht, ich besäße die nötige Stärke, mich gegen die Finsternis zu wehren? Er und Leemal? Der Herrscher und seine rechte Hand, die stets versucht haben, ihre Nachkommen zu einer Verbindung zu drängen?

Weiß Lenora es?

Etliche Gespräche, Aufforderungen von ihr oder Mazen, Dante gegenüber aufzupassen, ihm nicht zu vertrauen, bestätigen meine Vermutung.

Meine Stimme ist nur ein leises Krächzen, als ich Elif frage, was wir tun können, wie wir alle retten können.

»All die Jahrhunderte, vielleicht sogar Jahrtausende – der Text trägt kein Datum –, hat sich nie ein Paar aus Licht und Dunkelheit gefunden.« Ich sehe zu Dante, sehe die Güte, das Licht in seinen Augen. Kann es wirklich sein, dass es nie jemanden wie uns gegeben hat? Elif beantwortet meine Frage von selbst und ergänzt: »Ein Paar, das bereit war, sich selbst aufzugeben und gleichzeitig eigennützig genug zu sein, den anderen für sich selbst zu beanspruchen, egoistisch zu handeln. Auf der Erde habt ihr beiden es geschafft, den vorbestimmten Bahnen zu entkommen. Ihr seid es, die uns alle retten werden. Wie ich es immer gesagt habe.« Sie wirft Dante einen vielsagenden Blick zu und ihre letzten Worte füllen die Luft zwischen uns.

Ich sehe zu Dante, der sich jederzeit für ein höheres Ziel – oder aus geringerem Grund – aufgeben würde, seine Wünsche hinten anstellt, es so lange schon getan hat. Dann denke ich an die Wut, die Machtgier, all das Dunkle, das in mir schwelt und das mich irgendwann verschlingen würde. Diese Finsternis würde nie zulassen, dass ich mich von ihr abwende. Genauso wenig, wie es das Licht zulassen würde, dass Dante mich und unsere Gefühle füreinander über alles andere stellt. »Ich möchte euch etwas allein lassen«, sagt Elif. Sie steht hastig auf und klopft sich den Sand von der Kleidung. »Ich muss eine Vision heraufbeschwören, also stört euch nicht an meinen Vorbereitungen.«

Dann stapft sie durch den tiefen Sand davon.

»Sie hat etwas vor, oder?«, frage ich.

Dante nickt. Sein Blick ist in die Ferne gerichtet, der Wind zerrt an seinen Haaren. Er nimmt eine Handvoll Sand und lässt ihn aus seiner Faust rieseln. Ich sage leise: »Das habe ich früher immer gemacht, um mich zu beruhigen.«

Dante sieht zu mir, ein leichtes Lächeln auf den Lippen. »Ich auch.« Dann wird er sofort ernst und fügt hinzu: »Glaubst du, sie hat recht? Sind wir …«

… die *namenlosen Liebenden*? Ich lache über den zaghaften Ton meiner inneren Stimme.

Ich denke an all die Male, in denen Yasmeen voller romantischer Ideen Riaz und mich für die *namenlosen Liebenden* aus dem Märchen hielt. Ich kann Dante nicht in die Augen sehen und konzentriere mich auf den kleinen Sandhaufen unter seinen Händen, der immer weiter anwächst.

»Ich weiß es nicht. Es ist …«

… ein Märchen. Nein, anscheinend ist es das nicht, es ist …

Ich werde von einer Bewegung im Augenwinkel abgelenkt. Elif gräbt eine Kuhle in den Sand und legt etwas hinein. Mit einem Zündstein schlägt sie Funken und kurz darauf weht der Wind den Geruch diverser Kräuter zu uns. Wie die vielen Räucherschalen in ihrem Zuhause. Ich hoffe, sie kann eine Vision heraufbeschwören, eine Lösung finden.

Vielleicht sollte ich ihr helfen.

»Du darfst keine Magie mehr einsetzen.« Dante schüttet den Rest des Sandes aus seiner Hand und säubert sie an seiner Hose, ehe er näher rückt. »Du darfst dich nicht verlieren, Ash.« Er greift nach meiner Hand und ein Kribbeln rast meinen Arm entlang.

Das Knistern eines Feuers lenkt mich kurz ab. Elif hat aus der nächsten Räucherkuhle eine Feuerstätte gemacht. Jetzt wühlt sie neben dem Haus im Sand.

»Wie kann ich euch – dich! – nicht beschützen, mit allem, was ich habe?«, bringe ich verzweifelt hervor. Ohne direkten Kontakt zum Zwilling kann ich die Wahrheit meiner Worte spüren.

Ich liebe dich, füge ich in Gedanken hinzu. Aber aussprechen kann ich es nicht. Ich weiß nicht, warum. Vielleicht ist dieses Wort zu mächtig, um es durch meine Finsternis hindurch nach draußen zu schicken?

Trotz allem sehe ich in Dantes Augen die Antwort darauf, als würde er sie mir zuflüstern:

Und ich liebe dich, Ash.

Der Moment ist vollkommen. Dante beugt sich zu mir und die Luft um uns herum lädt sich statisch auf. Die zarte Berührung seiner Lippen lässt meinen Herzschlag einen Moment lang aussetzen, ehe mein Puls zu rasen beginnt. Ich erwidere den Kuss mit geschlossenen Augen, ignoriere den jetzt aufkommenden Wind, der an meinem Haar zieht, und tauche immer tiefer in den Kuss ein.

Ich habe dich immer geliebt und werde nie damit aufhören. Selbst wenn es mich mein Leben kostet.

Seufzend rücke ich von Dante ab, obwohl es Überwindung kostet.

»Was hast du gesagt?«

Etwas benommen, als wäre er erst gerade aus einem Traum erwacht, öffnet Dante blinzelnd die Augen. »Hm?«

Vergeblich schiebe ich meine Haare aus meinem Gesicht. Der Wind ist immer stärker geworden. Ein Funkeln in meinem Augenwinkel lässt mich zum Wasserloch blicken.

»Was beim Ursprung …?« Dante starrt ebenso wie ich auf die aus dem Wasserloch hervorschießende Fontäne. Unsere Blicke folgen dem Wasserstrom, der sich nun rund um uns windet. Das Wasser tanzt wie ein Tornado um uns, begleitet von einem Strom aus Sand, zwischen dem etliche Funken tanzen. Feuer, Wasser, Luft und Sand hüllen uns immer weiter ein, bis die Welt jenseits davon nicht mehr zu sehen ist.

Dantes Augen bewegen sich schnell hin und her. Er sucht nach einem Ausweg, will mich beschützen. Es ist, als sähe ich direkt durch seine Augen. Dann springt er auf und lässt dabei meine Hand los. Im selben Moment fällt die Blase der Elemente um uns herum in sich zusammen. Selbst der Wind, der eben noch an meinen Haaren gezerrt hat, ist verschwunden.

»Hat es funktioniert?«, ruft Elif von der Hütte aus. Dante reicht mir die Hand und zieht mich nach oben. Wir stehen in einem Kreis aus nassem Sand, gesprenkelt mit Ascheresten.

»Hat was funktioniert?«, spricht Dante meinen Gedanken aus.

Doch Elif richtet das Wort an mich: »Weißt du, wo Dante seine Waffen aufbewahrt?«

»Nein«, sage ich sofort, schließlich war ich nie in Dantes

Gemächern. Noch während ich es ausspreche, schießen die Bilder durch meinen Kopf:

Ich sehe einen Raum, in dem sich an drei der vier Wände Bücherregale entlangreihen. An der vierten Wand ruhen Waffen in den exakt an die Form der Waffen angepassten geformwandelten Nischen rund um die Fenster mit den reich verzierten Gittern.

Ich taumle zurück, ehe ich flüstere: »An der Außenwand rund um die Fenster.«

Dante sieht erschrocken zu mir. »Woher weißt du das?«

Ich weiß es nicht.

Ehe ich es aussprechen kann, höre ich die Stimme.

Ash war nie in meinem Zimmer.

»Es funktioniert, oder?« Elif tritt näher, sieht zwischen Dante und mir hin und her. »Ihr könnt eure Gedanken teilen.«

Ich glaube, Dantes Seufzen zu hören, obwohl er nach außen hin keinerlei Regung zeigt. Ob er auch so über mich denkt?

Das würde ich nie!

Ich reiße meine Augen auf und sehe ihn ungläubig an.

Jeder in Heliopolis kennt das Märchen der *namenlosen Liebenden*. Es wird Kindern erzählt, um aufzuzeigen, wie stark man geeint sein kann und wie unwichtig alte Streitigkeiten werden, wenn man sich einem gemeinsamen Feind gegenübersieht. Der romantische Aspekt ist wie in so vielen irdischen Märchen auch ganz nebenbei eingebaut – und doch habe ich nach dem, was Elif herausgefunden hat, geglaubt, dass die damalige Vision nur aufgehübscht wurde, um unwahre Details ergänzt. Aber anscheinend können wir unsere Gedanken teilen, wie es in dem Märchen heißt.

Ich erstarre.

Wir haben es schön öfter getan. Meine *innere Stimme …*

Ich sehe zu Dante.

Sag etwas. Nein, denk etwas, weise ich ihn an.

Er verzieht wie unter größter Anstrengung das Gesicht, ehe er lächelt.

Ich will jeden Tag gemeinsam mit dir aufwachen wie nach unserer gemeinsamen Nacht.

Hitze schießt in meine Wangen, die nichts mit der Sonne zu tun hat.

»Es funktioniert«, will ich sagen, bringe jedoch keinen Ton hervor. Elif deutet die spontane Veränderung meines Teints richtig und nickt zufrieden.

Wenn die Sache mit dem Gedankenteilen der Wahrheit entspricht ... Was, wenn auch alles andere wahr ist? Wenn die Vision nicht aufgebauscht und romantisiert wurde?

»Du glaubst ...« Dantes nun geflüsterte Worte durchdringen die Stille, ehe er seine Hand zur Seite streckt, die Handfläche nach oben. Minzduft umhüllt uns. Binnen Sekunden wird aus einem kleinen Glimmen ein Feuer, das von Dantes Augen reflektiert wird. Er ballt die Hand zur Faust, die Flamme stirbt.

»Wir –« Ich kann es nicht aussprechen, bin nicht einmal in der Lage, meine Gefühle zu erfassen, denn ich kann nicht länger sagen, wo meine Emotionen aufhören und Dantes beginnen. Dort, wo ich früher so etwas wie eine Grenze gespürt habe, die mir deutlich gemacht hat, wo ich selbst ende und die Gefühle anderer beginnen, fließen unsere Persönlichkeiten nun ineinander, mischen sich an ihrem Schnittpunkt zu etwas Neuem. Instinktiv greife ich nach Dantes Hand. Es gibt kein Ich und kein Er mehr, nur noch ein *Wir*.

Er keucht auf und ich sehe seine Gedanken. Er erinnert sich daran, was Elif ihm damals bei ihrer ersten Begegnung zu ihm gesagt hat. Als er sich um das junge Mädchen, das alle mieden, weil sie verrückt schien, gekümmert hat.

»Du bist einer der Liebenden«, waren ihre ersten Worte an ihn gewesen, deren Sinn er nie verstanden und den sie ihm auch nie erläutert hat, ja nicht einmal mehr darauf zu sprechen gekommen war.

Mein Puls rast schneller als bei einem Kampf. Jeder Herzschlag besitzt ein leises Echo. Dantes Herz schlägt im selben Takt. Er ist mir so nah, dass ich seine Wärme spüre, nicht die der Sonne über uns. Wir sind überwältigt und von tiefer Ehrfurcht erfüllt von dem, was uns soeben passiert ist, und nicht in der Lage zu sprechen. Ich stehe vollkommen reglos da und kann mich durch seine Augen betrachten, ein leicht verzerrtes Abbild dessen, was ich im Spiegel sehe. Was ich an mir selbst als Makel erkenne, ist in seinem Bild von mir ebenso perfekt wie alles andere an mir. Es ist, als wäre das, was mich an mir selbst stört, in meinem Kopf angewachsen, während Dante es nie als Fehler gesehen hat. Die Erkenntnis lässt mich erröten, während ich erkenne, dass auch er perfekt ist.

Ein schelmischer Ausdruck blitzt auf seinem Gesicht auf. Seine Mundwinkel zucken und das Grün seiner Iris wird zusehends heller.

»Du hältst mich für perfekt?« Selbst in völliger Dunkelheit könnte ich sein breites Grinsen deutlich vor mir sehen. In diesem völlig überwältigenden Moment bin ich nicht zu einer Antwort fähig. Ich möchte ihn schubsen, doch sein Lachen wärmt mich von innen und außen und jener Reflex schmilzt dahin wie vor Kälte erstarrtes Wasser im Sonnenlicht.

»Jetzt, da das geklärt ist, solltet ihr dringend losgehen. Ihr kennt eure Mission«, schaltet sich Elif ein.

»Und was hast du vor?«

»Ich bereite unseren Ankömmlingen ein kleines Willkommensgeschenk.«

Sie deutet locker hinter sich, sodass ich zuerst nicht glauben kann, was ich sehe. Am Horizont erhebt sich eine Staubwolke, und ich kann nur vermuten, dass der Sandsturm keinen natürlichen Ursprung hat. Wir werden verfolgt.

»Geht los. Laut Karte haben wir den Großteil der Strecke bereits hinter uns. Es können noch höchstens zwei, drei Tagesmärsche sein. Ich werde sie aufhalten.«

»Aber wie?« Ich sehe von dem aufgewirbelten Sand am Horizont zu Elif, die die Ruhe selbst ist. Sie muss die Lösung gesehen haben.

»Ihr müsst mir vertrauen«, beschwört sie uns und Dante nickt ihr zu. Sie wirft uns vollgepackte Notfallbeutel zu.

»Geht *jetzt* los«, wiederholt sie. »Und verbergt euch.«

Mir wird eiskalt, als sie mich bittet, meine Magie zu nutzen. Doch es wird mir nichts anderes übrig bleiben. Ich muss uns unsichtbar machen, wenn wir uns zum Ursprung davonstehlen wollen.

Tot würden wir unsere Mission nicht zu Ende bringen können. Ich hole tief Luft und greife zum Zwilling und heiße die Dunkelheit willkommen.

33

8. Abu 6996 nach Atum

Ich greife immer tiefer in meine Magie, nein, direkt nach der Dunkelheit. Ich spüre, wie sich das sehende Auge in meinem Nacken erhebt. Doch die Finsternis, die mit dieser Macht einhergeht, ist verschwunden. Ich sehe mich um, konzentriere mich auf die Ränder meines Sichtfeldes, die zuletzt verdunkelt waren, doch ich finde sie nicht. Und doch spüre ich die unbändige Macht, die mich durchflutet und es mir erleichtert, uns in eine Täuschung aus Sand zu hüllen.

»Lass uns losgehen«, sagt Dante und macht den ersten Schritt. In seinem Nacken erhebt sich ebenfalls die Insignie von Geb. So schnell es der Sand unter unseren Stiefeln zulässt, gehen wir voran. Dante reicht mir aus seinem Rucksack eines von zwei Tüchern, die wir über den Kopf legen, um den Haaransatz zusammenrollen und das lose Ende über dem Gesicht befestigen, um uns vor dem Sandstaub zu schützen.

Während wir uns immer weiter von Elif entfernen, frage ich mich, ob wir uns wiedersehen werden. Der wissende Ausdruck im Gesicht der Seherin behauptete das Gegenteil und lässt mich lange nicht los. Es war kein *Auf Wiedersehen*, sondern ein *Abschied*.

Der konstante Wind verändert das Bild der Wüste vor uns

unaufhörlich. Stets erheben sich sanfte Wogen, über denen die Luft flirrt und den Blick auf die Berge weit entfernt verzerrt. Wir setzen Fuß um Fuß vorwärts. Ich weigere mich, dem Wunsch meiner geschundenen Beine nachzukommen und mich zu setzen. Ich weiß, dass ich nie wieder würde aufstehen wollen – und es auch nicht mehr könnte. Daher halte ich meinen Blick stets auf unser Ziel gerichtet – die Ausläufer der Berge am vermeintlichen Ende unserer Welt. Sie rücken nicht näher. Nicht das kleinste bisschen. Daher lenke ich mich damit ab, wie eine stille Beobachterin Dantes Gedanken zu verfolgen, dränge ihn nebenbei immer wieder, etwas zu trinken. Elif hat uns sämtliche Flaschen mit Wasser gefüllt und in die Taschen gesteckt. Sie hat an alles gedacht.

Die Sonne wandert über den Himmel und nähert sich unablässig dem Horizont.

»Wir sollten dort übernachten«, sage ich mit einem leichten Lächeln, das er unter dem Tuch über meinem Mund vermutlich nicht sehen kann. Schnell deute ich auf einen Punkt vor uns, wo sich eine zitadellenhohe Felsansammlung aus dem Sand erhebt wie die Finger einer gekrümmten Hand. Es ist schwer einzuschätzen, wie weit es noch bis dorthin ist. Wir gehen weiter und weiter, die Augen immer wieder auf die ferne Häusersammlung am Horizont zu unserer Rechten gerichtet, die laut Karte keinen Namen mehr trägt. Eine der alten ausgestorbenen Städte. Sie ist wirklich ohne Leben. Selbst als wir unser Ziel erreicht und ein provisorisches Nachtlager inmitten des Steinkreises aufgeschlagen haben und nachdem die Sonne endgültig hinter die Berge getaucht ist, gibt es keinerlei Licht von Feuer oder irgendeine Bewegung, keinen Rauch, der aus den Schornsteinen der verfallenen Häuser dringt.

Ich bin froh, dass wir in keinem der Gebäude dort Schutz gesucht haben. Glücklicherweise hatte Dante dasselbe ungute Gefühl wie ich, was diesen toten Ort angeht.

So sitzen wir nun hier, inmitten der ewigen Wüste, von den steinernen Wänden der aufgerichteten Felsen umgeben, die nur einen einzigen Blick nach draußen – zur toten Stadt zulassen. Wir entzünden ein Feuer, das die Kälte fernhalten soll. Es gibt kein Holz, das den Flammen Nahrung bieten kann, und wir sind auf Magie angewiesen. Doch es strengt mich kaum an, sie unentwegt fließen zu lassen. Nicht wenn Dante bei mir ist und wir im Gleichgewicht sind. So muss sich Magie früher angefühlt haben. Einfach, leicht wie Atmen.

Endlich kann ich das Tuch von meinem Kopf lösen und mein Haar freut sich über die Freiheit. Ich schüttle es aus, kratze den Sand von der Kopfhaut, ehe ich auch das von Dantes Kopf ziehe und sie beide zusammenfalte, während Dante unsere Wasservorräte prüft. Die nur allzu vertraute Sorge trübt unsere geteilten Gefühle.

»Wir haben bereits über die Hälfte verbraucht.« Seine Sorge wächst wieder an. Es ist, als würde jeder Gedanke, jeder noch so kleine Ausschlag der lichten Magie einen Stein auf die Mauer zwischen uns setzen. Dasselbe gilt vermutlich auch für meine Gefühle. Wir sind verbunden, sind eins – und doch trennen uns Welten, wenn wir uns unseren »gottgegebenen« Emotionen hingeben. Dem Licht des Diĝirs und der Finsternis des Zwillings.

»Wir können das Wasser aus der Luft ziehen«, sage ich sofort.

»Ohne jegliche Feuchtigkeit in der Luft kannst selbst du das nicht schaffen.« Um in mir kein Gefühl der Unzulänglichkeit aufkeimen zu lassen, streift er zärtlich über meine Wange.

Er hat recht. Wo kein einziges Wassermolekül ist, können wir es nicht einmal mit Magie sammeln. Eine Weile starren wir in die Flammen. Sie bewegen sich, leben. Tanzen und erschaudern im leichten Wind, der hin und wieder zwischen unsere Felsen taucht. Sie sind wunderschön.

Ich rücke näher zu Dante und er legt den Arm um mich, drückt mir einen kurzen Kuss auf das Haar. »Morgen müssen wir einen Umweg gehen. Der direkte Weg zum Ursprung führt zu dicht an diesem Ort vorbei, der anscheinend bewohnt ist ... *Ôrazón*. Wir sollten ihn bestmöglich umgehen, selbst wenn wir uns tarnen. Oder was denkst du?«

Ich lächle, als er mich nach meiner Meinung fragt, obwohl er wie ich genau weiß, dass er in diesen Dingen besser bewandert ist als ich. Es macht mich glücklich und ich drücke ihm dieses Gefühl mit meinen Lippen auf den Mund. Er seufzt genießerisch und wir gönnen uns einen Augenblick des Innehaltens, ziehen Stärke aus unseren Berührungen und die Gewissheit, wofür wir kämpfen.

Viel zu früh besteht Dante darauf, die erste Wache zu übernehmen. Er übernimmt den Magiezufluss des Feuers und ich bette mich auf seinen Schoß. Schon bald wandere ich auf dem schmalen Grat zwischen Wachen und Träumen und murmle nur immer wieder meine Zustimmung, während Dante über den Ablauf des kommenden Tages spricht.

Irgendwann erwache ich in stockfinsterer Nacht, beide Monde sind heute nur eine schmale Sichel über uns, zu weit entfernt, um Licht zu spenden. Die Milliarden von Sternen sehen aus wie Glitzer auf dunklem Samt. Die Flammen unseres Feuers sind erloschen, nur ein gelb-orangefarbener Fleck des geschmolzenen Sandes – Glas! – wirft einen schwachen Lichtschimmer auf uns. Ich rapple mich hoch und sehe, wie

Dante im Sitzen schläft. Seine Atemzüge sind tief, er ist vollkommen entspannt und selbst in dem schwachen Leuchten einfach wunderschön. Ich will ihn nicht wecken, aber ich will, dass er entspannt ruhen kann und am morgigen Tag den Kopf noch drehen kann, ohne vor Verspannungen umzukommen, daher lege ich ihn mithilfe meiner Magie sanft auf den Sand und bette nun seinen Kopf auf meinem Schoß. Ich nehme mir fest vor, wach zu bleiben, erwecke sogar die Flammen wieder zum Leben und präge mir die Karte der Umgebung noch ein weiteres Mal ein – versuche dabei, die durchgestrichenen Ortsnamen zu entziffern –, aber die Müdigkeit überkommt mich immer mehr.

Die flackernden Flammen und Dantes tiefe Atemzüge ziehen mich unaufhaltsam in den Schlaf, ganz gleich, wie sehr ich mich dagegen wehre.

Ich erwache aus einem unbestimmten Grund, vielleicht der Kälte. Gänsehaut erhebt sich unter meinen langen weiten Ärmeln. Es ist noch immer finsterste Nacht. Die zwei Mondsicheln sind von meinem Platz aus nicht mehr sichtbar. Es muss einige Zeit vergangen sein. Dantes Silhouette zeichnet sich nur schwach von dem fast erloschenen geschmolzenen Sand vor mir ab. Instinktiv streiche ich ihm über die Wange, und er lächelt im Schlaf, was mein Herz zum Schmelzen bringt. Wenn ich gelenkig genug wäre, würde ich ihn jetzt küssen. So streife ich nur eine Haarsträhne seines von Sand und Schweiß versteiften Haares aus dem Gesicht, um im schwachen Licht jeden einzelnen Gesichtszug mit den Augen nachzufahren.

Wie lange es wohl noch bis zum Tagesanbruch dauert? Die Sonne müsste hinter der toten Stadt aufgehen, aber noch sehe ich nicht den Hauch einer Verfärbung des Horizontes.

Ich erfasse das Geräusch erst mit meinem sechsten Sinn, ehe ich es wirklich höre. Schon bevor ich selbst aktiv werde, habe ich mit einem inneren Schrei Dante geweckt. Er schlägt die Augen auf. In seinem Blick steht Panik, weil ich meine Hand auf seinen Mund presse.

Ich habe etwas gehört, sage ich ihm in Gedanken. Er nickt und ich nehme meine Hand weg, damit er sich aufrichten kann. Zum ersten Mal sehe ich, wie er die Welt sieht, wenn sich die Insignie des Hauses Seth in seinem Nacken erhebt. Er streckt seine Fühler nach Emotionen aus. Wie ein Echolot sendet er in alle Richtungen Impulse aus. Ich will mich bereits für die Aufregung entschuldigen, weil er nichts empfängt, da spüre ich die unbändige Neugier in meinem Rücken – zusammen mit der Aufregung und der Gier ergibt sich ein bitterer Geschmack in meinem Mund, der für eine pelzige Zunge sorgt und in mir den Wunsch weckt, mehrmals auszuspülen oder die Zähne zu putzen.

Direkt hinter den Felsen befinden sich mindestens drei Personen, vermutlich aber mehr, gibt mir Dante über unsere Gedanken weiter. *Sie jagen gemeinsam, sind eingespielt und stecken sich mit ihren Gefühlen an. Wir müssen den Eingang im Auge behalten.*

Geräuschlos erheben wir uns. Unsere Rücken durch die Felsen hinter uns gut geschützt, warten wir mit erhobenen Händen. Bereit, unsere Magie wirken zu lassen, bis es wer auch immer wagt, unser Lager zu betreten.

Ich halte das Knistern in der Luft für Dantes aufwallende Magie, doch dann spüre ich einen kurzen scharfen Schmerz an meiner Kehle. Jemand muss den Fels in unserem Rücken geformwandelt haben und hindurchgetreten sein. Ich kann mich unmöglich umsehen. Die scharfe Klinge lässt einen

Blutstropfen nach dem anderen aus meiner Haut quellen. Bei der kleinsten Bewegung wäre ich tot.

Rühr dich nicht!, befiehlt Dante in Gedanken.

Das hatte ich nicht vor.

Spürst du sie?, fragt Dante weiter, während ich mich auf die rauen Atemzüge meines Angreifers konzentriere. *Sie sind ebenso dunkel wie die Rebellen in der Stadt.*

Ich würde am liebsten erschaudern, als ich an den kaltblütigen Blick der auf dem Schattenmarkt noch so fröhlichen jungen Frau denke. Dante teilt mit mir die Bilder, zeigt mir, wie er die Welt sieht. Hinter mir und ihm befindet sich jeweils ein schwarzes Loch.

Dunkle Magie. Überall. Sie sind zu acht, haben keinerlei Angst, sondern sind sich so siegessicher, dass ich kurz dem Gedanken erliege, es niemals mit ihnen aufnehmen zu können.

Kannst du dich noch an unsere Lektionen auf dem Schiff zur Erde erinnern?, fragt Dante, und ich bejahe. Kurz tauchen die falschen Bilder in meinem Kopf auf. Wie er mich umarmt, meine Hände mit dem Schwert führt, seine Stimme leise an meinem Ohr. Das war der erste Moment, in dem er mir zumindest einen Teil seines wahren Ichs gezeigt hat.

Du sollst mich nicht ablenken, beschwert er sich, und beinahe hätte ich gelacht. Dann schiebt er mir Verteidigungsgriffe zu. Zeigt mir wieder, wie ich mich hoffentlich unverletzt aus einem solchen Griff entwinde.

Bei drei. Eins … zwei …

Wir wenden uns wie ein einziger Körper seitlich nach hinten, ignorieren das Brennen im Hals und ich greife nach der Hand mit der Klinge. Der Arm ist zu stark. Während ich aus dem Augenwinkel sehe, wie Dante sich gegen seinen Angreifer durchsetzt, bleibt mir nichts anderes übrig, als meine Magie zu nutzen. Ich weiche vor der Klinge zurück, greife zum Beutel mit dem Zwilling und schleudere pure Angst nach der in Tücher gehüllten Person, die der Statur und der Stärke nach ein Mann sein muss.

Er geht nicht zu Boden, zeigt nicht einmal die kleinste Reaktion. Er zuckt auch nicht zusammen, als ich ihm so viel Schmerz wie möglich zufüge. Im Gegenteil. Er holt aus und wirft mich zu Boden. Noch während ich falle, verstehe ich meinen Fehler. Ich habe versucht, die Finsternis mit dunkler Magie zu bekämpfen. Habe das schwarze Loch seiner Magie genährt, anstatt die Dunkelheit mit Licht zu vertreiben. Doch nun ist es zu spät.

Ich liege bereits mit dem Gesicht im Sand, die Augen zum Schutz geschlossen, als mir ein Schlag auf den Hinterkopf das Bewusstsein raubt.

34

9. Abu 6996 nach Atum

Die Übelkeit durchflutet mich, noch ehe ich wirklich zu mir gekommen bin. Mein Kopf fühlt sich an, als wäre er zwischen schwere Felsen geklemmt. Allein der Gedanke an eine Bewegung verursacht nie verspürte Kopfschmerzen.

Rühr dich nicht, erklingt Dantes Befehl in meinen Gedanken, und ich würde am liebsten vor Schmerz aufschreien.

Eine flatterhafte geistige Berührung … der Schmerz nimmt ein wenig ab, und ich wage es, die Augen zu öffnen. Dante stößt gerade einen gepressten Atemzug aus. Er lehnt an einer zerkratzten und zerbeulten Metallwand, ich liege auf seinem Schoß. Sein Gesicht direkt über mir zeigt tiefe Qual. Zu meinen Füßen befinden sich steinerne Fässer und Truhen, mit Ketten gesichert. Ich spüre eine Bewegung, obwohl sich mein Ausblick nach oben nicht verändert. Dort ist nichts als der ewig blaue Himmel von Heliopolis.

Wo sind wir?, frage ich im selben Moment, in dem er mir mit Bedauern mitteilt, dass er mir nicht mehr von dem Schmerz nehmen kann.

Du warst nicht lange ohnmächtig, erzählt er. *Während des Sonnenaufgangs habe ich versucht, dich zu heilen.* Bei dem

Gedanken zieht er eine gequälte Miene. Die Gabe von Nut ist schwer zu beherrschen, das weiß ich aus eigener Erfahrung, daher beschwichtige ich ihn über unsere Gedanken. *Dieser Wagen ist Teil einer Karawane. Wenn ich mich richtig orientieren konnte, ziehen wir weiter in Richtung Gebirge. Aber ich weiß nicht, ob das unser Ziel ist oder …*

… Ôrazón, unterbreche ich ihn. Er nickt langsam. *Wer sind diese Männer?*

Piraten, Räuber, Banditen, Sandlinge? Er fährt sich über das von Schweiß und Sandstaub verschmutzte Gesicht. *Ich weiß es nicht, aber sie entsprechen den Geschichten, die man uns über die Gefahr außerhalb der Stadtmauern erzählt hat. Ich habe sie für Legenden gehalten.* Er schüttelt den Kopf. *Sie haben uns alles abgenommen und zu ihrer Beute oder ihren Handelswaren gelegt.*

Alles … Meine schnelle Bewegung zur rechten Seite meines Gürtels wird mit einem scheußlichen Kopfhämmern und einer Übelkeitswelle bestraft. Doch die Erkenntnis, dass der Zwilling weg ist, schmerzt noch mehr. Deshalb konnte er mich nicht heilen.

Dante nickt zur Bestätigung, als donnernde Rufe erklingen. Ich kann die Worte nicht verstehen, halte sie jedoch für einen Befehl.

Was haben sie mit uns vor?, frage ich, als unser Wagen plötzlich stoppt, weitere Worte erklingen, die hin und wieder wie unsere Sprache klingen – ganz als sprächen die Männer in einem uralten Dialekt.

Ich kann sie nicht verstehen, gibt Dante missmutig zu. *Die toten Sprachen waren nicht gerade mein Lieblingsfach.* Er schafft es, mir einen vorwurfsvollen Blick zuzuwerfen, und beinahe muss ich trotz allem grinsen. Aus irgendeinem Grund stärkt mich die Erinnerung an den fluchenden Dante, der immer kurz davor stand, unseren Sprachlehrer Juleeo mit seinen Blicken zu erdolchen. *Wenn Elif hier wäre … Sie ist das Sprachgenie. Sie konnte auch die Bücher bei den drei Palmen problemlos lesen.*

Wieder einmal pikt mich die Eifersucht und ich bin kurz davor, laut ein wüstes »Sie ist aber nicht hier« auszusprechen, da erscheint hinter der metallenen Wand, an der Dante lehnt, ein Kopf. Das Alter des Mannes ist aufgrund seines vollen Bartes nicht einzuschätzen, aber seine Augen unter der Kufiya sind so kalt, dass ich trotz der sengenden Sonne erschaudere.

Er spricht uns direkt an, aber ich verstehe nur Wortfetzen. Ein weiterer Mann – nein, ein Junge, vielleicht ein oder zwei Jahre jünger als ich, springt auf den Wagen. Er reißt an meinem Arm und befiehlt uns mit einem seltsamen Akzent, dass wir aufstehen sollen. Ich schließe die Augen, um den Kopfschmerz zu vertreiben. Ich strenge mich an, schwankend suche ich das Gleichgewicht. Die starken Hände des Jungen krallen sich in mir fest. Er steht vollkommen sicher, obwohl der Wagen bei der kleinsten Regung schwankt.

Erst als ich mich vollkommen aufgerichtet habe, sehe ich mich um. Der Karren ist an ein Gefährt gespannt, das ich als eine magiebetriebene Variante einer alten Kutsche beschreiben würde – oder der ersten Automobile. Es gibt keine Räder wie auf der Erde, stattdessen schwebt der breite Sitz mit dem Lenkrad über dem Sand. Mein Blick zieht weiter. Vor uns fahren – nein schweben – motorradähnliche Fuhrwerke. Sie sehen allesamt aus, als wären sie aus Schrott alter Schiffe zusammengefügt worden. Von Formwandlern, die keinerlei Sinn für Ästhetik haben, sondern sich nur dem Nutzen verschrieben haben.

Der Junge schiebt mich von dem schwebenden Anhänger, Dante kommt freiwillig mit, direkt neben mir.

Der Vollbärtige bellt uns etwas zu. Wut funkelt in seinen Augen, als wir nicht reagieren, weil wir ihn nicht verstehen können.

Der Junge hebt beschwichtigend die Hände, sodass der Anhänger an einem mehrmals um sein Handgelenk geschlungenes Band hin und her baumelt, und spricht dann mit seinem seltsamen Akzent, jedoch einigermaßen verständlich:

»Neengal will, dass ihr am heutigen Tag seine Gastfreundschaft genießt.« Ich huste, weil ich ein Lachen verschlucke und im gleichen Moment dann doch darüber nachdenke, ob ich tatsächlich Gastfreundschaft verstanden habe. Dante hat denselben Gedanken, und seine linke Braue wandert vor Unglauben immer weiter nach oben, während der Junge weitererzählt. Langsam, als hätte er es mit kleinen Kindern zu tun. »Wir werden den Rest des Tages vor den Toren von Ôrazón warten. Ein Betreten ist nur im ersten Licht des Tages möglich.« Sofort sehe ich mich um, lasse meinen Blick über den Horizont schweifen, über die flirrende Luft, die von dem heißen Sand aufsteigt, und suche nach dem Ort Ôrazón, den wir laut Karte bei Nutzung des direkten Weges von den drei Palmen zum Ursprung gestreift hätten. Zuerst sehe ich nichts, fokussiere eher die Berge im Hintergrund, dann bleibt mein Blick doch an etwas hängen, einem Zwiebelturm. Ich keuche auf, als ich Ôrazón tatsächlich entdecke.

Die Stadt ist nicht aus zu Stein geformwandeltem Sand erbaut, sondern aus dem Sand selbst, teile ich meine Gedanken mit Dante, der ebenso fassungslos wie ich in Richtung des getarnten Ortes sieht, der sich erst nach mehrmaligem Hinsehen von den zarten Wellen der Wüste abhebt. Die Mauer, die

die Stadt umgibt, ja selbst jedes einzelne Gebäude im Inneren bestehen aus geformten Sand – wie die Sandburgen der Kinder auf der Erde –, die Spitzbögen der Fenster funkeln im Licht der Sonne wie die Wüste außerhalb der Stadtmauer. Keines der Gebäude ist höher als vielleicht zwei Stockwerke, damit die kleinen Türmchen nicht zu weit in den Himmel ragen. So hebt sich Ôrazón kaum vor dem ewigen Sand dahinter ab. Man glaubt eher an eine Sinnestäuschung als daran, dass sich hinter dem Flirren des heißen Wüstensandes tatsächlich eine Stadt befindet, eine Stadt, die den Geschichten aus Tausendundeiner Nacht der Erde entsprungen sein könnte. Ich kann mir bildhaft vorstellen, wie an einem solchen Ort Yasmeens Vorfahre, ein Luftelementar der Familie Adeen, auf einem alten Teppich an den Zwiebeltürmchen vorbeigleitet.

»Was ist das für ein Ort?«, fragt Dante den Jungen, der eben vergeblich versucht, seine dunklen Locken zu bändigen. Er erinnert mich an Malak in jüngeren Jahren.

»Ôrazón ist die Zukunft unseres Planeten. Die Stadt wird die Magie zurückbringen«, erklärt er voller Überzeugung. »Ich bin ein Sohn Ôrazóns.« Er klopft sich mit der Faust auf die Brust. Noch erheben sich unter der Tunika kaum Muskeln. Der Junge ist viel zu hager, aber seine dunklen Augen leuchten voller Tatendrang. Die Männer aus dem Tross sind allesamt damit beschäftigt, ihre Fluggeräte wie eine Art Schutzkreis um uns herum aufzustellen. Der Wagen muss ihr größter Schatz sein, er befindet sich im Zentrum des Ringes.

»Das heißt, du wohnst dort?«, fragt Dante misstrauisch.

Der Junge schüttelt eifrig den Kopf. »Niemand wohnt dort. Die Stadt ist verflucht. Ôrazón gehörte zu der Gemeinschaft von Isis, aber sie alle haben vor Jahren die Stadt verlassen. Ich wurde von Neengal vor den Toren gefunden.« Er deutet vage in Richtung Stadtmauer.

»Und trotzdem wollt ihr morgen bei Sonnenaufgang dorthinein?« In mir sträubt sich schon beim Gedanken daran alles.

»Wir bringen der Stadt die Opfer, die sie benötigt, um eines Tages wieder genug Magie in Ôrazón anzusammeln, um die Tore für alle zu öffnen und allen ein gutes Leben zu ermöglichen.«

Ich vergleiche das Gesagte mit der Hoffnung, die man in den Bewohnern der Letzten Stadt stets geschürt und aufrechterhalten hat. Auch diese ... Banditen haben verquere Träume und Hoffnungen. Ob sie wissen, dass die Magie erst zurückkehrt, wenn alles im Gleichgewicht ist? Ob sie wissen, dass sich die ehemaligen Bewohner dieses Ortes vielleicht in der Letzten Stadt aufhalten? Dass sie es sind, die die Mauern überwunden haben? Ich denke an das Zeichen auf dem höchsten Tempelturm, das Dreieck mit dem Ankh. Denke an meine Mutter, die von diesem Turm aus den Diĝir vernichten wollte.

Ich glaube nicht, dass die Stadt unbewohnt ist. Vielleicht bin ich mittlerweile paranoid geworden, aber ich weiß nur zu gut, wie man Menschen mithilfe von Mythen und Legenden täuschen kann. Wer auch immer dort in dem Ort Ôrazón sitzt, wird den Diĝir an meine Mutter übergeben. Zusammen mit dem Zwilling. Wir dürfen es nicht so weit kommen lassen.

Ob der Junge es verstehen würde? Oder ist er ebenso geblendet von dem, was man ihm sein Leben lang erzählt hat, wie alle anderen? Ich sehe zu Dante, der mich mit einem kaum bemerkbaren Kopfschütteln davon abhält, den Jungen danach auszufragen. Stattdessen höre ich mich sagen: »Wie heißt du?«

Der Junge lächelt. Er wirkt so ehrlich und ansteckend und erinnert mich an Yasmeen. »Ich bin Atu. Und das ist mein Vater Neengal. Ich verdanke ihm mein Leben.« Erneut klopft er sich auf die schmale Brust, es scheint der Gruß oder auch der Segen in diesem Teil der Wüste zu sein, ehe er auf den Bärtigen zeigt. Er sieht den Widerling als seinen Vater an? Hat er nicht eben noch gesagt, dass er vor den Toren der Stadt gefunden wurde? Der Mann brüllt soeben die anderen Männer an, die eifrig ein Lager errichten.

»Atu, was hat dein *Vater* mit uns vor?« Die Worte schaffen es kaum an dem Kloß in meiner Kehle vorbei, während die grausamsten Bilder meine Gedanken beherrschen.

»Ihr werdet die Ehre haben, die heilige Stadt betreten zu dürfen. Vielleicht seid ihr die Auserwählten, die Ôrazón wieder erblühen lassen.«

Ich komme nicht mehr dazu, ihn nach den Plänen diesbezüglich zu fragen. Denn Neengal tritt zu uns und reißt brutal am Arm seines Sohnes. Dieser jedoch verzerrt weder vor Schmerz das Gesicht, noch zeigt sich Angst oder Empörung auf seinen Zügen.

Es ist normal für sie, vermittelt Dante mir in Gedanken. *Sie sind … anders … von dunkler Magie. Sie haben andere Werte als wir.*

Und doch sind sie eine »Familie«, erwidere ich erstaunt. *Atu scheint irgendwie … glücklich zu sein. Nein, zufrieden.*

Der Junge … er ist anders. Sieh hin. Dante zeigt mir seine Sicht auf die Welt. Wo in jedem der Männer ein schwarzes Loch zu wohnen scheint, ist der Junge einfach ein Junge. Vollkommen farblos, ohne jegliche Aura, wie Dante es nennt. Ich kann nicht einschätzen, welche Emotionen ihn beherrschen, was in seinem Inneren vorgeht. Aber es ist nicht die finstere Magie wie bei den anderen. Eher scheint er *nichts* zu sein.

Der Bärtige grummelt etwas, und Atu übersetzt: »Neengal bittet euch ans Feuer.«

»War das sein exakter Wortlaut?«, frage ich, weil die Worte des Anführers nicht annähernd so höflich klangen, und Dante spannt sich neben mir an.

Der Junge lacht leise, greift nach einem Bündel auf dem Wagen und geht davon, während er sich mit uns unterhält. »Nein, das war nicht, was er gesagt hat. Aber wenn ich Vaters Worte weitergebe, bekommen alle Angst. Ich erkenne den Unterschied und habe gelernt, wie sich die Kinder der Wüste von der Gemeinschaft von Isis und von anderen unterscheiden. Deshalb bin ich für die Handelsgespräche mit den anderen Wüstenvölkern zuständig, jedes davon hat seine Eigenarten. Ich bin der Einzige, der in Caestra eingelassen wird.« Ein weiterer Schlag auf die Brust, ehe er das Bündel unter seinem Arm ausrollt und kleine Teppiche zu einem Kreis auslegt.

Caestra ist die Stadt, die wir überflogen haben, sagt Dante.

»Sind die Menschen aus Caestra anders als ihr?«, frage ich Atu, der auf zwei der Teppiche deutet, auf denen wir uns niederlassen. Die anderen waren sofort besetzt. Ich erhalte keine Antwort mehr, weil alle schweigend zusehen, wie in der Mitte der Runde in ein ausgehobenes Loch ein schwerer Stein gelegt wird. Nur wenig später legen zwei Frauen flach gedrückten Teig darauf. Ein ohne jegliche Magie oder Feuer betriebener Herd. Ich bin beeindruckt. Eine der Frauen klopft auf dem Teig herum, wendet ihn wieder und wieder und mit der Zeit verströmt das Gebackene einen leicht süßlichen Geruch.

Der erste Fladen wird an Neengal übergeben, der sich ein Stück abbricht und ihn weiterreicht. Es herrscht Totenstille, während das selbst gebackene Brot sowie mehrere Trinkschläuche mit Wasser nach rechts weitergegeben werden. Das Gebäck schmeckt leicht süßlich, duftet aus der Nähe wirklich herrlich und verleitet meinen Magen zu einem lautstarken Knurren. Rund um uns reißen Männer wie Frauen die Arme in die Luft und brüllen. Ich erschrecke so sehr, dass ich meinen Trinkschlauch fallen lasse und das Wasser im Sand versickert. Neengal brüllt seinen Sohn an, der sich pflichtschuldig zu uns umdreht.

»Ich habe vergessen zu sagen, dass der Hunger bei uns mit einem Schrei vertrieben wird.«

Ich sehe ihn verwirrt an. Er deutet mit leicht geröteten Wangen auf meinen Magen und ich verstehe.

»Ihr vertreibt den Hunger – das Magenknurren – mit einem Schrei?«

Der Junge nickt, dass seine Locken herumspringen. »Ein Schrei … Angst … vertreibt ihn, der Körper macht sich keine Gedanken mehr darüber.«

Während ich langsam kaue und die wahre Süße des Brotes erst richtig hervorkommt, denke ich über seine Worte nach. Es könnte durchaus eine instinktive Reaktion auf einen solchen Schrei sein. Der Körper geht in Habachtstellung und hat keine Ressourcen mehr für ein Hungergefühl. Nachdem immer weniger Personen in der Runde von den frisch gebackenen Fladen abbrechen, weil sie gesättigt sind, beginnen kleinere Gespräche und ich versuche angestrengt, etwas zu verstehen. Doch aus den Wortfetzen, die Dante und ich heraushören, erschließt sich uns kein Sinn.

Atu übersetzt, was sein Vater von uns wissen will: »Neengal

fragt, warum ihr losen Sand in Beuteln mit euch tragt.« Auf Neengals Handfläche ruhen mein dunkler Beutel mit dem Zwilling und Dantes Tasche mit dem Diĝir. Dante hält mich zurück, als ich mich instinktiv nach vorne beugen und zum Zwilling greifen will.

Sand, denke ich mit Dante gemeinsam. *Sand ist das Einzige, das hier nicht auffällt. Die Kristalle müssen seine Form angenommen haben.*

Was, wenn dieser Neengal schon die Hälfte davon hier verstreut hat?, denkt Dante.

Ich reiße die Augen erst auf, kneife sie dann zusammen und sehe mich um. Der Kristall müsste leuchten, selbst in Größe eines Sandkorns.

Neengal knurrt, weil wir ihm noch nicht geantwortet haben. »Es ist Sand aus unserer Heimat«, sage ich mit einem hoffentlich sehnsüchtigen Gesichtsausdruck. Atu übersetzt schnell und Neengal stößt ein vermutlich zufriedenes Knurren aus. Er gibt uns die Kristalle jedoch nicht zurück, sondern reicht sie einem älteren Mann, dessen Haut sich von der kahlen Kopfhaut schält. Dieser packt die Beutel in eine der unzähligen Kisten auf dem Anhänger.

Atu erläutert uns noch ein paar für uns uninteressante Gebräuche seines Stammes, wie er seine Leute nennt, während ein in der Kehle brennendes Gebräu herumgereicht wird. Es muss sich um puren Alkohol handeln. Schon ein winziger Schluck trübt meine Sinne für eine ganze Weile. Und doch lockert er meine Zunge, bis ich mich in der langsam untergehenden Sonne traue, mich weiter vorzuwagen. In der Kuhle in unserer Mitte wird ein Feuer entzündet, das die sehr schnell hereinbrechende Nacht erhellt.

»Was wird morgen bei Sonnenaufgang geschehen?«

Atu erklärt seinem Vater, was ich wissen möchte. Dieser sieht mich aus verächtlich zusammengekniffenen Augen an, und ich muss mir immer wieder einreden, es nicht persönlich zu nehmen, sondern das in der Geste zu sehen, was es aus Neengals Sicht ist: normal.

»Ihr werdet unsere Geschenke in die Stadt tragen. Wenn sie euch wieder aus ihren Fängen lässt, seid ihr gesegnet«, erklärt Atu so unbekümmert, dass ich mir über den Arm reibe.

Er ist damit aufgewachsen, für ihn ist es normal wie für uns die Initiation, predigt Dante immer wieder in meinem Kopf, während er meine Hand hält und sie sanft drückt. Ich sehe in die Runde, beobachte vermeintliche Paare, die ihrerseits ihre Zuneigung bekunden, indem sie sich gegenseitig mit spitzen Dolchen in die Handflächen ritzen, bis Blut hervortritt. Ihre Hände sind vernarbt. Ältere Männer wie Neengal tragen solche Narben bis zum Ansatz der Ärmel, vielleicht sogar über den gesamten Körper.

Sie genießen den Schmerz wie wir unsere Küsse, stelle ich mehr für mich selbst fest und bemerke nicht, wie Dante mithört.

Sein Mund verzieht sich zu einem schiefen Grinsen und in meinem Kopf neckt er mich: *Wer sagt denn, dass ich die Küsse genieße?* Der Aussage folgt das Bild, wie er mir die Zunge herausstreckt. Ich kichere auf und will ihm einen Klaps auf den Oberarm geben, da springen die anderen alarmiert auf.

»Haben sie Angst vor einem Lachen?«, hake ich sofort bei Atu nach. Wer sich gegenseitig freiwillig Schmerz zufügt, reagiert vielleicht tatsächlich anders auf Freude als wir.

Doch Atu schüttelt den Kopf und deutet in die Richtung, aus der wir am Morgen gekommen sind. Dieselbe Sandwolke, die wir vor unserem Aufbruch von Elif gesehen haben, rast nun in der Dämmerung auf uns zu.

»Wer sind sie?«, fragt Dante. Ich sehe, wie er in seinem Kopf die Karte aufruft, wie er unsere Position markiert und die Dauer bis zur voraussichtlichen Ankunft der Sandwolke errechnet.

»Das sind die Wächter von Caestra. Sie bringen den Tod.«

35

9. Abu 6996 nach Atum

Um uns herum herrscht Aufruhr. Männer und Frauen springen auf, Sand wird aufgewirbelt, während die Staubwolke – der Tod – immer näher kommt. Der Sandsturm teilt sich, breitet sich über den Horizont aus und kommt viel zu schnell näher.

Sie wollen uns umzingeln!, ruft Dante in meinen Gedanken. Zum selben Schluss scheinen auch die Männer und Frauen um uns herum gekommen zu sein. Alle rennen zu ihren Motorrädern und wollen fliehen. Jeder für sich, bemerke ich. Niemand hilft dem anderen. Nicht einmal diejenigen, die zuvor noch auf diese besondere Weise ihre Zuneigung bekundet haben. Egoismus ist das wohl stärkste Merkmal der dunklen Magie. Er zerstört jede Form von Gemeinschaft.

Atu ist der Einzige, der anders denkt. Er hilft seinem Vater, ehe er auf die Kutsche vor dem Wagen steigt. Die Ketten, mit denen die Kisten und Fässer auf dem Anhänger befestigt sind, klirren bei der Bewegung. Ein Schrei durchdringt die Wüste. Wird direkt zu uns getragen. Aus dem Sand um uns tauchen die ersten Reiter auf. Ein Pfeil wirft einen Mann von seinem fliegenden Gefährt. Er bleibt reglos im Sand liegen. Knistern erfüllt die Luft, als Atu die Kutsche startet.

Er darf nicht gehen!, rufe ich in Dantes Gedanken. *Er hat den Diĝir und den Zwilling.*

Dante reagiert schneller als ich. Er zieht mich mit sich und wir springen im letzten Moment auf den Anhänger. Er schwankt so stark, dass ich mein Gleichgewicht verliere und stürze. Ich suche Halt an einer der Kisten, doch die Kette muss für das Lager gelöst worden sein, und sie stürzt auf mich. Um mich herum ergießen sich allerhand Tand und Steine.

Weitere Schreie dringen zu uns. Ich ziehe mich an der Seitenwand des Anhängers entlang und beobachte, wie die Wächter Caestras, wie Atu die Reiter genannt hat, die Flüchtigen einkreisen, zusammendrängen. Atu wendet die Kutsche so abrupt, dass Dante und ich zur Seite geschleudert werden. Weitere Kisten fallen durcheinander, öffnen sich und ihr Inhalt verstreut sich im Anhänger. Ich schreie kurz vor Schmerz auf, als mich etwas am Bein verbrennt.

Der Diĝir, ruft Dante in meinem Kopf und wirft sich sogleich auf den Boden und tastet mit den Händen unter herumfliegenden Utensilien, während Atu ein halsbrecherisches Manöver nach dem anderen macht, um den Reitern auszuweichen. Im Gegensatz zu den Männern und Frauen auf den Motorrädern scheinen sie bei ihm zu zögern, Vorsicht walten zu lassen. Auf ihn geht kein Pfeilhagel nieder, der ihn von seiner Kutsche wirft. Und so durchbricht Atu mit uns die Mauer der Wächter und hält auf Ôrazón zu, während uns Pferde hinterherjagen, die in der beinahe verschwundenen Sonne nicht mehr lange wahrnehmbar sein werden. Noch ist es hell genug, um eine weitere Schattengestalt von ihrem Motorrad stürzen zu sehen.

»Such den Zwilling!«, fordert mich Dante auf. Er kniet

weiterhin und wühlt zwischen den Habseligkeiten, die hin und her rollen, nach dem Beutel mit seinem Kristall. »Wenn wir Diĝir und Zwilling finden, können wir uns vielleicht hinter einer Täuschung verbergen und abspringen.«

Ich werfe einen Blick nach hinten, wo die Hufe der dahindonnernden Pferde Sand aufwirbeln. Selbst wenn wir uns verbergen und abspringen könnten, würden wir von ihnen zertrampelt werden. Ich schicke Dante meine Gedanken.

Hinter den Toren dieser Stadt wartet unser Tod, beharrt er auf seinem Recht. Die Sandmauer von Ôrazón kommt immer näher, hebt sich aber nur noch schwach vom mittlerweile dunkelblauen Horizont ab. Das breite Tor in der Sandmauer sieht aus wie der Schlund eines gefräßigen Ungeheuers, eines Sandmonsters. Wir müssen von diesem Wagen herunterkommen. Ich spüre, dass ich besser nicht dorthinein sollte und dass mich gleichzeitig doch etwas dorthin zieht. Schnell suche ich am Boden weiter nach dem Zwilling.

Ich finde den Diĝir nicht!, meldet sich Dante in meinem Kopf. *Warum muss das Neoferrum ihn auch so sehr abschirmen?*

Wir müssen mit Atu reden, antworte ich. *Er ist doch vernünftig, er …*

… er hat Angst, unterbricht mich Dante. *Er agiert wider jede Vernunft, du kennst das.*

Hat er wirklich Angst?, frage ich und selbst in Gedanken höre ich Dantes Zögern.

Ich … ich weiß es nicht. Ich spüre noch immer nichts von ihm, weder positiv noch negativ.

Ich rapple mich auf und hangle mich an der Seitenwand des Anhängers entlang nach vorne.

»Atu!«, rufe ich über die kurze Distanz zur Kutsche. »Wir

wissen, wie wir die Magie zurückbringen können, wir können alle retten.«

Atu dreht sich langsam zu mir um. Beinahe zu ruhig in Anbetracht der Tatsache, dass wir in halsbrecherischem Tempo über den Sand rasen.

»Niemand traut sich nach Ôrazón hinein. Sie ängstigen sich, glauben lieber an ihre Märchen als an meine Erzählungen.« Er zuckt unbekümmert mit den Schultern. »Euch droht keine Gefahr. Die Stadt ist verlassen. Aber die Wächter werden ihr nicht zu nahe kommen.« Er wendet sich wieder ab, wirft uns mit einem schnellen Ausweichmanöver nach rechts von den Beinen, woraufhin ein Pfeil mit einem lauten Geräusch in die Wand des Anhängers einschlägt, ein weiterer streift Dante, der scharf die Luft einzieht.

Der Pfeil hat uns trotz der unvorhergesehenen Bewegung erwischt. Haben unsere Verfolger vielleicht die Gabe von Nephthys? Bis ich mich wieder aufgerappelt habe, werden wir bereits langsamer, und ich halte Dante unten, damit er nicht von einem nächsten Pfeil getroffen wird. Er presst, in Gedanken fluchend, seine Hand auf den Oberarm. Ich sehe, wie etwas Blut zwischen seinen Fingern hervorquillt, aber es ist nicht sehr viel.

Mein erster Blick danach gilt dem Geschehen hinter uns. Vier der fünf Verfolger stehen in rund fünfzig Metern Entfernung in einer Linie da, die Pferde trippeln nervös hin und her, während die Reiter in der Dämmerung kaum zu erkennen sind. Ihre Bogen sind nicht mehr erhoben. Einer von ihnen scheint die anderen aufzuhalten, sein Pferd stellt sich den anderen entgegen. Wie Atu gesagt hat, bleiben sie der Stadt fern.

Die vier hinteren Reiter leuchten, sagt Dante und schickt

mir seine Sicht. *Und auch der andere ist nicht so finster wie Atus Stamm. Das ist unmöglich. Woher sollten sie lichte Magie …* Sein Zweifel geht in Wellen von ihm aus.

»Sie werden gleich gehen«, ruft uns Atu zu. »Sie denken, dass uns die Stadt verschlingen wird.«

Ich sehe über seinen Kopf hinweg nach vorne. Wir fliegen langsam auf den dunklen Schlund in der Sandmauer zu.

»Und du bist dir sicher, dass es nicht so ist?«, fragt Dante noch einmal, und ich erkenne seinen Versuch, durch Atus neutrale Aura hindurchzublicken. Ohne Erfolg. Dante überlegt, ob Atus Macht so groß sein könnte, dass er sich komplett abschotten kann. Er bezweifelt es. Jemand mit solchen Fähigkeiten ist ihm nie zuvor begegnet.

»Ich war schon öfter dort drin. Da ist nichts. Es ist der Wahnsinn, der die Opfer überfällt, die dann selbst dafür sorgen, nie wieder herauszukommen. Wir müssen einfach aufpassen, dass uns das nicht passiert.«

Im Bruchteil eines Augenblickes interpretiere ich das Gesagte. Doch ehe ich Atu ein »Halt an!« zurufen kann, verschlingt uns die Dunkelheit, und der Wagen stoppt. Ich spüre, wie die Finsternis nach mir greift, mich erst vorsichtig abtastet, dann umarmt wie eine Freundin. Der Wahnsinn, von dem Atu berichtet hat, ist die dunkle Magie, mit der die Stadt erbaut wurde. Ich spüre ihre Macht in jedem einzelnen Sandkorn.

»Wir müssen hier raus!«, ruft Dante. »Kehr um!«

Ich schließe die Augen, mit jedem Atemzug dringt mehr und mehr Magie in mich ein, pulsiert durch meine Adern, macht mich lebendig.

»Ash, hilf mir, den Diĝir zu finden!«, befiehlt Dante und wirft sich zu Boden. »Atu, du musst ebenfalls helfen!«

Ich höre seine Antwort nicht über das Rauschen der Macht in meinen Ohren hinweg. Ich versuche, mich zu widersetzen, denke dann jedoch wieder darüber nach, was ich mit dieser Macht vollbringen könnte. Ich fühle mich unbesiegbar.

Die aufsteigende Sichel des größeren Mondes wirft ihr fahles Licht über die Mauern der Sandgebäude um uns herum. Es sieht einfach prachtvoll aus! Es könnte meine Stadt sein. Die Stadt der Nacht. Ich könnte sie beanspruchen, sie mit der Hilfe des Zwillings zur Hauptstadt des Planeten machen. Meine Macht wäre unerschütterlich. Atu springt von der Kutsche und stört das Bild, das ich von meiner Stadt haben möchte.

»Ash!«, Dante reißt an meinem Arm und ich knurre ihn an. Er zeigt ein gehässiges Grinsen. Ich weiß genau, dass er mich aufhalten will, dass er die Stadt für sich will. Er würde nie teilen. Er wird mich töten, um an sein Ziel zu kommen. Er wird mich niederringen.

»Was ist mit ihr?«, höre ich Atus Stimme neben uns. Der Anhänger schwankt, als er aufspringt. »Es dauert viel länger, bis die Menschen ... Ich bringe alle Opfer aus der Stadt, nachdem ich herausgefunden habe, was hier passiert. Der Wahnsinn wirkt nicht so schnell, es dauert Tage, bis ...«

Er will mich hinausschaffen? Aus meiner Stadt? Dafür muss er büßen. Die Magie agiert selbst, tritt in Form des Om-Symbols aus meinem Nacken hervor. Die Gabe von Seth erhebt sich, und ich schleudere reinen Schmerz auf den Jungen, der es wagt, mich von hier wegbringen zu wollen. Er starrt mich fragend an. Ich konzentriere mich stärker, will ihn zu Boden werfen, doch meine Magie prallt an ihm ab.

»Wir müssen hier raus. Ash – Akasha – ist anders als wir.« Dante bekommt die Worte kaum über die Lippen, die ich mit einem Knurren kommentiere. Ich bin anders? Das sagt ausgerechnet *er*? Ich richte meine Gabe auf ihn, und sein Gesicht wird von Schmerz verzerrt, bis er sich vornüberbeugt und keuchend atmet.

»Akasha?« Atu umrundet den sich nun am Boden windenden Dante. Seine Stimme ist so sanft, dass ich für einen Moment innehalte und ihn mustere. Dann kehrt die Finsternis mit voller Wucht zurück. Mein Körper spannt sich an und ich schubse Atu von mir. Meine Mundwinkel heben sich, während er stöhnend versucht, sich aufzurappeln.

Akasha!, höre ich Dante in meinem Kopf. Ehe ich mich ihm gegenüber verschließen kann, presst er etliche Bilder zu mir. Bilder von Hailey und Nicolas. Bilder eines normalen Lebens fernab von Magie, Verpflichtungen und Erwartungen. Neugierige Blicke, die ich ihm zugeworfen habe. Seine Gedanken, wenn er mich beobachtet und mich für das wundervollste Mädchen der Welt gehalten hat. Ich spüre, wie sehr er sich immer gewünscht hat, mir nahe zu sein, wie er sich bei unserem ersten Kuss – den er mir gestohlen hat! – gefühlt hat. Wie von reinem Glück überschüttet.

Ich lasse zu, wie mich seine Liebe wärmt, die Dunkelheit zu vertreiben versucht. Doch lange werde ich nicht ich selbst sein können.

»Wir müssen hier raus«, flehe ich und es kommt Bewegung in den Anhänger. Atu muss wieder auf der Kutsche sitzen. Er fährt weiter geradeaus, beschreibt eine leichte Kurve und ich gehe zu Boden, halte meinen Blick jedoch unentwegt auf Dante gerichtet, der nicht einmal blinzelt, während er näher rückt und nach meiner Hand greift. Hinter ihm, über der Seitenwand des Anhängers, huschen Gebäude aus Sand vorbei.

Ich atme tief ein und aus. Hoffe, dass wir schnell hier herauskommen, dass die dunkle Magie nicht weiter Besitz von mir ergreift.

Dann stürze ich mich auf Dante und ringe ihn zu Boden. Er greift nach meinen Unterarmen und hält mich fest. Ich nehme die Magie zu Hilfe, will ihn verbrennen. In einem Moment stehen meine Hände noch in Flammen, die sich in Dantes grünen Augen spiegeln, im nächsten sind sie verschwunden. Und mit ihnen dieses alles umfassende Gieren nach Macht.

Tränen vernebeln meine Sicht und ich krieche schnell von Dante weg, verberge mich zwischen zwei Fässern, ein Schluchzen dringt aus meiner Kehle. Ich schließe die Augen. Wünsche mich weit fort, damit Dante in Sicherheit ist. In Sicherheit vor mir.

Ein schabendes Geräusch sagt mir, dass Dante näher rückt.

Nicht!, flehe ich ihn in Gedanken an. Doch er lässt sich nicht aufhalten. Ich spüre seine Hand an meiner Wange. Neige mich ihr instinktiv zu wie einem Licht. Ich kann mich nicht von ihm zurückziehen.

»Wir sind draußen«, flüstert er leise an meinem Ohr. »Ich habe gespürt, was dort drin lauert. Für dich muss es schlimm gewesen sein.«

Ich lache auf. Er sorgt sich ausgerechnet um mich? Ich hätte ihn eben am liebsten getötet.

Ich sorge mich immer um dich, Ash. Wir werden dem ein Ende bereiten.

Er zieht mich näher zu sich und ich lasse mich an seine Brust sinken. Der Stoff seiner Tunika riecht verbrannt. Dort habe ich ihn mit den Flammen erwischt.

Es tut mir so leid, sage ich ihm in Gedanken. Ich bin nicht in der Lage zu sprechen. Ich schäme mich für das, was ich bin.

Wir werden es beenden. Ich werde mit Atu sprechen. Ruh dich aus.

Seine beruhigende Magie dringt auf mich ein. Das gleichmäßige Streicheln über meinen Arm bringt meinen Puls zur Ruhe. Ich fühle mich unglaublich erschöpft, ausgezehrt, leer. Ich weiß nicht, wie lange wir so dasitzen. Irgendwann hält der Wagen an und Atu springt auf den Anhänger.

»Was ist dadrin mit ihr passiert?«, will er wissen.

Im Dämmerzustand höre ich, wie Dante Atu alles erzählt. Wirklich alles. Von unserem Besuch auf der Erde, von der dunklen und lichten Magie, die wir wieder ins Gleichgewicht bringen müssen, von den namenlosen Liebenden, die wir zu sein scheinen. Atu ist ein geduldiger Zuhörer. Erst als Dante mit seinem Monolog fertig ist, spricht er:

»Ich kenne dieses Märchen ebenfalls.« Ich höre das Lächeln in seiner Stimme. »Es wird in allen Gegenden erzählt, die ich mit Vater besucht habe.« Ich warte auf die Trauer, die mit seinen Worten mitschwingen sollte, doch da ist nichts dergleichen. Er spricht völlig wertfrei. »Wenn ihr zu diesem Ort in den Bergen gelangt, könnt ihr es beenden? Die Magie wird wieder überall sein?«

Ich spüre Dantes Nicken als sanfte Stöße seines Kinns auf meinem Kopf. »So hat es unsere Seherin prophezeit.«

»Dann werde ich euch dorthin bringen, sobald es hell ist.«

»Vielleicht lauern uns diese Wächter weiter auf«, sagt Dante und ich frage mich ebenfalls, warum wir ihnen nicht direkt in die Arme gelaufen sind, als wir Ôrazón verlassen haben.

»Sie werden bis Sonnenaufgang auf der anderen Seite der

Stadt warten. Sie sind abergläubisch wie mein Vater und alle anderen Kinder der Wüste.«

»Du aber nicht?« Dantes Skepsis schwingt deutlich in seiner Stimme mit.

»Ich bin ... anders«, antwortet Atu nur matt.

Ich öffne die Augen und räuspere mich, ehe ich sprechen kann. »Du hast nicht auf meine Magie reagiert.«

Im schwachen Schimmern der Monde erkenne ich, wie Atu die Augen niederschlägt. »Deshalb bin ich derjenige, der Verhandlungen führt. Niemand weiß, warum mir Magie nichts anhaben kann.« Er sieht nach oben. Seine dunklen Augen fangen das Licht des kleineren Mondes ein und seine Sichel spiegelt sich darin. »Mein Vater, Neengal, hat es herausgefunden, als ich als einziges Opfer aus Ôrazón zurückgekehrt bin. Ich war klein, habe nicht erkannt, was wirklich mit den anderen passiert ist. Erst später habe ich es begriffen und von da an habe ich die Opfer von dort herausgeholt. Meinem Vater habe ich erzählt, dass ich gehe, um mich im Kampf zu üben, und er hat mich stets bereitwillig gehen lassen.«

»Wo ist deine echte Familie?«, frage ich, ehe ich mich zurückhalten kann.

»Sie konnte ich nicht retten. Ich musste mit ansehen, wie sie sich gegenseitig getötet haben.«

Ich spüre durch unsere Verbindung, wie sich Dantes Fühler nach Atus Emotionen ausstrecken, doch er findet keinen Schmerz, keinerlei Hass oder andere Gefühle.

Atu ist wie eine leere Leinwand, trotz all seiner Erlebnisse, stellt Dante fest, und ich nicke kaum merklich. *Er ist noch reiner als die Menschen auf der Erde.*

Ich runzle die Stirn, komme aber nicht dazu, weiter darüber

nachzudenken, weil ein leichter Windzug über uns hinwegstreift und ein Geräusch mit sich trägt. Dante spannt sich sofort an und springt auf. Ich nehme dankend seine Hand an und lasse mich hochziehen.

»Die Wächter haben wohl doch nicht auf der anderen Seite der Stadt gewartet«, stellt Dante mit einem trockenen Kommentar fest. Ich kneife die Augen zusammen und lasse meinen Blick über die Wüste schweifen. Wir befinden uns bereits in den ersten Ausläufern der Berge. Der Sand ist immer wieder von dunkleren scharfkantigen Felsen durchbrochen, die das Licht der Monde brechen.

Dann sehe ich sie. Fünf Reiter, vermutlich diejenigen, die wir am Rande Ôrazóns hinter uns gelassen haben. Weit hinter ihnen jedoch folgen die anderen in einer dunklen Wolke aus Sand.

Atu springt sofort vom Anhänger und startet den Magiefluss der Kutsche. Ich schelte mich dafür, dass wir uns tatsächlich so etwas wie eine Pause gegönnt haben, anstatt nach dem Diĝir und dem Zwilling zu suchen.

In dem fahlen Mondlicht hätten wir sie sowieso nicht gefunden. Es sind Unmengen von Zeugs hier und alles liegt von der Flucht wild durcheinander. Wir brauchen Licht, dringt Dantes Stimme in mich ein. Es ist ein kläglicher Versuch, mich zu beruhigen – oder sich selbst, dennoch schaffe ich es zu lächeln. *Wir sind ihnen schon einmal entwischt*, sagt er voller Zuversicht.

Ich hingegen denke nur daran, wie ihn der Pfeil gestreift hat und werfe einen Blick auf seine Tunika. Auf dem dunklen Stoff kann ich kein Blut erkennen, kann nur hoffen, dass er nicht stärker verletzt wurde und nur so tut, als wäre es nicht schlimm. Genauso würde das Licht reagieren. Selbstlos.

Wir kommen nur langsam vorwärts. Ich will Atu schon zur Eile animieren, da verstehe ich, wie gefährlich eine schnellere Fahrt mit der Kutsche zwischen den spitzen Felsen ist. Kutsche und Anhänger schweben zwar über dem Boden, aber aus dem Unterricht weiß ich, wie sich diese Art Magie dem Untergrund anpasst, sich wie ein irdenes Luftkissenboot immer im selben Abstand zum Boden hält wie die schwebenden Sessel im Palast. Das Überfliegen eines höheren Felsens würde uns zum Schwanken, vielleicht sogar zum Kippen bringen.

Die Reiter haben dieses Problem nicht. Hand in Hand sehen Dante und ich zum Horizont, wo unsere Verfolger immer näher kommen.

36

10. Abu 6996 nach Atum

Es sind noch vielleicht hundert Meter, die uns von der weiten Sandfläche der Wüste vor den ersten Ausläufern der Berge trennen, deren höchste Spitzen in der Ferne schon in das erste Sonnenlicht getaucht sind. Doch diese hundert Meter sind gespickt mit von Sand leicht bedeckten Felsen, die uns schnell zum Schwanken bringen können. Atu muss unser Fahrgeschäft vorsichtig lenken. Er hat eine bemerkenswerte Reaktionsgeschwindigkeit, und doch kann er es nicht wagen, noch mehr zu beschleunigen.

Die Sonne ergießt sich weiter über die fernen Gipfel, fließt schnell daran hinab und lässt das Gebirge wie verzaubert aussehen. In der Dämmerung ist es einfacher, den Plunder am Boden des Anhängers zu erkennen. Dante verfolgt meinen Gedanken und wie eine einzige Person gehen wir auf die Knie und machen uns auf die Suche nach Diĝir und Zwilling. Eines der Fässer schwankt besorgniserregend bei Atus nächstem Manöver.

»Wir müssen es wieder sichern«, rufe ich Dante zu und springe wieder auf. Ich lehne mich gerade noch rechtzeitig gegen das Fass, um zu verhindern, dass es sich löst und Dante unter sich begräbt. Mein gesamtes Körpergewicht ist nötig, um es aufrecht zu halten. Ich frage mich, was darin ist, während meine Füße im staubigen Boden des Anhängers wegzurutschen drohen.

Der Gedanke ist im nächsten Moment wie weggewischt. Unsere Verfolger sind so dicht aufgerückt, dass sie uns mit ihren Pfeilen locker treffen könnten. Ich glaube, unter einer der Kufiyas sogar schon die Augenfarbe ihres Trägers auszumachen, ein leuchtendes Blau. Mit einem kurzen Sprung schubse ich Dante zur Seite, damit er nicht von dem kippenden Fass getroffen wird, wenn wir uns hinter der Rückwand vor den Verfolgern schützen können. Mit einem lauten Poltern rollt es über den Anhänger und bringt ihn völlig aus dem Gleichgewicht. Wir versuchen, in die Hocke zu kommen, Atus Ruf, dass wir stillhalten sollen, klingt zu uns durch. Doch es dauert, bis das Schwanken nachlässt.

Wir halten uns unten, Dante kriecht an dem hin und her rollenden Fass vorbei zum Ende des Anhängers und linst vorsichtig durch ein Loch in der Metallwand.

Steh nicht auf!, warnt er mich. *Sie sind so nah, dass ich fast die Hand nach ihnen ausstrecken kann.*

Ich hoffe, es ist eine Übertreibung. Im selben Moment spüre ich, wie Dante nach seiner Magie greift, nach der ihm vom Diĝir geschenkten Gabe des Hauses Seth.

»Ich glaube, ich sehe unser Ziel!«, ruft Atu und Dante hält seinen Angriff zurück, kriecht gemeinsam mit mir zum vorderen Ende. Wir wagen es, kurz über die Wand zu schauen, und ich erschaudere bei dem Anblick vor uns.

Wir lassen soeben den felsigen Untergrund hinter uns und Atu beschleunigt, als wir uns wieder auf reinem Sand befinden. Ich kralle mich am Metall fest, um nicht nach hinten zu kippen. Die Sonne hat sich nun so weit über den Horizont erhoben, dass das Licht bis zum weiten Sandfeld hinabgeflossen ist, das uns noch vom Gebirge trennt. Dann sehe ich, was Atu mit unserem Ziel gemeint hat.

Am Fuße des Berges sind etliche Felsbrocken aufeinandergestapelt. Doch sie können nicht verbergen, was sich dahinter befindet: ein Höhleneingang, aus dem ein zartes bläuliches Leuchten hervordringt.

Ich juble innerlich. Wir haben es beinahe geschafft! Hier auf dem Sand, selbst wenn er sich noch so weit zieht, sind wir schneller als unsere Verfolger. Die mit dem Zeichen des Diĝirs markierte Stelle liegt direkt vor uns. Wir können alle retten.

Zuvor brauchen wir den Diĝir und den Zwilling, merkt Dante an. *Und unsere Verfolger werden es nicht einfach zulassen, dass wir mit den Kristallen in der Höhle verschwinden.*

Ich wage es, mich zu erheben, und sehe, wie die Reiter aufgrund unserer Geschwindigkeit nun wieder deutlich zurückfallen. Dante ist mittlerweile dazu übergegangen, jedes Teil, das nicht der Zwilling oder der Diĝir ist, vom Anhänger zu werfen, ehe wieder alles durcheinandergerät und wir von vorne beginnen müssen. Die Pferde weichen den Gegenständen aus. Im Moment rauschen wir zwar durch das weite Sandfeld, das die Berge und die Höhle kaum näher kommen lässt, aber vielleicht folgen direkt vor dem Gebirge noch weitere Unebenheiten.

»Wie viel Müll die hier gesammelt haben«, schimpft Dante und wirft etwas, das einem uralten Knochen ähnelt, in hohem Bogen hinter sich. Ich mache dasselbe mit einem steinernen kochlöffelähnlichen Ding, das für seine Größe ein beachtliches Gewicht hat.

Immer wieder sehe ich zu Atu nach vorne, versuche abzuschätzen, wie weit wir noch von der Höhle entfernt sind, während sich das Chaos am Boden des Anhängers langsam lüftet. Dante hat das Fass mit einem keilförmigen Stein fixiert, damit wir nicht immer zur Seite springen müssen.

»Die Tasche muss hier sein! Du hast den Kristall doch gespürt.« Dante bemüht sich, seine Verzweiflung zu verbergen, scheitert jedoch kläglich. Nur noch im hinteren Teil des Anhängers ist der Boden mit allerhand Plunder bedeckt. Wir entledigen uns der Steine, Knochen und Ketten und Dante atmet gerade lautstark ein, Hoffnung und Freude quillt aus ihm heraus und dringt bis zu mir durch, als Atu laut ruft: »Schaut nach oben!«

Doch das ist nicht nötig. Ein Rauschen begleitet den Windstoß, der uns entgegenwallt und meine Haare flattern lässt. Der Geruch nach Ferrokraut ist so intensiv, dass er mir direkt am Gaumen haftet. Die statische Aufladung der Luft bringt den Antrieb der Kutsche durcheinander. Wir werden langsamer und können nur dabei zusehen, wie zwischen uns und dem Höhleneingang ein Schiff den Sand unter sich aufwirbelt und dann landet. An der Seite prangt das Dreieck mit dem Ankh und meine letzte Hoffnung erlischt.

Der Sand rund um das Schiff legt sich wieder. Seitlich klappt das Tor nach unten und meine Mutter tritt als Erste ins Sonnenlicht. Der Umhang ihrer rot-schwarzen Kampfkleidung flattert im Wind.

Ich habe ein Déjà-vu. Ich sehe wieder vor mir, wie sie in Sonnenlicht getaucht ihre Schwertübungen auf einem der Felsblöcke beim Totempfahl in Summit vollführt wie einen Tanz. Zu jener Zeit war ich voll von Bewunderung für sie. Sie, die mich vom ersten Wiedersehen an, ja sogar von meiner Geburt an, belogen und betrogen hat. Die Wut auf sie entzündet einen winzigen Funken in mir. Vielleicht könnte ich ihn wachsen lassen, mit meinem Zorn auf Lenora nähren, doch ich habe Angst, dass ich dann Dante etwas antun könnte. Wir brauchen den Diĝir, damit Dante mich notfalls aufhalten kann.

Ich habe ihn, haucht er in meinen Gedanken. Ich blicke zu ihm und er hängt sich die Tasche gerade um. Seine grünen Augen sind vernebelt, seine Brauen leicht zusammengezogen. Er heckt etwas aus. Unter dem Einfluss des Diĝirs kann es nichts Gutes sein. Es kann *für ihn* zu keinem guten Ende führen.

Atu steuert unser Fahrzeug nun scharf nach rechts, dem Sonnenaufgang direkt entgegen. Ich muss mich umdrehen, um zu sehen, was rund um das Schiff meiner Mutter geschieht. Etliche Krieger – Krieger von der Erde – treten nach draußen und sammeln sich um Lenora. Aus der Richtung, aus der wir kommen, preschen nun die ersten Reiter zwischen den Felsen hervor. Ich spüre ein Knistern in der Luft und weiß nicht, ob es von gewirkter Magie herrührt oder ob es sich dabei um Überreste der Energie der gelandeten Schiffe handelt.

Die vier Reiter, die uns immer direkt im Nacken saßen, lenken nun ihre Pferde und kommen im Galopp in unsere Richtung, während die große Gruppe, die sich immer im Hintergrund gehalten hat, auf Lenora zuhält.

»Ich werde sie aufhalten«, sagt Dante bestimmt und drückt mir einen schnellen Kuss auf die Stirn. Auf seinem Gesicht liegt pure Entschlossenheit, die mir eine Gänsehaut verursacht. Er wird sich selbst aufgeben, opfern. Daher reiße ich seine Hand nach oben, die soeben nach dem Diĝir an seiner Seite greifen will.

»Nein!«, flüstere ich und doch klingt es, als wäre es meilenweit hörbar.

»Ich muss dich beschützen, Ash.« Dante entzieht sich mir und drückt die Schultern nach unten, ehe er mit einem Satz vom Anhänger springt und sich geübt abrollt. Seine Rechte greift zum Diĝir, und die Magie, die sich daraufhin um ihn konzentriert, verschleiert mir die Sicht auf das Geschehen hinter ihm.

»Atu, bleib sofort stehen!«, schreie ich nach vorne, und kurz darauf erlischt die Magie, und wir halten an – viel zu weit von Dante entfernt. Ich springe ebenfalls vom Wagen. Meine Füße graben sich in den Sand und ich kann nicht so schnell rennen, wie ich möchte.

Sand wirbelt um Dante auf, hüllt ihn beinahe komplett ein. Doch anstatt ihn auf die Reiter zu schleudern, die schon beinahe bei ihm angekommen sind, und sich zu verteidigen, ringt er mich damit zu Boden. Ich verberge mein Gesicht in der Armbeuge, versuche, wieder auf die Beine zu kommen, doch der Wind schiebt den Sand unter meinen Füßen unablässig voran, sodass ein Aufstehen dem Versuch gleicht, auf Wasser zu gehen.

Lass mich dir helfen!, schreie ich Dante in Gedanken zu. Doch meine Worte erreichen ihn nicht, prallen an einer Mauer aus gleißend hellem Licht ab, als er den Diĝir aus seinem Beutel holt. Undurchdringlicher noch als der kreisende Sanderwisch um ihn. Die lichte Magie sorgt wieder einmal dafür, dass Dante bereit ist, sich für ein vermeintlich höheres Ziel zu opfern. Er beschützt mich. Doch unser wirkliches Ziel, das Gleichgewicht der Magie, kann ich nicht allein erreichen. Ich brauche Dante und den Diĝir dafür. Erneut stemme ich mich gegen den mir entgegenheulenden Sandsturm und krieche auf allen vieren voran, ohne überhaupt zu sehen, wie weit Dante noch entfernt ist.

Jemand wirft sich neben mir in den Sand und hustet, ehe er versucht, mir hinter seiner hochgezogenen Tunika Worte zuzurufen. Ich kann Atu nicht verstehen. Meine Ohren nehmen nur das Geräusch der schmerzhaft prasselnden Sandkörner auf. Atu zieht meine Hand zu sich und bringt mich aus dem Gleichgewicht. Ich will ihn schon beschimpfen, als mich die Magie des Zwillings durchdringt. Ich keuche auf, umgreife den Beutel fester und die Flamme von Tefnut schiebt sich in meinen Nacken. Der Wind erstirbt im selben Moment. Der Sand fällt nach unten und ich schreie auf, als ich endlich Dante wieder sehen kann, dem ein Dolch an den Hals gedrückt wird, eine Schwertspitze bohrt sich in seinen Tunika. Eine kleine Bewegung und er wäre tot. In dieser Position kann er keinerlei Magie wirken – selbst wenn er seinen Angreifern unsägliche Schmerzen zufügen würde, wäre er der Erste, der unter deren Krämpfen niedergestreckt werden würde. Die vier Reiter haben ihre Tücher so eng ums Gesicht geschlungen, dass ich nicht erkennen kann, wer sich darunter verbirgt.

Ich springe auf, beschwöre die Macht von Osiris herauf, mit der Dante keine Erfahrung hat, lasse mich von der dunklen Magie einhüllen und halte die Zeit an. Ein letzter Ruf der Angreifer dringt immer tiefer werdend zu mir hindurch, ehe auch der Schall innehält: »Akasha!«

37

21. Kislĭmu 6968 nach Atum

Die Gemächer des Herrschers haben sich stark verändert. Wo Ea vor rund zehn Jahren am Krankenbett ihres Vaters saß, steht sie nun mit ihrem Gatten Hiz Videen. Seine Miene ist nicht zu deuten, als er zu Ea vor den Spiegel tritt. Er schenkt Anu, die auf der breiten Fensterbank sitzt, keinerlei Beachtung.

»Du hast es geschafft! Nur dank deiner außergewöhnlichen Lösung, den Diĝir für ein Heilmittel zu nutzen, haben wir die Krankheit damals besiegt. Und dennoch …« Er küsst sie sanft auf den Nacken. Ea zeigt keinerlei Emotionen. Stattdessen antwortet sie: »Es war Anu, die mir die Lösung aufgezeigt hat.«

Hiz runzelt die Stirn, dann tritt Sorge in seine dunklen Augen. »Liebste, du weißt, was sie über dich sagen.« Er streicht Ea sanft über die Oberarme, ihre Blicke begegnen sich im Spiegel. »Vielleicht … vielleicht ist es an der Zeit, von diesem Hirngespinst loszulassen.« Wesentlich leiser fügt er hinzu: »Du bist die Herrscherin von Heliopolis. Du brauchst dir niemanden auszudenken, der deine wundervollen Ideen zum Wohle der Stadt untermauert. Das Volk hält dich schon für verrückt, erste Stimmen verlangen deinen

Rücktritt nach dieser kurzen Amtszeit, obgleich du sie alle gerettet hast.«

Für einen kurzen Augenblick scheint Ea verwirrt, wirft dann einen Blick zum Fenster, wo Anu ein breites Grinsen zur Schau stellt.

»Sie hat vorhergesehen, dass dieser Tag kommen wird«, sagt Ea mit fester Stimme, während sie sich ruhig zu ihrem Gatten umdreht und seinen Blick festhält. »Soll ich es nun tun?« Ein kurzer Blick zu Anu, die gelassen nickt.

Hiz Videen sieht ebenfalls zum Fenster, die Falten auf seiner Stirn werden zusehends tiefer. »Ea, Liebste, mit wem …«

Doch weiter kommt er nicht. Ea hält ihn an seinen Oberarmen fest und seine Augen werden trüb. Sie dringt in seinen Geist ein und manipuliert ihn, webt in seinem Kopf eine neue Realität. Nachdem sie von ihm ablässt, wiederholt er das, was er nun für seine Gedanken hält und das Gegenteil dessen ist, von dem er wenige Sekunden zuvor noch überzeugt gewesen war: »Anu ist real. Ich werde die Gerüchte, sie sei nur eine Erfindung, nicht zulassen. Wer sie weiterstreut, wird aus der Stadt verstoßen werden.«

Ea sonnt sich regelrecht in dem stolzen Blick Anus. »Das hast du gut gemacht. Dennoch wird er die Gerüchte nicht ewig unterbinden können. Du solltest den nächsten Schritt gehen und über Lenoras weitere Erziehung und ihren Lebensweg nachdenken. Sie muss unsere Pläne weiterführen.«

Anu beobachtet, wie sich Ea mit einem Nicken abwendet und erhobenen Hauptes aus dem Herrscherzimmer schreitet. Anu folgt ihr wie immer auf dem Fuß. Draußen vor der Tür warten die Wachen, um sie zur Zitadelle zu begleiten, wo bereits die ersten Bewohner der Stadt mit ihren Problemen auf ihre Audienz bei der Herrscherin warten. Tief sinken sie in die Knie vor Ea. Anu lächelt. Keiner dieser dummen Menschen kniet vor ihr. Keiner kann sie sehen. Genauso wenig, wie Hiz Videen sie sehen konnte oder irgendjemand sonst in der Stadt. Noch sind sie nicht so weit, aber der Anfang ist gemacht.

Nicht einmal Ea selbst kennt die Wahrheit. Dass die Dunkelheit, wie sie von allen genannt wird, die Mauern nicht erst während der Regentschaft von Ea und Hiz Videen überwunden hat, sondern bereits an jenem Tag, an dem die kleine Ea zum ersten Mal die Stadtmauer berührte und Kontakt zu jenem dunklen Schatten auf der Oberfläche fand. Ea selbst hatte die dunkle Magie in die Stadt gelassen. Daraufhin war es für die Dunkelheit ein Leichtes gewesen, in ihrem Kopf Gestalt anzunehmen und sich als Anu vorzustellen. Alles, was die Herrscherin getan hat, tat sie auf Geheiß der Dunkelheit, die nur für sie sichtbar war.

Jetzt ist es an der Zeit, wieder in die Schatten zurückzukehren. Lautlos zieht Anu sich zurück.

Ea verspürt einen kalten Schmerz und dreht sich um. »Anu? Anu … Bist du hier?« Beinahe verloren, schlingt sie ihre Arme um sich selbst.

Aber die Dunkelheit hat ihr Werk vollbracht: Ea Videen, Herrscherin von Heliopolis, wird ihre Schwester Anu nie wiedersehen.

38

10. Abu 6996 nach Atum

In der Wüste kann es kein Echo geben und dennoch glaube ich, meinen Namen wieder und wieder über den Sand schweben zu hören. »*Akasha!*«

Die Stimme ist verzerrt und doch würde ich sie unter Tausenden erkennen. Ich stürze nach vorne und reiße der Person, die vor meiner Manipulation der Zeit noch in Grün gehüllt war, das Tuch vom Gesicht. Durch den Schock – oder vielmehr die Bestätigung meines Verdachts – entgleitet mir die Magie, die Farbe kehrt in das Gesicht meines Gegenübers zurück, der das A meines Namens noch auf den Lippen hängt.

Rot glimmende Wut brennt durch meine Adern. Wie konnte ausgerechnet sie mich verraten?

Mein Sichtfeld trübt sich an den Rändern. Magie knistert in der Luft, als ich nun selbst die Insignie von Tefnut heraufbeschwöre und das Feuer in meinen Händen sammle, entschlossen, ihr denselben Schmerz zuzufügen, den mir ihr Verrat bereitet hat. Ich habe dafür gesorgt, dass sie geheilt werden kann, und sie will mich töten? Und auch Dante? Ich war bereit, alles zu opfern, um ihr und den anderen eine Zukunft zu ermöglichen. In Gedanken sehe ich erneut den Pfeil, der Dante gestreift hat, an mir vorbeizischen.

»Ash!«, schreit Yasmeen noch einmal und lässt die Hand mit der Klinge an Dantes Hals sinken, weil sie schockiert von mir zurückweicht. Meine Hand ist bereits erhoben und ich forme die Flammen zu einem Wurfgeschoss. Ehe ich loslassen kann, spüre ich eine kurze Berührung an meinem nackten Hals und krümme mich vor Schmerz zusammen. Die Finsternis lässt von mir ab und ich hole keuchend Atem. Dante nimmt mich in den Arm und bittet in Gedanken um Verzeihung. Der verbliebene Rest meiner Dunkelheit vergeht gemeinsam mit dem Schmerz.

Tu so etwas nie wieder!, schimpfe ich ihn, und er wird sofort ein Stück kleiner. Das Leuchten des Diĝirs ist nirgendwo zu erkennen. Dante muss es geschafft haben, sich seiner Kontrolle so weit zu entziehen, dass er ihn wieder in die Tasche packen konnte. *Versuche nie wieder, die Welt allein zu retten.* Ich sehe zu dem roten Streifen an seinem Hals hinab.

Yasmeen musste es tun, erklärt er mir. *Ich war wie du eben völlig vom Kristall eingenommen.*

Ich komme nicht mehr dazu, ihm zu antworten, weil es für Yasmeen kein Halten mehr gibt. Sie stürzt sich auf mich, entreißt mich Dantes Umarmung und schlingt ihre dünnen Arme um mich. »Wir haben euch gefunden!«, schluchzt sie beinahe. »Alles, was Zahra aufgeschrieben hat, ist wahr.«

Erst, als sie von mir ablässt, kann ich ihre drei Begleiter in Augenschein nehmen, denen sich Atu gerade mit seiner typischen Faust-aufs-Herz-Geste vorstellt. Sie haben die schützenden Tücher vom Gesicht genommen. Es sind Malak, Elif und Riaz. Meine Augen brennen fürchterlich, als mich Yasmeen ein weiteres Mal schluchzend umarmt, ehe sie zu Malak tritt und ihre beiden Hände ineinandergleiten. In Riaz' funkelnden blauen Augen steht Distanz, aber sein schüchternes

Lächeln zeigt mir, wie froh er ist, mich wohlbehalten aufgefunden zu haben.

Nach all den Umarmungen und Gefühlsbekundungen – selbst von Elif und Riaz – werfe ich einen sorgenvollen Blick hinüber zu dem Schiff meiner Mutter und den Reitern, die mittlerweile in großem Abstand zu ihr angehalten haben.

Elif sieht ebenfalls zu ihnen hinüber und winkt mit einer Geste ab. »Sie werden sich auf den Kampf vorbereiten. Die letzte Schlacht beginnt erst, wenn die zwei anderen Schiffe angekommen sind.« Trotz des Plaudertons wirft sie einen vorsichtigen Blick zum Himmel und zum Horizont.

»Woher willst du das wissen?«

Anstelle einer Antwort schüttelt Elif nur den Sand von ihrer Umhängetasche, klappt sie auf und zerrt ein Buch hervor.

»Eine Chronik aus der Stillen Bibliothek.« Ich keuche auf, als ich das weiße Buch mit der geprägten Triskele auf dem Umschlag bestaune. »Wann hast du Zutritt erhalten? Wie hast du …«

»Ich hatte sie bei unserer Flucht noch nicht bei mir«, erklärt Elif. »Riaz hat sie von Zahra Arezoo erhalten.«

Ich sehe zu Riaz hinüber, der zögernd erklärt: »Zahra hat mich auf dem Schattenmarkt aufgespürt, wo ich die echte Medizin verteilt habe. Sie hat mir das Buch gegeben und mich beauftragt, zusammen mit Yasmeen und Malak aus der Stadt zu fliehen und Elif aufzuspüren. Wir haben eins der Schiffe gestohlen und sind Zahras Anweisungen gefolgt, um den Ort mit den drei Palmen zu finden.«

Dantes Skepsis gegenüber Riaz' Worten dringt zu mir durch. Ebenso wie sein Vertrauen in Elif. Daher unterbricht er die Erzählung meiner Freunde nicht, sondern hört sich alles genau an.

»Unterwegs habe ich das Buch von Zahra gelesen«, erzählt Yasmeen weiter. »Sie hatte die letzten Wochen über unentwegt Visionen, Visionen der Vergangenheit, und konnte sie nur grob einem Zeitpunkt zuordnen. Aus der Kindheit deiner Großmutter Ea, wie diese der dunklen Magie begegnet ist und von da an unter Wahnvorstellungen litt. Sie ist offenbar einem Mädchen namens Anu *begegnet*, die sie als ihre Schwester bezeichnete. Doch niemand außer ihr hat das Mädchen jemals gesehen. Nicht ein einziges Mal.«

Sie hält kurz inne und lässt mich verstehen. Anu hatte es nie gegeben? Meine Großmutter sowie meine Mutter haben einfach alles nach *Anus* Prophezeiungen und Visionen ausgerichtet.

Yasmeen nickt traurig. »Ea wurde von der Dunkelheit beherrscht und hat so Stück für Stück dafür gesorgt, dass der Diĝir geschwächt wird. Zahras Visionen der letzten Woche handelten dann allesamt von deiner Mutter. Sie hat gesehen und aufgeschrieben, wie Lenora den Zwilling gestohlen hat und wie sie Riaz davon überzeugt hat, das Richtige zu tun und die Artefakte in der Stadt zu verteilen.« Ich sehe wieder zu Riaz, doch der weicht mir aus und sieht betroffen zur Seite. Er wurde getäuscht, wollte wirklich nur das Beste.

»Zahra hat sich daran erinnert, dass ich von alldem schon als Kind berichtet habe.« Elif ringt mit ihren Gefühlen, drängt ihre üble Vergangenheit zurück. »Sie hat ihnen gesagt, wo sie mich finden würden und was wir tun müssen, um die Bewohner Caestras für unsere Seite zu gewinnen. Riaz musste ihnen den übrigen Impfstoff verabreichen.«

»Es hat in ihnen das Licht geweckt«, sagt Malak. »So wie Riaz' Medizin alle Erkrankten und Geschwächten in den Außenbezirken der Letzten Stadt geheilt hat.« Er lächelt Riaz zu wie früher. Voller Anerkennung, voller Freundschaft. Er hat ihm verziehen, was er getan hat. »Die geheilten Bewohner Caestras waren daraufhin bereit, an unserer Seite zu kämpfen. Für unser aller Zukunft.«

»Wieso habt ihr euch nicht zu erkennen gegeben, sondern habt uns abgeschossen?«, erwidert Dante und tritt näher zu mir. Seine Miene ist wieder die des unnahbaren Sohnes von General Leemal.

»Wir haben euch nicht abgeschossen!« Yasmeen sieht empört zu Dante. »Wir haben versucht zu verhindern, dass ihr Ôrazón betretet. Die Caestranier haben uns erzählt, was es mit dieser Stadt auf sich hat. Dass alle verrückt werden, die dorthin verschleppt oder … geopfert werden. Die Gemeinschaft von Isis, die Anhänger der Dunkelheit und Lenoras getreue Verbündete sammeln die dunklen Artefakte, die man dorthin bringt, ein. Auch die Stücke, die Riaz für Lenora in der Letzten Stadt verteilt hat, stammen vermutlich von dort.«

Trotz aller Logik werfe ich ihr vor, dass sie Dante verletzt hat.

»Dieser Junge führt den Wagen absolut unvorhersehbar. Ich wollte ihn mit den Pfeilen von den Toren der Stadt weglenken, aber er fuhr mitten in die Schusslinie.«

Ich sehe zu Atu, dessen Augen weit aufgerissen sind. Er legt die Faust auf sein Herz, öffnet den Mund, bringt jedoch nichts zur Verteidigung hervor.

»Du bist gut«, behauptet Yasmeen dann sofort, um dem Vorwurf die Härte zu nehmen. »Du denkst und handelst anders, als ich es gewohnt bin.« Atu entspannt sich etwas. Er sieht Yasmeen mit solch intensivem Blick an, dass Malak dichter zu ihr tritt und ihr locker den Arm um die Hüfte legt. Ich schmunzle darüber.

»Wer bist du überhaupt?«, grummelt Malak dann mit zusammengekniffenen Augen.

Atu fasst kurz zusammen, was er Dante und mir bereits erzählt hat. Dass seine Familie nach Ôrazón verschleppt wurde, wo sie alle verrückt wurden und sich gegenseitig getötet haben, und dass nur Atu selbst überlebt hat und außerhalb der Sandstadt halb verhungert von seinem Stamm aufgefunden wurde.

Meine Freunde lauschen aufmerksam, während sie kräftige Schlucke aus ihren Trinkflaschen nehmen. Yasmeen hält mir ihr Wasser hin. Die Flasche bereits an meinen Lippen, bemerke ich Elifs zusammengezogene Brauen. Sie sieht Atu mit Unglauben an, schüttelt dann jedoch den Kopf und wendet sich wieder mir zu. Sie erbleicht.

»Trink das nicht!«, ruft sie, doch die ersten Tropfen befinden sich bereits in meinem Mund und brennen wie Feuer. Ich spucke das Wasser auf den Sand und ringe nach Atem. Dante ist sofort alarmiert und mit einem Satz bei mir. Seine Berührung ist tröstlich, und in Gedanken fragt er, was passiert sei.

»Im Wasser der Reiter sind die Reste der Essenz des Diĝirs«, erklärt Elif uns beiden gleichermaßen. Yasmeen keucht erschrocken auf und stammelt eine Entschuldigung.

»Ich habe nicht daran gedacht, dass es dir … Elif hat uns auf dem Weg hierher alles erklärt, aber es ist so schwer, dich … dich so zu sehen.«

Die Stimmung zwischen uns verändert sich. Yasmeen hat es nicht ausgesprochen und dennoch schwingt ein Vorwurf in ihrer Stimme mit. Sie sieht mich nach dem ersten Glücksgefühl über unser Wiedersehen anders an. Ich will schon den Beutel mit dem Zwilling berühren, um ihre Emotionen lesen zu können, da teilt Dante mit mir seine Sicht auf Yasmeen.

Sie hat Angst. Angst vor mir. Weil ihr nun bewusst ist, welchen Schaden ich auf dem Schattenmarkt angerichtet habe.

Aber siehst du auch ihre Zuversicht?, fragt Dante und drückt kurz meine Hand. *Sie überwindet ihre Angst, hält ihre Meinung zurück, weil sie weiß, dass du nicht mit Absicht so gehandelt hast. Sie glaubt daran, dass du alle retten wirst.*

Seine Berührung ist beruhigend und ich nicke leicht, während ich die Trauer über das veränderte Verhältnis zwischen mir und meiner besten Freundin hinabschlucke.

Atu, der gerade die Flanke eines der Pferde meiner Freunde streichelt, mustert mich mit leicht geneigtem Kopf und ich fühle mich unter seinem Blick irgendwie nackt. Er scheint viel mehr zu sehen als andere, hat eine ganz andere Sicht auf alles.

Wenn du dich vor ihm nackt fühlst, sollte ich wohl ein ernstes Wort mit dem Kleinen sprechen, erklingt es in meinem Kopf und ich höre sogar das anschließende Grummeln. Mit einem Seitenblick auf Dante sehe ich, wie seine Mundwinkel zucken. Ich schüttle lächelnd den Kopf.

Eines der Pferde wiehert aufgeregt. Eine stärkere Windböe schleudert uns Sand gegen die Beine und wie von selbst richten wir unseren Blick zu den Kriegern meiner Mutter und den Caestraniern, die in der Kürze der Zeit ein provisorisches Lager errichtet haben. Stoffbahnen, die sie und ihre Pferde vor dem sandtragenden Wind schützen. Zwischen den beiden Gruppen ist es ruhig, ebenso wie am Himmel.

»Wir sollten uns auf den Weg machen«, ergreift Elif das Wort. »Der erste Mond ist bereits untergegangen. In meiner Vision vom Kampf zwischen den Kriegern deiner Mutter und den Caestraniern ist der zweite Mond gerade am Verschwinden. Die Landung der anderen Schiffe steht unmittelbar bevor. Wir müssen unbemerkt an Lenora vorbei in die Höhle, ehe die Caestranier zum Angriff blasen. Sie warten nur auf das Signal, um Lenora abzulenken.«

»Ihr könnt nicht mitkommen«, sage ich bestimmt und spreche Dantes und meinen gemeinsamen Gedanken aus. »Wir wissen nicht, was in dieser Höhle passieren wird.«

»Wir werden euch nur bis dorthin begleiten. Wir werden euch beschützen, damit ihr unsere Welt retten könnt.« Yasmeens Lächeln wirkt eingefroren, nicht echt. Aber ich schätze ihren Versuch, eine ungezwungenere Atmosphäre zu schaffen.

»Wir reiten gemeinsam«, weist Riaz uns an und erntet einen sengenden Blick Dantes.

»Seit wann hast du das Kommando?« In Dantes Stimme schwingt eine Drohung mit. Elif tritt näher zu Riaz und verteidigt ihn: »Ohne ihn hätten wir es niemals bis hierher geschafft.«

Ihr Gesicht wird weich, als sie kurz zu Riaz hinübersieht, und von Dante dringt nur ein *»Was beim Ursprung läuft da?«* zu mir hindurch, als er die beiden mit seiner besonderen Sicht auf die Welt ansieht.

Es *läuft* definitiv etwas zwischen den beiden, ihre Gefühle, Auren oder was auch immer Dante genau sieht, verschmelzen an vereinzelten Punkten. Malak und Yasmeen, zu denen Dantes Blick nun gleitet, teilen ihre Aura, sie bildet eine Art Schnittmenge, ein Farbgemisch beider. Automatisch suche ich in meinem Herzen nach einem Stich von Eifersucht, den ich immer wieder verspüre, wenn ich Dantes starke Gefühle für Elif erkenne, doch da ist nichts.

Freundschaftliche Gefühle, Ash, mischt er sich in meine Gedanken ein, und ich verpasse ihm einen leichten Stoß in die Seite, sodass er in Gedanken auflacht.

»Wenn ihr damit fertig seid, in Gedanken miteinander zu kommunizieren, kann Riaz euch unsere weiteren Pläne vorstellen«, tadelt uns Elif.

Malak und Yasmeen nicken zustimmend, und mit einer kurzen Geste seiner Hand – die arrogant wirkt wie eh und je – bedeutet Dante Riaz fortzufahren.

»Wir reiten immer zu zweit, die Pferde sind gut genährt und gestärkt, sie schaffen das. Der Antrieb eures Fahrzeuges könnte bei der Ankunft von Lenoras weiteren Schiffen versagen. Ich müsste es lenken und mir fehlt die Erfahrung.« Er wendet sich an Atu. »Du kannst unser viertes Pferd haben und dich in Sicherheit bringen.«

Atu hat den Kopf gesenkt.

»Weißt du, wo deine Gefährten sind? Gibt es einen Ort, wo sie sich … wo sich dein Vater nach einem Überfall versteckt?«, frage ich ihn direkt. Er schüttelt den Kopf.

»Seit ich zwischen den Wüstenvölkern vermittle, kam es zu keiner Auseinandersetzung und keinem Angriff mehr. Ich weiß nicht, wo sie sich sammeln würden.«

Beim Blick auf meine Gedanken entgleitet Dante ein Fluch, der die gesamte Aufmerksamkeit auf ihn lenkt.

»Ash ist der Meinung, du sollst uns begleiten. Aber du musst wissen, dass wir direkt in einen Kampf ziehen. Auch mit Ablenkung wird Lenora versuchen, die Kristalle an sich zu bringen.«

»Ich kann kämpfen«, erwidert Atu mit der Faust auf dem Herzen. »Vater hat es mich gelehrt für den Fall, dass ich mich irgendwann nicht mehr mit Worten verteidigen und schlichten kann.« Er deutet zum Anhänger. »Ich habe meine Dolche im Wagen.«

Dante nickt langsam. Ich spüre seine Sorge. Er fühlt sich

verantwortlich für den Jungen, der alles riskiert hat, uns hierherzubringen. Er hätte sich in Ôrazón verstecken und der Dinge harren können. Niemand wäre ihm gefolgt. Er wäre in Sicherheit gewesen, wenn Dante und ich nicht auf seinen Anhänger gesprungen wären. Wir haben ihn dahinein gezogen. Den unschuldigsten und reinsten Menschen, den Dante je gesehen hat – außerhalb der Erde zumindest.

Mit einem breiten Lächeln stapft Atu durch den Sand zu seinem Anhänger. Mein Blick folgt ihm. Seine weiten Hosen flattern im Wind. Da zieht Dante an meinem Arm.

»Schnell, lasst uns gehen. Ich kann nicht verantworten, ein Kind mit in eine solche Schlacht ziehen zu lassen.«

Riaz und auch die anderen scheinen ihm zuzustimmen. Binnen Sekunden sitzt Riaz auf einem der Pferde und hilft Elif auf den Platz hinter sich. Ihre Arme schlingen sich wie von selbst um seine Taille. Erneut verspüre ich nicht einen Funken Eifersucht, sondern eher so etwas wie … Freude. Auch Malak und Yasmeen teilen sich ein Pferd und Dante sitzt ebenfalls auf.

»Komm!« Er reicht mir die Hand und nach einem weiteren Blick zu Atu, der noch immer mit dem Rücken zu uns auf den Anhänger zugeht, ergebe ich mich der Mehrheit. Ich hoffe, dass der vierte Hengst wirklich auf Atu wartet und nicht die Flucht ergreift oder uns folgt, wenn seine Gefährten davongaloppieren, und seinen Reiter in der Wüste alleinlässt. Aber notfalls hätte Atu ja noch die Kutsche mit dem Anhänger.

»Das Pferd wird warten«, sagt Riaz, als könne er ebenfalls meine Gedanken lesen. »Sie sind so trainiert.«

Ich verdränge die Angst und greife nach Dantes Hand. Kaum dass er mich hinter sich sitzen hat, preschen der schwarze Hengst von Riaz und Elif und der Gescheckte von

Yasmeen und Malak los. Dante greift nach meinen Händen, schlingt sie um seine Taille und presst seine Beine gegen die Flanken unseres Schimmels. Ich kralle mich an ihm fest, habe die Beschleunigung des Tieres vollkommen unterschätzt.

Wo hast du reiten gelernt?, frage ich Dante, während der Sand unter uns dahinfliegt. Viel zu weit unten.

Dantes Lachen dringt in meinen Kopf. *Hast du etwa Angst? Wir halten gerade auf das Lager unserer Feinde zu und du machst dir Sorgen um den Ritt?*

Ich würde ihn gerne in die Seite kneifen, kann meine Hände aber unmöglich entknoten. Ich würde nach hinten fallen und in den Sand stürzen. Hinter mir baumeln Taschen vom Rücken des Pferdes. Das Klimpern darin bei jeder Bewegung des Tieres sagt mir, dass dortdrin Waffen sind. Ich notiere es mir in Gedanken, sollte ich mich irgendwann mit dem Ritt auf dem Monster arrangiert haben und eine Waffe dabei halten können.

Dante ist wie eins mit dem Pferd, löst eine Hand von den Zügeln und legt sie auf meinen Fingerknoten vor seinem Bauch.

Vater hat es mir beigebracht. Er meinte, es würde mir vielleicht eines Tages nützen. Trauerschwaden folgen seinen Gedanken und ich schlucke. Gerade will ich mich entschuldigen – ein weiteres Mal –, da kommt Dante mir mit seinen Worten zuvor.

Du brauchst kein schlechtes Gewissen zu haben. Ich glaube, unsere Väter wussten beide genau, worauf sie sich einlassen, wenn sie diese letzte Schlacht beginnen. Du wurdest von Lenora als Werkzeug missbraucht, du trägst keinerlei Schuld an seinem Tod. Genauso wenig wie an dem deines Vaters.

Seine tiefe Liebe für mich fließt durch unsere geistige Verbindung, hüllt mich ein und verdrängt sogar die Angst, auf dem vierbeinigen wilden Tier zu sitzen. Endlich wage ich es, mich leicht umzudrehen und nach Atu zu sehen. Er steht beim Anhänger und blickt uns nach.

Es tut mir leid, flüstere ich in Gedanken, auch wenn er mich nicht hören kann. Dante streichelt zärtlich über meine Hände, während wir weiter über den Sand fliegen.

Unaufhaltsam dem Feind entgegen.

39

10. Abu 6996 nach Atum

Der Wind dröhnt in meinen Ohren. Dante hat inzwischen zu unseren Freunden aufgeschlossen und wir folgen fliegend unseren Schatten. Meine Gedanken verirren sich zu den entlegensten Winkeln meines Gehirns. Ich denke an meine Kindheit, die lange Zeit, die ich mit den Personen, die nun an meiner Seite reiten, verbracht habe. An die Streiche, die kleinen Streitigkeiten, an die Gefühle und Beziehungen, die sich entwickelt und so verändert haben. Vor allem seit meiner vermeintlichen Initiation in der Letzten Stadt. Die Reise zur Erde, die einfach alles verändert hat. Nicht nur meine Gefühle für Riaz oder die Beziehung zu Dante. Uns alle.

Der Gedanke, dass wir all das irgendwann unseren Enkeln erzählen würden, sollten wir den heutigen Tag überleben, bringt mich zum Lächeln. Ich spüre Dantes Anwesenheit in meinen Gedanken. Er kommentiert nichts davon, sondern streicht nur zärtlich über meine Hand.

Wir spüren die ankommenden Schiffe, noch ehe wir sie sehen können. Mein Puls beginnt zu rasen. Nun hängt es an so vielem, dass unser Plan gelingt. Wie meine Freunde sehe ich nach links, wo soeben zwei weitere Schiffe mit dem Dreieck und dem Ankh über die Reiter aus Caestra hinwegziehen und die Pferde scheuen lassen. Mein Blick folgt ihnen und bei ihrer Landung sehe ich, dass die Sichel unseres zweiten Mondes bereits hinter dem höchsten Punkt des Gebirges vor uns verschwindet.

Wir sind nur noch wenige Hundert Meter von der Höhle entfernt, halten weiterhin unaufhaltsam auf die Krieger der Erde zu, zu denen sich nun andere Angehörige der Gemeinschaft von Isis gesellen, die aus ihren Schiffen steigen. Schwerter, Schilde und Gewehre – zahlreiche Waffen blenden und blitzen bei ihren Bewegungen.

Ein Signal ertönt. Es klingt nach einem Aufheulen eines monströsen Tieres und ich suche nach der Quelle. Es ist ein Horn ähnlich dem der Wikinger. Sein durchdringender Ton sorgt für Gänsehaut. Die Caestranier haben bereits ihre Pferde bestiegen und scheinen bereit. Auch sie tragen etliche Waffen in den Händen, altmodische Waffen. Köcher mit Pfeilen sind auf ihren Rücken und an die Seiten ihrer Tiere geschnallt.

Selbst auf die Distanz spüre ich ihre Erregung, ihre Anspannung, könnte mir sogar einbilden, ihr Adrenalin durch ihre Körper rauschen zu hören. Sie sind bereit für einen Kampf, der ihrer aller Tod sein könnte. Unterlegen im Kampf gegen die modernen Waffen der Erde. Für die Hoffnung auf Freiheit.

Drei kurze Stöße ins Horn und die Pferde preschen nach vorne. Ich kann mich nicht abwenden, eine unbestimmte Neugier und Faszination hält mich in ihren Fängen, während wir von unserer Seite aus auf dasselbe Ziel – die Krieger, die sich nun vor den Schiffen formiert haben – zuhalten. Yasmeen neben mir zieht nun ebenfalls den ersten Pfeil, und ich überlege, wie sie es schaffen will, nicht vom Pferd zu fallen, während sie sich hinter Malak zur Seite lehnt. Sie hat unsere Gegner im Blick, spannt den Bogen jedoch noch nicht. Riaz hat die Zügel an die hinter ihm sitzende Elif übergeben und macht sich ebenfalls bereit, uns zu verteidigen.

Du musst übernehmen, weist Dante mich an, und ich kreische in Gedanken, dass ich das niemals schaffen kann. Doch er ist zuversichtlich, schiebt die lockeren Zügel in meine verkanteten Finger und beugt sich nach vorne, um den an der Seite unseres Schimmels befestigten Bogen und die Pfeile zu erreichen.

Ich kann nicht!, schreie ich, doch er hat seine eine Hand noch immer um meine Finger geschlossen, das raue Leder der Zügel drückt sich beinahe schmerzhaft in meine Haut, während sein Daumen ganz sanft über meinen Handrücken streicht.

Ich weiß, dass du es kannst. Ich vertraue dir.

Du kannst mir ja vertrauen, aber ich vertraue dem Monster unter uns nicht.

Dante nimmt meine Sorge ernst, lacht nicht über mich. *Du brauchst eigentlich nichts zu tun, solange wir geradeaus reiten. Halte einfach die Zügel fest. Ich weiß, dass du es schaffst.* Er drückt noch einmal meine Hand und legt seinen ersten Pfeil an die Sehne. Seine Arme sind noch vollkommen entspannt, aber ich weiß, dass er binnen eines Wimpernschlages bereit sein würde wie Riaz und Yasmeen.

Die vordere Reihe der Krieger meiner Mutter stürmt nun ebenfalls nach vorne, den Reitern aus Caestra entgegen. Auch bei ihnen verlangsamt die hintere Reihe nun ihr Tempo.

Was tun sie?, frage ich Dante, der beide Gruppen im Auge behält.

Sie bereiten die magischen Schutzschilde vor. Die stärksten Magier jeder Seite stehen im Hintergrund des Kampfes. Sie sind die Verteidiger und sorgen dafür, dass magische Angriffe keinerlei Wirkung erzielen. Daher ist es das oberste Ziel der Gegner, diese Magier zu töten.

Ich lasse mir seine Worte durch den Kopf gehen und unwillkürlich baut sich das Bild eines schwarz-weiß karierten Spielbretts vor mir auf.

Genau so. Es ähnelt dem Schachspiel der Erde, kommentiert Dante anerkennend.

Die Luft beginnt zu prickeln, die Magie wird wie flirrende Hitze über der Wüste sichtbar. Von Lenora und drei verhüllten Kriegern an ihrer Seite aus schiebt sich der Schutzschild nach vorne und umschließt auch die vordersten Krieger.

Nun kann ihnen keine magische Attacke mehr etwas anhaben, erklärt Dante und dreht sich leicht in Richtung der berittenen Caestranier, über denen die Luft nun ebenfalls leichte Wellen schlägt. *Genauso wenig wie ihnen. Deshalb trainieren auch all unsere Soldaten den Kampf mit den alten Waffen. Ich habe von meinem Vater viel über die Kriegstaktiken gelernt. Riaz und Yasmeen sind als Soldaten ebenso eingewiesen.*

Dantes Worte in seinem Kopf werden von keinerlei Emotionen begleitet. Weder hegt er noch einen Groll gegen Riaz, noch ist er stolz auf sein Wissen oder zeigt auch nur den Hauch irgendeines anderen Gefühles. Er wirkt absolut kontrolliert.

Das ist eines der ersten Dinge, die wir lernen, sagt er. *Ein Kampf ist kein Zeitpunkt für Emotionen. Die beeinträchtigen die Konzentration. Mitglieder des Hauses Seth waren früher bei jedem Kampf dabei und betäubten diese Gefühle, damit sie den Soldaten nicht im Weg stehen. Haus Seth nimmt ihnen den Schmerz, die Angst, alles, was ihnen im Wege stehen könnte.*

Er holt tief Luft und baut zwischen unseren Gedanken eine Mauer. Stein für Stein wächst sie an und ich bleibe außen vor. Ehe sie uns komplett abtrennt, erklingt noch ein letztes Mal seine geistige Stimme zu mir durch, an der ich mich festhalte:

Ich liebe dich, Ash. Wir werden es schaffen.

Ich starre nun auf die sich annähernden Gruppen. Wie in Zeitlupe schließt sich die freie Fläche zwischen ihnen immer weiter. Ich zähle drei Herzschläge, in denen absolute Stille herrscht. Selbst das Geräusch der stampfenden Hufe auf dem Sand ist kaum zu hören. Drei Mal das Pochen meines Herzens – und der letzte Kampf beginnt.

Die Krieger meiner Mutter, Männer wie Frauen, erheben ihre Speere und Schwerter und richten sie auf die Pferde der Caestranier. Ich sehe, wie eine Waffe ein stattliches pechschwarzes Tier durchbohrt, es bäumt sich auf und wirft seinen Reiter zu Boden, der von nachfolgenden Hufen erfasst wird. Andere Reiter preschen durch die erste Reihe von Lenoras Kriegern und stoßen wieder und wieder mit ihren Schwertern zu. Schreie durchschneiden die Stille. Keine Schmerzensschreie, sondern Urlaute, Angriffsgebrüll.

Wir nähern uns Lenoras Kriegern. Eine Gruppe der caestranischen Reiter schert aus der Angriffslinie aus und kommt uns entgegen, bis sie uns flankieren, uns vom Kampfgeschehen abschirmen. Doch auch eine Gruppe Krieger meiner Mutter wendet sich vom eigentlichen Angriff ab und stellt sich uns in den Weg.

Unsere Begleiter spannen ihre Bogen. Wie ein Mann lassen sie die Pfeile auf die Krieger hinabsausen. Meine Freunde ziehen nach. Dante vor mir strafft sich und neigt sich leicht zur Seite. Sein Blick ist auf die Männer meiner Mutter gerichtet. Die Muskeln seiner Arme sind angespannt. Seine Lippen sind vor Konzentration fest zusammengepresst. Mit einem Sirren der Sehne saust der Pfeil nach vorne und durchbohrt einen der in Schwarz gehüllten Krieger. Er geht zu Boden und bleibt reglos liegen. Der Sand nahe dem Ursprung wird heute von so viel Blut getränkt werden. Ich hoffe, dass es nicht umsonst vergossen wird.

Weitere Pfeile zischen davon, dann treffen die rennenden Krieger auf unseren Begleitschutz. Die ersten Männer stürzen vom Pferd. Die Reittiere galoppieren weiter an unserer Seite voran, geben uns so ein wenig Deckung, während wir die Reihe an Kämpfern passieren. Am Ende angekommen, bleiben die verbliebenen Reiter aus Caestra zurück und springen von den Pferden. Ich drehe mich um, blicke zurück zu ihnen und sehe, wie sie sich nun dem Kampf Mann gegen Mann stellen, wie die Sonne Lichtblitze aus den geschwungenen Schwertern macht, die an manchen Stellen von Blut nur noch dunkel schimmern. Als wir genug Abstand zwischen uns und den Kampf gebracht haben, entspannt sich Dante ein wenig und greift nach meinen Händen. Ich genieße die Berührung, wenngleich sie auch nur von kurzer Dauer ist, weil er mir lediglich die Zügel abnehmen möchte.

Die erste Hürde haben wir geschafft. All meine Freunde sind noch am Leben. Wir sind gleich beim Ursprung, nur noch wenige Meter trennen uns vom Höhleneingang.

Da treten vier Gestalten hinter den aufgeschichteten Felsbrocken hervor in das schwache Leuchten, das aus dem Inneren des Berges hervordringt.

Lenora und drei maskierte Männer, von denen jeder doppelt so breit ist wie meine Mutter, stellen sich uns in den Weg. Eine Welle prickelnder Magie rauscht über uns hinweg und bringt den Tritt der Pferde aus dem Takt.

40

10. Abu 6996 nach Atum

Unsere Pferde scheuen, spüren die Magie, die vor uns gewirkt wird.

»Haltet sofort an und schirmt euch ab!«, brüllt Dante. »Wappnet euch gegen den Schmerz und die Angst!« Er strafft die Zügel und bringt unseren Schimmel, rund zehn Meter vom Eingang der Höhle entfernt, zum Stehen. Riaz und Malak haben ihre Tiere ebenfalls zum Anhalten gebracht. Dante springt vom Pferd und reißt auch mich von seinem Rücken, ehe er an der befestigten Seitentasche zerrt und sie ebenfalls mitnimmt. Ich höre das helle Klimpern der Waffen.

Sein Gesicht ist vor Anstrengung verzerrt. Ich versuche zu verstehen, was er tut, seinen Gedanken zu folgen, doch die Mauer ist noch immer hochgezogen.

»Weg von den Pferden!«, presst er hervor und zieht mich mit sich, schiebt dabei unsere Freunde unsanft zur Seite, zwischen den immer unruhiger werdenden Tieren hindurch. Elif stürzt neben mir in den Sand und Riaz, der schon drei Schritte weiter ist, kehrt noch einmal um. Er reißt an ihrem Arm und schleift sie ein paar Meter durch den Sand. Elif schreit vor Schmerz auf, ich sehe die Flüche auf ihren Lippen, die jedoch ungesagt bleiben, als wir alle sehen, wie die Pferde nun vollkommen durchdrehen. Sie bäumen sich wieder und wieder auf. Hätte Riaz Elif nicht mit sich gezogen, wäre sie unter ihren Hufen gelandet. Das Wiehern klingt wie der Ruf blanker Todesangst. Die Tiere gehen durch und stürmen davon. Sand wird uns entgegengeschleudert.

Dante stößt laut den Atem aus und wirft den Beutel mit den Waffen in den Sand. Seine Hände beben vor Anstrengung. »Ich kann euch nicht die ganze Zeit schützen. Seid ihr bereit, euch eurer Angst zu stellen? Die drei Männer müssen auf der Erde mit Magie versorgt worden sein«, erklärt er schnell und sieht uns nacheinander in die Augen. »In der Letzten Stadt wäre sie ihnen aufgrund der lichten Magie entzogen worden, hier draußen jedoch kann sie sich von allem nähren.« Er wendet sich an Yasmeen und Riaz, zwei ausgebildete Soldaten. »Ihr habt die Abschirmung gleich in den ersten Wochen eures Trainings gelernt. Nutzt dieses Wissen.« Yasmeen und Riaz nicken. Ihre Emotionen scheinen sie ebenfalls gut unter Kontrolle halten zu können. Yasmeen hat mir nie großartig von ihrer Ausbildung zur Soldatin berichtet, ebenso wenig wie Riaz, aber sie beide sind nun vollkommen anders. Gehorchen blind Dantes Befehlen – die ihres Generals.

»Ich kann versuchen, euch weiter abzuschotten«, sagt Dante nun zu Elif, Malak und mir. Er wirft immer wieder einen Blick zur Seite, auf meine Mutter und die drei Männer neben ihr, deren Artefakte an den Handgelenken und langen Ketten um den Hals grell leuchten. Elif schüttelt sofort den Kopf. »Ich kann meinen Kopf verschließen. Sonst hätte ich nie überleben können, bei all dem, was durch meine Gabe in mich hineinfließen will.« Dante nickt zufrieden, wendet sich dann Malak zu.

Auch er lehnt Dantes Angebot ab: »Ich bin meiner größten

Angst mehr als einmal begegnet. Euer Einsatz hat mich von diesem Abgrund gezogen.« Er macht eine ausladende Geste, die uns alle einschließt. »Ich stelle mich ihr entgegen und kämpfe.«

»Wir können uns der Magie von Diĝir und Zwilling bedienen«, sage ich. »Solange du mich berührst, dringt die Dunkelheit …«

Dante schüttelt den Kopf. »Selbst wenn uns die Magie der Kristalle nicht übernimmt, sind wir doch geblendet. Ich kann nicht kämpfen, wenn ich … so bin.«

Ich schlucke. Er muss sich selbst kontrollieren können. Kann die Kontrolle nicht dem Diĝir und der lichten Magie überlassen. Das heißt, wir müssen ohne Magie kämpfen – *ich* muss ohne Magie kämpfen. Dante greift nach meiner Hand.

»Wir sind zu sechst. Sie sind nur zu viert. Wir können es schaffen! Du musst dich der Angst nicht allein stellen.«

Ich vertraue ihm, vertraue seinen Fähigkeiten als Soldat und General. Und darauf, dass mich seine Gegenwart die Angst durchstehen lässt. Er drückt mir ein Schwert und einen Dolch in die Hand, zieht dann weitere Klingen aus dem Beutel und verteilt sie an die anderen. Den Dolch befestige ich mitsamt seiner Scheide an meinem Gürtel.

Mein Schwert ist nicht ganz so leicht wie die Klingen in der Letzten Stadt, nicht von begabten Formwandlern eigens zu einem Schwert geformt. Es sieht eher so aus, als hätte man wie schon bei Atus Anhänger bereits vorhandenes Metall genommen und bearbeitet. Ich schwinge die Waffe einmal und beschreibe mit ihr einen Bogen. Sie ist trotz ihres nicht makellosen Aussehens gut austariert, durchschneidet die Luft mit einem leisen Surren.

Hinter uns tobt die Schlacht der Krieger gegen die Caestranier. In diesem Moment fühlt sie sich an wie Bilder einer Projektion oder Fernsehbilder, nicht wie unser Kampf. Denn unser Kampf findet hier statt. Abseits der Schlacht. Ein Kampf mit nur zehn Personen – und doch wird hier unser aller Zukunft entschieden. Hinter uns haben beide Seiten hohe Verluste zu verzeichnen. Ich denke an all die Männer und Frauen auf den Pferden. Daran, wen sie vielleicht zurückgelassen haben: Kinder, Eltern, die sie zu versorgen haben, einen leeren Platz in ihrer Gemeinschaft. Sie sind Elifs und Riaz' Ruf gefolgt, um unsere Welt zu etwas Besserem zu machen. Ganz gleich, ob sie noch Teil davon sein können. Ich empfinde jedoch auch Mitgefühl für die andere Seite. Wollten sie in den Kampf ziehen? Sind es Rebellen von Heliopolis oder Krieger der Erde, die mittels Artefakten auf Lenoras Seite gezogen und in diesen Krieg geworfen wurden? Wollen sie wirklich kämpfen oder spricht die reine Finsternis aus ihnen wie aus den dreien, die sich uns nun gemeinsam mit meiner Mutter entgegenstellen?

»Bereit?«, fragt mich Dante, nachdem er seine Runde beendet und alle mit Waffen versorgt hat.

Mir entfährt tatsächlich ein Lachen, auch wenn es aufgesetzt klingt, nahezu verschreckt. »Nein.«

»Endlich bist du ehrlich.« Er schenkt mir ebenfalls ein kurzes Lächeln, ein ehrliches Lächeln. »Dann los.« Dante drückt mir noch einen schnellen Kuss auf den Mund, der meine Lippen elektrisiert. Es ist kein Abschiedskuss, sondern er trägt Hoffnung in sich. Hoffnung, dass wir siegen werden, dass alles besser werden wird. Ich speichere mir dieses Gefühl der Sicherheit ab. Es stärkt mich.

»Bleib dicht bei mir, dann kann ich uns beide leichter abschirmen«, weist Dante mich noch an, ehe er an Riaz' und

Yasmeens Seite die ersten Schritte auf die hoch konzentrierten Männer an Lenoras Seite zumacht. Meine Mutter steht da wie im Bann von Osiris. Ihr Gesicht ist vollkommen erstarrt, sie zeigt nicht die kleinste Regung, sondern beobachtet nur jeden unserer Schritte. Lediglich ihre Haare heben sich leicht im Wind.

Was denkt sie gerade, wo sie kurz davor ist, ihre Tochter und deren Freunde zu bekämpfen? Empfindet sie so etwas wie Trauer? Bedauern?

Ich antworte mir selbst darauf. Ich kenne die Dunkelheit des Zwillings nur allzu gut. Dort ist kein Platz für derartige Gedanken. Lenora hat so viele Jahre mit dem Zwilling auf der Erde verbracht – fernab der lichten Magie des Diĝirs. Ihr Geist muss vollkommen vergiftet sein. Schnell dränge ich die Tränen zurück, die sich einschleichen wollen. Trauer *für* sie, *um* sie. Und all das nur, weil meine Großmutter Ea vor so vielen Jahren von der Dunkelheit berührt wurde, die sich dann ihres Geistes bemächtigt hat. Meine Mutter hatte damit ebenso wenig zu schaffen wie ich. Und dennoch stehen wir nun auf unterschiedlichen Seiten, ohne Hoffnung auf ein gutes Ende für uns alle.

Mit jedem Schritt, den wir in Richtung der Höhle machen, vor der Lenora mit den drei Kriegern steht, spannt sich Dante mehr an. Es kostet ihn Kraft und Konzentration, mich zusätzlich abzuschirmen. Ich taste vorsichtig nach seinem Geist, doch er ist vollkommen verschlossen. Ich spüre auch den zweiten Ring, eine starke Mauer, die mich nach außen hin abschottet.

Der Abstand zwischen uns und meiner Mutter verringert sich immer weiter. Weder die Krieger noch Lenora selbst regen sich auch nur einen Millimeter. Die Artefakte der Männer leuchten immer stärker, je näher wir kommen. Uns trennen nur noch rund fünf Meter.

Malak ist der Erste, den sie mit ihrer Magie erreichen. Er schreit vor Schmerz oder Angst auf, ich kann das laute Heulen nicht zuordnen. Yasmeen neben ihm gerät in Panik, verliert ihre Konzentration und keucht im nächsten Moment auf. Sie taumelt und bleibt stehen, ringt nach Luft, sucht nach ihrer Konzentration, während Malak neben ihr unter den größten Qualen leidet, die ihm so real scheinen wie der Sand unter seinen Knien. Ich bin wie erstarrt und sehe wie eine Außenstehende auf die nachfolgenden Ereignisse.

Riaz stößt einen lauten Schlachtruf aus und verlässt unsere Linie. Er stürmt nach vorne und ich glaube, tatsächlich Dantes Seufzen zu hören, ehe er Riaz folgt.

Binnen Sekunden hat Riaz den ersten Krieger erreicht, der sich von den anderen gelöst hat. Er hat nun ebenfalls sein Schwert gezogen und wartet auf Riaz' Angriff. Noch während er die Lücke zwischen ihnen beiden schließt, schwingt Riaz das Schwert und duckt sich unter der Waffe seines Gegners weg, um ihm seine Klinge mit vollem Schwung aus dem Sprung in den Oberschenkel zu rammen. Der Krieger verzieht nicht einmal die Miene, als das Blut aus dem Schlitz im Leder seines Beinkleides hervorquillt. Sein Schmerzempfinden muss vollkommen deaktiviert sein. Er setzt ohne jegliche Unterbrechung seinen Angriff fort. Ein lautes Klirren hallt von der Felswand hinter Lenora wider, als das Schwert des Kriegers auf das in Riaz' Hand trifft. Der Krieger ist schnell, verpasst Riaz einen Hieb nach dem anderen, während seine Mitstreiter dafür sorgen, dass Malak und Yasmeen weiter außer Gefecht sind. Riaz wird langsamer und setzt, ganz der mächtige Formwandler, seine Gabe ein.

Doch für Magie ist hier kein Platz. Nicht bei diesem übermächtigen Gegner. Ich sehe, wie sich die Waffe seines Gegners verflüssigt, wie viel Energie es Riaz kostet, sodass seine Konzentration leidet und er es nicht schafft zu erfassen, dass der Krieger seine Veränderung der Waffe rückgängig macht und mit einem ausladenden Schwung auf Riaz' Hals zielt.

»Nein!«, schreie ich in dem Moment, in dem die Klinge anstatt auf Riaz' Hals gegen Dantes Schwert prallt. Vor Erleichterung wäre ich am liebsten zusammengesunken, doch dafür ist keine Zeit. Wir müssen gemeinsam gegen die Krieger meiner Mutter kämpfen. Geschlossen, als Einheit.

Ich hebe mein Schwert und nicke kurz Elif zu, die ebenfalls mit mir zurückgeblieben ist. Ihr Gesicht ist kreidebleich vor Sorge um Riaz.

»Ich schirme die beiden ab, damit sie sich erholen können«, sagt sie und zieht etwas aus ihrer Tasche. Sie wirft eine Handvoll … Kräuter in die Luft über Yasmeen und Malak und beide entspannen sich sofort.

»Ihr müsst euch konzentrieren. Die Kräuter unterbrechen nur den Zwang, dem ihr unterliegt. Zieht eure geistige Mauer nach oben. Wir brauchen euch.«

Yasmeen und Malak springen auf die Beine und Yasmeen stürmt dem zweiten Krieger entgegen, der nun nach vorne tritt. Seine Artefakte leuchten nicht mehr ganz so hell. Er hat sehr viel seiner Magie verbraucht.

Die Artefakte! Du musst ihn von seiner Energie abschneiden!, rufe ich Dante in Gedanken zu, kann ihn jedoch nicht erreichen. Meine Worte prallen ungehört an seiner geistigen Mauer ab.

Ich will meine Taktik nicht laut hinausbrüllen und den Krieger warnen, daher hole ich schnell tief Luft und hechte nach vorne. Im Sprint durch den Sand schließe ich zu Yasmeen auf. Während der zweite Krieger ihren ersten Schlag pariert, setze ich zum Sprung an. Dabei ziele ich mit meiner Klinge nicht auf sein Herz oder andere verletzliche Körperteile, sondern täusche einen Angriff nur an, sodass er sein Schwert hebt. Doch anstatt meine Waffe nach unten zu ziehen, hebe ich meine linke Hand und reiße an den Bändern um sein Handgelenk. Ich muss ihn von den Artefakten trennen.

Doch sie sind fester, als ich erwartet habe, und die Finger meiner linken Hand verkeilen sich mit einem sengenden Schmerz darin. Yasmeen pariert den für mich gedachten Schlag. Ich brülle vor Schmerz in meinen Fingern auf und ziehe dadurch die Aufmerksamkeit Dantes auf mich.

Für den Bruchteil eines Augenblickes sehen wir uns in die Augen. In genau diesem winzig kleinen Fragment eines einzigen Moments achtet er nicht auf seine Deckung. Auch ohne jegliche magische Begabung kann ich vorhersehen, was gleich passieren wird. Elif schreit auf. Vermutlich sieht sie dieselben Bilder wie ich. Sieht, wie die Klinge in Dantes Brust eindringt. Mir bleibt keine Zeit. Ich lasse das Schwert fallen und greife zum Beutel mit dem Zwilling an meiner rechten Seite. Mithilfe der Magie des Osiris bringe ich Dantes Angreifer zum Erstarren, noch ehe mich die Finsternis durchdringt.

Mit Entsetzen in den Augen sieht er auf die Klinge direkt vor sich, springt einen Schritt zurück und reißt dann panisch den Mund auf, als sein Blick zu mir gleitet. Er schüttelt fassungslos den Kopf. Doch ich habe die Finsternis entfesselt und kann sie nun nicht mehr eigenmächtig zurückdrängen. Mein Blickfeld trübt sich ein, als kippe man schwarze Tinte in ein Glas Wasser. Die Ränder werden dunkler und dunkler, ganz gleich, wie sehr ich mich dagegen wehre.

Ich sehe noch in vollem Bewusstsein, wie Riaz dem Krieger den Todesstoß versetzt, blicke dann in Lenoras Gesicht, verstehe, was das grausame Lächeln auf ihren Lippen bedeutet. Sie ist sich ihres Sieges sicher, denn ich habe genau das getan, was sie von mir erwartet hat. Sie wollte mich nur provozieren, bis ich meine dunkle Seite entfessle und keinerlei Kontrolle mehr über mich haben werde.

Mein Herz erkaltet, während mich die Finsternis in ihre Arme schließt und all die positiven Gedanken und Empfindungen mit Schwärze übergießt.

41

10. Abu 6996 nach Atum

Das Gebirge hinter Lenora wird zu einer schwarzen Wand, nur aus der Höhle hinter ihr dringt ein schwaches Leuchten. Die Wüste ist in diffuses Zwielicht getaucht, das die Kämpfenden wie gesichtslose Schatten erscheinen lässt. Ihr Kampfgeschrei, ihre Schmerzenslaute nähren die dunkle Magie in mir. Ich atme genießerisch ein, während sich ein Lächeln auf meine Lippen schleicht.

Ich werde siegen und unsere Welt für immer an mich binden. Ich muss nur so lange verharren, bis alle, die sich mir entgegenstellen könnten, im Sand zur Ruhe kommen. Lenora starrt mir mit erhobenem Haupt entgegen. Ein leiser Zweifel schleicht sich ein. Ist sie meine Verbündete oder muss ich sie bekriegen? Wird sie mir meinen Platz streitig machen wollen? Oder wird sie sich mir unterwerfen, sobald ich den Diĝir vernichtet habe?

Ich durchsuche die wirbelnden Schatten der Kämpfer um mich herum nach dem Funken Licht ab, der Dante kennzeichnet. Ihn muss ich zuerst vernichten. Er steht zwischen mir und der wahren Magie.

Rufe erklingen, doch ich erfasse den Sinn der rauschenden Worte nicht. Angst und Schmerz hängen in der Luft und ich schließe genießerisch die Augen und lasse sie in mein Herz. Mein Puls rast. Hitze schießt durch meinen Körper, als einer der stämmigen dunklen Schatten zu Boden geht. Niedergestreckt von der schmalen Silhouette mit dem leuchtenden Kristall an der Seite.

Die schmalen Gestalten, meine Begleiter, sammeln sich nun um den letzten Krieger, der sich vor Lenora aufbaut. Ich beobachte genau, wie er sich zur Wehr setzt. Die Artefakte an seinem Körper leuchten beinahe so hell wie der Diĝir. Sie sind mächtig. Macht, die mir allein gehört.

Ich straffe meinen Körper und gehe Schritt für Schritt auf den Kampf zu. Jemand hält mir instinktiv seine Waffe entgegen, der Schemen, den ich nur noch schwach als Yasmeen erkenne, lässt jedoch sofort von mir ab. Sie weicht taumelnd vor mir zurück, blickt nach unten auf das Feuer in meiner Hand und brüllt etwas, das ich nicht höre.

Die Artefakte des Kämpfers ziehen mich an. Ich strecke meine Hand nach dem Leuchten aus, als ich Feuchtigkeit an meinem Oberschenkel spüre. Ich sehe an mir hinab auf mein Bein und, das in meiner Welt nahezu schwarze Blut, das aus einer tiefen Wunde austritt und nach unten rinnt. Ich spüre keinerlei Schmerz, erkenne aber, dass ich mein Gewicht verlagern muss, dass mich das Bein so nicht trägt. Das Feuer in meiner Hand erlischt und die Doppelspirale von Nut erhebt sich aus meinem Nacken. Die Wunde verschließt sich Stück für Stück. Erst verbinden sich die Adern wieder, ehe sich das Gewebe darüberlegt, als wäre nichts geschehen.

In meinem Augenwinkel schimmert ein weiteres Leuchten. Der andere Krieger hat sich wieder erholt und kommt auf uns zu. Ich schleudere ihn mit einem Windstoß zu Boden und lasse ihn von meiner Macht über die Elemente in die Tiefe ziehen. Der Boden öffnet sich und bedeckt den Krieger binnen Sekunden. Die Artefakte werden vom Sand nach oben getragen, wie ich es mir gewünscht habe. Die Macht gehört mir allein und ich werde nicht zulassen, dass sie ein anderer beansprucht. Ich nehme die Artefakte an mich und lasse ihre dunkle Magie in mich strömen.

Anschließend suche ich nach dem zweiten Leuchten, das immer wieder zwischen den schmaleren Schemen hervortritt. Ich kneife die Augen zusammen und rufe erneut die Magie von Tefnut auf. Unter Sand begraben, kann mir niemand mehr meine Macht streitig machen. Der Boden vibriert, die obersten Sandkörner springen tanzend in die Höhe.

Ich sehe das Leuchten neben mir zu spät und keuche auf, als etwas meine Hand versengt und ich schnell zurückspringe.

Lass mich zu dir!, flüstert meine innere Stimme und ich überlege, was sie mir damit sagen will. Wieso lechzt sie nicht nach derselben Macht wie ich? Warum will sie nicht einfach nur die Artefakte in ihren Besitz bringen, den Hunger stillen?

Ash! Sieh mich an! Du musst mich einlassen! Nun klinge ich regelrecht verzweifelt, wozu ich keinen Grund habe. Das Gefühl verursacht einen pelzigen Geschmack in meinem Mund und ich will es loswerden. Dafür muss ich nur ein wenig meiner Magie aufwenden.

Beim Ursprung, Ash!, wird die Stimme nun leiser, ehe ich sie zum Verstummen bringe. Sie hat in meiner Welt nichts zu suchen. Ich sehe nur noch das grelle Leuchten des Diĝirs. Er steht zwischen mir und meiner endgültigen Macht über Heliopolis und wird mir nun entgegengehalten. Geblendet von dem Licht, greife ich zu, berühre ihn. Ich muss ihn zerstören …

Doch stattdessen bringt er mich zu Fall. Die Welt erhält

ihre Farben zurück und ich spüre den harten Aufprall trotz des Sandes. Dante stürzt im nächsten Moment auf mich zu, den Diĝir gegen mich gerichtet.

Schnell, gib mir deine Hand. Wir können es nur gemeinsam schaffen, uns der Kontrolle der Kristalle zu entziehen.

Jetzt höre ich seine Stimme klar und deutlich in meinen Gedanken. Sie ist vor Schmerzen verzerrt. Er stemmt sich gegen die lichte Magie, die vollständig von ihm Besitz ergreifen will, weil er ihre Energie genutzt hat, wie ich die der Finsternis.

Klirrend treffen die Klingen unserer Freunde gegen die der beiden Krieger. Yasmeen hinkt und ich sehe wieder vor mir, wie ich sie mit einem Feuerball verletzt habe, als sie sich mir in den Weg gestellt hat. Ich habe meine beste Freundin verletzt! Allein der Gedanke daran bringt meine Beine zum Zittern.

Lass dich nicht herunterziehen. Wir können Yasmeen später heilen. Wenn alles wieder gut ist. Dantes Stimme ist sanft. Er kommt langsam auf mich zu. Die Hand noch immer nach mir ausgestreckt. Ich halte ihm meine entgegen. Die Berührung erdet mich, sorgt für einen Wirbel an völlig konfusen Gedanken und Gefühlen.

Dante sieht mich erleichtert an. Tränen schimmern in seinen Augen.

Nimm den Zwilling direkt in die Hand und lass uns endlich alles beenden.

Kommen sie zurecht? Ich sehe zu unseren Freunden, die sich gerade dem letzten Kämpfer entgegenstellen. Meine Mutter macht nicht einmal die Anstalten, ihrem Krieger beizustehen. So ist die Finsternis. Einsam.

Ich öffne den Beutel an meiner Seite, ohne Dantes Hand loszulassen. Er greift im selben Moment in seine Tasche und wie ein Omen erklingt in dem Moment ein lautes Dröhnen aus dem Horn der Caestranier, als wir beide unsere Kristalle in die Hand nehmen.

Siegesgebrüll schwebt zu uns und Dante und ich sehen zum Schlachtfeld hinüber. Die Caestranier haben Lenoras Krieger besiegt, sie recken ihre Fäuste in die Höhe und lassen die noch verbliebenen Pferde im Kreis tanzen. Ich spüre ihre Freude, ihre Erleichterung, Dantes Gabe und unser geteiltes Bewusstsein, sodass sich meine Mundwinkel wie von selbst heben.

Ein weiterer Schritt ist getan. Bringen wir nun alles zu einem guten Ende. Dante richtet uns wieder zur Höhle aus.

Wo ist Lenora?, frage ich sofort.

Geflohen?, mutmaßt Dante. *Sie hat verloren und weiß, was auf sie zukommen wird. Ein Tribunal wird über ihre Schuld entscheiden, aber ich glaube nicht, dass es eine Zukunft für sie geben wird.*

Ich nicke, will ihm glauben, kann es aber nicht. Sie wird nicht so leicht aufgeben.

Lass uns den Diĝir und den Zwilling beim Ursprung vereinen. In seiner geistigen Stimme schwingt ein Lächeln mit. Vorfreude, so viel Hoffnung, dass man darin ertrinken könnte.

Seite an Seite nähern wir uns der Höhle, während die Magie des Diĝirs in Dantes linker Hand und des Zwillings in meiner Rechten durch unsere verschränkten Hände zwischen uns hin- und herfließt. Sie ist im Gleichgewicht. Die Dunkelheit zehrt nicht mehr von mir, sondern ist Teil des großen Ganzen. Genau wie es sein sollte.

Das Leuchten aus dem Dunkel vor uns wird immer heller. Der Ursprung reagiert auf die Kristalle. Ehe wir eintreten, werfe ich einen letzten Blick zu unseren Freunden. Weit hinter ihnen erhebt sich eine kleine Staubwolke. Ein Pferd rast ungestüm auf uns zu, der Reiter kann sich kaum im Sattel halten.

Atu!, stelle ich erschrocken fest.

Zum Glück kommt er zu spät und ihm kann nichts mehr passieren, antwortet Dante trocken, und erst mit dem zweiten Blick sehen wir, was sich hinter dem aufgewirbelten Sand ebenfalls nähert.

Noch ein Schiff?

Sie sind noch weit entfernt, sagt Dante schnell und zieht mich mit sich aus dem Sonnenlicht in den Schatten der Höhle. *Wir können es beenden, ehe es ihn einholt!*

Meine Augen gewöhnen sich nur langsam an das seltsame Leuchten, das dem unter der Stillen Bibliothek gleicht. Daher sehe ich zu spät, wie links von uns etwas aufblitzt, eine Waffe hervorschnellt und Dante keuchend zusammensackt.

42

10. Abu 6996 nach Atum

Dante lässt meine Hand los und unsere Verbindung bricht ab. »Keine Bewegung«, sagt meine Mutter im Plauderton, während ich gegen die Finsternis ankämpfe und wieder nach Dantes Fingern taste. Lenora bedroht Dante mit einer kurzen sichelförmigen Waffe. »Gib mir den Diĝir und Akasha wird nichts passieren.«

Ich weiß, worauf sie abzielt. An die Opferbereitschaft der lichten Magie. Dante hat der Macht des Diĝirs immer weniger entgegenzusetzen, sein Gedankenspiel über die verschiedenen Verteidigungsszenarien wird immer träger, bis ich endlich seine Hand berühre.

In diesem Moment beschließt er meiner Mutter das entgegenzuschleudern, was sie offentlich überrumpelt: Mitleid. Angst oder Schmerz würden sie nur nähren, anstatt aufzuhalten. Er sammelt all die Momente, in denen er Mitleid empfunden hat. Sehr viele davon hat er mit Elif erlebt. Als er die Magie aus sich herausfließen lassen will, geschieht nichts. Dante versucht es erneut, ruft dann unsere gemeinsame Magie über Osiris auf, ich helfe ihm dabei und will meine Mutter erstarren lassen, doch wir bemühen uns vergeblich.

Lenora lacht. Sie wusste, dass innerhalb der Höhle keine

Magie gewirkt werden kann – ähnlich wie in der Stillen Bibliothek.

Uns bleibt nur eine Möglichkeit, um sie davon abhalten, den Diĝir zu zerstören, sagt Dante, und seine geistige Stimme wird ganz sanft. Sofort bin ich alarmiert, erhasche einen Blick auf seinen Plan, kralle mich jedoch zu spät an seiner Hand fest. Sie entgleitet mir, die Finsternis dringt wieder auf mich ein, und ich sehe, von absoluter Gier ergriffen, wie Lenora langsam nach dem Leuchten in Dantes Hand greift. Ich frage mich, ob sie ihn wirklich zerstört oder ob sie seine Macht in sich aufnehmen kann. Sie wurde vom Diĝir initiiert ... Noch ein weiterer Gedanke hallt durch meinen Kopf: Dante wird sich opfern, damit Lenora den Diĝir nicht an sich bringen kann. Er würde sich liebend gerne töten lassen, um andere zu retten.

Dann ist der Gedanke verklungen und ich stürze mich auf das Leuchten. Es gehört mir! Ich muss diese Macht besitzen, nicht Lenora! Ein Schemen wird mir in den Weg geschubst, taumelt mir entgegen. Dante, der mit seiner einen Hand die Blutung an seiner Seite stillt, während Lenora sich an seinem anderen Arm festkrallt, um die Finger um den Diĝir zu lösen.

Sie darf ihn nicht bekommen!

Ich brülle auf und stürze mich auf Lenora, ziehe dabei den kleinen Dolch aus meinem Gürtel, den Dante mir zusätzlich zu dem Schwert gegeben hat. Ich stoße ihn in ihren Arm. Sie schreit schmerzerfüllt auf, lässt Dante jedoch nicht los, zieht ihn ein paar Schritte mit sich zurück. Ich greife, den Zwilling nur noch mit zwei Fingern gegen meine Handfläche pressend, nach ihrem Arm. Mein gesamtes Ich schrumpft zu dem Wunsch zusammen, Lenora zu töten. Ich genieße es, wie sie ihre Augen aufreißt, wie das Wort *Amira* über ihre zitternden

Lippen kommt. Als könne sie mich mit ihrem Kosenamen überzeugen, sie zu verschonen. Sie will den Diĝir zerstören und alle Macht für sich beanspruchen. Meine Hand mit dem Dolch erhebt sich und ich genieße noch einen Moment lang Lenoras angsterfüllten Blick.

»Nein!«, schreit Dante und dringt zu mir hindurch, lässt mich innehalten. Die Finsternis teilt sich ein wenig. Das Licht des Diĝirs fließt von Dante durch Lenora hindurch, die ihn immer noch festhält, zu meiner Hand, die sich mitsamt dem Zwilling in Lenoras Arm gekrallt hat.

Wenn du sie jetzt tötest, wirst du dir das nie verzeihen können, Ash.

Selbst in unseren geteilten Gedanken ist es absolut still, als würde die gesamte Welt innehalten. Dante schickt mir Bilder von Leemals Tod. Bilder, die mich in meine Träume verfolgt haben, von denen Dante versucht hat, mich zu befreien. Ich spüre den Selbstvorwurf, weil er dabei geholfen hat, seinen eigenen Vater zu töten, auch wenn es in seinen Augen das Richtige gewesen ist. Verlust. Schmerz.

Dann, weil ich mich immer noch nicht rühre: Hoffnung.

Das Licht des Diĝirs spült mehr und mehr Dunkelheit von mir. Dante stößt erleichtert den Atem aus, als meine Hand mit dem Dolch wieder sinkt.

Binnen eines Wimpernschlages hat er Lenora mit einem gezielten Griff überwältigt und sie sinkt leblos zu Boden. Ich keuche auf, doch Dante beruhigt mich sofort, während er nach meiner Hand greift und so das Gleichgewicht aufrechterhält.

»Sie ist nicht tot, nur bewusstlos. Sie wird ihre gerechte Strafe in der Letzten Stadt erhalten, sobald wir die Magie für alle Zeit zurückgebracht haben.«

Ich blicke noch einmal kurz auf meine Mutter hinab, die wie ein rot-schwarzes Kleiderbündel im hereingewehten Sand liegt.

»Danke!«, flüstere ich, nicht zu mehr in der Lage. Dante hat mich vor weiteren Albträumen bewahrt. Ein Teil von mir ist sich bewusst, dass es kein Zurück mehr gegeben hätte, wenn ich Lenora getötet hätte. Es wäre der letzte Schritt in die vollkommene Finsternis gewesen und ich vermag nicht einmal daran zu denken, was danach mit Dante – und allen anderen – geschehen wäre. Vielleicht war es Teil von Lenoras Plan gewesen, sollte sie scheitern und den Diĝir nicht selbst zerstören können. Sie agierte nie für sich selbst, sondern war nur ein Werkzeug der Finsternis, wie ich es hätte werden sollen. Ich schüttle den Gedanken ab und wende meine Aufmerksamkeit wieder Dante zu.

»Und was müssen wir jetzt tun?«, frage ich. Wir haben es bis hierher geschafft und doch sehe ich keinen in die Höhlenwand eingelassenen Platz, in den wir Diĝir und Zwilling legen können, wie der Zwilling in seinem Gefängnis unterhalb der Stillen Bibliothek untergebracht wurde. Auch Dante sieht sich nun aufmerksam in der Höhle um. Sie ist nicht sehr tief, nahezu kreisrund und nicht größer als mein Zimmer im Palast. Doch dann erkenne ich, was unter dem hereingewehten Sand liegt. Ein Knochen ragt an der dem Eingang entgegengesetzten Wand aus dem Sand hervor.

Das müssen all jene sein, die sich für die namenlosen Liebenden gehalten und versucht haben, unsere Welt zu retten. Durch Dantes Gedanken gleiten Elifs Worte. Wie sie uns vorgelesen hat, dass es so viele Paare versucht haben. Mit Tränen in den Augen trete ich weiter in die Höhle hinein, Dante folgt mir und drückt meine Hand. Ich zucke bei jedem Knirschen unter unseren Füßen zusammen. Hier hinten ist es so dunkel, dass ich den Zwilling als Lampe nutze und die Höhlenwand erleuchte. So viele Namen sind paarweise in den Stein geritzt. Namen über Namen. In verschiedenen alten, teils sogar ausgestorbenen Sprachen. Aus all den Jahrhunderten seit der Prophezeiung. Ich bin nicht in der Lage zu sprechen. Kann keinen einzigen Namen mehr lesen. Vor Trauer um all die Verliebten, die hier ihr Ende gefunden haben, hätte ich mich am liebsten auf dem Boden zusammengerollt und tagelang nur geweint.

Dantes Daumen streicht sanft über meinen Handrücken.

»All die Namen sollten geehrt werden«, sagt er leise. Seine Stimme bebt. »Wir werden ihnen ein Denkmal in der Letzten Stadt errichten. Ein Zeichen, wie viele bereits versucht haben, unsere Welt und die Magie zu retten.«

Ich hole zitternd Luft, blinzle den Tränenschleier weg und nicke dann.

»Und was müssen wir jetzt tun?«, frage ich. Niemand hat uns gesagt, wie genau wir vorgehen müssen.

»Wir vereinen die Kristalle«, sagt Dante nur knapp, ehe er mir seine Hand mit dem Kristall entgegenstreckt. Ich hebe den Zwilling ebenfalls. Das Leuchten der beiden wird immer stärker, je näher sie einander kommen. Wir spüren, wie sie zueinanderstreben, wie sie sich einander anziehen wie zwei Magnete. Ihr gemeinsames Licht wird so grell, dass ich nicht länger hinsehen kann und stattdessen in Dantes Gesicht blicke, dem jegliche Schatten entzogen sind.

Er lächelt. Wir haben es gleich geschafft.

Ich erwidere sein Lächeln und spüre, wie die Hüllen der Kristalle, ihre Tarnung, auf die ich gar nicht mehr geachtet habe, aufeinandertreffen. In der Stille hallt das klackernde

Geräusch wider. Wir verharren in unserer Position, warten ab, was geschehen wird. Ich halte den Atem an.

Dantes Lächeln wird verkrampfter. Er schiebt mit dem Diĝir den Zwilling ein Stück zurück, presst die Kristalle fester aneinander. Doch nichts geschieht.

Dann huscht ein flüchtiger Gedanke durch unsere Köpfe und Dante greift ihn auf.

Die Liebenden müssen sich opfern. Es wäre kein Opfer, die Kristalle hier einfach aneinanderzuhalten. Er bemüht sich um Fassung, sein Gesicht ist beinahe ausdruckslos, doch seine Gefühle wirbeln durch unser gemeinsames Bewusstsein. Angst. Trauer.

Ich stammle nur ein »Wie?«.

Dantes Kehlkopf hebt und senkt sich und er schickt mir einen Strom Bilder und Gedanken. Elif hat uns erklärt, warum es nie möglich war, die Prophezeiung zu erfüllen. Die Dunkelheit ist zu keiner Liebe fähig, während das Licht keinen Egoismus kennt. Ich beiße fest auf meine Unterlippe, um ihr Zittern zu stoppen.

Wir müssen die Kristalle tauschen, hauche ich in Gedanken, und Dante nickt, schlägt kurz die Lider nieder, und Tränen rinnen über seine Wangen. Elif hat es gewusst. Daher rührte ihr Gesichtsausdruck, als wir sie bei der Hütte unter den drei Palmen zurückgelassen haben. Sie hat sich auf ihre Art verabschiedet, ohne zu viel über die Zukunft zu erzählen. Sie wollte uns nicht losschicken, unseren Tod ständig vor Augen.

Ich sehe Schmerz und Trauer in Dantes grünen Augen.

Wir finden eine andere Lösung, bietet er mir einen Ausweg und zeigt mir Bilder, wie wir jeden Morgen nebeneinander aufwachen, er mir zärtliche Küsse auf die Stirn, die Wange und überall anders hinhaucht. Er will egoistisch sein, und ich will es auch. Ich genieße diese Bilder für einen Moment. Lasse mich in diesen Traum fallen und zeige ihm, wie sehr ich ihn liebe, wie stark meine Gefühle für ihn sind.

Dann werden unsere gemeinsamen Gedanken weitergetragen. Wir sehen, was jenseits der Vorhänge unseres Himmelbettes geschieht, wo unentwegt Kämpfe toben, die Menschen hungern, weil die Magie schwindet.

Wir wissen, was zu tun ist.

Wir stehlen uns nur noch einen letzten bittersüßen Kuss. Während dieser einen letzten Berührung unserer Lippen überkommen uns die Bilder aller bisherigen Küsse und aller, die noch hätten folgen können. Ich spüre nichts als Sehnsucht, Begierde und unsere reine, unverfälschte Liebe. Wir werden von unseren Emotionen davongetragen, ich glaube, das Salz ungeweinter Tränen zu schmecken.

Warum konnte ich erst unter Abwesenheit von Magie auf der Erde wirklich spüren, was echt ist, wie sich Liebe wirklich anfühlen muss? Dass sie nicht einfach nur gemeinsame Träume bedeutet, sondern aneinander zu wachsen. Liebe ist eine Herausforderung, die es anzunehmen lohnt. Es gibt unfassbar viel zu gewinnen.

Atemlos trennen sich unsere Lippen und wir sehen uns noch einmal in die Augen. Wir lassen den Blick nicht voneinander ab, als wir unsere Hände zwischen uns führen.

Ohne hinzuschauen greife ich mit meiner Linken zum Diĝir, während Dante den Zwilling an sich nimmt.

Einen Herzschlag lang geschieht nichts und ich wage es bereits zu hoffen, dass durch unsere nun verschränkten Finger der freien Hände die Magie ebenfalls im Gleichgewicht ist … Umso gewaltiger kommt der Schmerz.

Wir fallen gleichzeitig keuchend auf die Knie. Meine Fingernägel bohren sich in Dantes Hand. Der Schmerz macht mich beinahe ohnmächtig, sodass ich es kaum schaffe, den Diĝir hochzuhalten und Dantes Zwilling entgegenzustrecken, bis sie erneut mit dem leisen Klackern aneinanderschlagen. Meine Kehle ist so trocken, dass ich huste. Mein Körper zittert. Selbst das Aufrechthalten ist zu anstrengend. Ich will mich hinlegen, einschlafen. Der Diĝir und der Zwilling scheinen nun wirklich aneinanderzukleben. Selbst als unsere zitternden Arme immer weiter nach unten sinken, bleiben sie aneinander haften wie starke Magnete. Sie sind eins, hätten niemals getrennt werden sollen.

Mit jedem Herzschlag entziehen uns die Kristalle mehr und mehr Energie. Ich kann an nichts mehr denken. Die Welt ist zu einem Moment des Schmerzes zusammengeschrumpft. Ich kann die Augen trotzdem nicht schließen. Ich muss jede Sekunde genießen, in der ich Dante noch sehen kann.

Ich liebe dich, Ash. Ich werde dich finden, wenn unsere Seelen zum Ursprung zurückgekehrt sind.

Ich liebe dich. Mein letzter Gedanke, ehe die Welt kippt und ich dumpf im Sand lande.

43

10. Abu 6996 nach Atum

Sind sie tot?«, dringt eine Stimme durch das Nichts, das Dante und ich um unsere Gedanken geschaffen haben, um dem Schmerz zu entkommen. Ich kenne die Stimme. Yasmeen. Ich will ihr antworten, will ihr sagen, dass ich noch hier bin. In dem leblos daliegenden Körper, über den die Magie nun die Kontrolle hat. Die Magie, wie sie immer hätte sein sollen. Im Gleichgewicht.

»Sie sind nicht tot«, erkenne ich Elifs Stimme. »Sie sind noch hier.«

»Wo sind der Diĝir und der Zwilling?«, fragt eine weitere Stimme. Malak.

Stapfende Schritte auf dem Sand. »Bleib stehen!« Der laute Befehl kommt eindeutig von Riaz.

Ein dumpfer Aufprall ganz nah bei meinem Ohr. »Was ist mit ihnen?«, fragt Atu. Sein Akzent ist unverwechselbar.

»Ich weiß es nicht«, antwortet Elif. »Sie haben die Magie vereint, aber sie kommt nicht aus ihnen heraus. Geh besser weg von ihnen. Ich weiß nicht, was gleich geschehen wird.«

»Deshalb wollte ich nicht, dass du reingehst. Wir haben dich nicht zurückgelassen, um dich dann doch noch in Gefahr zu bringen.« Riaz' Stimme klingt scharf.

»Das hättet ihr vielleicht diesen anderen Kriegern sagen sollen, die auf einmal aus Ôrazòn gekommen sind«, erwidert Atu trotzig.

»Wir haben sie besiegt.« Yasmeen klingt niedergeschlagen. »Aber was hat all das gebracht, wenn wir nun unsere Freunde verloren haben?« Ihre Stimme bebt. Schritte auf dem knirschenden Sand. Ein Rascheln, dann ein Seufzen. Malak wird sich gut um Yasmeen kümmern.

»Wir haben sie nicht verloren!«, brüllt Elif energisch. »Es darf nicht sein. Wir haben etwas übersehen! Ich habe sie selbst entscheiden lassen, wie es in dem Buch stand. Niemand darf vorher darüber erfahren, wie das Opfer aussehen wird. Sie haben es geschafft und doch ist die Magie nicht zurück.« Ihre Stimme wird immer schriller.

»Du hast alles getan, was in deiner Macht stand«, redet Riaz beruhigend auf sie ein.

»Nein! Wir haben etwas übersehen, und wir werden herausfinden, was. Ich gebe nicht auf.«

Denkst du, sie sind gut füreinander?, fragt mich Dante. Ich habe nicht gespürt, dass sein Bewusstsein ebenfalls wieder wach ist.

Ich glaube, sie ergänzen sich wunderbar. Ich lasse ein Lächeln durchklingen.

Dann war unser Opfer ja nicht umsonst. Elif hat jemanden verdient, der sich um sie sorgt und den sie herumkommandieren kann.

Ich lache auf.

Werden wir für immer hierbleiben?, frage ich.

Ich weiß es nicht. Aber wenn ich die Ewigkeit mit dir verbringen darf, ist es das, was ich mir immer erträumt habe.

Selbst wenn wir uns nicht berühren können?

Das können wir. Er sendet mir ein Bild eines Kusses. *Sogar überall, wo wir wollen.* Um uns herum gestaltet sich das Klassenzimmer in Summit aus. Es sind Erinnerungen an unseren ersten Kuss. Ich lächle. Hätte ich eine Verbindung zu meinem Körper, würde ich mein Herz davonrasen spüren.

»Atu, nein!« Yasmeens Stimme ist von Panik erfüllt.

»Die beiden haben sich um mich gesorgt und mir geholfen. Ich kann sie nicht einfach so dort liegen lassen.« Atus Stimme ist fest. Doch nicht einmal mit seiner Gabe konnte Dante Gefühle wie Furcht oder Trauer an ihm erkennen. Er war stets neutral wie die von Magie unberührten Menschen auf der Erde. Weder Licht noch Schatten oder andere Farben.

Etwas landet dicht bei unseren Köpfen im Sand.

Was hat Atu vor?, frage ich nun ebenso panisch. *Wenn er uns berührt, wird er vielleicht genauso von Schmerz niedergerungen.*

Sie müssen ihn aufhalten!

Blätter rascheln. Elif muss die Aufzeichnungen durchblättern. »Beim Ursprung vereinen«, murmelt sie. »Wieso nicht ›im Ursprung‹?«

Niemand antwortet ihr. Ich kann auch nicht hören, ob jemand Atu zurückhält, hoffe es nur von ganzem Herzen.

Ich hoffe es auch, antwortet Dante auf meinen Gedanken. *Diesen Zustand hat er nicht verdient.*

Wir etwa?, antworte ich bissig.

Nein. Mein Geist registriert eine zarte Berührung an meiner Wange, obwohl mein Körper vollkommen gefühllos ist. *Aber wir haben uns.*

Er küsst mich in unseren Gedanken und für einen Moment vergesse ich, wo wir sind und in welchem Zustand wir uns befinden.

Dann erhellt ein grelles Licht unsere Gedanken. *Beim Ursprung*, ruft Dante. *Nicht im Ursprung.*

Das hat Elif eben auch gesagt. Ich beobachte Dantes Gedanken.

Was, wenn der Ursprung nicht der Ort ist, an dem wir uns befinden – der mit einem unserer Symbole gekennzeichnete Ort –, sondern ein Zustand?, führt er seine Gedanken fort. *In den Abschiedszeremonien schicken wir die Seelen der Toten, ihre Magie zum Ursprung. Etwa hierher? Oder doch eher zum Anfang zurück?*

Ich weiß nicht, worauf er hinauswill.

Zu den Anfängen. Als jeder neutral war, unbefleckt …

… rein, ergänze ich. *Wie … Atu.*

Dante nickt.

Atu ist … der Ursprung? Die Zweifel sind deutlich herauszuhören.

Ich habe dir vom ersten Moment an gesagt, dass er anders ist.

Schon, aber …

Etwas reißt unseren Geist entzwei. Ich schreie auf. Das Geräusch hallt von allen Seiten wider.

Dante! Wieder und wieder rufe ich nach ihm. Doch da ist nichts mehr. Keine Präsenz, keine geteilten Gedanken.

Dann eine Berührung an meiner Wange. Meiner echten Wange. Ich öffne die Lider und blicke direkt in Dantes strahlende grüne Augen. Ein Lächeln liegt auf seinen Lippen, als er mir ein weiteres Mal zärtlich über die Wange streicht.

»Wir haben es geschafft«, schiebt sich Elif in mein Blickfeld. »Ich wusste, es hat einen Grund, warum ich euch allein losschicken und von den Nomaden überfallen lassen musste. Er war der Grund.« Sie nickt in Richtung von jemandem außerhalb meiner Sicht, dann entfernt sie sich von mir, und ich habe genug Platz, mich von Dante aufziehen zu lassen.

Sie hat nicht aufgrund unseres bevorstehenden Todes getrauert, sondern wegen des Überfalls, den sie gesehen hat, erklärt Dante mir ihre Worte. Er greift nach meiner Hand, und ich weiß, dass nun einfach alles gut werden wird.

»Ihr müsst sofort rauskommen!«, ruft Yasmeen am Eingang der Höhle und verschwindet sofort wieder. Elif rennt ihr hinterher. Atu muss schon vorher die Höhle verlassen haben.

In höchster Alarmbereitschaft greift Dante, noch während wir nach draußen rennen, nach seinem Schwert, das noch immer neben dem Eingang im Sand liegt, und stürmt nach draußen.

Dort prallen wir beinahe gegen Riaz, Elif, Malak, Yasmeen und Atu, die, wie zu Sandsäulen erstarrt, dastehen und auf das neu aufgeschlagene Lager der Caestranier sehen.

Sie jubeln, halten sich in den Armen. Sie haben gesiegt, was ein Grund zur Freude ist, doch der wahre Grund dafür offenbart sich erst mit dem zweiten Blick:

Eine Frau schießt kleine Feuerbälle in die Luft wie ein Feuerwerk, ein Mann surft auf einer Welle aus Sand, während etwas weiter hinten einzelne Luftströme den Sand nach oben saugen und Bilder entstehen lassen.

»Die Magie ist zurück«, spricht Atu aus, was wir alle noch immer mit Unglauben bestaunen.

Epilog

Summit – Arizona, 17. September

Es ist sehr warm für einen Septembermorgen und dennoch fröstle ich. Dante neben mir reibt mir zuerst über meinen Arm und drückt mich dann fest an seine Seite.

»Willst du etwa hier stehen bleiben?«, fragt er und sieht von mir zu dem großen Gebäude, in das in diesem Moment zahlreiche Jugendliche strömen. »Wir müssen das nicht tun«, ergänzt er.

Ich hole tief Luft und mache einen Schritt auf das Schulgebäude zu.

»Doch, das müssen wir«, sage ich entschlossen, und der lange Weg der letzten Wochen bis zu diesem Moment zieht durch meine Gedanken.

Nachdem die Magie wieder im Gleichgewicht war und zu allen zurückgekehrt ist, haben sämtliche Kämpfe geendet. Bis wir mit den Schiffen meiner Mutter in die Letzte Stadt zurückgekehrt sind, war dort die gesamte Bevölkerung schon dabei, die Zerstörung zu beheben. Unsere erste Amtshandlung als Wissende der Häuser bestand darin, den Verstorbenen zu ihrer letzten Ruhe zu verhelfen. Meine Mutter hat sich selbst hingerichtet, als sie erwacht war. Unter den Opfern in der Stadt befanden sich alle Wissenden – unter anderem

Zahra Arezoo. Ohne ihre Visionen der Vergangenheit und ihre Aufzeichnungen darüber hätten wir es niemals schaffen können.

Wir – all die Kinder der Stadt, ganz gleich, welchen Alters – sind ihr sowie den anderen Wissenden zu höchstem Dank verpflichtet. Sie wurden von der Meute Erkrankter als Erstes aufgesucht, um das Chaos in der Stadt zu vergrößern.

Als Atu unsere Magie in die Welt hat zurückfließen lassen, wurden selbst die Krieger meiner Mutter, die sich außerhalb der Mauern der Letzten Stadt verschanzt hatten, von ihrer Dunkelheit geheilt. Ganz gleich, in welche Richtung Dante mit seiner speziellen Sicht auf die Magie blickte, alle sahen von da an aus wie Atu. Sie alle waren rein. Elif hat so viele Male vor unserer Abreise versucht herauszufinden, warum ausgerechnet Atu, ein Kind der Wüste, der Dunkelheit, so ist, wie er ist. Doch sie konnte es nicht herausfinden. Vielleicht lag es aber auch an den vielen Verpflichtungen, denen sie als neu gewählte Wissende des Hauses Nephthys nachzugehen hatte. Oder vielleicht auch daran, dass ein gewisser General sie stets bis aufs Äußerste reizte.

Denn nachdem Dante und ich verkündet haben, dass wir die Ernennung zum neuen Herrscherpaar der Letzten Stadt, die nun wieder Dilmun genannt wird, ablehnen und auf unbestimmte Zeit zur Erde zurückkehren wollen, wurde Riaz zum neuen General ernannt. Yasmeen ist seine Stellvertreterin und gibt ihm Kontra, wo es nur geht.

Nachdem Malaks Magie schon direkt beim Ursprung erwacht war – der Diĝir hat seine mächtige Täuschergabe mit dem Leeren Zeichen zu unterdrücken versucht –, wurde Malak zum Oberhaupt der Wissenden gewählt, obwohl er sich dagegen gewehrt hat. Dilmun hat sich binnen kürzester Zeit verändert. Anstatt zu regieren wie die früheren Oberhäupter, unterweist Malak diejenigen Bewohner, zu denen die Magie erst frisch zurückgekehrt ist. Es gibt keinen wirklichen Herrscher über Dilmun mehr. Die Entscheidungshoheit obliegt der gewählten Runde an Wissenden.

Dante und ich hätten ein schönes Leben dort haben können. Doch trotz allem hat mir immer etwas gefehlt. Erst auf unserer Reise hierher – dank der neu entfachten Magie beträgt die Reisedauer nur noch wenige Tage anstatt Wochen –, an Bord mit all unseren Freunden, die uns hier verabschieden wollten, ist mir wirklich klar geworden, warum.

Mein Leben war von anderen bestimmt und gelenkt, meine Gefühle in der Enge meiner Welt verfälscht gewesen. Ich hatte Liebe gesehen, was eigentlich tiefe Freundschaft war, der Ausblick auf eine bessere Zukunft. Erst hier auf der Erde habe ich das erste Mal wahre Gefühle entwickelt, den ersten Hauch Liebe empfunden. Hier war alles rein und echt gewesen – selbst durch Leemals Täuschung hindurch oder gerade *wegen* ihr.

Unsere Freunde haben uns vor rund einer Woche in den Everglades abgesetzt. Unsere erste Handlung auf der Erde war ein gemeinsamer Besuch der Siedlung Ausgestoßener. Wir berichteten von den Ereignissen auf Heliopolis. Feleez, die blinde Windseherin, hatte Tränen in den Augen, als Dante und ich uns ihr vorgestellt haben. Ihre Kräfte sind wie die aller anderen verschwunden, doch sollten sie je nach Heliopolis zurückkehren, würden sie wieder aufleben. Doch wie alle anderen von Lenora Zurückgelassenen haben auch Feleez und Sameer entschieden, ein menschliches Leben auf der Erde zu führen. Nun jedoch befreit von der Angst, dass irgendwann eine neue Sintflut ausgelöst werden wird. Wir alle haben den Siedlern versichert, dass sie nie wieder etwas von Heliopolis zu befürchten haben. Um ihre Reise mit den Schiffen zu ermöglichen, hat Lenora die Erde vermutlich unfreiwillig gereinigt. Sie hat alle Artefakte mit sich nach Heliopolis genommen – und damit die wuchernde dunkle Magie, die so manches Bewusstsein der Menschen vergiftet hat. Schon kurz nach unserer Abreise, an einem gewöhnlichen Tag im Juli, endeten etliche der internationalen Krisen, weil Lenora gen Heliopolis aufgebrochen ist. Es hat nicht lange gedauert, da konnten die Menschen auch die letzten Streitigkeiten beilegen. Die Erde ist so rein wie nach der letzten Sintflut, die Heliopolis dem Planeten aufgezwungen hat.

Dante und ich haben gemeinsam entschieden, dass hier unser neues Leben beginnen soll. In der Reinheit der Erde, ohne Magie, Beeinflussung und Täuschung. In einem kleinen Ort in Arizona werden wir das letzte Jahr der Highschool beenden. Dort, wo unsere Gefühle füreinander erwacht sind.

Ich drücke Dantes Hand, dessen Finger fest mit meinen verschränkt sind, und schiebe den Tragegurt meines Rucksackes bequemer über die Schulter.

»Bereit?«, fragt er mich mit einem Lächeln.

»Ja«, sage ich sofort und war mir noch nie in meinem Leben so sicher.

Danke!

Mit einem leichten Tränenschleier in den Augen verabschiede ich mich von Ash, Dante, Yasmeen, Malak, Riaz und Elif. Es war eine sehr lange Reise bis hierher – vom Schwinden der Magie bis zum Ende der Geschichte –, die so einiges von mir abverlangt hat und für so viele Stapel Notizen gesorgt hat wie bei keiner Reihe zuvor.

Treu zur Seite standen mir in all der Zeit meine liebe Agentin Franzi und meine Lektorin Susanne. Susanne hat alle noch losen Fäden aufgespürt und mir vor die Nase gehalten. Ich danke dir für diesen wertvollen zweiten Blick.

Der nächste Dank gilt meinen wundervollen Reps für Magie aus ewigem Sand für ihren Einsatz, Heliopolis lebendig zu machen – schaut unbedingt bei ihren tollen Instagram-Accounts vorbei:

Julia von @Miss_Foxy_Reads,
Tina von @Maerchenfarben,
Anna von @Annafuchsia,
Anna von @N.Neverfades,
Michele von @Neverland3r,
Melina von @Melina_reads,
Sonja von @Sonjalovinbooks und
Josi von @Tuffydrops.

Als Nächstes danke ich Franzi von Loewe für den unermüdlichen Einsatz und die Unterstützung bei der Umsetzung meiner Ideen. Dasselbe gilt für die wundervolle Ramona, die in den Covern beider Bücher die Magie von Heliopolis eingefangen hat und mich mit tollen Bildern zwischendurch unterhalten hat, die ich für immer auf meinem Handy lassen werde. Ich sage nur Star Wars und Thor …

Dann muss ich mich wie immer bei all den wundervollen Kollegen bedanken, ohne die ich mir mein Leben nicht mehr vorstellen könnte. Ich danke euch für den Austausch, die Unterstützung, Aufmunterung und alles andere. Meine Musketiere: Tanja Voosen, Felicitas Brandt, Lisa Rosenbecker und Carina Mueller. Ava Reed und Nina MacKay, ihr seid die Besten!

Ich danke allen Leserinnen und Lesern, die zum Buch gegriffen haben, ich danke euch für euer Feedback zum ersten Band, für eure Begeisterung. Insbesondere den Bloggern, die mit ihren Rezensionen dafür gesorgt haben, dass noch weitere Menschen neugierig werden.

In den letzten Monaten durfte ich so viele tolle Buchhändler/-innen kennenlernen. Ich danke euch für euren unermüdlichen Einsatz für das Lesen, eure Begeisterung, mit der ihr Bücher weiterempfehlt. Ihr seid meine Helden, und ich würde den Kontakt – egal, ob per Mail, Facebook oder Instagram, nicht mehr missen wollen!

Last but noch least, danke ich meiner Familie. Meinem Mann und meinen beiden Kindern, die immer wieder eine völlig in sich versunkene Ehefrau/Mama, wild kritzelnd über einem Stück Papier oder ins Handy tippend, auffinden, weil mir irgendein Gedanke gekommen ist, den ich nicht vergessen darf. Sorry dafür. Danke auch an meine Eltern, die mich ganz oft mit Essen versorgen, damit mir ein bisschen mehr Zeit zum Schreiben bleibt, und die die Kids auffangen, wenn ich Termine habe.

Und weil ich Angst habe, jemanden zwischen dem ewigen Sand von Heliopolis vergessen zu haben, hier noch ein megagroßes Danke an alle anderen, die diese Zeilen hier lesen: Danke für die gemeinsame Reise!

Stefanie Hasse lebt mit ihrem Mann und ihren lesebegeisterten Kindern in Süddeutschland. Wenn sie nicht gerade selbst in fremden Buchwelten versinkt oder darüber bloggt, denkt sie sich fantastisch-romantische Geschichten aus und liebt es, ihre Leser mit unvorhergesehenen Wendungen zu überraschen. Und manchmal hat dabei natürlich auch das Schicksal seine Hände im Spiel.

DIE GEWINNER VON

»WELCHEM HAUS AUF HELIOPOLIS GEHÖRST DU AN? SEI TEIL VON BAND 2!«

TINA KELLER,
ZISKA ROSEN
SCHWICHTEN
ANNA WACHC
NE MLADEJO
RAH AHLF, GI
KESS, ANETT KITTNER, DONATA CZICHY, JENNIFER SCHOTTKOWSKI, M
SICA HILLE, BENJAMIN BEINLICH, TAMARA GADEMANN, KATJA KOES
ALTHAUS, SASKIA DAHLKE, SARAH KNAAK, STELLA CORRAL, FRANZIS
KLOPSTOCK, KATHARINA DARGEL, SASKIA GRUNOW, MELINA TSCHECH
BRENDEL, LEONIE THOME, SONJA BERGERMANN, LENA HESTERBRINK, JI
REBECCA STRATMANN, MINA PHAM, MARIA LÜTJEN, ANN-KATHRIN H
RUSTERHOLZ, KIRA AUMILLER, JENNIFER VILLMOW, JULIJA TOMIC, C
LER, JULIA LANGE, SANDY STAUBER, ANGELA MATULL, KATARINA KIRC
BUDINI, JANA HELTNER, JANINE KORN, RAPHAELA RIED, JESSICA JESKE,
SABRINA GRAU, JENNIFER PAULI, ANNA KREBS, MADELENE PRIES, CLA
LENA MARKUZIC, SOPHIE VOSS, JANETT GROSS, STEFANIE BÖTTGER, S
HAIDER, LAURA FREUNDLER, BETTINA MÜLLER, JANINA BENNER, SUS
BEL, DANA KRAUS, DANIA GOHLKE, THOMAS BEHREND, KATHARINA
MERKLE, JENNIFER BORSCH, DAINA KOLL, CHIARA HEINZL, CHRISTIN
RAH DROSTE, MARIA ALBRECHT, CAROLIN HACKFURTH, EMILY BÄHR
NESSA WITUSCHEK, ANNE ROLFES, MARIE HARTMANN, RONALD KUEH
DOW, SOFIA SEIDEL, PHILLIP NESKE, KERSTIN WÜNNENBERG, LEA LUTZ
SAHRA CASPARI, JOHANN REISNER, SELINA STEIL, ALINA PODEWILS, LA
STUMPE, MARIANNE BAUSKE, NATHALIE BADING, ROBIN-JOSHUA NEU
MANN, VANESSA BEPPLER, ALEXANDRA WINTER, MARIA LUEG, ISABEL
ANA MEIER, LISA-MARIE PIOTRASCHKE, JANICE BLASIUS, MONIKA ABB
NAUER, SOLVEIG WOITSCHIG, LENA ZIMMER, CHRISTIANE LIEBERUM,
ANNIKA CLAUSSEN, KROISS TINA, OLIWIA ULLRICH, JULIA FRACZEK, T
ZER, RONJA MEDERER, CLAUDIA LEMON, ALEXANDRA JAKUBOWSKI,
COL TRIPOLT, VICTORIA BISCHOFF, INA SCHMID, INGRID SCHRETTL, JO
ANNA LEHMANN, IRIS RÖSKES, TIJEN TAMER, EMILY BRUGGINK,
KO, NATHALIE PFAFF, STEPHANIE SONNTAG, MICHELLE HÖPER, DI-
FINE SOMMERFELD, JANET GRABBERT, JULIA MÜLLER, RACHEL
JENNIFER SCHRÖTER, LEA SANDHOF,
TAPPROGGE, KATHARINA KAUFMANN,
KERSTIN KIEPER, PAULA LOOFF, EMMA
DRÄGER, SABRINA BLACHNICK, CHRIS-
KIA GLEISSNER, ANNA KLEWZOW, TA-
JESSICA KLEIN, JASMIN PICKERT, DENISE
SCHLENKER, NORA KNOP, LARISSA EN-
NIZ, JEANETTE THIEDIGK, VANESSA
RER, JEHLE MONJA, LIA SCHULZ,
SVENJA KRAUSE, SARAH SCHÖNFELDT,
CHRISTINA HOPPE, LEA SANDKÜHLER,
ANNEMARIE DUTSCHMANN, ANGELA

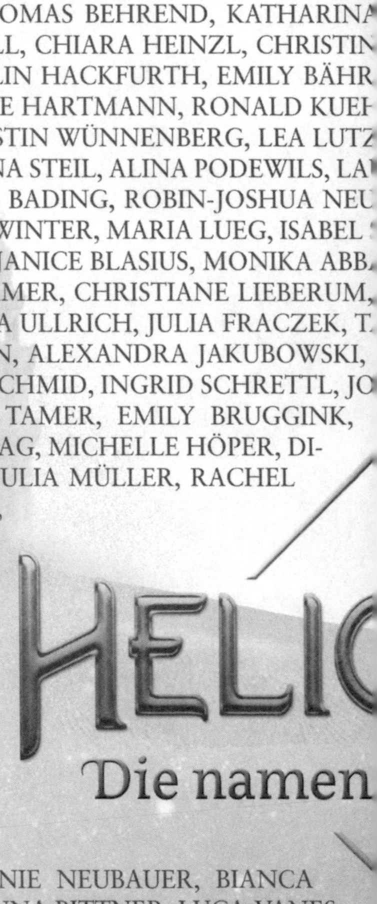

TINA HIEMER, ANJA SÖHNDEL, MELANIE NEUBAUER, BIANCA
CHRISTINA MEISTER, JULIA SCHÖBEL, ANNA BITTNER, LUCA-VANES-
MARTINA DRESSEL, FRANCISCA DOLLER, LISA BUDDENSIEK

R BOLDT, JACQUELINE KLESS, TATJANA DEYHLE, FRAN-
VIEN CZICZKUS, DANIELA WEHRENBERG, TABEA
ARIA LIETSCH, CORINNA ZABICKI, TIMO MUTH,
HARINA PIKOS, LARA-ALINE DRECHSLER, CHRISTI-
IKA HEIN, MANUELA KRÄMER, SASIKA HEILE, SA-
IANN, KATRIN KAEHLER, NORA POSCHEN, LINDA
ARTWIG, CELINA KWASNIOWSKI, NICOLE WITT, JES-
ASMINA KOLVENBACH, ANETTE LEISTER, FABIENNE
HANS, SARAH KALMER, NORA KORNDÖRFER, JASMIN
NA GUNDLACH, JULIA HEINS, JENNY BERGER, TANJA SCHREIBER, LARA
IMID, JASMIN HOLZEISEN, CORA URBAN, YVONNE SKOMMEDA-FISCHER,
NNEMARIE KRETZSCHMAR, MICHÈLE KLAPPER, EILEEN HUTH, DÉSIRÉE
OLBERG, SABRINA SCHNEIDER, FRIEDERIKE KONIECZNY, SARA SCHIL-
R, BIANCA FREITAG, SANDRA WINTER, MELINA HUMPERT, GINA CHIA-
MTZ, LEA ZIMMERMANN, BIANCA MACHADO SILVA, KARIN KONRATH,
ER, NATASCHA WERNING, NADINE SCHREINER, DHANA CAPPELLO, JE-
HROLL, LENA WILCZYNSKI, MIRKA MAI, NICOLE WAGEMANN, JASMIN
NER, SABRINA KASCHTSCHENKO, LAURA-SOPHIE ROSINSKI, JULIA SEI-
DE, JACQUELINE SPREY, SARAH MARTENSEN, PETER MÜLLER, MEIKE
DANIELA SCHUBERT-ZELL, YVONNE TURCZYK, VANESSA CALLSEN, SA-
OUKHATEM, JANINE KRÖGER, JESSICA HEROLD, SPERLICH ANNA, VA-
IANNA COTT, KRISTIN, SCHAFFERER, TUGÇE YORULMAZ, ELISA SCHA-
BURMEISTER, SABINE WACKER, LINNEA MÜHLHERR, ANIKA KERNBEIS,
ARINA ERSCH, KATHARINA WINKLER, ANNA STEG, RONJA SCHAR, LISA
INE WEIL, MARINA PEREKOVIC, SUSANN ACKERMANN, SABRINA RAß-
LER, VANESSA GERHARDS, CORNELIA MANN, SARAH HOLTDORF, ADRI-
KOTALLA, JASMIN GARBOI, TANJA HAAS, NADJA GREFF, SANDRA CRO-
ROSSMANITH, THORA GEHRING, SUSAN RITTER, JANINE DOMAGALA,
OTT, SIMON STURM, KERSTIN GLÖCKL, PIA MARIA GEISS, NICOLE PAN-
LA ENGL, VIKTORIA KRAVTSCHENKO, ANNE BILS, HEIKE FEKONJA, NI-
NA HENNINGER, CORINNA SCHABHÜTTL, ALEXANDRA SCHINKMANN,
SHIRLEY GOSSOW, ANNA RADKE, JENNIFER GOLIK, NATASCHA DAN-
ANA HERWEG-DEMIR, VANESSA KÄMMER, MAREIKE KRAUSE, JOSE-
HILDEBRANDT, LENA HAAS, NADINE LORENZ, ANDREA DAMM,
CHRISTINA FENNERS, LARA JOST, RICA SCHRÖDER, STEFANIE
LISA WINTER, MERIT KLOPPENBORG,
KRÄUTNER, KATJA KUNITZ, HANNA
TINA TOMILOV, IVONNE LUDWIG, SAS-
BEA HÄRTEL, LAURA KRIEGELSTEIN,
SCHOPPHOVEN, LEA DE VRIES, HANNA
GELS, MIRIJAM LANGE, ÖZLEM AKDE-
PLATZ, MIA DIETRICH, JANA SCHEU-
WIENJA BÖLKE, CHANTAL HOFER,
SANDRA GÖLZ, JUNKER DANIELA,
DIANA MATTU, JOSEPHINE SCHOLZ,
KORNBERGER, SABRINA PELZ, CHRIS-
DIEHM, MICHÉLE RÖSNER, HEIDI RICHTER, JULIANA BREUER,
SA GRILL, SARINA KORN, SARAH ARANOWITZ, RICA AITZETMÜLLER,

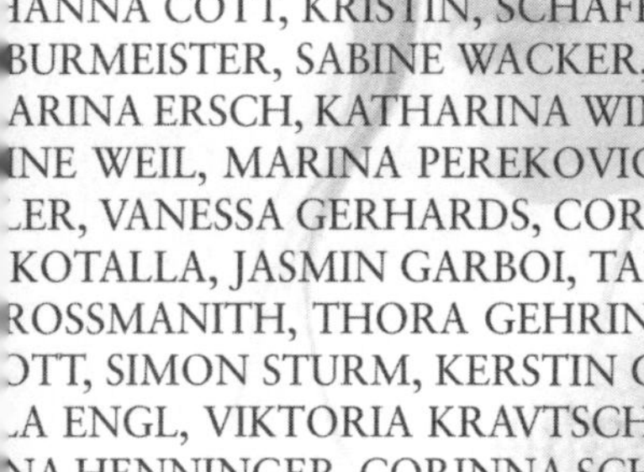